Czarodziejka

Polecamy

Małgorzata Warda
Ominąć Paryż

Marta Madera
Przyjaciele

MAŁGORZATA WARDA

Czarodziejka

Prószyński i S-ka

Projekt okładki:
Paweł Rosołek

Redaktor prowadzący serię:
Jan Koźbiel

Redakcja:
Berenika Ewa Witan

Redakcja techniczna:
Elżbieta Urbańska

Korekta:
Mariola Będkowska

Łamanie:
Aneta Osipiak

ISBN 83-7469-416-5

Wydawca:
Prószyński i S-ka SA
02-651 Warszawa, ul. Garażowa 7
www.proszynski.pl

Druk i oprawa
ABEDIK S.A.
61-311 Poznań, ul. Ługańska 1

Oli,
za świat,
który dodał magii
mojemu dzieciństwu

Podziękowanie

Jest kilka osób, którym należą się podziękowania.

Rodzicom – za wielkie wsparcie, miłość i popieranie wszystkich moich projektów.

Maćkowi – za pomoc, cierpliwość, kiedy piszę, i „konserwatywne" spojrzenie na świat :-)

Gosi, Dorocie i Kindze – za wspaniałą przyjaźń, bez której w moim życiu byłoby bardzo pusto. Farbie, a w szczególności Asi – za muzykę, pozytywne „doładowanie" na koncertach i rodzinną atmosferę.

Szczególne podziękowania dla Reni, mojej „opiekunki". Reniu, Ty wiesz, za co Ci dziękuję...

Być może pewnego dnia doznam nagle objawienia
I zobaczę drugą stronę tego monumentalnego,
groteskowego żartu.
I zaśmieję się wtedy. I zrozumiem, czym jest życie.

Sylvia Plath, Dzienniki, 1950–1962

Nikt nie potrafi zrozumieć lepiej niż wy, artyści,
genialni twórcy piękna, czym był ów pathos,
z jakim Bóg u świtu stworzenia przyglądał się dziełu swoich rąk.

Jan Paweł II, „List do artystów", 1999

Historia zaczyna się tu i teraz.

Oczywiście mogę zmienić jej tło, zamiast trawy może być podłoga z desek albo dywan, mogę wyciszyć światło słoneczne i wprowadzić kameralne, na przykład reflektor. W myślach usuwam z niej bzyczenie owadów, zapach kwiatów i wszystko to, co nie będzie pasować do mojej ulubionej konwencji.

Historia już się rozpoczęła.

On i ona w nadmorskim plenerze, może na wydmie porośniętej suchą trawą. Wszystko wydarzy się wczesną jesienią na chłodnym piasku i przy zachmurzonym niebie. Ona będzie miała na sobie sweter, on kurtkę. Żadnego piasku na skórze, tylko ręce chowające się przed zimnem, wiatr we włosach.

Już tu są. Jeśli zamknę oczy, nie znikną. Jeśli nawet przestanę wymyślać to dalej, tamci dwoje pozostaną na tej wydmie i po prostu zatrzyma się dla nich czas.

Niebo nad nimi też już mam. Szare nabrzmiałe chmury powoli przesuwają się w stronę morza. Pomiędzy chmurami pojawia się błękit: czysty i idealny, rozciągnięty równym, nieskończonym pasem.

Ona wsuwa ręce w piasek i zaczyna przesypywać ziarenka między palcami. Od morza nadciąga zimny wiatr. On opiera twarz o jej włosy, obejmuje dłońmi jej ręce, żeby trochę je ogrzać, i spogląda na gęstniejące chmury.

Teraz któreś z nich powinno powiedzieć coś ważnego. Co to mogłoby być? Jakieś wspomnienie, wyznanie, może tajemnica.

– Opowiem ci coś ważnego – zaczyna ona. Odrywa spojrzenie od piasku i teraz patrzy na niego. Tylko na niego. To, co powie, będzie bardzo ważne, może nawet ważniejsze niż wszystko, co mówiła mu do tej pory.

– Opowiem ci o wyspie – zaczyna wolno, z namysłem.

– O jakiej wyspie?

– O mojej wyspie. Opowiem ci, jeśli chcesz posłuchać...

Patrycja

Najstraszniejsze jest to, że wszystkie najistotniejsze wydarzenia w naszym życiu rozgrywają się w ciągu kilku chwil. I dzieją się naprawdę nieodwracalnie.

Nie wiem, co pomyślałam, kiedy pierwszy raz zobaczyłam ją w drzwiach mojego mieszkania. Wyglądała na cholernie miłą osobę, na taką, co nie powie ci, że nadepnęłaś jej na stopę, bo nie będzie chciała zrobić nikomu przykrości.

Miała na sobie coś paskudnego. W ogóle chyba nie przykładała wagi do ciuchów. Kiedy potem zamieszkała u mnie, wielokrotnie widziałam, jak kompletnie nie wie, w co się ubrać. Albo jak się uczesać. Nie wiem, czy w ogóle ktoś jej powiedział, że istnieje coś takiego jak makijaż.

W sumie była dość ładna. Chociaż nie wiem, czy tak o niej myślałam przez te wszystkie pierwsze tygodnie. Było mi jej cholernie żal. Taka zagubiona, zahukana, chorobliwie nieśmiała. Zapraszałam ją czasem do kuchni, jak upichciłam coś dobrego. Ale ona wcale nie jadła. Brała kęs do ust i obracała go długo, długo, długo, jakby rósł jej w ustach i chciała go wypluć.

Śmieszne, ale na początku myślałam, że jest zwyczajnym śpiochem. Dzień wstawał, a ona wcale nie wychodziła z pokoju. Nie zostawiała na stole okruszków świadczących, że zjadła jakiekolwiek śniadanie. Nic, zupełnie nic. Zero oznak życia. Cały dzień tkwiła w tym swoim pokoju.

– Puk-puk... – powiedziałam żartobliwie pod jej drzwiami, zbierając się do pracy. – Daj jakiś znak życia, mała!

Nadstawiłam ucho i czekałam, aż ze środka dobiegnie jakiś dźwięk. Jakikolwiek. Ale ona nic. Cisza.

– Ej, żyjesz? – zawołałam znowu, a potem mocniej zastukałam do drzwi.

– Oj tam, przejmujesz się! – machnęła ręką Matylda w pracy, jak opowiedziałam jej o Helenie. – Powinnaś chwalić Boga, że masz taką lokatorkę! Ja od mojej nie mogę się uwolnić. Wyjada mi wszystko z lodówki, łazi po całym mieszkaniu, bierze sobie moje rzeczy... Co byś zrobiła, jakby ta twoja Helena była właśnie taka?

Myślę, że gdyby Helena okazała się właśnie taka, to może bardziej bym ją lubiła. Mogłabym ją opieprzyć, pokłócić się z nią, pogadać. Mogłabym zrobić cokolwiek, bo widziałabym, że żyje i daje tego oznaki. A Heleny nie było.

– Jaka jest ta nowa dziewczyna? – zapytał mnie Sebastian.

– Nie wiem. Chyba miła – odpowiedziałam z wahaniem.

– Miła?

Była miła. Cholernie uprzejma i miła. I nic więcej, bo nigdy, nawet kiedy zdarzało mi się ją zobaczyć, nie okazywała żadnego charakteru. Nic. Jak kukła.

Pamiętam, że wpadłam na nią po kilku dniach w przedpokoju i normalnie się jej wystraszyłam. Rozdarłam się na całe gardło z przerażenia. A ona oczywiście powiedziała tylko:

– Przepraszam, że cię wystraszyłam. Nie chciałam.

Nie wiem, co mnie napadło, kiedy kilka dni później zaproponowałam, żeby częściej przychodziła do nas do dużego pokoju na telewizję. Cholera jasna, już w momencie, gdy to mówiłam, zaczęłam czuć jakiś ogromny niepokój, jakbym pakowała się w coś strasznego, czego nawet nie jestem w stanie sobie wyobrazić.

Zaraz wdepnę w pieprzone gówno, pomyślałam nawet, ale było już za późno.

Helena zaczęła do nas przychodzić. Nie wiem, czy robiła to z czystej uprzejmości. W każdym razie zaczęła dotrzymywać nam towarzystwa. I to było chyba najgorsze w tym wszystkim.

Chodziła bardzo cicho, delikatnie, jakby była jakimś pieprzonym duchem. A ja nigdy już nie czułam się swobodnie, bo przecież zawsze mogłam się odwrócić i zobaczyć ją tuż za plecami. Zresztą najgorsze w tym wszystkim było to, że lubiła tak stawać. Po prostu stawać, czekać i patrzeć.

Przychodziła więc do nas, kiedy oglądałyśmy jakiś program albo dyskutowałyśmy.

W jakimś momencie zauważałam kątem oka, że stoi gdzieś z boku i patrzy na nas. Albo że już siedzi. Rany, za cholerę nie mogłam zrozumieć, jak jej się to udawało i ile właściwie czasu była z nami. Oczywiście nic nie mówiła. Tylko takie tam: „proszę", „przepraszam", „tak", „nie", „dziękuję", „dobrej nocy".

Zaczęłam odczuwać coś dziwnego. To wrażenie pojawiało się najpierw, kiedy na nią patrzyłam, a potem niemal za każdym razem, kiedy o niej pomyślałam. W jakimś momencie uświadomiłam sobie, że przebywając z nią, czuję się obserwowana. Patrzyła mi na ręce, obserwowała moje ruchy, śledziła gesty. Jeśli ją na tym przyłapałam, odwracała wzrok. A jeśli nie zauważyła, że widzę, na jej twarzy pojawiał się dziwny wyraz. Jakiś dziwny uśmiech, od którego cierpła mi skóra.

Grudzień tamtego roku był wyjątkowo mroźny. Jadąc codziennie autobusem do pracy, trzęsłam się z zimna i patrzyłam, jak szyby parują od ciepłych oddechów ludzi i mrozu na zewnątrz. Muzyka z odtwarzacza pozwalała mi odseparować się od rozmów, od warkotu silnika i wszystkich kichnięć. Owinięta szczelnie szalem, z czapką na głowie, robiłam się zupełnie do siebie niepodobna. Robiłam to specjalnie, bo w autobusie jechało ze mną zawsze całe mnóstwo moich uczniów, a nie miałam najmniejszej ochoty na pogaduszki.

W pokoju nauczycielskim od progu witałam wszystkich szerokim uśmiechem i głośnym:

– Cześć!

A potem, kiedy wszyscy nauczyciele polecieli już na korytarz na wspólną modlitwę, wertowałam dzienniki. Za cholerę nie pamiętałam nigdy, co robiliśmy ostatnio, co zapowiedziałam dzieciakom i czy nie wpisałam żadnego sprawdzianu.

Dzieciaki mnie lubiły, a nauczyciele podziwiali. Jezuuu, gdybym wcześniej wiedziała, że nauczanie jest takie przyjemne, to pewnie zabrałabym się do tego od razu po skończeniu studiów!

Najbardziej oczywiście podobała mi się atmosfera szkoły. I to, że wszyscy uważali mnie za kogoś wyjątkowego. Cholera, dla całej społeczności szkolnej byłam artystką, taką przez duże „A" i wszyscy zazdrościli mi, że nią jestem. W życiu też nie nasłuchałam się tak śmiesznych opinii o artystach, jak właśnie w szkole! Dzieciaki patrzyły we mnie jak w obraz, a ja – jakby specjalnie dla nich ubierałam się jeszcze bardziej wyszukanie i jeszcze bardziej wszystkich szokowałam. Stroiłam się jak szczur na czyszczenie kanałów! Nawet na studiach nigdy nie wyglądałam na taką artystkę pełną gębą, jak właśnie w szkole katolickiej!

– Ty to masz takie fascynujące życie! – szemrała Iza, nasza sekretarka, dobrze po czterdziestce, z fajną figurą, chyba jedyna dość atrakcyjna kobieta w całej szkole.

– Artystyczne życie... – wzdychała Danka, kiedy opowiadałam jej o tym, że byłam na jakimś wernisażu.

– Wy macie taki barwny świat – wtórowała jej Basia, a ja miałam ochotę pęknąć ze śmiechu.

Podczas pracy w szkole udało mi się sklecić kilka wniosków o nauczycielkach:

1. W większości to stare panny. Dlaczego?
  – bo ubierają się w szare swetry zapinane z przodu na małe guziczki
  – noszą bezkształtne spódnice sięgające połowy łydki i płaskie, pełne buty
  – nie farbują włosów
  – nie malują się wyzywająco
  – w ogóle rzadko się malują
  – mają matczyny (czytaj: cierpiętniczy i wyrozumiały) stosunek do facetów
  – żądają zaraz nie wiem jakiego szacunku
  – za dużo siedzą w papierach
2. Są nudne. Rozmawiają o uczniach, o ocenach i narzekają na system.
3. Nie ma w nich życia, bo całą energię spalają w szkole.
4. Szukają sobie za mężów nauczycieli.

Jedyną fajną osobą była Matylda. Matylda o puszystych kształtach, ustach zawsze umalowanych wiśniową szminką, nienagannej fryzurze, szerokim uśmiechu i dużych piersiach.
– Mieszkasz z dwiema kobietami? – zapytała mnie pierwszego dnia, kiedy wracałyśmy razem ze szkoły. Uśmiechnęła się szeroko, klepnęła mnie w ramię i spytała, ściszając głos do żartobliwego szeptu: – Czy obie są twoimi koleżankami?
To właśnie z Matyldą prowadziłam najbardziej żywiołowe dyskusje o życiu i ona jedna nie wygłaszała peanów na cześć artystów. Szczerze powiedziała mi pierwszego dnia naszej znajomości, że kompletnie nie zna się na sztuce i tak naprawdę to wcale jej nie zależy, żeby się znać.
– Cała ta współczesna sztuka jest kompletnie popieprzona, Pati! Kto w ogóle mógłby to zrozumieć? To takie pieprzenie dla pieprzenia. Dziewczyna obiera w Zachęcie kartofle na oczach tłumów ludzi i kamer telewizyjnych. Czy to w ogóle ma jakiś sens?
Śmiałam się razem z nią i to całkiem szczerze, bo przecież tak naprawdę to miałam w głębokim poważaniu objaśnianie ludziom

13

sztuki współczesnej. Skoro sami artyści nie rozumieją projektów innych artystów, to jaki jest sens oświecać laików? Nie jestem żadnym Syzyfem, żeby marnować życie na tłumaczenie. Wystarczy, jeśli uczniom wyjaśnię, dlaczego da Vinci był cholernym geniuszem i że „Kod" nie ma z tym wiele wspólnego.

– Czy wiecie, co takiego jest w obrazie „Mona Liza", że uważa się go za arcydzieło? – pytałam uczniów z szelmowskim uśmiechem, zdejmując okulary z nosa i wstając od biurka. Dzieciaki wpatrywały się we mnie w ciszy, bo z rzadka wspominałam o sztuce, ale za to zawsze przynosiłam jakieś ciekawostki. Nie traciłam czasu na pierdoły typu data urodzenia i śmierci poszczególnych malarzy, albo czyimi byli uczniami (chyba, że byli uczniami tych największych). O Michale Aniele mówiłam otwarcie, że był gejem, pisał żałosne sonety do swojego ucznia, a zarazem kochanka i że się nie mył ani nie ściągał butów tak długo, aż musieli zrywać mu je wraz z kawałkami skóry. Przedstawiając Vermeera, kładłam nacisk na magię jego obrazów, omawiając barok, nie owijałam w bawełnę braku higieny ówczesnych ludzi, temat kowadełek i młoteczków używanych do ubijania na biesiadach wszy rozwijałam w całkiem spory wywód, a o podłości Rembrandta opowiadałam rozmaite anegdoty.

– Mona Liza miała tajemniczy uśmiech – odpowiadał mi zawsze jakiś uczeń oblatany w filmie z Julią Roberts „Uśmiech Mona Lizy".

– Tajemniczy uśmiech... – podchwytywałam i zaczynałam powolny spacer po sali, w którym towarzyszył mi głośny stukot obcasów. – I?

– Da Vinci namalował tam siebie! – ośmielał się ktoś, kto ostatnio przeczytał hit wszech czasów autorstwa pana Browna.

– Och – odpowiadałam ze szczególnym uśmiechem, który moi uczniowie już dobrze znali i wiedzieli, że oznacza: „och, kochanie, jesteś blisko, jednak strasznie błądzisz!".

– Ale powiedzcie mi, dlaczego ten obraz jest taki szczególny? – pytałam, a moje obcasy stukały wolniej. – Tak bardzo szczególny, że do dzisiaj właśnie przed nim w Luwrze stoją kolejki zwiedzających, a chociaż od jego namalowania minęły setki lat, pojawia się na okładkach pism, książek i jest wykorzystywany we wszystkich dziedzinach sztuki... Dlaczego?

Zazwyczaj w tym momencie klasa poddawała się z cichym westchnieniem. Wszyscy czekali na moją odpowiedź. Cisza narastała, narastała, aż w końcu zaczynałam mówić cicho, spokojnie i tak, że aż cierpła im skóra.

Opowiadałam, jak to kilka lat temu zebrała się komisja i prześwietliła obraz Leonarda promieniami rentgenowskimi. I jak te promienie nie zatrzymały się na płótnie, tylko przeszły dalej, dalej, zupełnie, jakby obraz... nie istniał.

Czasami oczywiście mówiłam o innym rodzaju metafizyki. O tym, który był mi najbliższy, czyli o pięknie. Mówiłam o kobietach malowanych przez Vermeera – sprawiających wrażenie zatrzaśniętych w klatkach zwierząt. Mówiłam o ciszy jego płócien. I o ciszy obrazów de La Tura. Czasami udawało mi się osiągnąć zamierzony efekt. Widziałam wpatrzone we mnie zszokowane, przejęte twarze i rozchylone usta. I ten dziwny, szczególny wyraz oczu, dla którego pokochałam zawód nauczyciela – wrażenie, że te oczy dopiero się otwierają i że od tej chwili będą widzieć inną rzeczywistość.

Kiedyś na wykładzie o Michale Aniele jedna dziewczynka się rozpłakała.

– Kochanie, dlaczego płaczesz? – zapytałam zaskoczona.

Pokręciła głową, wpatrzona w slajd z przedstawieniem Kaplicy Sykstyńskiej, w której przez cztery długie lata Michał Anioł wisiał podczepiony pod sufitem, by malować całe „Stworzenie świata", a na widok tych fresków ówczesny papież zdjął z głowy czapkę i ukląkł.

– Dlaczego? – powtórzyłam, autentycznie zaciekawiona.

Wytarła łzy wierzchem dłoni i odpowiedziała cicho, wcale nie zawstydzona:

– Bo to takie piękne...

– Bo to takie piękne! Wyobrażacie sobie?! – opowiadałam podniesionym głosem Matyldzie i Marcie o całej scenie, kiedy Matylda wpadła do mnie na winko któregoś wieczoru. Wstałam nawet, żeby zaprezentować im, jak pochylałam się nad tamtą małą, a ona wpatrywała się w slajd i płakała.

Marta wycierała w rękaw łzy autentycznego wzruszenia, a ja jeszcze raz spróbowałam pokazać wyraz twarzy uczennicy i jej słowa: „Bo to takie piękne...".

Urwałam, nagle świadoma obecności Heleny.

Nie wiem, czy wyczułam jej obecność, czy usłyszałam kroki, czy zobaczyłam ją kątem oka. W każdym razie zdałam sobie sprawę z tego, że tu jest. Stała przy framudze drzwi. Jej oczy patrzyły na mnie obojętnie, bez żadnego wyrazu. Nawet się nie uśmiechnęła, chociaż prawdopodobnie słyszała całą opowiadaną przeze mnie historię. Po prostu stała. Już kilka dni temu Sebastian zwrócił mi uwagę na to, że ona ma coś nie tak z oczami. I faktycznie. Nie wiem, jak ona to robiła i czy robiła to specjalnie, ani nawet nie wiem, czy to nie była jakaś wada wzroku, ale Helena potrafiła nie mrugać. Patrzyła i nie mrugała. A mnie chyba nigdy nic tak nie przerażało, jak właśnie ta anomalia.

– Helena... – powiedziałam, zmuszając usta, żeby pozostały w uśmiechu i nie opadły na jej widok. – Długo tu jesteś?

Dziewczyny momentalnie zamilkły i odwróciły się w jej kierunku. Matylda wyciągnęła do niej pulchną dłoń i biust niemal wypadł jej z dekoltu bluzki, kiedy wychyliła się z kanapy.

– Cześć. Sporo o tobie słyszałam!

Helena popatrzyła na jej rękę tak, jakby miała dotknąć czegoś obrzydliwego. Uścisnęła ją jednak.

– Usiądziesz z nami? – zaproponowała szybko Marta i nawet przesunęła się, żeby zrobić miejsce. Na stole stała niedojedzona pizza, więc zaraz dodała, że Helena mogłaby się też poczęstować.

– Och, nie, dziękuję – odpowiedziała ta nienagannie. – Dobrej nocy... miło było cię poznać, Matyldo.

Matylda rzuciła mi szybkie spojrzenie i zawołała za odchodzącą Heleną:

– Mnie również!

Marta dorzuciła:

– Dobrej nocy!

A potem wszystkie popatrzyłyśmy na siebie i żadna już się nie śmiała.

Marta

Zachwycała mnie codzienność. Był w niej nieodparty urok, który kompletnie mnie pochłaniał i sprawiał, że każda rzecz rosła i rosła, aż urastała do rangi czegoś naprawdę ważnego.

Bardzo szybko nauczyłam się przekształcać codzienność w rytuały: rytuał parzenia rano kawy, rytuał jazdy na rowerze na uczelnię, rytuał parzenia herbaty, rozmów z profesorami i ze studentami, rytuał powrotów do domu, gdy zatrzymywałam się dokładnie przy tych samych straganach i zaglądałam do tego samego antykwariatu, a potem rytuał pogawędek z Pati, opowiadania jej o całym dniu, parzenia kolejnej herbaty i rytuał wieczoru.

Pati już kiedyś zauważyła, że bardzo starannie parzę herbatę.

– Jesteś taka pedantyczna... – mruknęła, a ja tylko uśmiechnęłam się w odpowiedzi.

Patrycja sądziła, że odkładając użytą herbacianą torebkę na specjalnie przygotowany do tego papierek, za każdym razem inny, objawiam swoją porządnicką naturę. A mnie po prostu zachwycał rysunek, który herbata pozostawiała na kartce. Taki delikatny kształt: beżowy, bordowy albo w kolorze ochry – wszystko zależało od gatunku herbaty. Z czasem zaczęłam też zauważać, że ślad zależy również od tego, jakiego rodzaju kartkę podłożę: czy będzie gruboziarnista, czy cienka.

W swoim pokoju układałam herbaciane rysunki koło łóżka, na podłodze. Potem wyciągałam się na kanapie i patrzyłam na nie, szukając w głowie pomysłu. Właściwie nie wiedziałam, jak mogłabym je wykorzystać. Po prostu czułam, że może w przyszłości coś z tego zrobię i że to będzie ważne, może nawet najważniejsze ze wszystkich prac plastycznych, jakich podejmowałam się w życiu.

Tak samo, jak wiedziałam, że przyjdzie moment, by wyrazić plastyczną formą rytm mojego dnia, tę powolną jazdę na rowerze w stronę centrum, wiatr we włosach, bezwiedne ruchy nóg napychających pedały roweru dalej i dalej. I to wszystko, co widziałam, jadąc: stojące w korku samochody, stłuczki, kłótnie, pary ściskające się w parku na ławkach, dzieci idące do szkoły, spieszących do firm dorosłych, starsze panie karmiące gołębie, sprzedawczynie wystawiające swoje kramy z owocami i warzywami.

– Tracisz tyle czasu – mruknęła Pati, gdy wychodziłyśmy razem z domu. Już na dole, kiedy wysiadłyśmy z windy i Patrycja kierowała się na przystanek autobusowy a ja w stronę piwnicy, by wziąć rower, dorzuciła niechętnie: – Mogłabyś wstawać chociaż godzinę później, gdybyś zdecydowała się jechać SKM-ką. Poza tym idzie zima i jest cholernie zimno!

Istotnie, zimna nadchodziła w tym roku bardzo szybko i dawała nam podstawy, by sądzić, że będzie naprawdę mroźna. Na rower ubierałam się coraz cieplej, aż dochodziło do tego, że musiałam wkładać dwie pary rękawiczek i kilka warstw ubrań pod spód.

– W SKM-ce uciekłaby mi połowa fajnych rzeczy, które można zobaczyć po drodze – odpowiedziałam i pomachałam jej ręką. Nie umiałam ująć w słowa tego, że niekiedy podczas jazdy zdarzają się jakieś małe cudowności. Unosiłam na przykład głowę i patrzyłam, jak słońce prześwituje przez czerwieniejące liście na drzewach, albo zauważałam coś naprawdę niezwykłego: kobietę, której gołąb usiadł na kolanach, mężczyznę stepującego w parku pomiędzy spadającymi liśćmi, powolny taniec pyłu i brudu dźwiganego przez wiatr w zawirowaniach w górę i opadającego w dół, by już przy samej ziemi unieść się znowu wysoko i wykonać obrót.

Tamtej zimy poznałam Mariusza. Pierwszy raz go zobaczyłam w parku, siedział na ławce, a ja jechałam na rowerze. Właściwie nie zobaczyłam jego, tylko aparat fotograficzny, bardzo podobny do mojego. Trzymał go na kolanach i kiedy mijałam ławkę, uniósł do oczu. Miałam go już za plecami, gdy usłyszałam delikatny dźwięk, na który byłam bardzo wyczulona: trzask migawki.

Jakiś czas później, gdy popychając rower, szłam spacerkiem przez Długą, znowu go zobaczyłam. Tyle, że tym razem widziałam Mariusza całego: jego rudy płaszcz przypominający mi ekstrawaganckie pokazy mody, żółty szalik przysłaniający twarz i ciemne włosy wystające spod czapki. Uświadomiłam sobie, że jest bardzo wysoki i z całą pewnością atrakcyjny. Spodobał mi się sposób, w jaki rozmawiał z drobną, rudą dziewczyną. Sprawiał wrażenie, jakby poza nią nie było już nic – tylko ona, jej warkocze, kraciasta kurtka i okrągłe oczy.

W listopadzie leciały z drzew liście, zaściełając ziemię pięknym, kolorowym dywanem. W nocy temperatura spadała na tyle, że na szybach zaczynały powstawać zimowe wzory.

Mariusza zaprosiłam do siebie po raz pierwszy, kiedy na ziemi pojawiły się długo oczekiwane płatki śniegu. Pamiętam, że gdy zdejmował płaszcz w ciasnym przedpokoju, wydawał mi się zbyt kolorowy, zbyt ekskluzywny, by dobrze się poczuć w mieszkaniu Pati. Już wówczas zdawałam sobie sprawę z tego, jak bardzo jest bogaty i jak piękne ma mieszkanie. I jak niesamowite wiedzie życie.

– Musisz wydawać się mu strasznie normalna i zwyczajna – stwierdziła Pati i chociaż wiedziałam, że nie miała nic złego na myśli, jakoś strasznie zabolały mnie jej słowa.

Mariusz rzeczywiście prowadził bardzo barwne życie. Cztery lata wcześniej założył grupę artystyczną o nazwie „Klucz", która zrzeszała nie tylko fotografików, ale też rzeźbiarzy i malarzy. Wystawiali swoje prace w dobrych galeriach, jeździli na plenery finansowane przez prywatnych sponsorów, realizowali wspólne projekty. Podobało mi się to, że ich sztuka nie była oderwana od życia. Reagowali na wydarzenia polityczne, na tragedie, na religię.

W mieszkaniu Mariusza bez przerwy spotykali się ludzie bezpośrednio związani z „Kluczem" albo tacy, którzy chcieli przedyskutować coś ważnego lub wspólnie tworzyć. Niekiedy przychodziły dwie czy trzy osoby, ale zdarzały się dni, gdy było ich kilkanaście. Dom wtedy huczał od uniesionych głosów, od pomysłów i fachowych słów. Przy piwie i papierosach z prostych dyskusji wyrastała sztuka, która potem trafiała do galerii.

Przypominało mi to legendy związane z dawnymi grupami artystycznymi.

Siedząc na puszystym białym dywanie, z nogami podkulonymi pod brodę, wodziłam oczami od twarzy do twarzy, zafascynowana łaknęłam każdego słowa i miałam dziwne wrażenie, że znajduję się w jakimś wielkim, bulgoczącym artystycznym tyglu i że to jest dokładnie to, o czym skrycie marzyłam, kiedy zdawałam na akademię sztuk pięknych i pragnęłam zostać rzeźbiarką.

Z sennym uśmiechem, w milczeniu chłonęłam te rozmowy. A oni mówili o wszystkim: o terroryzmie, papieżu, polityce, o sztuce i o życiu. Słuchałam w skupieniu, by nie uronić ani jednego słowa. Moje spojrzenie przesuwało się po rozwichrzonych artystycznie fryzurach, po szalikach i kolorowych bluzach, po uszminkowanych wargach dziewczyn, potem wędrowało do skośnego dachu o szerokich, nowoczesnych oknach, przeskakiwało na ogromną przestrzeń mieszkania, na krzywizny łuków, nowoczesne malarstwo, czarno-białe fotografie, ekskluzywne kanapy i dywany, które cenowo przekraczały moje najśmielsze wyobrażenia.

Helena

20 listopada

Nie wiem, gdzie znajduje się początek. Może kiedyś było inaczej, ale teraz jest właśnie tak, że można to przyrównać tylko do pobudki w gęstej mgle. Ta mgła spowija wszystko, co było i ukazuje mi kształty tak bardzo niewyraźne, że nie potrafię ich rozpoznać. Pierwszy raz otworzyłam oczy na ulicy. Wokół mnie było strasznie gwarno. Stałam w bezruchu, a ludzie mijali mnie i mijali w niekończącym się przemarszu.

Stałam pod bankiem. W środku też kłębili się ludzie, do kasy ustawiła się długa kolejka, jeszcze dłuższa do informacji. Przyszło mi do głowy, że może powinnam cofnąć się i zapytać kogoś, o co w ogóle chodzi, ale w końcu zrezygnowałam. Zbyt wiele było tam osób, nikt i tak by mnie nie rozpoznał.

Na ulicy nie znałam nikogo. W myślach powtarzałam cyfry, które były ważne. Musiały być ważne, bo inaczej nie zapamiętałabym ich aż tylu. Zaczęłam się martwić, że potem je zapomnę, albo spowije je tamta mgła, więc wyjęłam z torebki notatnik i zapisałam je wszystkie.

W kieszeni znalazłam klucze od swojego mieszkania. Był to całkiem spory pęk, z kluczem od furtki, od klatki schodowej, drzwi wejściowych, skrzynki na listy i od piwnicy. Obracałam je w palcach z narastającą niepewnością, dokładnie świadoma, gdzie znajduje się mieszkanie.

– Nie mogę tam wrócić. – Powiedziałam na głos i wydało mi się oczywiste, że faktycznie nie mogę.

Blokada działała powoli, eliminując miejsca, do których nie wolno mi przychodzić. Nie wolno mi iść do siebie ani do tamtego starego domu, do którego nie wracałam od lat. Nie powinnam stać dłużej na tej ulicy. I nie mogę wejść do tamtej kawiarni na rogu...

Mgła działała szybko. Oni działali szybko.

Nie mogłam tu zostać.

Kiedy Patrycja pokazuje mi mieszkanie, chodzę za nią krok w krok.

– Tu byłby twój pokój, tu jest mój, a tu pokój Marty. To nasza kuchnia. Może nie jest zbyt duża, ale za to bardzo wygodna. Kuchenka elektryczna, mikrofala... my głównie korzystamy z mikrofali. To znaczy ja korzystam, Marta gotuje swoje ohydne zieleniny... chi, chi, chi... sama zresztą zobaczysz. Chcesz jeszcze raz zobaczyć swój pokój?

Mój pokój jest nieduży, jakiś niedokończony. Nigdy nie lubiłam tego całego zimna emanującego z nowoczesnych wnętrz: tych wszystkich gładkich dywanów w kolorze kremowej bieli, krzeseł z aluminiowymi oparciami i aluminiowymi nogami, idealnie wygładzonych, minimalistycznych lamp, udrapowanej w węzeł zasłony, braku firan i kanapy wyglądającej jak część niezidentyfikowanego obiektu.

– To kiedy się wprowadzisz?

– Jeśli można, dzisiaj.

– Zjesz z nami kolację?

– Niestety. Ale dziękuję za zaproszenie.

– Twoja strata! – odkrzykuje już z głębi przedpokoju.

Stawiam torebkę na sofie i przesuwam palcami po gładkim, puszystym materiale.

Twoja strata..., powtarzam w myślach, a potem siadam na skraju sofy. Pokój jest brzydki, wręcz odstraszający. Tak samo jak ten mebel. I tak samo nie sądzę, bym mogła polubić Patrycję. Wydaje się taka hałaśliwa i tępa, za mocno maluje oczy, źle dobiera ciuchy.

Przez okno widzę zwyczajne blokowisko z ławką, trzepakiem, rzędami identycznych wieżowców o czterech klatkach i jedenastu piętrach, dwa sklepy i kiosk ruchu. Zwyczajne osiedle, pełne ludzi, dokładnie takie, o jakie mi chodziło. W myślach przeliczam liczbę rodzin przypadających na każdą klatkę schodową. Jest ich dużo, na samym piętrze Patrycji są cztery pary drzwi. Więc tu będę bezpieczna.

Kiedy Marta i Patrycja zbierają się rano do pracy, udaję, że śpię. Gdy wychodzą, zrywam się z łóżka z sercem bijącym kilka razy za szybko i zbyt głośno i biegnę do drzwi. Pędzę, by je pozamykać na wszystkie możliwe zamki, posprawdzać, czy w całym mieszkaniu są pozamykane okna i czy telefon działa. Dopiero kiedy zrobię to wszystko, mogę wrócić do swojego pokoju, zaszyć się w łóżku i spać.

One wracają pod wieczór, rozmawiają głośno, robią sobie kawę. Patrycja swoim podłym zwyczajem stuka do mnie i pyta przesłodzonym do obrzydliwości głosem:

– Puk, puk, żyjesz?

A kiedy wciąż milczę, woła:

– Robimy sobie kawę, zrobić ci też?

Nie chcę jej kawy, nie chcę ich towarzystwa. Idź sobie, głupia suko, myślę naciągając poduszkę na uszy.

Wieczorem idę do nich na kilka minut, które dokładnie odliczam, zerkając na zegar. Czuję obrzydzenie na widok pizzy, którą pożerają łamiąc palcami, niemal każdego wieczoru. Z niesmakiem częstuję się ich piwem i wypijam je szybko, żeby tylko nie siedzieć z nimi zbyt długo, ale żeby też nie wyjść na nieuprzejmą.

A kiedy myślą, że poszłam spać, wracam, przystaję za futryną i chłonę każde słowo, które wypowiadają, sądząc, że nie słucham.

Czasami mówią o mnie:

– Chyba nikogo nie ma... – bredzi Patrycja, mamląc pizzę między słowami. – Nikt do niej nie przychodzi... słyszałaś, żeby ktoś do niej dzwonił?

Marta mówi szeptem, żebym nie słyszała:

– Wczoraj szukał jej jakiś chłopak.

– Mówiłaś jej o tym?

– Oczywiście, ale nie wytłumaczyła nic.

– Myślisz, że to jej chłopak?

– Nie mam pewności, mówił, że pomagał jej w przeprowadzce do nas. Wyglądał na miłego, zmartwił się, że jej nie ma...

Marta nie ma faceta, chociaż jest dużo ładniejsza i ciekawsza od Patrycji.

Patrycji chłopak ma na imię Sebastian. Rzadko sypia z nią tutaj, najczęściej zabiera ją do siebie, a potem Patrycja wraca nad ranem zmęczona, niewyspana, z mętnym uśmiechem na ustach i z pewnością w oczach, że skoro układa im się w łóżku, to znaczy, że zawsze już będzie przy niej trwał.

Sebastian ma jasną cerę i jasne włosy. Jest wyciszony, spokojny, inteligentny. Jego spojrzenie często tropi mnie w kuchni, gdy wchodzę, by zrobić sobie coś do picia. Tropi mnie jak dziwnego stwora, bardziej ciekawe mnie niż spojrzenia innych ludzi.

Sebastian ma na kciuku duży sygnet. Nosi jasne, schludne swetry i sprawia wrażenie, jakby był bardzo czysty. Czysty i pedantyczny: wykrochmalone koszule, gładko wygolony zarost, melanż jasnych barw, ubrania składane w kostkę, spokojny niski głos i stanowczość, z którą Patrycja nie umie walczyć.

Kiedy zostaje tu na noc, kochają się w jej pokoju. W tym jest dobry. Kocha się z nią długo, namiętnie, a Patrycja gryzie wtedy pięści, żeby nie krzyczeć, skoro za ścianą śpię ja.

Myśli, że jeśli ubierze się do łóżka jak na bal karnawałowy, spełni wszystkie marzenia Sebastiana. Tak niesamowicie się stara, kiedy on ma przyjść: pudruje się, maluje, perfumuje, wyszukuje w szufladach najbardziej zmysłową bieliznę, a potem kładzie się w tym ekwipunku standardowo na łóżku i żąda wielkiej namiętności.

On by chciał inaczej. Ma to wypisane w oczach, w tym spokojnym spojrzeniu, którym przesuwa po moim szlafroku, gdy wchodzę do pokoju, gdzie są razem.

Wiem, że chciałby brać ją na dywanie, na stole, na parapecie. Zamiast jej wyuzdanej bielizny wolałby, żeby opadła chociaż raz na kolana przed nim, żeby odwróciła się do niego plecami, żeby dała się szarpać za włosy i pozwoliła rozerwać ciuchy.

Obserwujemy się jak dwoje winowajców. I wiem, jak bardzo mnie chce.

Zaczynam zostawiać dla niego różne rzeczy. Zostawiam mu pończochę w łazience: porzucam ją niedbale, aby wyglądało, że o niej zapomniałam. Potem zostawiam mu halkę, która pachnie moimi perfumami.

Na koniec zostawiam dla niego uchylone drzwi.

Stoi w nich przez chwilę. Czuję jego obecność, wzrok przesuwający się po moich nogach i krótkiej koszuli, sięgającej ledwie połowy ud.

Patrz, myślę. Rozsuwam nogi i poruszam się sennie, żeby koszula podjechała wyżej i odsłoniła nagie pośladki.

23 listopada
Gdybym chciała poukładać to wszystko chronologicznie, nie potrafiłabym. Zbyt wiele w tym wszystkim mgły, zbyt wiele niedomówień i kompletnie niejasnych spraw.

Kiedy myślę o początku, przychodzi mi do głowy wspomnienie z dzieciństwa: rynna, którą spływał deszcz, szeroki parapet okna i dzielnica wielu domków podobnych do tego, z którego chciałam wyjść.

Pode mną w dole był ogródek, a w nim pies, który na mój widok zaczął szczekać.

Stałam przyciśnięta do szyby i zmuszałam się, żeby pójść dalej wzdłuż parapetu, aż na wąski gzyms. Moim celem była rynna. Patrzyłam w jej kierunku z nadzieją, wylękniona i świadoma, że zejście po niej może się nie udać. Tak bardzo chciałam uciec. Wiedziałam, że jeśli nie uda mi się zejść na dół w przeciągu paru chwil, stanie się coś strasznego, czego nawet nie potrafię sobie wyobrazić.
— Pomóż mi — wyszeptałam, ale nie wiem, do kogo. To nie była modlitwa, nie kierowałam jej do Boga.
— Pomóż mi — powtórzyłam, a potem rozłożyłam ręce i skoczyłam.

Jaka jestem? Jaka byłam?

W lustrze wyglądam delikatnie, niemal dziecinnie. Obwodzę palcem duże, pełne wargi układające się w niepewny „ciup", dotykam wystających kości policzkowych, obrysowuję oczy i wsuwam dłonie w jasne włosy.

Jestem ładna. Widzę, jak patrzą na mnie mężczyźni. Pożerają mnie wzrokiem jak dobry obiad, na który długo czekali. Lubię, kiedy tak na mnie patrzą. Bez ich spojrzeń znikam.

Na ramieniu mam bliznę po szczepionce; na udzie niewielkie znamię i wygląda na to, że miałam coś wycinanego w okolicy piersi. Może mięśniaka? A może chorowałam poważniej?

Mam słabe serce. Czasami nie mogę złapać tchu, serce mnie boli i boli, mam wrażenie, jakby puchło w środku. Nie mogę biegać, męczy mnie wchodzenie po schodach. Czasami, kiedy winda jest nieczynna i wdrapuję się na trzecie piętro z siatkami pełnymi zakupów, cała oblewam się potem. Otwieram wtedy usta jak ryba, przytrzymuję się barierki schodów, ogarnia mnie jakiś straszny lęk.

W dowodzie mam wpisane imiona rodziców: Ada i Robert. Mało jednak o nich wiem.

Pamięć podsuwa mi tylko wybiórcze rzeczy, głównie cyfry, kilka wspomnień. Pamiętam numer mojego peselu, numer telefonu rodziców, datę urodzin ojca, numer konta w banku. Reszta się rozmywa i nie potrafię skupić na niej myśli.

Wspomnień przybywa co jakiś czas. Po prostu budzę się i mam w głowie jedno albo dwa więcej. Moja przeszłość przypomina układankę, z którą na razie sobie nie radzę: tu jedno wspomnienie, tam drugie. Pomiędzy nimi dziura.

Wyraźnych jest tylko kilka, a w jednym z nich jestem dzieckiem. Stoję za fotelem, wtulając twarz w cienką, wzorzystą tkaninę. Głosy unoszą się w przestrzeni wokół mnie, brzęczą jak muchy, niezrozumiały ciąg słów. Opieram policzek o tył siedzenia, osuwam się na kolana w ciasnej szparze, między ścianą a fotelem. Czuję senność rozlewającą się od moich stóp aż po czubek głowy. Senność a zarazem rozpaczliwą chęć, żeby jeszcze nie zasnąć, żeby zrozumieć, żeby słyszeć. We wspomnieniu powraca zapach cedrowego drewna. Głosy wydają się dźwięczeć w obcym języku, chociaż wiem, że należą do moich rodziców i do tamtych wszystkich ludzi zebranych w pokoju. Głowa ciąży mi nieznośnie, kiedy wychylam się zza fotela, żeby zobaczyć mamę w długiej, ekscentrycznej sukience przepasanej czerwoną szarfą w pasie. Zaskakuje mnie widok papierosa w jej palcach. Kiedy zaczyna mówić, ludzie wokół milkną, aby jej wysłuchać.

Patrycja

Był grudzień, na zewnątrz robiło się beznadziejnie: mróz wzbierał w siłę, a potem odpuszczał sobie i na ulicach powstawała breja. Skakałam jak królik pomiędzy kałużami, rozpaczliwie ściskając Sebastiana za rękę i rzucając wściekłe przekleństwa co kilka chwil.
– Nie chcę takich świąt! – syczałam. – Do dupy z takimi świętami!
Do świąt było jeszcze trochę czasu, ale i tak już zaczynałam dla wszystkich obmyślać prezenty. Sebastian zasłużył sobie na wypasiony upominek. Nasze chodzenie miało doczekać się w święta rocznicy, a matka twierdziła, że wróżka wywróżyła zaręczyny w rodzinie, co mogło być całkiem prawdopodobne.
Jezuuuu, zaręczyny! Aż się wierzyć nie chciało!
Złapałam Sebastiana za rękę i omal nie runęłam w najgorszą z kałuż. Na szczęście podtrzymał mnie za łokieć i zaraz przyciągnął do siebie, mrucząc, że mogłabym przestać chodzić na tak wysokich obcasach.
– Może przestanę – odpowiedziałam pokornie.
W szybie wystawowej zobaczyłam nas oboje: siebie i jego. Trzymałam go za rękę, a on drugim ramieniem mnie obejmował. Byłam niższa od niego o głowę, mieliśmy na sobie ciemne płaszcze i, cho-

lera, nikt nie powiedziałby mi, że nie pasujemy do siebie! Pasowaliśmy idealnie.

Będziemy tak razem iść przez życie, pomyślałam głupio, coraz bardziej podekscytowana myślami o świętach, o tamtej wróżbie i o Sebastianie. Będziemy sobie szli przez życie razem, ramię przy ramieniu.

I chciałam tego w tamtym momencie tak mocno, że jak bym mogła, to już bym przesunęła kalendarze o rok naprzód, żeby być po ślubie, stać się kurą domową, gotować mu obiady, zaściełać łóżko haftowaną przez siebie kapą, rozwieszać firanki na oknach, krochmalić serwetki i wciskać do wazonu kwiaty.

W szkole miałam teraz zapieprz niemal nie do wytrzymania. Od września walczyłam jak lwica, żeby mnie zrobili nauczycielem mianowanym, i udzielałam się w szkole na tysiące sposobów. I tak na przykład zamiast delektować się atmosferą nadchodzących świąt, ja przyrastałam do krzesła.

Przyrastałam do krzesła na konkursie z historii sztuki, na konkursie plastycznym – a potem dyrygowałam uczniami, jak rozwiesić rysunki na wystawie – podczas pilnowania na próbnych maturach, prowadzenia integracyjnych rozmów z rodzicami i wymyślałam coraz dziwniejsze akcje, które mogłabym sobie wpisać do akt, takie, jak sobotni wyścig chartów.

Marta poszła na wyścig ze mną, bo żal jej było, że tak się udzielam nawet w sobotę.

Stałyśmy więc przy barierce, zakutane w grube szaliki i czapki, senne, zmarznięte, z twarzami wyglądającymi jak wyprane w wybielaczu i gapiłyśmy się na charty. Uczniowie pogwizdywali radośnie, ksiądz dyrektor perlił się w uśmiechach, z tłumu machała do nas sekretarka Iza, a rodzice dzieciaków kiwali mi głowami na powitanie.

– Chcę za niego wyjść – odezwałam się w jakimś momencie. Marta uniosła na mnie zaskoczony wzrok, a ja powtórzyłam głośniej i radośniej: – Chcę za niego wyjść i jeśli mi to zaproponuje, zgodzę się!

W drodze powrotnej nie omieszkałam zmusić jej, żeby zatrzymała się ze mną przed sklepem z sukniami ślubnymi. Sklep był wprawdzie zamknięty, ale obie rozpłaszczyłyśmy się na szybie. Niesamowicie było pomyśleć, że za jakiś czas przyjdę tu z Martą i zaczniemy przekopywać pokłady kiecek w poszukiwaniu odpowiedniej dla mnie. Zawsze uwielbiałam oglądać ślubne kreacje. To takie cudownie ekscytujące, gdy patrzy się na te cholernie drogie materiały, na misterne koronki, wstążki, haftki i cekiny. Jezuuu, normalnie nie mogłam się doczekać chwili, gdy naprawdę zacznę dotykać tego wszystkiego i mierzyć!

– One są takie czyste – powiedziała Marta cicho, delikatnie pocierając szybę w miejscu, w którym po jej oddechu pozostało niewielkie zaparowane kółko. – Piękne, prawda?

– No kurde! – odpowiedziałam z przejęciem. Suknie wydały mi się tak śliczne, że postanowiłam pomierzyć je zawczasu, może nawet w tygodniu, jak tylko trochę ogarnę się ze sprawdzianami i lekcjami.

Koszmar zaczynał się, gdy siadałam do poprawiania sprawdzianów. Nie wiem, co stało się z dzieciakami w ostatnich latach, ale ślęcząc nad ich bazgrołami, ze zgrozą dochodziłam do wniosku, że rośnie pokolenie dyslektyków i dysgrafików i to tak zajadłych w swojej ułomności, że większą część każdego wieczoru musiałam poświęcić na rozszyfrowywanie ich hieroglifów.

– Co to w ogóle jest?! – wkurzałam się. – Kto to umie przeczytać?!

Odczytać nawet najbardziej zmutowane pismo potrafiła Helena.

– To dlatego, że w dzieciństwie pomagałam tacie w przepisywaniu notatek – wyjaśniła mi niechętnie i od tamtej pory latałam do niej z każdym bazgrołem. I tak właśnie razu pewnego weszłam do jej pokoju, majtając kartką i pytając od progu, czy umie to odczytać.

Weszłam i dosłownie zamarłam. Moje spojrzenie zaczęło przeskakiwać z jednej strony pokoju na drugą, aż zatrzymało się na półkach.

– O rany – powiedziałam głupio i poczułam się jakoś dziwnie. Helena chyba przewidziała moją reakcję, bo wcale nie była zaskoczona. Siedziała na kanapie, bez książki w ręku, ani nawet bez włączonego radia i patrzyła na mnie.

Przeszło mi przez myśl proste pytanie: co ona tu robi, do cholery, całymi dniami, kiedy nas nie ma? Czy to możliwe, że nic? Że po prostu siedzi w ciszy i nic nie robi?...

To myśl umknęła zastąpiona upiornym faktem, że w tym pokoju nic nie wskazywało na to, że Helena tu mieszka. Dosłownie! Jej walizki, wciąż spakowane, jakby gotowe do drogi, stały przy szafie, nie przypięła na ścianach żadnych zdjęć, nie ułożyła rzeczy na półkach. Nic nie zrobiła, normalnie nic! Jakby zaraz miała samolot albo pociąg i przygotowała się już do drogi!

– Dobry Boże! – wybuchnęłam i popatrzyłam w jej obojętne, jasne oczy. – Heleno, zacznij czuć się tu jak u siebie w domu! Wbijaj w ściany gwoździe i rób, na co masz ochotę!

Geografka o imieniu Dorota, która uczyła w szkole dopiero od września, przysiadła się do mnie na moim okienku.

– A wiesz, że uczysz chłopaka, którego ojcem jest malarz?

– Tak? – zdziwiłam się. – Nie gadaj, nic o tym nie wiem! Który to?

– Jest w drugiej a.

– W drugiej a?

Drugą a uczyłam. Znałam ich wprawdzie dopiero od trzech miesięcy, a z nazwisk nigdy nie byłam zbyt dobra. Zresztą, jak uczy się osiem klas, w których jest po trzydzieścioro dzieciaków, to trzeba być niezłym, żeby spamiętać wszystkich!

W tamtej chwili, w pokoju nauczycielskim przetrzebiłam w pamięci całą drugą a. Przypomniałam sobie dziewczynę z tej klasy, o której mówiono, że ma problemy w domu, przypomniałam sobie Matyldę jako wychowawczynię tej klasy, gówniarza, który na lekcji zadawał mi pytania najdurniejsze w świecie i rozwiniętą jak na swój wiek Ankę, która przy każdej opowieści o jakimś malarzu albo rzeźbiarzu, zaraz pytała: „Czy on był gejem? Czy miał kochankę? Ile w średniowieczu wiedziano o seksie?". Przypomniałam sobie ich dziennik, listę nazwisk, poszukałam w pamięci jakiegoś rodzica – malarza i nie znalazłam go.

– Chłopak nazywa się Ociesa – wyjaśniła Dorota. – Ten wysoki, z rudymi włosami. Już kojarzysz?

Nie kojarzyłam, więc sięgnęłam po dziennik.

Ociesa, jak się okazało, wagarował lub chorował od niemal dwóch tygodni. Z niedowierzaniem śledziłam jego nieobecności, które od września były częstsze niż obecności. Oceny miał niskie, a z mojego przedmiotu nieoddanych prac dziewięćdziesiąt procent, w zeszycie uwag jego nazwisko pojawiało się co chwila: „Damian Ociesa na lekcji geografii ogląda zdjęcia i śmieje się ze mnie, kiedy chcę mu je zabrać...", „Damian Ociesa nie wykazuje zainteresowania matematyką...", „Damian Ociesa wyszedł z lekcji muzyki i powiedział, że nikt nie będzie go zatrzymywał, bo jest wolnym człowiekiem...", „Damian

Ociesa na klasówce z historii czyta «Władcę Pierścieni»...", „Damian Ociesa pobił się na lekcji z Robertem Rogiem..."

Matylda miała doła, bo wyczytała w Internecie, że ktoś powybijał kormorany w jakimś odległym kraju. Gadała o tym tak, jakby uśmiercono co najmniej wszystkich jej przodków:
– Ludzie to jednak serca nie mają, żeby tak wybijać kormorany...!
– Posłuchaj mnie – przerwałam jej, siadając obok. – Ty jesteś wychowawczynią drugiej a?
– Tak. Straszna klasa. Same dzieciaki z problemami.
Położyłam przy niej dziennik, przesunęłam palcem po nieobecnościach Ociesy:
– Zgłaszałaś to psychologowi szkolnemu?
Matylda zasępiła się, popatrzyła w dziennik, a potem z westchnieniem odchyliła się do tyłu.
– Strasznie tego dużo, prawda? Dzieciak wyleci ze szkoły. Na pierwszy semestr będzie miał od groma jedynek, a w drugim semestrze dyrektor pogada z matką i zaproponuje jej inną szkołę dla syna.
Mój palec zatrzymał się na biologii. Biologia to jedyny przedmiot, który musiał wciągać Damiana. Same piątki, wszystko oddane na czas, nawet dobra ocena z zeszytu.
– Dlaczego tak się stało, Matylda? Co jest z tym dzieciakiem? Jak dawał sobie radę w pierwszej klasie?
W pierwszej klasie dzieciak był niezły z wielu przedmiotów. Dopiero w drugim semestrze zaczął tracić zainteresowanie szkołą. Czasami zwiewał z lekcji, ale nigdy na dłużej niż kilka godzin. Błyskotliwy i inteligentny.
– Nigdy tego nie zapomnę... – Matylda zaczęła rechotać, podpierając głowę ręką. – Wiesz, gdzie miał ściągę na polskim? Nie uwierzysz! Przypiął ją za oknem szkoły, do muru cmentarnego, ogromną, na gigantycznym brystolu! Szukałam jej u niego po kieszeniach, bo byłam przekonana, że zrzyna! Sądziłam, że podpowiada mu uczennica siedząca za nim, ale ona milczała! A on miał ściągę na murze cmentarza!...
Wpatrzyłam się w dziennik.
– Więc co się stało?
Matylda przestała się śmiać i wykrzywiła usta, nabierając głośno powietrza:

– Pogadaj z psychologiem szkolnym. Dzieciak miał problemy z ojcem.

– Bił go?

– Nie wiemy. Ojciec zmarł w wakacje. Może chorował wcześniej i dlatego Damian zaczął tak się zachowywać. Był malarzem, wiedziałaś?

Na przerwie Damian grał pod szkołą w kosza z chłopakami. Ja miałam dyżur. Przyglądałam się mu kątem oka, spacerując to tu, to tam. Był dobry, nie można było mu odebrać piłki, wszystkie zwody, kozłowania, kosze wychodziły mu niemal bezbłędnie. Za cholerę się na tym nie znam, ale podobało mi się to, na co patrzyłam. Aż do momentu, gdy stanęła za mną Basia historyczka, która miała dyżur na górnym korytarzu i załamując ręce, zaczęła jazgotać:

– Chcesz mieć rodziców na głowie, Patrycjo? Przecież jest tak zimno i śnieg! Przecież oni się spocą, potem będą chorzy, a jeszcze nie daj Boże któryś się poślizgnie! Nie pozwól im grać w kosza w taką pogodę!...

Wobec tego rozdarłam się do chłopaków, że mają iść do szkoły i że to nie pogoda na grę w kosza. Mijali mnie zdegustowani, z wypiekami na twarzy, spoceni.

Damiana zatrzymałam.

– W twojej rubryce mam same pustki. Kiedy oddasz mi rysunki?

Burknął coś w odpowiedzi, ale zaraz mu przerwałam:

– Unikasz moich lekcji. Nie będę miała podstaw, żeby zaliczyć ci semestr. Niezręcznie jest mi oblać z plastyki syna malarza.

Wtedy na mnie popatrzył.

– Oddaj mi interpretację obrazu. – Nie musiałam dużo myśleć, by wiedzieć, że na pewno nawet nie ma bladego pojęcia, jaki temat interpretacji obowiązuje w tym miesiącu. Dorzuciłam łaskawie:

– To ma być interpretacja obrazu współczesnego malarza, który poruszał temat miłości w swoich pracach.

Zobaczyłam dziwny uśmieszek na jego ustach. W głosie chłopaka pojawiła się kpina:

– Czy pani musi znać tego malarza?

– Najlepiej by było – odpowiedziałam.

– A jest gdzieś wywieszona lista malarzy, których pani zna?

Jego odpowiedź wydała mi się tak bezczelna, że aż poczułam się zdumiona.

– Nie muszę tego robić. Powinieneś być wdzięczny – odpowiedziałam lodowatym tonem, który powinien był go zmrozić, bo zawsze wywoływał efekty arktyczne u moich uczniów. – Po weekendzie chcę mieć interpretację.

Już przy pokoju nauczycielskim odwróciłam się i odszukałam chłopaka wzrokiem.

– Bezczelny gówniarz... – mruknęłam cicho, żeby nikt nie usłyszał.

W weekend kilka razy złapałam się na tym, że myślę o jego interpretacji.

– Mam w klasie jednego chłopca... – zaczęłam opowiadać Marcie w sobotnie przedpołudnie, w trakcie oglądania bloku kulturalnego w telewizji. – Wiesz, jego ojciec był malarzem... Gówniarz jest tak bezczelny, że aż...

Urwałam, bo do pokoju weszła Helena. Miała na sobie piękny płaszcz, który zwalił mnie z nóg, gdy pierwszy raz go włożyła i który kompletnie do niej nie pasował, bo był maksymalnie elegancki i musiał kosztować niezłe pieniądze. Weszła jakoś inaczej niż zawsze, bo z głośnym stukotem obcasów i z szelestem siatek. Powiedziała nawet jakoś zabawnie:

– Zobaczcie, co wam przyniosłam!

Zamrugałam oczami i gapiłam się w nią zdumiona, bo Helena w rozpuszczonych włosach i z zaróżowionymi policzkami nagle wyglądała cholernie ładnie!

No a potem zobaczyłam, co trzymała w rękach.

– Mogę je tu postawić? – zapytała i zanim odpowiedziałam, już szła przez pokój do parapetu.

– Jasne – bąknęłam.

Marta poruszyła się niespokojnie na kanapie, a ja patrzyłam, jak Helena rozstawia na oknie kilka doniczek z kwiatami.

Robiła to tak uważnie, ze skupieniem, którego nie rozumiałam.

Nie wiem, dlaczego nagle zrobiło mi się jakoś dziwnie. Miałam zimne dłonie, mrowienie w kręgosłupie i coś wewnątrz zaczęło absurdalnie podszeptywać, żebym stąd zwiewała.

Zwiewaj stąd!, pomyślałam idiotycznie i, cholera, naprawdę poczułam jakąś straszną potrzebę ucieczki.

31

Tymczasem wciąż siedziałam na kanapie i wciąż się gapiłam na Helenę. Rozstawiała kwiaty, potem delikatnie zaczęła ich dotykać – każdej łodygi, każdego listka.

Już się nie uśmiechała. Jej dłonie przesuwały się po roślinach, spojrzenie robiło się coraz bardziej czujne.

Przestraszyłam się jeszcze bardziej, kiedy dotarło do mnie, że jej kwiaty nie mają pączków – kupiła same łodygi z liśćmi i to jakieś dziwne, powykrzywiane i straszne.

Helena

5 grudnia
Realne są sny, reszta rozmywa się bez imion i dat i niewiele z niej rozumiem.

W snach pojawia się wyspa. Jest ciągle ta sama. Unosi się nad nią duszne powietrze południa, znajduje się na środku oceanu i usypana jest z białego piachu. Zamieszkuje ją garstka ludzi. Mają twarze zmęczone, sczerniałe od słońca, a dłonie kompletnie zniszczone ciężką pracą. Nie potrafią mówić. Ilekroć otwierają usta, w ich gardłach rosną kamienie i wylatują zamiast słów na piach. Upadłszy, maleją i maleją, by zmienić się w drobne ziarenka piasku. Całkiem możliwe, że cała wyspa jest zbudowana właśnie z tych kamieni.

Śni mi się, że po niej chodzę, a za mną pozostają głębokie ślady, które zasypuje wiatr. Śnię, że ktoś stoi daleko, daleko przede mną i unosi rękę w górę, w geście powitania.

Siedzę na krześle, które ma jedną nogę trochę krótszą, i kołyszę się. Mam dziesięć lat i mama ubrała mnie w niebieską sukienkę w białe groszki. Sukienka ma długie rękawy, chociaż jest bardzo gorąco. Wysuwam jedną nogę w górę i widzę czarny sandał i białą skarpetkę. Opuszczam stopę i splatam dłonie na kolanach.

On pisze. Litery wylewają się spod jego palców tak szybko, że ledwie nadążam za nimi wzrokiem. Maszyna klekocze, klawisze stukają, na kartce powstaje masa liter.

Już umiem czytać. Kiedy wychodzi, zbliżam się do maszyny na palcach i czytam. Słowa, chociaż wszystkie je znam, układają się w jakiś dziwny zygzak, kompletnie dla mnie niezrozumiały.

Ktoś powiedział, że nie powinno się pisać takich rzeczy w takich czasach. Nie wiem, o czym pisał. To znaczy wydaje mi się, że wiem, ale nie pamiętam tego. Pamiętam natomiast, że z jego pisania nie mogło wyniknąć nic dobrego. To, co napisał, chował do szuflady. Potem chował to staranniej, wyszukując coraz dziwaczniejsze miejsca. Poprosił mnie, żebym ukryła jego teksty w pudełku po domku lalek.

– Tu nikt nie będzie ich szukał – powiedział wtedy, ale takim tonem, jakby robił mi straszną krzywdę.

Z powagą schowałam notatki, zastawiłam innymi pudełkami, a potem wsunęłam wszystko pod łóżko. Bałam się tej masy papieru w moim pokoju. Bałam się, bo pamiętałam, jak na mnie popatrzył, kiedy mi to dawał. I dlatego, że nie mówił o tym nikomu, nawet mamie.

Pamiętam mój pokój, Marta ma podobny. Te same kobiece bibeloty: tam poduszka w różowy wzorek, tu lusterko, obrazek, kwiatki, kratki, falbanki i pierdoły. U mnie też było dużo fotografii. Przypominają mi się twarze z tych zdjęć, ale nie potrafię ich do nikogo przypisać. Próbuję przypomnieć sobie imiona koleżanek, ale mam w głowie zupełną pustkę. Migawkowo przypominam sobie twarze dwóch identycznych dziewczynek, które spoglądały na mnie przez wyrysowane na materiale okno domku. Ja leżałam na podłodze, a one próbowały do mnie zajrzeć. Ich twarze z perspektywy dywanu wydawały się przekontrastowane i jakieś wredne. Sięgnęłam więc ręką po roletę okienną i opuściłam ją, żeby ich nie widzieć.

Potem stało się coś złego. Gdzieś wyszliśmy. A kiedy wróciliśmy, wszystko było wywrócone do góry nogami. Straszny bałagan. Wszędzie rzeczy: niektóre rozprute, inne potłuczone, jeszcze inne powywracane.

Moja mama usiadła na progu pokoju jak na filmie komediowym. Pamiętam nas tak dokładnie. Ja w śmiesznej sukience w grochy, ojciec trzymający się za głowę i matka na progu. Dopiero po kilku minutach zmusiliśmy się, żeby wejść dalej do mieszkania i ocenić straty. Mama je oceniała. Mówiła pod nosem, bardziej chyba do siebie niż do nas, że to był prezent ślubny, a tamto dostali z Hiszpanii od jej koleżanki. Mówiła i mówiła, aż jej słowa zlały się dla mnie w jeden wielki, pełen żalu bełkot.

Jakoś oczywiste mi się wydało, że cały ten bałagan spowodowany jest właśnie przez jego pisaninę. Ci, którzy to zrobili, czegoś szukali, czegoś, co było na tyle dobrze schowane, że nie mogli tego znaleźć. Mój pokój wyglądał najlepiej ze wszystkich. Firanki wisiały na swoich miejscach, lalki zostały wyrzucone na podłogę, ale nie poniszczone. Tylko jednej odpadła ręka. Rozkopali pościel na łóżku i wywlekli jeden karton spod łóżka. Nic więcej. Papiery ojca leżały schowane tak, jak je zostawiłam. Ojciec przyciskał je do siebie niczym najcenniejsze relikwie, a matka płakała w tle, że wszystko zostało zniszczone.

– Nie wszystko – zaoponowałam. – Taty papiery są całe.

W pokoju Patrycji, na biurku, standardowo, stoi jej zdjęcie z Sebastianem, oprawione w grube szare ramy. Patrycja na zdjęciu tuli się do niego, niemal wciska głowę w jego ramię, a on obejmuje ją zwycięsko. Na innym zdjęciu rozpoznaję ich dużo młodszych, machających do aparatu fotograficznego świadectwami maturalnymi.

Więc znacie się od tak dawna – ta myśl jakoś mnie irytuje, więc przybliżam twarz do fotografii. Więc już wtedy, mając po dziewiętnaście lat, ustawiali się razem do zdjęć, on żartobliwie ciągnął ją za rękaw białej bluzki, a ona odgarniała z oczu grzywę brązowych włosów i patrzyła na niego z uśmiechem.

Dziwnie pomyśleć, że ich wspomnienia sięgają tak daleko, że całe lata oglądali w sobie zmiany, że może w ich związku nie chodzi już tylko o zauroczenie, ale o zżycie się ze sobą i świadomość siebie.

Ja nie wiem, kto pamięta mnie z dawnych czasów. Ci, którzy znajdują się na zdjęciach obok mnie, sprawiają wrażenie obcych, pomiędzy nami nie widać tak wyraźnej zażyłości ani żartów jak na tej fotografii, którą trzymam w ręce. Nie sądzę, by wiedzieli o mnie prawdę, by nawet znając mnie, zdawali sobie sprawę z tego, do czego wracałam ze szkoły każdego niemal popołudnia, dzień po dniu, miesiąc po miesiącu, rok po roku.

A do czego wracałam?, myślę teraz i czuję zalewający mnie chłód.

W szufladach jej kredensu znajduje się bielizna. Najwyraźniej Patrycja uwielbia ubierać się w wyszukane koronki, pióra i futra. Z niedowierzaniem przesuwam dłonią po gorsetach, wyrafinowanych halkach, koszulach nocnych i pasach do pończoch.

Ja też takie miałam. Podobają mi się właśnie te bezpruderyjne majtki, te staniki, które spędzają sen z powiek mężczyznom. Ale teraz zadziwia mnie bielizna, po którą sięgam. Do niej to nie pasuje. U niej to sztuczność. Półki w jej pokoju zajmują magazyny z modą i pisma, z których Patrycja dowiaduje się, jakie tusze do rzęs będą modne latem i jaki zapach działa najlepiej na mężczyzn. Na stoliku przy łóżku leży psychotest zatytułowany: „Czy potrafisz przetrwać w stałym związku".

W szafie znajduję karton po butach wsunięty na sam spód. Tu znajduję zdjęcia.

Zdjęcia jej przyjaciółek, jej głupiego szkolnego życia i czasu spędzonego z Sebastianem. Sporo można się z nich dowiedzieć. Patrycja na wszystkich fotografiach wygląda niemal tak samo, chociaż bardzo się stara stylizować na różne osoby.

Nie chcę oglądać jej, szukam jego.

Przyglądam się jego zaspanej twarzy. Przyglądam się jasnym podkoszulkom i płóciennym spodniom, które nosił w upalne dni na jakiejś śródziemnomorskiej wyspie. Ekologiczne, drogie sandały, jasne swetry, elegancki plecak, dobry aparat fotograficzny, włosy rozświetlone słońcem.

Patrycja oglądała te zdjęcia już tak wiele razy, że niektóre się pogniotły. Kiedy wsuwam pudełko z powrotem do szafy, myślę, że nie minie kilka godzin, jak ona znowu wyjmie je na środek pokoju.

Wpadamy na siebie nocą w kuchni. On pali przy oknie papierosa, ja przyszłam napić się wody.

– Myślałem, że tylko ja nie śpię. – Sebastian mówi szeptem, żeby nie obudzić Patrycji. Obrzuca spojrzeniem męską koszulę, którą mam na sobie, a która kończy się zaraz za pośladkami, przesuwa wzrokiem po moich bosych stopach, uśmiecha się niepewnie.

– Uzależnienie czy bezsenność? – pytam w odpowiedzi. Mój głos przerywa ciszę delikatnie, niemal drażniąco, usta rozciągają się w uśmiechu, który dobrze znam. Tak uśmiechałam się kiedyś, kiedy flirtowałam z mężczyznami. Tak uśmiechałam się na chwilę przed pieprzeniem.

Moje ciało budzi się z uśpienia, w którym trwało. Czuję moje piersi, czuję biodra i nogi. Przeciągam się sennie, tak mocno, by koszula uniosła się trochę wyżej, by dostrzegł wszystko to, co mógłby mieć.

35

– Uzależnienie. – Odpowiada po chwili. Już się nie uśmiecha, patrzy na mnie uważnie, nawet nie zauważa, kiedy popiół z papierosa spada na podłogę.

Nalewam więc wody i moczę w niej usta.

– U mnie bezsenność... – szepczę w odpowiedzi. Zwilżam wargi palcami, przesyłam mu kolejny uśmiech z mojej sporej kolekcji, który chyba zawsze skutkował.

Ich łóżko delikatnie skrzypi, kiedy on na nim się kładzie. Mogę z łatwością wyobrazić sobie, jak ona z westchnieniem obraca się do niego, sennie oplata go rękami i kładzie głowę na jego ramieniu.

– Śpij... – szepczę w ciemność pokoju.

Ich łóżko znowu delikatnie skrzypi. Ona przytula się do niego bliżej i bliżej, a jego dłoń bezwolnie wędruje po jej biodrze. On teraz zastanawia się, co robię za ścianą, czy zdjęłam z siebie koszulę, a jeśli tak, to jak ją zdjęłam.

Moje palce błądzą więc po zapięciu, rozpinają guziki jeden po drugim, rozsuwają materiał na boki.

Jego ręce wyczuwają pas do pończoch, palce wędrują po koronce. Moje ciało jest gładkie i delikatne. Dotykam piersi, pocieram sutki.

Ona, na wpół śpiąc, pociera policzkiem jego szyję. On odwraca się do niej, podciąga jej halkę.

Rozchylam uda i przesuwam po nich dłońmi. Nabieram głęboko oddechu i wypuszczam go w cichym jęku.

Jego ręce przesuwają się po biodrach, po brzuchu.

Mój brzuch jest płaski, dobrze umięśniony. Dotykam go i poruszam się sennie, kołyszę, zaciskam uda.

On zsuwa pospiesznie jej majtki, czując, jak oddech mu przyspiesza i jak bardzo chce być już w środku.

Więc ją bierz..., myślę, zwilżając wargi końcem języka. Moje dłonie błądzą znowu po piersiach, odchylam głowę do tyłu.

– Co robisz? – pyta ona sennie, otwierając oczy. Ale on już rozsuwa jej nogi, już kładzie się na niej, już z jękiem w nią wchodzi i porusza się szybko, szybciej.

Ich łóżko skrzypi teraz głośniej, on już nie dba o to, czy usłyszę. Chce, żebym usłyszała, chce, żebym była pod nim.

– Sebastian... – szepcze ona. Jego ciało wdziera się w nią gwałtownie, mocniej niż zawsze. – One usłyszą...!

Łóżko skrzypi i skrzypi. On jej nie słucha. Moje palce błądzą po biodrach, rozchylam nogi i słyszę jego stłumiony krzyk.

Sen o papierach ojca wraca. Śnię, że leżą na podłodze wokół mnie i znikają z nich litery. Dlaczego to takie ważne? Dlaczego z tymi papierami łączy się myśl, że to coś o wiele gorszego niż tamte poszukiwania i zniszczenia?
– Puk, puk! – puka do drzwi Patrycja i, chociaż nie odpowiadam, pyta: – My już wstałyśmy, wypijesz z nami kawę?
Przymykam oczy i mam ochotę wrzasnąć, żeby poszła do diabła.
– Zrobić ci kawy? – powtarza głośniej.
Więc przykrywam dłońmi oczy i zaczynam się śmiać bezgłośnie.

To musiało być po tamtym napadzie na nasz dom. Jego teksty wciąż miałam pod łóżkiem, w tamtym kartonie. Tyle że każdej nocy nie mogłam spać ze strachu. Umierałam z przerażenia, że przez to, iż one się uchowały, wciąż zagraża nam niebezpieczeństwo.

Zadręczałam się myślami, że jeśli ktoś się włamie, kiedy wyjdziemy, to jeszcze nie będzie tak strasznie. Ale co, jeśli będziemy w mieszkaniu? Na przykład gdybym była ja, albo moja mama?

Wyobrażałam sobie, co by z nami zrobili. Jak by to zrobili. Jakoś wydawało mi się oczywiste, że zabiliby nas w najokropniejszy sposób, a potem podpaliliby dom.

Dlaczego podpaliliby dom?, myślę teraz.

Żeby zatuszować ślady.

W naszej dzielnicy ktoś wcześniej zatuszował ślady w ten sposób. Pamiętam jakąś straszną bieganinę, kłęby dymu na ulicy i to, że kazano mi siedzieć w domu. Potem wszyscy, jak ich o to pytałam, potrząsali tylko głowami i mówili, że to zbyt straszne, że jestem za mała na takie historie.

Oczywiste było, że ktoś wtedy zginął. Chyba jakaś dziewczynka. Otworzyła drzwi włamywaczom. Wtedy tego nie wiedziałam, dzisiaj też nie wiem, ale mogę się domyślić, że pewnie włamywacze zgwałcili i zamordowali małą, a potem spalili dom.

Nie chciałam, żeby tak samo stało się z nami. Każdej nocy drżałam jak osika na łóżku, skulona, spocona ze strachu i szukałam sposobu, żeby uchronić moją rodzinę. Ochronienie ich było w moich rękach tak samo, jak dzięki mnie zachowały się te papiery. Którejś nocy wysunęłam je spod łóżka. Tak strasznie się bałam, że aż szczękałam zębami. Latarką oświetlałam kartki i próbowałam zrozumieć, dlaczego są takie ważne. To był dziennik pełen dat, wywiady, całe długie rozdziały o jakichś ludziach, niektóre nazwiska nawet gdzieś już słyszałam. Nie były posegregowane. Ojciec nie tytułował ich też w żaden sposób. Przeglądałam je długo, a i tak nic z nich nie zrozumiałam. Zniszczyłam je jeszcze tej samej nocy. Nie mogłam ich podpalić, bo zaraz zrobiłby się dym i byłoby po sprawie. Ale mogłam je utopić. Nalałam miskę wody, włożyłam papiery do środka i wsunęłam pod łóżko. Nie pamiętam, ile dni rozpuszczały się w wodzie. Pamiętam tylko, że dolewałam jej co jakiś czas do miski i że pierwszy raz od dawna czułam się spokojna.

Jak zareagował ojciec? Czy dowiedział się o tym?

Nie wiem.

Patrycja

Po weekendzie czekała na mnie interpretacja Damiana Ociesy. Damian przyniósł ją osobiście do pokoju nauczycielskiego i wręczając mi, uśmiechnął się jakoś podle:

– Lektura dla pani.

Nienawidzę takich gówniarzy. Normalnie szlag by mnie trafił, a gówniarz pożałowałby, że żyje i wydobywa z siebie jakiekolwiek dźwięki. Ale nie tym razem. Trzeba wykrzesać współczucie dla dzieciaka z problemami.

Jeszcze przed lekcją próbowałam sobie trochę poczytać, ale oczywiście wszyscy mi truli i nie zdążyłam. Na lekcji z klasą Damiana zagaiłam:

– Kto ostatnio był na wystawie sztuki współczesnej?

Zgłosiła się największa klasowa kujonka:

– Ja byłam z tatą na wystawie rysunków pana Picassa!

– Och! – wyrwało mi się. – To nie tak współczesna sztuka, skoro pan Picasso nie żyje od dłuższego już czasu!

– A na co zmarł? – zaciekawił się Robert, którego klasyfikowałam w myślach do rozmowy z panią psycholog, bo ciągle tylko do-pytywał się o przyczynę śmierci wszystkich malarzy, rzeźbiarzy i architektów, jakby nic ważniejszego nie istniało na świecie!

– Potraktuj swoje pytanie jako zadanie domowe – odpowiedzia-łam łaskawie.

Jakaś dziewczynka z dwoma gigantycznymi pasmami blond na głowie, które wcale do niej nie pasowały i nie wiem, jak uszły uwa-gi dyrekcji, zgłosiła się i powiedziała, że ona z kolei była w wakacje w Stanach Zjednoczonych i widziała prace Andy'ego Warhola.

– O kurde! – wyrwało się komuś, a cała klasa zaszeptała cicho „wow!".

– Andy żyje? – zapytał szybko Robert i już rozdziawiał paszczę, żeby dowiedzieć się, na co zmarł, ale wyprzedził go Damian Ociesa:

– Zmarł w szpitalu, durniu. Wycinali mu wyrostek!

Rozpętała się istna burza. Ktoś zaczął nawoływać niby do klasy, ale łypiąc okiem na mnie, że do Andy'ego strzelała jakaś kobieta i tak zginął, ktoś inny darł się, że Andy wyszedł cało ze strzelaniny i że ten, kto tego nie wie, to ostatni cymbał. Jedna z dziewczyn za-częła nawoływać, że Warhol był gejem i spał z wieloma facetami. Damian z Robertem zaczęli na siebie wrzeszczeć z taką furią, jakby nienawidzili się od lat i teraz ta nienawiść wylewała się z nich z sy-kiem i gradem wściekłych słów. A mnie ogarnęło poczucie bezsensu.

– Proszę o spokój... – próbowałam im przerwać, ale się nie dało. Nikt mnie nie słuchał i nikogo już nie obchodziłam. Darli się do siebie. Damian naubliżał Robertowi od półgłówków i synów sprzą-taczek, a Robert odgryzł się złowróżbnie:

– A twój tata był czubkiem i zabił się!

No i to był koniec. To znaczy koniec lekcji. Ze zdumieniem i ja-kimś rodzajem zrozumienia patrzyłam, jak Damian rzuca się w kierunku Roberta, łapie go za gardło jedną ręką, a drugą wymie-rza ciosy. Dziewczyny zerwały się z pobliskich ławek i z piskiem rozbiegły po klasie. Między licznymi „kurwami" i tryskającą krwią przebijał się mój głos błagający o spokój, potem żądający spokoju, a na koniec już wrzeszczący, że jeśli natychmiast nie będzie spoko-ju, to wszyscy znajdziemy się u księdza dyrektora w gabinecie.

I wszyscy znaleźliśmy się w gabinecie. Ksiądz dyrektor wygłosił swoją wielką mowę o katolickich zasadach panujących w naszej szkole i nie przerwał nawet wtedy, gdy Robert poryczał się ze strachu. Damian nie zrobił nic. Ja też nie zrobiłam nic.

– Dzieciak zniknie z naszej szkoły zaraz po pierwszym semestrze – wyjaśnił mi ksiądz, jak już odprawił poryczanego Roberta i wściekłego Damiana. – Nie będziemy tu trzymać trudnej młodzieży. Niech inna szkoła radzi sobie z takimi problemami.

– Rozumiem, że unikanie problemów, to jeden z punktów wychowania katolickiej szkoły – odparłam sarkastycznie.

Zmierzyliśmy się bojowymi spojrzeniami. Ksiądz zaplótł ręce jak do kolejnego kazania.

– Pani Patrycjo, zatrzymanie Damiana tutaj może doprowadzić do konfliktów. Po co inne dzieci mają brać z niego przykład? Damian jest problemem swoich rodziców. Nie ma sensu, by stał się też naszym problemem.

– Też tak uważam. – Znowu sarkazm.

– Rozumiem pani postawę, ale się z nią nie zgadzam.

Zmusiłam się do kąśliwego uśmiechu:

– Więc niech mi będzie wolno nie zgadzać się z postawą księdza dyrektora.

Marta była oburzona jeszcze bardziej niż ja, kiedy opowiedziałam jej o wszystkim.

– Ojej, to straszne! – zawołała.

Marcie nie trzeba wiele, żeby strasznie się czymś przejęła. Przeżywała jak mrówka okres każdego bezdomnego, którego minęła na ulicy, oddawała ostatnie grosze wszystkim cwaniaczkom, którzy łasili się do niej na mieście, ryczała jak bóbr na byle gównianym filmie, gdzie jakiś dzieciak umierał albo miał patologiczną rodzinę. Najczęściej w ogóle nie można było oglądać z nią niczego, co poruszało problemy, których nie mogłaby rozwiązać i na które nie miała żadnego wpływu. Na przykład nie można było jeść z nią na mieście w ogródkach letnich knajp, jeśli w pobliżu znalazł się jakiś bezdomny. Marta nie mogła bowiem wówczas przełknąć ani kęsa. I najczęściej oddawała jedzenie takiemu okropnemu obdarciuchowi, który dużo bardziej ucieszyłby się z paczki papierosów albo litra wódki niż z jej dobroci.

Damian idealnie wpasował się w jej uczucia. Od tamtej pory codziennie pytała mnie:

– I co z Damianem?

Jakby codziennie na życie Damiana czyhali jacyś grabieżcy albo jakby w jego sprawie każdego dnia podejmowane były życiowe decyzje. Marta pierwsza przeczytała jego wypociny. Przyszła do mnie wieczorem do pokoju, usiadła mi na łóżku i pociągając nosem oznajmiła:

– Musiał bardzo kochać swojego ojca. W jego wypracowaniu jest tyle bezsilności...

W wypracowaniu Damiana była sama złość i kpina. Każde słowo ociekało jadem. Wybrał sobie do interpretacji obraz przedstawiający jego matkę. Właściwie to, co przedstawiała reprodukcja, nie wyglądało jak matka, tylko tak było podpisane przez chłopaka. Na obrazie widziałam gmatwaninę różnych kolorów: ciemne i jasne kwadraty, fragment sylwetki kobiecej odwróconej od światła, prześwietlonej jak fotograficzna klisza. Damiana słowa wyjaśniały z przekąsem:

Obraz ukazuje moją matkę, kiedy jeszcze miała dość rozumu, żeby zdecydować się porzucić mojego ojca. Nie byli wtedy małżeństwem, mnie nie było na świecie, mieszkali w Warszawie. Ojciec przejął się rozstaniem na tyle, że machnął całą serię prac ukazujących matkę w różnych sytuacjach. Nie chciało mu się zabiegać o nią telefonicznie, ale wiedział, że jest wrażliwa na sztukę. Szczególnie na jego sztukę...

Kobieta na obrazie nie miała twarzy. Ojciec Damiana namalował ją tak, jakby była przeszłością, jakimś niepotrzebnym, zapomnianym, wyblakłym zdjęciem. I cholernie podobało mi się, że zrobił to właśnie tak.

Damian pisał: *Ojciec malował moją matkę wiele razy, już nawet potem, jak byli małżeństwem. Co dziwniejsze malował ją też wtedy, gdy mieszkał już z inną kobietą. Pewnie spodoba się Pani, jeśli powiem, że w malarstwie miał obsesję na jej punkcie. Jednak w życiu nic innego nie robił, tylko usiłował uciec. Uciekanie było tym, co wychodziło mu najlepiej.*

Moja matka na obrazie nie ma twarzy. Ojciec pewnie chciał zaznaczyć przez to, że każda kobieta jest taka sama, że właściwie wszystkie kobiety to ta sama osoba, tylko o różnych imionach. Wiem, jak głupio to brzmi. Ale taka była jego teoria i wyłożył mi ją kiedyś w pizzerii na mieście. W sumie to ciekawa teoria. Na pewno ułatwia związywanie się z różnymi ludźmi i zwiewanie od nich. Proszę zwrócić uwagę na kolory obrazu. Ciekawa gama, czyż nie?

Gama kolorystyczna chwiała się od niebieskiego po fiolet. Same smutne kolory. Barwy rozstania, żałoby, strachu. Twarz Teresy zbudowana z gmatwaniny czarnych kresek. Z czarnych kwadratów jej sukienka.

Ojciec nie lubił ciepłych barw. Używał samych zimnych i ponurych. Jego malarstwo, jeśli złożył je w jakimś jednym pomieszczeniu, było spójne. Było też dość straszliwe. Te wszystkie twarze pozbawione oczu i nosa, te ciała bez głów, te kobiety na wielkich metalowych szpilach. Powinna Pani sobie to obejrzeć.

Niebieski i fiolet – to nie są kolory wzięte z głowy. To kolory naszego warszawskiego mieszkania. Matka siedzi na tle ściany pomalowanej przez ojca. A jej sukienka to po prostu rzeczywiście jej sukienka. Tata na początku trzymał się prawdy w obrazach. Malował to, co widział. Dopiero potem zaczął przekombinowywać.

W tym obrazie nie ma sensu doszukiwać się Bóg wie czego. To po prostu obraz. Jest na nim zwykła kobieta. Odeszła, zostawiła go w tym okropnym mieszkaniu o fioletowo-niebieskich ścianach, które nigdy nie wyglądały fajnie.

Proszę zauważyć, że matka wygląda, jakby puszczano ją z jakiegoś rzutnika na ścianę. Ściana wybija się zza niej. Tak było. Tata rzucał obrazy na ścianę, a potem to malował. Jak bowiem inaczej skomponowałby tyle ponurych barw na raz?

Śmierć wciąga, jak jasna cholera! Kiedy pierwszy raz czytałam „Szklany klosz" Sylvii Plath nie dawałam wiary, jak to możliwe, by fascynować się czymś tak ohydnym. A jednak! Pamiętam, z jakim niesmakiem odnosiłam się do tych fragmentów, w których opisywała, że śmierć ciągnęła się za nią jak nadmuchany balon – śmierć przeczytana w gazecie, utopiona dziewczyna. Opisała to tak bardzo plastycznie, że aż nie mogłam się otrząsnąć!

A teraz sama szukałam plastyczności śmierci.

...Został znaleziony w swojej pracowni w Sopocie z rana w niedzielę. Nie żył już wówczas od kilku dni. Policja wszczęła dochodzenie...

Kiedyś zaczytywałam się w opowieściach o śmierci różnych artystów. Dzieciaki w szkole uwielbiają makabryczne historie i szybciej są w stanie zapamiętać, że Rembrandt zmarł samotnie w przytułku dla biedoty, mając przy sobie tylko pudło z farbami, niż to, że stworzył niesamowitą „Żydowską narzeczoną". Tak samo jak opowiadanie o tym, że na „Tratwie Meduzy" namalowanej przez Gericoulta, ocalali rozbitkowie pasażerskiego statku zżerali się z głodu, żeby przeżyć, sprawi, że uczniowie już zawsze wstukają sobie ten obraz w pamięć i wyciągną go na wierzch, ilekroć ktoś spyta ich o najlepsze dzieła romantyzmu. Kto zapamięta Friedricha i jego romantyczną samotność na skałach? Szybciej w pamięci pojawi się obraz „Śmierci Sardanapala", z nagimi, pozabijanymi kobietami usypanymi w wielki stos, na którym Sardanapal rozsiada się jak prawdziwy władca. Albo prędzej wspomni się Chaima Coutine'a wieszającego w swojej pracowni wielkie kawały gnijącego mięsa, które malował tak namiętnie, że potem już każda jego postać, nawet ta żywa wygląda, jakby gniła!

Policja wszczęła śledztwo dotyczące Michała Ociesy, malarza młodego pokolenia...

Na zdjęciach Michał wyglądał całkiem, całkiem. Kolejny typowy artysta. Rude włosy, zbyt długie, by mógł je nosić jakiś normalny pracownik firm, banków i szkół; kolorowe ubrania, wyzywające spojrzenie, nieodłączny papieros w palcach, nieodłączny syn.

Na zdjęciach z nim związanych pojawiały się też jego obrazy, ponure i gorzkie. Było tam też miasto. Przypominało wir, pokręcone, obserwujące, żywe. Nie pomijał niczego: obserwujące widza okna bloków, otwarte drzwi, przypominające usta, schody i piętra, przypominające macki jakiegoś wielkiego stwora.

Wpatrując się w obrazy, myślałam, że musiał tworzyć je wszystkie jakoś nerwowo, może nawet histerycznie. Albo był tak świetnym malarzem, że wypracował sobie taką ekstra technikę. Nakładał farby grubo, mięsiście, wyraźnie zostawiając ślady pędzla. Drapał obrazy, szarpał szpachlą, niemal biczował. Szczególnie te o kobietach. Jakby chciał je rozerwać!

Marta

Stawiał na kartce nierówne kreski. Kreski układały się w linie, tu cień, tam roztarcie palcem, grubsza krecha na roztarciu, gumka wycierająca ślad, który zaraz znowu stał się biały.
– Czemu tak patrzysz? – zapytał.
Na papierze pod jego ołówkiem było już bardzo wiele. To, co ja w pierwszej chwili uznałam za kreski pod jakiś meander, okazało się okiem. Moim okiem. To oko zaczęło patrzeć na mnie niepewnie, dokładnie tak, jak ja na nie. On potarł gumką i w oku powstał błysk światła. Dołożył czerni i zobaczyłam coś, co kształtowało oczodół i podchodziło pod brew.
Uśmiechnął się znad rysunku, a spod jego palców wyrastał mój nos, cień nosa, górna warga, cień górnej wargi, mięsistość górnej wargi i powstały usta.
– Istnieje taka legenda – odezwał się – że jak artysta umiera, wszystko to, co tworzył, przychodzi po niego.
– W takim razie po mnie przyjdą unieszczęśliwione kobiety – odpowiedziałam. Od jakiegoś już czasu malowałam kobiety w starodawnych kapeluszach, w karnawałowych maskach, w eleganckich sukniach nawiązujących do lat czterdziestych.
– Więc przyjdą te twoje babki i będą na ciebie ostro wściekłe, że tak z nimi pograłaś – mruknął. Na kartce pod jego palcami miałam już policzki, czoło, brodę i fragment szyi.
Wyobraziłam sobie, że będę leżeć na łóżku, a moje kobiety zaczną wychodzić z mroku. Cząstki powietrza zaczną poruszać się szybciej i szybciej, ukształtują niewyraźne postacie. Niektóre będą od razu pełne, inne to kontury połyskujące fluorescencyjnym światłem, z pustymi oczami, które będą celować we mnie z wyrzutem. Staną najpierw daleko, a potem zaczną się zacieśniać, aż podejdą tak blisko, że będą mogły mnie dotknąć. Będą chuchać mi zimnym powietrzem w twarz i mrużyć oczy; niektóre z teatralnie wsuniętymi papierosami w ręce, inne z kawałkami plenerów, w których je zakreśliłam; znajdą się także statystki: nieważne, bezimienne tła siedzące w barach albo spacerujące. Wszystkie świadome mnie i tego, że są moje.
– Dorysuj mi włosy.
– Mówisz i masz. – Ołówek zakreślił kilka linii, które dały wrażenie gęstwiny na mojej głowie. Odłożył kartkę i wyciągnął do mnie rękę:

– Miło mi cię poznać, jestem Dawid.
Uścisnęłam jego dłoń:
– Marta.
– Chyba mieszkamy naprzeciwko siebie, Marto. Coś mi się wydaje, że to ciebie widuję z mojego balkonu. Mieszkasz z dwiema dziewczynami, prawda?

W mojej rodzinie mówiło się, że miłość, która spadnie z nieba jak deszcz, jest gorąca i namiętna i może przerodzić się w potok tak silny, że skruszy każdą skałę i wedrze się w każdą szczelinę. Ponieważ jednak jest to tylko woda, może wysuszyć ją słońce. Mężczyźni w mojej rodzinie pojawiali się i odchodzili, pozostawiając po sobie wspomnienia wypełnione szczęściem i samotną rzeczywistość. Wychowałam się w domu kobiet. Byłyśmy w nim we cztery: moja babcia, mama, ja i siostra. Ani moja babcia, ani mama nie potrafiły zatrzymać przy sobie mężczyzn, chociaż przeżywały z nimi chwile, dla których na pewno warto było kochać i cierpieć.

Babcia twierdziła, że prawdziwe szczęście, jeśli już się je złapie, należy dusić jak cytrynę. „Kobiety w naszej rodzinie nie wybierają sobie właściwych mężczyzn na mężów – mówiła, sadzając mnie sobie na kolanach i rozczesując szeroką szczotką moje długie i zawsze splątane włosy. – Mamy jednak to szczęście, że potrafimy przeżyć coś, o czym inni mogą tylko marzyć".

Kiedyś pokazała mi zdjęcie młodego pilota. Wyjaśniła, że to on był największą miłością jej życia. „Skąd wiesz? Przecież kochałaś też mojego dziadka" – zapytałam zaskoczona. A ona odpowiedziała, że kiedy już spadnie na mnie prawdziwa miłość, będę ją czuć wszędzie, nawet w piętach i że odróżnię ją z łatwością od zauroczenia, zakochania i stu innych podobnych uczuć.

Jej wystarczyła podróż samochodem. Podróż, która trwała nie dłużej niż pięć godzin. Wybrała się w tę podróż, bo chciała znaleźć się przy swoim mężu, moim dziadku. Jechała do niego z żołnierzem lotnikiem, którego widziała pierwszy raz w życiu. Rozmawiali o zwykłych sprawach. Patrzyli na siebie o tyle, o ile wypadało. Ale kiedy moja babcia wysiadała z samochodu pod domem mojego dziadka, wiedziała już, że pomiędzy nią a tym mężczyzną rozpoczęło się coś tak ważnego, że warto dla tego zniszczyć cały dotychczasowy spokój. Pięćdziesiąt lat później potrafiła z dystansu popatrzeć na swoje życie i nie żałowała niczego ponad to, że tamten pilot, kiedy porzuciła dla niego męża, zginął w ostatnim roku wojny. „Nie masz wpływu na szczęśliwe zakończenie tego, co rozpoczniesz, Marta – powiedziała, kiedy wyjeżdżałam do Gdańska, by studiować sztukę. – Ale możesz podejmować wybory i nigdy ich nie żałować".

Kiedy poznałam Dawida, wszystkie przepowiednie miałam już za nic! To, co do niego poczułam, było jak ciepły deszcz w środku lata. Jak chwila, gdy stajesz się świadkiem czegoś tak ważnego i pięknego, że masz wrażenie, iż nie zdołasz tego udźwignąć. Moment, gdy po chwili bezdechu nabierasz znowu powietrza. Tak, jakby wzięło się do spieczonych ust kawałek lodu. Albo jak szum wiatru w koronach drzew, kiedy jest tak ciepło, że ledwie oddychasz.

Zakochałam się w nim niemal bez pamięci. I od razu poczułam to zakochanie w całym swoim ciele, włosach, w oddechu, w stopach, w sercu.

– Ma na imię Dawid i mieszka naprzeciwko nas – zwierzyłam się Patrycji, gdy tylko wróciłam do domu po spotkaniu „Klucza". Weszłam do jej pokoju, zamknęłam za sobą drzwi, żeby Helena nas nie usłyszała, i usiadłam na łóżku. Czułam, że mam na twarzy wypieki, trzęsły mi się ręce i byłam tak podekscytowana, że nie mogłam usiedzieć, więc zaraz wstałam i szybkim krokiem podeszłam do okna.

– Odprowadził mnie do domu, jest rzeźbiarzem, działa w „Kluczu"...

– Odprowadził cię? – Patrycja przyjrzała mi się z uwagą, ale jakoś bez entuzjazmu. – Jesteś pewna, że ma na imię Dawid, a nie Mariusz?

Nie zwróciłam uwagi na jej słowa, zbyt pochłonięta własnymi emocjami.

Dawid pod drzwiami mojej klatki schodowej, kiedy już znalazłam w torebce klucze, poprosił mnie o numer telefonu i zapisał go sobie w komórce. A potem zrobił coś, co strasznie mi się spodobało: dotknął palcami mojego warkocza i delikatnie za niego pociągnął.

„Tak w podstawówce podrywałem dziewczyny" – powiedział, uśmiechając się.

Mnie też w podstawówce chłopak podrywał w ten sposób: pociągnął za mój warkocz i uciekł, zanim zdążyłam się odwrócić.

„Nie chodziłeś przypadkiem do mojej szkoły?" – zapytałam i oboje wybuchliśmy śmiechem.

– Jest cudowny! – Moje palce rozgarnęły roletę okienną, żeby sprawdzić, czy w jego mieszkaniu pali się światło. Paliło się i zobaczyłam Dawida zdejmującego płaszcz.

– O rany, Pati! – wyszeptałam, nie odrywając od niego wzroku.

– Chyba się wreszcie zakochałam!

Szczęście przypominało krótki powiew wiatru. Ten wiatr poruszał firankami mojego okna, chłodnym powietrzem wnikał do wnętrza pokoju, rozwiewał mi włosy.

Patrzyłam, jak Dawid spaceruje po kuchni ze słuchawką telefoniczną przy uchu, ciągnąc za sobą długi, pokręcony kabel. Kiedy zadzwonił mój telefon i wyświetlił się na nim obcy numer, od razu wiedziałam, że to on.

– Witaj – odezwałam się cicho, z trudem hamując zdenerwowanie.

– Co układasz? – zapytał w odpowiedzi.

Moje palce odruchowo cofnęły się do kapy na łóżku, gdzie rozkładałam swoje papierki. Zaczęłam się śmiać:

– Zbieram wzory do rzeźby – i opowiedziałam mu o herbacianych torebkach, które zostawiają ślady w postaci rysunków na białych kartkach.

– Mnie raczej nuży codzienność – odrzekł. – Zawsze myślę, jak od tego wszystkiego uciec. Nie zastanawiałem się, że może być w niej coś wartościowego.

Ze słuchawką w dłoni podeszłam do okna i delikatnie dotknęłam firanki. Dawid robił coś w kuchni, przytrzymując słuchawkę ramieniem. Mieszał w garnku, szukał czegoś po szufladach.

– Od tego, jak przeżywasz codzienność, zależy, czy będzie ona udręką, czy niezwykłym rytuałem, czy też przyjemnym zwyczajem – odparłam, wpatrzona w niego.

Zaczął się śmiać.

– Więc jest ważna?

– Najważniejsza. Składa się na całe nasze życie.

Zupełnie nie wiedziałam, dlaczego zaczęłam opowiadać mu o mojej babci, która była już bardzo stara i mieszkała w Poznaniu z moją mamą. Opowiedziałam mu, że to ona zainteresowała mnie codziennością.

– Jej życie ma sens dzięki prostym czynnościom, które wykonuje każdego dnia – ciągnęłam, świadoma, że Dawid słucha mnie uważnie, jakbym mówiła mu coś bardzo istotnego. – To proste rzeczy, takie jak podlewanie kwiatów, obieranie ziemniaków czy zmywanie naczyń. Ale dla niej są ważne. To jej całe życie.

Na uczelni wypadły mi z rąk notatki, rozsypały się po korytarzu i studenci musieli je zbierać wraz ze mną. Zaraz po tym, na wykładzie, który prowadziłam, nagle zapomniałam, o czym mówiłam chwilę wcześniej. Studenci wpatrywali się we mnie z wyczekiwaniem, a ja zaczęłam się śmiać.

– Przepraszam – powiedziałam, przykrywając ręką usta i kryjąc kolejny uśmiech.

– Co się z tobą dzieje? – zapytała Pati w domu, zaniepokojona faktem, że obierki z ziemniaków wsunęłam sobie do kieszeni zamiast wyrzucić je do śmietnika.

– Nie wiem – odpowiedziałam szczerze. I faktycznie nie wiedziałam, bo cokolwiek się ze mną działo, działo się tak po raz pierwszy w życiu.

Jadąc na rowerze, widywałam teraz więcej zakochanych par – jakby nagle nastąpił ich wielki wysyp. Na przystanku autobusowym liczyłam ludzi, którzy dzwonili z komórek do ukochanych osób. Zaczęłam też przykładać większą wagę do moich strojów, przejrzałam szafę i uradowałam Patrycję stwierdzeniem, że powinnyśmy wybrać się na zakupy.

Próbowałam podpytać o Dawida Mariusza i w tym celu specjalnie do niego przyjechałam.

– Długo znasz Dawida? – zapytałam, kiedy obrabiał graficznie jedno ze zdjęć w komputerze, a ja siedziałam tuż obok niego, wpatrzona w ekran i próbowałam chociaż trochę skupić się na tym, co on robił.

– Od dzieciństwa.

– Opowiedz mi coś o nim.

– Co chcesz usłyszeć? – Odwrócił wzrok od ekranu komputera i popatrzył na mnie. Roześmiałam się:

– Nie patrz tak!

– Jak?

– Tak – rzuciłam, nagle zmieszana, i opuściłam wzrok. Teraz

widziałam tylko dłoń Mariusza, którą sięgnął po kubek z kawą. Ręka znalazła się bardzo blisko mnie.

– Czy będzie na czwartkowym spotkaniu? – zapytałam już z mniejszą pewnością w głosie.

Odwrócił się do komputera i zajął zdjęciami.

– Chyba nie – odpowiedział z wyraźnym znużeniem po chwili. – Nie wiem. Może przyjdzie.

Dawida zobaczyłam przez szybę wystawową kawiarni kilka dni później.

Było wczesne popołudnie i poza nim siedziało tam może z pięć osób. Przystanęłam więc raptownie, pospiesznie skontrolowałam swój wygląd w witrynie, uniosłam dłoń, żeby poprawić włosy i nagle moja ręka zawisła w powietrzu.

To był moment, ale wystarczył, żeby uśmiech zniknął mi z ust. Mimo woli cofnęłam się o krok i jeszcze raz popatrzyłam na sylwetkę siedzącą przy stoliku.

Kiedy miałam dziesięć lat, obudziłam się z krzykiem, gdyż przyśniła mi się głęboka i brudna woda, w której musiałam pływać. Moja mama, która wbiegła do pokoju i uspokoiła mnie, powiedziała, że nie powinnam się bać, ale że muszę bardziej uważać, sny bowiem nie są tylko koszmarami lub bajkami. Sny mogą nas ostrzegać. W mojej rodzinie ostrzegały od zawsze.

Wspomnienie tego snu dopadło mnie już raz później i rzeczywiście było ostrzeżeniem.

Teraz, przy szybie wystawowej kawiarni, poczułam się tak samo. Moja dłoń opadła, cofnęłam się krok. Ogarnęło mnie wrażenie, że zaczynam się zanurzać w ciemnej wodzie. Wrażenie było tak silne, że musiałam przytrzymać się ściany.

– Co się dzieje? – wyszeptałam. Mijający mnie ludzie, obrzucali mnie zaciekawionymi spojrzeniami, a ja czułam, że woda sięga mi kolan, czułam nawet, jaka jest gęsta i lepka.

Spróbowałam otrząsnąć się z tego, uniosłam głowę i niepewnie dotknęłam szyby wystawowej. A potem odeszłam szybkim krokiem, nie oglądając się za siebie.

Helena

Pierwszy raz idę tam, kiedy na niebie zbierają się burzowe chmury. Najpierw jadę taksówką, a potem każę kierowcy zatrzymać się i idę na piechotę. W tej dzielnicy wszystkie kobiety ubierają się właśnie tak, jak ja: jasne płaszcze, eleganckie apaszki i kozaki na wysokim obcasie. Kiedy więc już tu jestem, wyglądam dokładnie tak, jak one. Nie wiem, ile z nich mnie zna. Jakiś mężczyzna uchyla kapelusza, ale nie jestem pewna, czy jego powitanie skierowane jest do mnie, czy do dziewczyny, która mija mnie szybkim krokiem.

Osiedle wynurza się przede mną białe i nowoczesne, pełne przydymionych szyb, płaskich balkonów i identycznych choinkowych ozdób porozwieszanych w oknach. Gdyby ktoś zapytał mnie teraz o adres, nie umiałabym go podać. Umiem jednak tu trafić. Jeśli wciągnę głęboko powietrze, wyczuję zapach siebie sprzed ponad roku. Kiedy popatrzę uważniej, uświadomię sobie, że znam tu każdy kąt, nawet ten napis wysmarowany sprayem na murze. Zdejmuję rękawiczkę i dotykam go delikatnie. Litery nie są wypukłe, a jednak mam wrażenie, że pod palcami wyczuwam zgrubienia w miejscach, w których się znajdują.

Jak ściana płaczu, myślę z ironią. Bo przecież cała ta ściana wysmarowana jest żalami współczesnych blokowisk. Między wulgarnymi napisami przeplatają się wyznania i nadzieje. Gdzieś tu powinny się znajdować także odciski moich palców, stare i prawie wytarte.

W torebce mam klucze i teraz nie wiem, czy ich użyć. Boję się, że może ktoś pozmieniał zamki, a może włączy się alarm albo okaże się, że w środku ktoś czeka.

Kto to miałby być?, myślę i wpatruję się w bramkę.

Nie byłam tu od dawna, od tak dawna, że całe to miejsce pewnie już o mnie zapomniało. Ja też chyba o nim zapomniałam, ale teraz stoję tu i patrzę na życie rozgrywające się poza ogrodzeniem, na bezpieczne ekskluzywne mieszkania, do których pasują mój płaszcz i torba podróżna, przyniesione do Patrycji, i cała moja bielizna oraz kosmetyki.

Portier przygląda mi się z uwagą, niepewny, czy nie powinien mnie stąd przegonić. Pewnie sądzi, że przyszłam do kogoś w odwiedziny. Wyglądam zbyt dobrze, by się mnie obawiać. A przecież kiedyś wyglądałam lepiej.

– Pomóc w czymś pani? – pyta.

Kręcę głową i zostawiam klucz bezpieczny w torebce, a potem idę kilka kroków dalej i szukam wzrokiem okna, które jeszcze nie tak dawno należało do mnie.

– Wyobraź sobie coś, cokolwiek. Na przykład coś, czego nie ma wokół ciebie. Wyobrażasz sobie?

Zaciskam oczy, skupiam się na wywołaniu obrazu w głowie. Najpierw jest to las, potem wielka zjeżdżalnia, lub długi tunel. Aż nagle pojawia się wyspa.

– To wyspa. Jest bardzo mała, tak mała, że mogę przejechać na rowerze z jednego jej końca na drugi.

– Co widzisz na tej wyspie?

Marszczę brwi, aby się skupić. Powoli wyspa zaczyna rozjeżdżać się na boki, przybywa jej kilometrów, rozszerza się, gęstnieje.

– Piasek.

– Jaki jest? Są na nim ślady?

Ślady pojawiają się jak grzyby po deszczu. Tu jeden, tam drugi, niektóre drobne, jak stóp dziecka, inne duże.

– Dokąd prowadzą?

Ślady prowadzą wszędzie. Niektóre do morza, inne w głąb wyspy.

– A co jest w głębi?

W głębi są drzewa. Nie, nie drzewa. Zdecydowanie palmy. Tak, duże palmy, pełne kokosów, z korą dokładnie taką, jaką widziałam w palmiarni w Oliwie.

– Palmy i piach?

Chyba nie wymyśliłam tego za dobrze.

Zastanawiam się chwilę i zaraz pojawiają się jeszcze inne elementy. No tak, na wyspie nie powinny być wyłącznie palmy i piach. Oczywiście rosną też na niej inne rośliny. I wcale nie otacza jej morze, tylko ocean. Wielki, groźny ocean. Czasami cichy, przyczajony, przezroczysty aż po dno, a czasami przerażający.

Zwierzęta też tam są.

– *Małpy? Zebry?*
– *Nie, nie małpy. Zebry też nie.*
– *Więc jakie?*
Zza palmy wynurza się jakiś zwierz, powoli zmierza w moim kierunku, nabiera prędkości, przygotowuje się do skoku i...
– *Nie, lepiej jeśli zwierząt nie będzie – decyduję.* – *Ale są ryby. Piękne, wielkie ryby. Chlupoczą przy brzegu, nurkują po mniejsze rybki, niektóre przeskakują nad wodą. Ryby można łowić. Łowią je mieszkańcy wyspy. Zarzucają sieci w wodę...*
Inaczej. Na piasku znajduje się wiele łódek. Są drewniane, niektóre dziurawe, bo mieszkańcy wyspy nie mają dość pieniędzy, żeby je łatać. Jeśli się psują, porzuca się je na brzegu i leżą tam tak długo, aż staną się kupką drewna.
W łodziach znajdują się sieci, wędki i wszystko, co potrzebne, żeby łowić. Mieszkańcy wyspy to uwielbiają. Czasem urządzają konkursy na największą rybę złapaną w oceanie. Jeden człowiek złapał rybę tak wielką, że nie potrafił jej wyciągnąć wędką. Wskoczył do wody, żeby rękami wepchnąć rybę do łodzi, ale niestety okazała się za duża i kiedy uciekła w głębinę, on popłynął także, uczepiony swojej wędki.
– *Utonął?*
O tak, utonął. Mieszkańcy wyspy wyprawili mu piękny pogrzeb. Na oceanie rozsypali kwiaty, odprawili modlitwy, ktoś nawet zapłakał głośno. Po tym wydarzeniu zaprzestali konkursów.
– *Skoro zaprzestali konkursów, to na czym się skupili?*
Starsze dziewczyny i chłopcy wypływali na ocean. Zdobili łodzie, ubierali je wiankami z kwiatów i śpiewali różne pieśni. To były bardzo piękne pieśni. Śpiewali o odległych krainach, których nigdy nie widzieli. O innych ludziach. O lądzie, który nie kończy się wodą.
Dzieci obserwowały to z brzegu. Z brzegu nie słyszały poszczególnych słów, tylko monotonne dźwięki pieśni, wysokie głosy kobiet i niskie mężczyzn. Widziały kolorowe wianki, kwiaty, płonące pochodnie.
Był tam też chłopiec, który nie mógł się doczekać, kiedy sam będzie mógł posterować łodzią. Marzył mu się bezkres oceanu, poszukiwania obcego lądu...
Nie, to zbyt proste.
– *Więc?*

Więc widziały z brzegu kolorowe wianki, kwiaty, płonące pochodnie. Wymyśliły sobie zabawę. Łamały patyczki i zaznaczały na połamanych kawałkach nazwy łodzi. Robiły między sobą zakłady o to, którą łódź pierwszą pochłoną fale. Widziały, że na niebie zbierają się burzowe chmury. Były ogromne, ale ledwie widoczne w ciemnościach. Młodzi ludzie na łodziach nie zauważyli ich, rozśpiewani i zapatrzeni w siebie. Nie zauważyły też tego kobiety zebrane na szerokiej piaszczystej plaży. Jedna z nich poczuła wiatr we włosach, ale nie przywiązywała do tego żadnej wagi. Inne cieszyły się, że wiatr rozpędza wreszcie duchotę nocy.

Głosy dziewcząt unosiły się, głosy chłopców im wtórowały, chmury na niebie gęstniały, niezauważone niemal przez nikogo, zakrywając całe niebo tak szczelnie, że nie było widać już ani jednej gwiazdy. Pochłonęły nawet księżyc.

– I nikt tego nie dostrzegł?

Owszem, zauważyła to jedna kobieta. Ta sama, która chwilę wcześniej poczuła wiatr we włosach. Była starą mieszkanką wyspy, widziała już w życiu niejedną tragedię, a podczas strasznego sztormu, który rozegrał się osiem lat wcześniej i pochłonął połowę mieszkańców wyspy, straciła dwóch synów.

Kobieta uniosła głowę i nie zobaczyła nad sobą nieba takiego, jakie widziała przez ostatnich osiem lat. Zobaczyła tylko gęstą zasłonę. Gdzieś wewnątrz niej odezwał się przyczajony strach, dokładnie taki sam, jak podczas tamtego sztormu, kiedy jej chata trzeszczała, wiatr wyrywał okiennice, a synowie, mimo że ich zatrzymywała, pobiegli ratować łodzie.

Zobaczyła rozkołysane czubki drzew i uświadomiła sobie, że już od jakiegoś czasu fale częściej i gwałtownie uderzają o brzeg. Zauważyła też, jak mocno chwieją się światła zapalonych pochodni.

Duchota narastała i narastała.

Dzieci zebrane w ciasny krąg zaczęły szeptać nazwy łodzi: każde podawało tę, na którą stawiało.

W powietrzu wyczuwało się dziwne napięcie.

Chmury nabierały prędkości, układając się jedna na drugiej, jedna ściśle obok drugiej, tuż nad rozkołysanymi, rozśpiewanymi łodziami.

Tamta kobieta z nabrzeża wstała. Wiatr teraz już szarpnął jej włosami mocno, na tyle mocno, że rozwieszona na drzewie chusta – rozwieszana zawsze w czasie obchodów święta na wodzie...

– Więc to było święto?

– Tak, święto.

Święto zaczynało się w ostatnią noc wiosny, a kończyło nad ranem, pierwszego dnia lata. Mieszkańcy bardzo skrupulatnie się do niego przygotowywali. Kobiety ćwiczyły tańce, które o północy miały rozpocząć się na plaży. Mężczyźni przygotowywali się do walki, jaką mieli stoczyć o pierwszej w nocy o najpiękniejszą kobietę wyspy.

– Kto był tą kobietą?

Och, Kapi. Miała czarne włosy sięgające pleców, skórę ciemną od słońca, piękne oczy w kolorze wody. Była córką tamtej kobiety z nabrzeża, tej co pierwsza wyczuła burzę.

– Dlaczego chcesz zrobić z tego taki horror?

– Nie wiem. Mogę zrobić inaczej. Mogę zrobić tak, że tamta kobieta zawoła z brzegu albo rozpędzi dzieci rzucające zaklęcia na łodzie. Młodzi usłyszą ją, przerwą śpiew, zawrócą w popłochu w stronę lądu. I zanim burza rozpocznie się na dobre, oni będą już bezpieczni w swoich chatach.

Albo jeszcze inaczej. Może burza rozejdzie się sama, dzieci zamilkną, młodzież bezpiecznie wróci na brzeg. Jak byś wolał?

– A jak zrobisz?

O, tak, jak planowałam. Zrobię tak, jak chcę. Poczekaj, to się dowiesz. Na razie jest duszno, czubki drzew się kołyszą, tamta kobieta wstaje z piasku i z niepokojem wpatruje się w drzewa. Wiatr przywiewa do niej dźwięki pieśni. Przywiewa też coś jeszcze. Coś dziwnego, na co nie zwróciła uwagi.

To też śpiew. Tyle że słyszy zupełnie inne głosy. Brzmią matowo, dziecięco, jakoś inaczej niż normalne piosenki. Powtarzają się w nich słowa.

Jakie to słowa?, myśli kobieta, teraz już przerażona. Stara się usłyszeć więcej, ale wiatr przynosi do niej głosy kobiet z łódki. Zamyka więc oczy i skupia się.

Słyszy pieśń. A potem wyliczankę, prostą dziecięcą wyliczankę, powtarzającą się natrętnie, wypełnioną nazwami. Czego nazwami?

Kiedy pierwszy naprawdę silny poryw wiatru niemal popycha ją do tyłu, uświadamia sobie, że to nazwy łodzi. Łodzi, które mają zatonąć...

Patrycja

Razem z Martą wybrałyśmy się w sobotę po choinkę. Uznałam, że w tym roku powinnyśmy kupić jakąś szeroką, ale nie wyższą niż półtora metra. Marta przywiozła z Poznania trochę ozdób i ustaliłyśmy, że zrobimy też ciasteczka do polukrowania i zawieszania na gałęziach. Może nawet uda się zaangażować w to Helenę. Ostatecznie trzeba jakoś się z nią pokumać, skoro ma być pod moim dachem aż do czerwca.

Śnieg sypał, choinki wcale nie przypominały katalogowych, Marta wpadła w szał wybierania najohydniejszego z drzewek, takiego, co to go nawet sprzedawca nie polecał.

– Jak już je ścięli, to niech chociaż się przyda – tłumaczyła nieporadnie handlarzom, jak wytrzeszczali na nas oczy, że szukamy brzydactwa.

Kupiłyśmy choinkę, znalazłyśmy trochę prezentów dla rodzin, Marta wypatrzyła na wystawie buty swojego życia – niestety, ostatnią parę, która była dla niej za duża, a na mnie w sam raz.

– Och, błagam, weź je! – jęczała w sklepie. – Weź je chociaż po to, żebym mogła w domu patrzeć, jak w nich chodzisz!

Miałam ochotę postukać ją w głowę. Buty były cholernie drogie, za drogie na takie ekstrawaganckie pomysły. Marta kupiła mi je więc jako prezent gwiazdkowy i z kartonem pod pachą i miną najszczęśliwszej w świecie osoby człapała u mojego boku.

– Są cudowne... – mamrotała – cudowne!

Choinkę oprawił nam Sebastian. Przyniósł ze sobą piwo i jak już drzewko stało w wielkiej donicy przygotowanej przez Martę, rozsiedliśmy się w trójkę na fotelach i kanapach i popiliśmy sobie.

Z choinką w dużym pokoju i zapachem ciasta w piekarniku poczułam się cudownie. Naprawdę nadchodziły święta i nareszcie zaczęło to do mnie docierać. Postanowiłam, że z rana umyję okna, wypiorę dywany i w ogóle zajmę się trochę domem. Zapukałam nawet wspaniałomyślnie do Heleny i zawołałam wesoło:

– Puk, puk, jesteś?

Helena, o dziwo, od razu otworzyła drzwi.

– Mamy choinkę, pieczemy ciastka i potem chcemy je lukrować... – zaczęłam, ale przerwała mi niechętnie:

– Miłego lukrowania.

Zaczęłam się śmiać. To był dzień mojej dobroci, nawet dla Heleny:
– Przyjdź do nas do pokoju, polukruj z nami, powiesimy wszystko na choince, a potem pójdziemy sobie na gorące winko.
Oparła policzek o futrynę drzwi.
– Nie dzisiaj. Ale dziękuję za zaproszenie.
– Co masz lepszego do roboty?
Zawahała się, przez korytarz mogła widzieć kawałek choinki, może nawet poczuła jej zapach i zapach ciasta w piekarniku. Powtórzyła jednak stanowczo:
– Nie dzisiaj.

Kwiaty Heleny stały przede mną w równym rzędzie na parapecie, tuż pod linią firanki i wyglądały imponująco, jeśli wziąć pod uwagę fakt, że wyrosły tak szybko, jakby Helena podlała je najlepszymi odżywkami i przyspieszaczami wzrostu roślin – o ile coś takiego jak przyspieszacze istnieje. Ich szponiaste gałęzie pięły się dziarsko w górę, powykręcane liście rozłaziły na boki, a na łodydze jednego z nich zobaczyłam coś, co przypominało narośl i wcale mi się nie spodobało.
Sebastian zapytał wczoraj, co to za dziwne kwiaty sobie sprowadziłyśmy do domu, a kiedy mu wyjaśniłam, że to własność Heleny, popatrzył na mnie z niedowierzaniem.
On lubi Helenę, przyszło mi na myśl.
Sebastian nie miałby powodu, żeby jej nie lubić, bo zamienił z nią w życiu może ze trzy zdania, w dodatku dość miłe i przyjazne – w grzecznym stylu Heleny, który działał mi na nerwy bardziej niż wszystkie inne jej odzywki. Nienawidzę, gdy ktoś mówi tak cholernie uprzejmie, a nie ma na twarzy wypisanej ani krzty uprzejmości. Kiedy ona tak się odzywa, mam wrażenie, że chciałaby trzasnąć mi przed nosem drzwiami albo że popchnęłaby mnie pod rozpędzoną ciężarówkę, gdyby mogła.
„Czego ty od niej chcesz? Przecież to miła dziewczyna" – zdumiał się Sebastian, kiedy zwierzyłam mu się, że Helena mnie wnerwia. On zawsze staje kontra. Jeśli dla mnie coś jest białe, dla niego będzie czarne; jeśli powiem, że Helena jest miła, on uzna, że nie; a jeśli zacznę się wkurzać, że chłopaka, który ma problemy, bo znalazł w pracowni martwego ojca, ksiądz dyrektor chce usunąć ze szkoły i że to jest złe, Sebastian stwierdzi, to wcale nie jest złe, że to zarąbiście dobre posunięcie i że on zrobiłby tak samo.

Sebastian też zmienił szkołę. Jego rodzice przeprowadzili się z Zamościa do Słupska i nagle, z dnia na dzień, zamieszkali na naszej ulicy, a on przyszedł jakoś w środku roku szkolnego do naszej szkoły, pani dyrektor przyprowadziła go do mojej klasy i oznajmiła, że to nowy uczeń.

W szkole trafił na dość głupi moment, więc w sumie większość pierwszego roku spędził samotnie. Przyszedł do nas w drugiej klasie liceum, kiedy wszyscy już dobrze się poznaliśmy i bawiliśmy się wyśmienicie ze sobą.

„Pierwszy rok jest zawsze najgorszy" – stwierdził kilka tygodni temu, kiedy oglądaliśmy razem album ze szkoły i udało mi się znaleźć fotografię, na której siedział w moim tle, ubrany w ten swój grzeczny sweterek wycięty w karo, z włosami zaczesanymi za uszy i z przyjaznym wyrazem twarzy. Moja siostra, Agnieszka, zakochała się w nim bez pamięci, kiedy wybraliśmy się na spacer nad Słupią i Sebastian opowiedział jej straszliwą historię o tym, jak to kilkoro dzieci utopiło się w rzece, a trumienki z ich ciałami przyczepiono łańcuchami do ruin, żeby unosiły się na wodzie przez kilka dni, dla ostrzeżenia mieszkańców.

Rzeka znajdowała się bardzo blisko naszej kamienicy i Agnieszka uwielbiała bawić się na brzegu. Moja matka załamywała z tego powodu ręce, wystraszona, że Aga wpadnie do wody. Stosowała tysiące kar i obietnic, ale Aga i tak zawsze musiała leźć nad rzekę i wspinać się po resztkach ruin, które nad nią wyrastały. Z początku Agnieszka wcale nie uwierzyła w opowieść Sebastiana. „Kłamiesz" – oświadczyła stanowczo, ale Sebastian okazał się sprytniejszy. Przykucnął nad samą wodą, w miejscu, w którym zaczynały się ruiny, i pokazał jej kawałek łańcucha zanurzonego w rzece. „Widzisz? – zapytał z triumfem w głosie. – Wcale nie kłamię. Jedna z trumien po prostu zanurkowała". No i od tamtej pory miałam już Agę z głowy, bo omijała rzekę wielkim łukiem i nic nie było w stanie zaciągnąć ją nad brzeg.

Słupsk to cholernie mała miejscowość. Teraz rozrósł się już trochę i nawet inwestorzy wybudowali w nim kilka centrów handlowych. Jednak w czasach naszej szkoły średniej, wyglądał jak jedna z tych miejscowości, w których nawet latem nie ma nic do roboty. Nie przyjeżdżała tam wielka stonka turystyczna. Zagraniczni goście i wszelkie VIP-y ciągnęli raczej do Ustki, żeby połazić po deptaku, poleżeć na pięknej plaży i zjeść najdroższy w świecie obiad w restauracji. Do Słupska, jeśli zapędzili się aż tam, przyciągnąć mógł ich jeden wypasiony dom handlowy albo baszta czarownic i Muzeum Książąt Pomorskich. Bóg mi świadkiem, że muzeum nie należy do imponujących i poza kapciami, które kazali zawsze wkładać przy wejściu i w których każdy tracił szyk i wdzięk, nie za bardzo było tam co oglądać!

A jednak Sebastian lubił Słupsk i wyjechał z niego tylko dlatego, że nie było tam możliwości studiowania medycyny. Uważał, że Słupsk ma niezwykły klimat, którym nie może poszczycić się ani Gdańsk, ani Zamość, ani nawet Kraków.

„To jest dziura!" – odpowiadałam mu zawsze, kiedy wracaliśmy po szkole razem do domu, z tornistrami opuszczonymi aż do łokci, w rozpiętych kurtkach i szalikach ciągnących się za nami po chodniku. – „Tu jest małomiasteczkowy klimat!". I tak właśnie myślałam. Uważałam, że żyjemy jak na prowincji, marzyło mi się Trójmiasto, marzyły mi się Warszawa i Poznań, i sto innych zagranicznych miast, w których, jak sądziłam, życie zaczyna się po zapadnięciu zmroku, gdzie jest tysiąc pubów, klubów i kin.

My mieliśmy kino „Millenium". Znajdowało się przy naszej kamienicy, więc praktycznie we wszystkie dni, kiedy nie było nic zadane do domu, chodziliśmy do niego. Siadaliśmy w tylnych rzędach, napychaliśmy usta cukierkami i rozgryzaliśmy je z chrupnięciem. Kino było tanie i nie wymagało ani szykownych strojów, ani żadnych starań. W ciemności wgapialiśmy się w wielki ekran, na którym pojawiały się wszystkie gwiazdy Hollywood. Agnieszka po powrocie do domu zasiadała zawsze przy lustrze i podejmowała rozpaczliwe próby zrobienia sobie makijażu á la gwiazda filmowa, męczyła włosy gofrownicą i przymykała oczy jak do pocałunku. Najczęściej wypróbowywała swoje marne sztuczki na Sebastianie, który patrzył na nią bardziej przyjaźnie niż mój ówczesny facet i nawet potrafił powiedzieć jej komplement.

Sebastian był kumplem i na spotkania z nim nigdy się nie stroiłam ani nie robiłam niczego specjalnego, żeby wyglądać ładnie. Stroiłam się dla innych chłopaków. Dla faceta, którego miałam w czwartej klasie, a który był świetnym piłkarzem i marzył o wejściu do poważnej drużyny, ufarbowałam włosy na czarno. Dla innego, który nastąpił zaraz po piłkarzu, wytatuowałam sobie na łopatce motylka.

Sebastian przeczekał w spokoju wszystkich moich facetów, pozwalając, bym wypłakiwała się na jego ramieniu, kiedy mnie rzucali albo zachowywali się jak ostatnie obszczymury. Pocieszał mnie, głaskał po włosach i w ramach terapii zabierał do kina albo na plażę. Wiele lat później powiedział mi, że przez te wszystkie lata był we mnie zakochany po same końce uszu. „Jak to możliwe? – zapytałam głupio, bo nie mieściło mi się to w głowie. – Nigdy nie dałeś mi poznać, że ci zależy!".

On uważał, że dał mi sto powodów, żebym sądziła, że mu zależy: „Pamiętasz to lato, kiedy jeździliśmy na rowerach oglądać w Ustce aktorów?".

Oczywiście, że pamiętałam! Jak mogłabym zapomnieć lato, kiedy mój kolejny facet porzucił mnie przed samymi wakacjami i to dla laski z mojej szkoły, brzydkiej jak noc i w dodatku kulawej!

Pamiętaliśmy je zupełnie inaczej:

Ja pamiętałam, że ubierałam się wtedy na czarno, w okropne długie kiecki, które nie odsłaniały nawet skrawka mojego sandała i słuchałam wtedy ciężkich piosenek o śmierci i zgniliźnie.

A on pamiętał, że w kinie, gdzie siedzieliśmy po raz setny oglądając „Indianę Jonesa", położył rękę na mojej. Albo że odkryliśmy opuszczony kawałek parku za starym murem biblioteki, gdzie w gąszczu krzaków znajdowało się coś, co uznaliśmy za nagrobek i wymyślaliśmy o nim tysiące historii.

Albo że siedzieliśmy na gałęzi drzewa i ja wymyśliłam słowa do angielskiej piosenki, której żadne z nas nie umiało przetłumaczyć. No i na tej gałęzi machałam nogami w powietrzu i śpiewałam: „To jest ta chwila, dziś wszystko mogę, chcę pod stopami mieć cały świat, chcę jechać przed siebie, chcę czuć we włosach prędkość i być całkiem wolna, wolna, jak ptak!".

Albo że nie umiałam jeździć na rowerze, a on pożyczył dla mnie rower od kuzyna i razem pojechaliśmy do Ustki. Ja też coś z tego sobie przypominałam. Przypominało mi się mianowicie, że bałam się jeździć, miałam czarne legginsy, które wywinęłam aż do kolan, bo inaczej nie opaliłabym sobie łydek, i że pomalowałam na czarno paznokcie, które były tak cholernie długie, że podczas jazdy jeden złamałam.

Sebastian zadzwonił do mnie późno, tak późno, że wyrwał mnie ze snu.

– Chciałem tylko powiedzieć ci dobrej nocy.

Potarłam oczy, niemal śpiąc i ułożyłam na poduszce słuchawkę, tak że nakryłam ją twarzą. Jego głos dochodził teraz spode mnie, łagodny i miękki.

– Chyba właśnie mi się śniłeś – odpowiedziałam szeptem. Senność wkradała się w moje ciało, kołysała mną, sprawiała, że nie mogłam się skupić na słowach.

– Co ci się śniło?

– Ty.

Nie pamiętałam snu, tylko wrażenie, że pomiędzy nami były jakieś drzwi i że nie dawało się ich otworzyć z żadnej strony. We śnie szarpałam za klamkę, a potem oparłam o nie policzek i coś mówiłam.

– To nie był dobry sen – dodałam cicho, a potem zmusiłam się, żeby spytać, co teraz robi.

– Mam jeszcze sto papierów do przejrzenia. – Niemal słyszałam szelest tych papierów, kiedy przekładał je z miejsca na miejsce. Do mojej głowy wkradł się senny obraz Sebastiana w okularach, które zawsze wkładał do czytania, siedzącego na swoim jasnym krześle, przy zapalonej lampce, w pustym mieszkaniu, nad stertą papierzysk. Obraz rozwiał się, ale sprawił, że zaczęłam chichotać.

– Więc dobrej nocy – wymamrotałam, już na krawędzi snu.

– Dobrej nocy – odpowiedział i rozłączył się.

Helena

– Od kiedy ma pani zaniki pamięci?

– Nie wiem – odpowiadam zgodnie z prawdą, bo przecież nie wiem. Może miałam je już wcześniej i zignorowałam, aż choroba doprosiła się o swoje i wrzuciła mnie w tamtą mgłę. – Wydaje mi się, że wcześniej prowadziłam normalne życie.

– A teraz?

– Teraz nic nie wiem.

– I nie ma nikogo, kto mógłby pomóc pani odtworzyć przeszłość?

Waham się, składam ręce na kolanach, patrzę w stronę okna. Poza gabinetem na niebie zbierają się gęste chmury, zanosi się na deszcz. Odrywam spojrzenie od nieba, wracam do rzeczywistości.

– Są takie osoby. Na pewno są.

Lekarz nie mówi nic o moim sercu. Pytam więc:

– Co jest z moim sercem?

– To wrodzona wada. Prawdopodobnie była pani wcześniej leczona, brała leki. Dlatego te ataki. Coś panią zdenerwowało, jest pani w dużym stresie i nie zażywała pani lekarstw.

– Czy można to wyleczyć?

Kręci głową:

– Można tylko likwidować objawy.

Znowu patrzę w stronę okna, na czysty błękit nieba rozciągnięty nad ośnieżonymi dachami domów. Przypominam sobie dużą zieloną łąkę, pełną białych kwiatów.

Matka siedzi na niebieskim kocu, wokół nas unosi się zapach lata, bzyczenie os, zapach kwiatów i duszna woń perfum. Jej dłonie poruszają się spokojnie, niemal bezwiednie: igła w górę, igła pod materiał, igła pod spodem i znowu w materiał... Spod igły wyrastają na serwetce kwieciste wzory.

A potem materiał wysuwa się z jej palców i nitki nurkują w głęboką trawę. Jej twarz częściowo upada na trawę, a częściowo na koc.

– Umrę na serce?

Lekarze nie lubią takich pytań.

– To nie jest powiedziane – wykręca się. – Może pani umrzeć wcześniej na sto innych dolegliwości.

Kiwam głową:

– Ale jeśli wcześniej nie umrę na te sto innych dolegliwości, to umrę na serce, czy tak?

Pamiętam, że jako dziecko zanurzyłam się w gorącej kąpieli, zamknęłam oczy i słuchałam rytmu mojego serca. Biło równo i głośno, uderzenie za uderzeniem. A potem zatrzymało się nagle.

To była chwila, jeden moment, podczas którego wstrzymałam oddech i uświadomiłam sobie, że moje serce nie pracuje. Jeden moment, a oblałam się cała potem i kiedy ono zaczęło bić, poderwałam się z wanny i krzyczałam na całe gardło „Tato! Tato!", pewna, że zaraz stanie się coś jeszcze gorszego.

Kiedy miałam siedem lat, matka prowadziła mnie za rękę od lekarza do lekarza, aby uzyskać zapewnienie, że wada mojego serca jest nieuleczalna.

Jeśli poszukam w pamięci jej obrazu, zobaczę ją, jak stoi za moim krzesłem, z rękami opartymi na moich ramionach, i zadaje pytania. Jej głos jest cichy, ale zdenerwowany. Dłonie zaciskają się na moich ramionach mocno, tak mocno, że w jakimś momencie paznokcie zaczynają wbijać mi się w skórę.

Nie krzyknę jednak ani nie powiem nic. Grymas bólu ukryję, pochylając głowę, zacisnę zęby i będę czekać, bo to, o co ona pyta, jest dużo gorsze niż ból, który czuję. Zadaje tylko właściwe pytania. Pyta: „Podczas gry z dziećmi Helena zasłabła, więc wydaje mi się oczywiste, że nie powinna bawić się w męczący sposób. Czy nie mam racji, panie doktorze?".

Pyta też: „A jeśli na dworze będzie bardzo gorąco, czy powinnam pozwolić jej wychodzić? Bo przecież w zeszłe lato słaniała się na nogach na słońcu... więc nie wiem, co robić. Czy mam zabronić jej chodzenia na plażę? Albo spacerów w upalne dni?".

Dzieciaki są zbyt naiwne, by umieć siebie obronić. Manipulacja nimi jest tak prosta, tak dziecinnie prosta, że właściwie nie trzeba nawet trudzić się, żeby je skrzywdzić. „Bezbronne i lojalne" – powiedziała kiedyś moja matka. Powiedziała tak i uśmiechnęła się do mnie jakoś krzywo, odsłaniając w uśmiechu długie kły.

Gabinety lekarskie budzą we mnie niesmak. Wydają mi się zbyt sterylne, by czuć się w nich dobrze. Kiedy w którymś jestem, nabieram głęboko powietrza w płuca i wypuszczam je cicho, ostrożnie, jakbym się bała, że taki dźwięk ściągnie na mnie uwagę lekarza. Moje spojrzenie błądzi wtedy po planszach, szukam wzrokiem eksponatów.

Kiedy lekarz notuje listę badań, na które powinnam się zgłosić w sprawie zaników pamięci i problemów z sercem, ja skubię palce i czuję, jak ogarnia mnie jakaś straszna wściekłość. Chciałabym, żeby szybciej skończył pisanie i pozwolił mi już wyjść. Mam wrażenie, że w tym niewielkim białym pomieszczeniu jest zbyt klaustrofobicznie. Przestrzeń pomiędzy nami kurczy się, on unosi na mnie spokojny wzrok znad okularów i pisze dalej. A ja pocieram skronie ręką, która jest lodowata, i wyobrażam sobie korytarz poza tą salą, wyobrażam sobie, że idę tym korytarzem do wyjścia, popycham drzwi i znowu jestem na ulicy pełnej przestrzeni, ludzi i gwaru.

– Wszystko w porządku? – pyta lekarz, więc przytakuję i nabieram głęboko powietrza.

Tamten gabinet był podobny. Po lewej stronie też znajdowało się okno, a po prawej stał parawan. Siedziałam na krześle i szukałam czegoś, co zajmie moje myśli. Wcześniej czy później coś zaczynało mamić mój wzrok. Najczęściej były to jakieś owady, na przykład mucha bzycząca przy szybie, obijająca się o nią skrzydłami, pragnąca wylecieć na dwór. Czasem plansze z rozrysowanym mózgiem albo organizmem kobiety.

Matka mówiła, a ja patrzyłam. Później już rzadko słuchałam jej słów, nauczyłam się ich nie słyszeć albo uodparniać się na nie. Wtedy jednak usłyszałam to, co mówiła. Powiedziała: „Helena bardzo przeżyła zniknięcie ojca. Nie znaleziono jego zwłok, więc wciąż żyjemy nadzieją, że się odnajdzie. Dla dziecka to był wielki cios. Ojciec zajmował większość jej świata, bawili się razem, wspólnie pisali bajki...".

Ty nic nie wiesz, pomyślałam z jakimś rodzajem zdumienia, powoli przenosząc na nią spojrzenie. Siedziała na krześle obok mnie, ubrana w schludną garsonkę w szare wzory, z włosami uczesanymi w kok, i bezwiednie obracała na palcu ślubną obrączkę. Jej spojrzenie ani na chwilę nie dotknęło mnie. Wpatrywała się tylko w lekarza, uprzejma, z ustami złożonymi w słodkie „ciup".

Zamrugałam oczami i z niedowierzania aż zaschło mi w gardle. A ona ciągle mówiła. I nic, naprawdę nic nie wiedziała. Zupełnie nic!

Kiedy wyszła, lekarz uśmiechnął się do mnie dobrodusznie: „Jakie bajki opowiadał ci tata?".

Próbowałam nie zwracać na niego uwagi. Już wtedy umiałam sprawić, że inni ludzie dla mnie nie istnieli. Zatapiałam się we własnych myślach, dalej i dalej. Potrafiłam patrzeć w światło; godzinami wbijałam wzrok w żarzącą się żarówkę, niemal zahipnotyzowana jej blaskiem. Moje oczy radziły sobie z niemruganiem, które potrafiłam ćwiczyć całymi długimi minutami i które mnie fascynowało. Obserwowałam ruch muchy pod lampą tak, jakby to była najciekawsza rzecz pod słońcem – sprawiał, że traciłam zainteresowanie wszystkim innym, że była tylko ta mucha i wyznaczony przez nią kwadrat. Matka nie radziła sobie ze mną. Często płakała, nie mogła spać w nocy. „Dlaczego mi to robisz?", pytała tak, jakbym specjalnie jej coś robiła. A ja nie potrafiłam oderwać spojrzenia od słońca, siedziałam z podniesioną głową, bez kapelusza, bez okularów przeciwsłonecznych. Traciłam kontakt z rzeczywistością, zamykałam się w sobie, wrzaskiem reagowałam na hałasy, uniesione głosy, na dźwięk telewizora. Z boku wyglądało to tak, jakbym wpadała w jakiś niepokojący stan nieistnienia: osłupiały wyraz twarzy, rozdziawione usta, czasami smuga śliny ściekająca z kącika ust. „Opowiesz mi o bajkach?" – nie dawał za wygraną lekarz. Spojrzałam więc na niego i nie mrugnęłam ani razu, a on zrobił dokładnie taką samą minę, jak wszyscy inni, którzy to zauważali. Spróbowałam wyobrazić sobie ją krążącą po korytarzu, jak przypatruje się planszom powieszonym na ścianach, zerka na zegarek i robi się coraz bardziej nerwowa. Do podsłuchiwania nie mogła się posunąć. Nie starczyłoby jej odwagi. Ktoś mógłby zobaczyć. Ktoś mógłby pomyśleć, że to ona jest chora, a nie ja.

Sebastian przychodzi, kiedy Patrycji nie ma.
– Sądziłem, że ma na popołudnie – tłumaczy się nieporadnie.
– Marta jest?
Po co mu Marta?
– Tylko ja – odpowiadam. – Jestem sama. One są w pracy...
Sebastian poprawia szalik i cofa się w stronę windy.
– Zadzwonię do niej...
Ale ja otwieram drzwi szerzej.
– Daj spokój, właśnie parzyłam kawę! Chodź, napijesz się.
Waha się, rzuca okiem w stronę windy, ale w końcu wchodzi. W kuchni nie zdejmuje płaszcza. Widzę, że nie wie, co robić, więc wskazuję mu krzesło koło okna:
– Usiądź, proszę... I zdejmij płaszcz. W domu jest ciepło.
Parzę dla nas kawę i wyrzucam uzbieraną przez Martę kupkę herbacianych torebek. Przynoszę filiżanki, siadam blisko niego i odgarniam włosy z twarzy.
Sebastian sam na sam ze mną sprawia wrażenie, jakby grunt palił mu się pod nogami. Zdjął płaszcz i teraz, w drucianych okularach i w jasnym, pedantycznym swetrze, wygląda zupełnie jak postać z jakiegoś filmu o uczciwych ludziach. Irytuje mnie jego bezbronne spojrzenie przesuwające się po moich nogach i rękach.

To, że wpatruje się w moją szyję, w trzy pierwsze rozpięte guziki błękitnej koszuli, którą włożyłam.

Podoba mi się jego dłoń trzymająca filiżankę: te mocne, duże palce, rolex na nadgarstku.

– Mało o tobie wiem – mówi i uśmiecha się. – Skąd jesteś?

– Z Warszawy. – Sięgam po kawę.

Mierzymy się spojrzeniami jak dwoje kiepskich aktorów, którzy za wszelką cenę rozgrywają spektakl, chociaż nie mają żadnej publiczności. Nasze role są takie proste: jej nie ma. Nikogo nie ma. Nikt nas nie widzi. Nikt się nie dowie.

On rejteruje pierwszy. Opuszcza wzrok i nieporadnie odsuwa od siebie kawę.

– Pójdę już, Heleno.

Ale nie wychodzi. Stoi niezdecydowanie przy stole. Ja niczego mu nie ułatwiam. Wzruszam ramionami.

– Jak chcesz.

Wciąż tkwimy w kuchni. Zastanawiam się, jak długo będzie ciągnął tę idiotyczną grę, w której ze wszystkich sił będzie starał się nie zranić Patrycji i przez to będzie ją ranić niemal ciągle, aż porani ją do krwi.

– Tak będzie lepiej – mówi, ale wciąż nie wychodzi. Przechylam więc głowę i patrzę na niego. Waha się, zgubił gdzieś swój image konkretnego, stanowczego człowieka, który ma zawsze wykrochmalony kołnierzyk koszuli i zarabia spore pieniądze w prywatnym gabinecie pediatrycznym po godzinach.

– Może jednak zostaniesz?

Kręci głową.

– Nie mogę.

I wychodzi.

Wraca, zanim zdążę wypić kolejny łyk kawy. Przystaje w progu i patrzy na mnie ze złością:

– Co ty mi robisz, Heleno? Przecież tak nie można! Przecież Pati...

– Jest twoją dziewczyną – kończę za niego.

– Właśnie. Jest moją dziewczyną.

Zbieram ze stołu filiżanki po naszej kawie i dokładnie przecieram blat szmatką.

– I co z tego, Sebastianie? – pytam, opierając się o stół. – Co w związku z tym?

Kręci głową, coraz bardziej zły na mnie.

– Co ci się stało w życiu? – pyta. – Czego ty chcesz?

Wtedy odwracam się i mierzę go zirytowanym spojrzeniem.

– Czego ty chcesz?

Wyjdzie, jestem tego pewna. Wyjdzie, bo kompletnie nie wie, co powinien teraz zrobić. I może rzeczywiście jest bardzo uczciwy. Marszczy brwi, coraz bardziej wściekły na mnie i zarazem bezradny. Kiedy sięgam po niego ręką, odsuwa się.

– Kim ty jesteś? – pyta z niedowierzaniem. – Skąd w ogóle się tu wzięłaś? Gdzie są jacyś twoi znajomi, rodzina? Kim ty jesteś?!

Kręcę głową.

– Przestań... gdybyś chciał, wyszedłbyś.

Teraz już jestem przekonana, że wyjdzie. Ale nie wychodzi.

– Ona ci tak nie robi... – szepczę więc, wpatrzona w niego. – Zrobię, jak chcesz. Zrobię, co chcesz... Nikt nie będzie wiedział... Nikt się nie dowie...

Pod palcami czuję materiał jego koszuli, pasek spodni i od tego dotyku przechodzą mnie dreszcze. Ile to już czasu, gdy ostatni raz kochałam się z kimś? Zbyt wiele, zbyt wiele, bo teraz aż kręci mi się w głowie i już wiem, że nie pozwolę mu wyjść stąd, póki nie będę go miała.

Wsuwam ręce pod ubranie, dotykam ciała. Tak, jak sądziłam, jest twarde i gorące, z mocno bijącym sercem. Sebastian kładzie dłonie na moich włosach, niezdecydowany, czy odepchnąć mnie, czy przyciągnąć.

– Tak nie można... – szepcze.

– Nikt się nie dowie... – powtarzam, delikatnie rozpinając dolne guziki jego koszuli, jeden po drugim. Językiem smakuję skórę, rozpinam pasek i sięgam do rozporka.

Sebastian przytrzymuje mnie za włosy, powtarzając równie cicho:

– Nie powinniśmy...

W oczach ma strach. Gdyby potem mogło nie istnieć. Gdyby móc je wymazać, nie wahałby się. Gdyby Patrycja zniknęła jak za dotknięciem czarodziejskiej różdżki. Gdybym potem zniknęła ja, zniknęłyby wyrzuty sumienia.

Palcami kreślę powolne meandry w miejscach, które już odsłoniłam. Mierzymy się spojrzeniami, Sebastian puszcza moje włosy, niepewnie gładzi mnie po policzku. Podejmuję więc wędrówkę moich dłoni, ust, języka. Słyszę jego jęk, a potem mój własny, równie bolesny. Wstrzymujemy oddechy, on gładzi mnie po włosach, przyciąga do siebie bliżej i bliżej.

A potem, kiedy jest już po wszystkim, sięga po płaszcz i wkłada go na siebie powoli, jakby płaszcz zaczął nagle nabierać niewidzialnych kilogramów, zbyt ciężkich dla niego. Nie patrzy na mnie. Nic nie mówi. Jest strasznie przybity. Jego radość trwała tylko tyle czasu, ile nasz seks. Kończąc go, zakończył beztroski etap pożądania i stanął obiema nogami na ziemi. Teraz widzi tylko konsekwencje. Widzi ją. Pociera rękami twarz, kręci z niedowierzaniem głową. A ja nic nie czuję. Nawet mu nie współczuję.

Czy zawsze tak było? Zawsze pozwalałam się pieprzyć, a potem odrzucałam facetów jak niepotrzebne opakowania po jedzeniu?

– Pospiesz się – mówię coraz bardziej zła, że wciąż tu jest i że tak na mnie patrzy.

Sebastian wkłada okulary, mruga oczami.

– Helena...? – zaczyna jakoś niepewnie, a ja momentalnie czuję, jak wszystko we mnie napina się niemal do bólu i wiem, że jeśli on zostanie tu chociaż minutę dłużej, zacznę krzyczeć na całe gardło. Zamykam oczy, a kiedy je otwieram, on wciąż tu jest i wciąż na mnie patrzy.

– Wszystko w porządku. Nie mówmy o tym – silę się na spokojny ton.

Ale on wtedy opiera się o ścianę i odpowiada ze strasznym żalem:

– Nie jest w porządku. Nie jest!

Jestem taka wściekła, że nie wiem, co robić. Bezsilnie patrzę, jak on powoli wkłada szalik, a potem idzie wolno do drzwi. Pyta tak cicho, że mogę sobie wmówić, że wcale nie spytał. Pyta:

– A co ty zrobisz?

Kręcę głową; słyszę mój głos, który aż drży ze złości:

– Idź stąd, idź już!

Marta

Bywają zdjęcia, na których najbliższa osoba uchwycona została w taki sposób aparatem fotograficznym, że nagle sprawia wrażenie kogoś obcego, czyje oczy wydają się dzikie i nieprzyjazne i kto mógłby nosić w sobie zło. Takie zdjęcie zrobiłam raz Mariuszowi i wywołałam je w uczelnianej ciemni, przytrzymałam w dłoniach dłużej, niż powinnam była je przytrzymać, a potem podarłam na drobne kawałeczki i wyrzuciłam do śmietnika.

To my reżyserujemy zdjęcia, ale czasami coś wymyka się przecież spod kontroli, nie to, co zamierzaliśmy, przyciąga naszą uwagę, a zdjęcie w jakimś momencie zaczyna żyć własnym życiem i nie mamy już nad nim żadnej kontroli. Tłumaczyłam to często studentom pierwszego roku, kiedy zaczynaliśmy zajęcia.

– Zdjęcie może być dokumentem, który wykorzystacie do swoich własnych celów – mówiłam. Odwróciłam głowę, by skontrolować slajd, który przyciągnął uwagę studentów, a przedstawiał roześmianą kobietę siedzącą na schodach pod Koloseum. – Fotografia jest swojego rodzaju magią, ponieważ potrafi dać nam złudzenie przeżywania jednej chwili wielokrotnie. Daje nam też możliwość powrotów.

Zapatrzyłam się w zdjęcie kobiety, w jej twarz.

– To niesamowite, jak głęboko ludzie mają zakodowaną potrzebę dokumentowania i zatrzymywania w czasie tego, co wydaje im się ważne. Z tej właśnie potrzeby zrodziła się cała sztuka, we wszystkich jej odmianach...

Gdy prowadziłam ten wykład, ogarniały mnie zawsze te same dziwne uczucia. Myślałam o tym, jak wielkim cudem jest sztuka, że dzięki niej możemy oglądać przeszłość i dokumentować czas.

Przychodziły mi też wtedy do głowy te dziwne myśli, które odpychałam od siebie i nie dopuszczałam ich do głosu, a które powracały przecież jak refren piosenki niemal zawsze, kiedy stawałam w obliczu piękna. Myśli złe, bo heretyckie.

Może sztuka nie jest tylko wynikiem zdolności manualnych. Może to czary, a każdy twórca, nie wiedząc o tym, ma możliwość zabawić się w Boga, tchnąć życie w kreskę, plamę lub bryłę gliny i stworzyć coś z niczego.

Było niemal idealnie, tak bardzo pięknie, że aż nie chciało mi się wierzyć, że mam szczęście na wyciągnięcie ręki. Kiedy więc Pati pochyliła się nade mną w środku nocy i zapytała wystraszonym głosem: „Co się stało?" – w pierwszej chwili nie rozumiałam. Potarłam sennie powieki, uniosłam się na poduszce i namacałam ręką włącznik światła.

– Co się stało? – powtórzyła. Światło zalało pokój i sprawiło, że musiałam na chwilę przysłonić dłonią oczy. Kiedy rozsunęłam palce, ona wciąż siedziała na moim łóżku, w koszuli nocnej, zaspana, z rozkudłanymi włosami i patrzyła na mnie.

– Krzyczałaś – dodała po chwili ciszy. – Wystraszyłaś mnie, co się stało?

Pocierałam oczy i niepewnie rozglądałam się po pokoju. Przedmioty, wyłowione z mroku sztucznym światłem, wydawały się obce, jakby wcale nie należały do mnie. Spróbowałam pozbyć się tego wrażenia, ale nie mijało.

– Musiało mi się coś przyśnić – odpowiedziałam szeptem. Nie miałam jednak pojęcia, co to mogło być. Przecież było tak dobrze i tak dawno nie miałam żadnych złych snów.

Jak dawno?, pomyślałam sennie i zaraz odpowiedziałam sobie sama: od wyjazdu z Poznania, więc niemal od siedmiu lat.

Znaki można znaleźć wszędzie, trzeba tylko umieć je czytać. Czarny kot na drodze, rozbijająca się szyba kryjąca fotografię, stłuczone lustro, przekleństwo pod twoim adresem rzucone półgłosem przez obcego – wszystkie te znaki są ważne, jeśli chce się je spostrzegać jako sygnalizację, nie tylko jako przypadek czy zrządzenie losu.

Tamtego dnia, kiedy Pati jadła śniadanie, a ja malowałam oczy, lusterko wypadło mi z ręki i rozbiło się na podłodze.

– Weź moje – mruknęła Patrycja, nie przerywając jedzenia.

A ja schyliłam się i zaczęłam podnosić rozbite kawałki. Lustro pękło na trzy części, z czego jedna pozostała w ramkach. Przeniosłam je na stół, a potem niepewnie poskładałam w jedną całość. Teraz, gdy próbowałam się w nim przejrzeć, widziałam zniekształcone odbicie swojej twarzy, zniekształcone w tak dziwny sposób, że wyglądało, jakbym nie miała oczu.

– Pati? – spytałam przed wyjściem, owijając szyję szalikiem i naciągając na uszy czapkę. – Co ja właściwie krzyczałam w nocy?

Wyglądała na zaskoczoną moim pytaniem.

– Bo ja wiem? – odpowiedziała, marszcząc brwi. – Chyba nic konkretnego, po prostu krzyczałaś.

Nikt nie krzyczy po prostu. Każdy krzyczy coś, jakieś słowo, chociaż kilka zgłosek. Ja też na pewno musiałam coś krzyczeć. Szkoda, że Pati nie udało się zapamiętać, co.

Znaki pojawiały się nadal: w piwnicy, kiedy wyprowadzałam rower, z parapetu zeskoczył duży kot i stanął w korytarzu, w który właśnie miałam wejść. Nie wyglądał na przestraszonego, odwrócił się w moim kierunku i wyprężył grzbiet, jakby się przeciągał.

– Kici, kici... – przykucnęłam przy nim i wyciągnęłam dłoń, żeby go pogłaskać. – Skąd się tu wziąłeś? Zgubiłeś się...? Moja ręka musnęła gęste futro i zaraz się cofnęła. Kot z bliska patrzył na mnie ogromnymi zielonymi oczami, patrzył jakoś dziwnie, jakby przygotowywał się do skoku. Prostując się, z niedowierzaniem przesuwałam wzrokiem po jego wyprężonym grzbiecie i najeżonej sierści, która przypominała bardziej szczecinę niż miękkie, kocie futro.

– Już dobrze... – powiedziałam uspokajająco, a wtedy błysnęło mi wspomnienie kota, o którym opowiadała moja mama, kota, który pojawił się wiele lat temu w naszym poznańskim domu, kiedy byłam jeszcze mała, i mieszkał z nami przez dwa krótkie dni. „Dlaczego tylko dwa?" – dopytywałam się, ale ani mama, ani babcia nie umiały jednoznacznie odpowiedzieć. Bąkały coś o tym, że był dziwny, zachowywał się nietypowo, miał zły wzrok. Opowiadały, że podrapał mnie po twarzy do krwi i sprawił, iż w oknie pękła szyba. Nigdy nie zrozumiałam, dlaczego winą za szybę obarczyły jego ani czemu sądziły, że to on mnie podrapał. Moja siostra mruknęła kiedyś, że zadrapania na mojej twarzy były szerokie, jakby zrobiła je czyjaś duża dłoń, a nie łapka kota.

– Już dobrze – powtórzyłam, łapiąc rower i próbując przejść obok kota. Zjeżył się jeszcze bardziej, ale ani drgnął.

– Idź stąd! – syknęłam więc, a potem tupnęłam i dopiero wtedy powoli zaczął się cofać.

Na uczelnię dotarłam spóźniona, przemoczona śniegiem, który sypnął, gdy byłam już na wysokości Sopotu. Strasznie przemarzłam, miałam zupełnie mokre włosy, jakbym dopiero wyszła z kąpieli i kiedy wbiegałam pospiesznie po dwa stopnie do mojego gabinetu, słyszałam hałas dochodzący z auli, gdzie od dziesięciu minut powinnam była prowadzić wykład.

– Nie popieram spóźnień, pani Marto – mruknął mój profesor, kiedy mijaliśmy się w drzwiach naszego wspólnego gabinetu. – Jak pani wygląda?

– Przepraszam... – zaczęłam się tłumaczyć. – Rozpętała się straszna zadymka...

– Niech się pani pospieszy – przerwał mi i odszedł w głąb korytarza.

W szafce nie mogłam znaleźć slajdów, które były mi potrzebne na zajęcia.

– No nie... – szeptałam pod nosem, przeszukując w pośpiechu wszystkie pudełka i sprawdzając zgodność ich opisów z zawartością. Ktoś zapukał do drzwi pokoju, więc zawołałam „proszę", drzwi się otworzyły i momentalnie zrobił się potworny przeciąg. Papiery profesora zaczęły fruwać po całym gabinecie, ja poderwałam się z podłogi i zamarłam w bezruchu.

Nie upłynęła nawet sekunda, a mimo to miałam wrażenie, że czas się zatrzymał.

Kartki wirowały po pokoju, śnieg wpadał do środka, a drzwi pozostawały otwarte, chociaż nikt w nich nie stał.

Zamykając je, wyjrzałam na zewnątrz. Korytarz był pusty, jak okiem sięgnąć.

A na zebraniu „Klucza" ktoś powiedział:

– Bo tak naprawdę, to wszyscy dobrze wiemy, że w „Kluczu" jest luka i nikt jej nie zapełni!

Uniosłam wtedy głowę znad szkicownika, moje spojrzenie spoczęło na Andrzeju, który wypowiedział tamto zdanie, a potem wycofało się do pozostałych osób. Wszyscy, jak za dotknięciem czarodziejskiej różdżki zamilkli i zajęli czymś ręce.

Luka?, pomyślałam zaskoczona, gryząc koniec ołówka. Żeby mogła powstać luka, najpierw musi być jakaś całość. Luka nie mogłaby zaistnieć bez całości. Ktoś musiał odejść z „Klucza", ktoś ważny, kto sporo tu zdziałał w przeszłości, ktoś, kogo trudno będzie im zastąpić.

– Luka? – mruknęła Edyta sarkastycznie, niemal ze złością. – Przez taką lukę to mogą nam przypisać etykietki wariatów!

Zauważyłam spojrzenie Mariusza, które na niej spoczęło.

– Daj spokój – odpowiedział, a Edyta, o dziwo, momentalnie zamilkła.

Kto?, pomyślałam, przesuwając wzrokiem po wszystkich znajdujących się w pokoju osobach. Popatrzyłam najpierw na Andrzeja – był jednym z najbardziej aktywnych działaczy „Klucza", zajmował się komiksem, studiował na wielu zagranicznych uczelniach.

Potem Ola – najmilsza z dziewczyn, z włosami ściętymi na chłopaka, robiła kolaże o tematyce najczęściej erotycznej. Następnie Mariusz, założyciel grupy, niezwykły i fascynujący, uroczy fotografik. Edyta, zawsze ubrana na czarno, tworząca mroczne rzeźby i jeszcze bardziej mroczne malarstwo. Dorota – zaangażowana politycznie, zajmowała się abstrakcjami, do których wykorzystywała głównie druty i włóczkę. Dawida nie było tamtego wieczoru, ale z łatwością mogłam sobie wyobrazić, że jest. Pasował do nich idealnie w swoich kolorowych ubraniach, z dredami na głowie, które przypominały węże, z nieodłącznym papierosem w ręku.

Na pierwszy rzut oka nikogo nie brakowało.

– Skład „Klucza" jest ten sam od kilku lat czy następują w nim jakieś zmiany? – zapytałam Mariusza, kiedy już ostatnie osoby zbierały się do wyjścia i przez chwilę zostaliśmy sami w przedpokoju.

– Skład jest mniej więcej ten sam – odpowiedział. – W zeszłym roku odeszła od nas Mira Borkowska. Dostała dobrą pracę w jakiejś dużej firmie i nie ma już czasu zajmować się sztuką...

– Słyszałam twoją rozmowę z Mariuszem. – Edyta wyszła zaraz za mną na klatkę schodową, zarzucając na ramiona czarną etolę przypominającą lisie futro. Stukała głośno obcasami, kiedy schodziłyśmy razem w dół. – Kto cię ciekawi?

Półpiętro, piętro. Kolejne półpiętro, drzwi z jasnego drewna na piętrze. Przytrzymałam się barierki, bo gdzieś nad nami zgasło światło i omal nie potknęłam się w ciemności. Edyta zapaliła papierosa i zaczęła macać ręką po ścianach w poszukiwaniu włącznika.

– Gówniane światło, nie działa.

– Przed chwilą działało.

– Damy radę, chodź.

Ognik jej papierosa jarzył się pomarańczowo, rozjaśniając fragment wydatnych ust. Zaczęła mamrotać niewyraźnie:

– Mira pożarła się z „Kluczem". Wcale nie odeszła z powodu jakiejś firmy. Chyba poszło jej o Michała. Jej i wszystkim innym.

Udało nam się dotrzeć na sam dół, Edyta pchnęła drzwi wyjściowe i znalazłyśmy się w kręgu sztucznego światła latarni.

– O jakiego Michała?

Wsiadła już do samochodu; odkręciła szybę.

72

– Nie słyszałaś jeszcze o Michale? – Zobaczyła moje zdumienie i włączając silnik, dodała: – Na rany Chrystusa, ty chyba nie czytujesz żadnych gazet! Gdzie ty masz oczy i uszy?

Na „ Kluczu" pojawiła się pierwsza rysa. Wyczuwałam ją intuicyjnie i nikt nie musiał utwierdzać mnie w tym, że naprawdę istniała. Po prostu wiedziałam, że jest, tylko nie miałam pojęcia, od kiedy i dlaczego.

– Oni nie są tak kryształowo czyści – powiedziałam na głos w kuchni, kiedy Patrycja wstawiała gulasz wegetariański dla naszej dwójki.

– Co? – spytała, odwracając się w moim kierunku.

Zamrugałam oczami, zaskoczona, że to powiedziałam. Nawet nie zdawałam sobie sprawy z tego, że tak myślę.

– „Klucz" – odpowiedziałam po chwili, wrzucając do bulgoczącego gara cebulę. Uniosłam wzrok na Pati i podchwyciłam jej zaciekawione spojrzenie. – Nie wiem, na czym to polega – dodałam.

– Nie wiem, ale mam wrażenie, że tam nie wszystko jest takie, jak myślałam.

– Oczywiście, że nie – zgodziła się ze mną Patrycja. – Nic nie jest idealne. Pogadaj z Mariuszem, na pewno ci opowie.

Rozchyliłam usta i zaraz je zamknęłam, nagle zaskoczona własnymi odczuciami.

Nie z Mariuszem, pomyślałam i uświadomiłam sobie, że Mariusz byłby ostatnią osobą, z którą chciałabym rozmawiać na ten temat. Nie wiedziałam, dlaczego. Pewne rzeczy po prostu się wie, pomyślałam zdziwiona. Nie było nic, co mogłabym zarzucić Mariuszowi, nie było nawet cienia podstaw, by myśleć o nim źle. Zaprosił mnie do swojej grupy artystycznej i do swojego życia, nawet nie dopytując się, co tworzę, ani kim właściwie jestem. Tak niewiele o mnie wiedział – niemal nic. Powiedział, że wystarczy mu to, co widzi. A co w gruncie rzeczy widział? Dwie moje prace, które miałam na zdjęciach i pokazałam mu w jakieś sobotnie ciepłe popołudnie. Miły, inteligentny, posługiwał się gestami, które przecież tak dawno temu wyszły z mody, i nie zrobił nic takiego, bym miała podstawy, żeby nie zapytać go o rysę na „Kluczu". A jednak coś się we mnie blokowało i podszeptywało, żeby tego nie robić. Nie rozmawiaj z nim o tym, myślałam, a moje spojrzenie przesuwało się po Patrycji niepewnie.

73

Z Dawidem też nie, pomyślałam chwilę później, przytrzymując przy uchu słuchawkę telefoniczną i rozgarniając palcami rolety na oknie. Dzielnica pogrążona była w mroźnym grudniowym wieczorze. Płatki śniegu spadały z nieba ospale, delikatne i kruche, niektóre osiadały na szybie. Zmrużyłam oczy i spod przymkniętych powiek obserwowałam geometryczny wzór okien w jego bloku, kształt i kolor balkonów z porozwieszanymi świątecznymi łańcuchami, prostych kątów i równych, wręcz szeregowych parapetów.

– Nie było cię dzisiaj na spotkaniu, Mariusz mówił, że nie chcesz wystawiać się z „Kluczem" w styczniu... – powiedziałam.

W jego oknie nie paliło się światło, a jednak był tam. W głosie Dawida brzmiało zmęczenie, jakby właśnie obudził się z długiego snu albo właśnie zamierzał zasnąć.

– Brakuje mi czasu na te spotkania – odpowiedział i niemal mogłam sobie wyobrazić, jak pociera ręką zaspane oczy. Czekałam, czy jeszcze coś doda. Już nauczyłam się nie naciskać i nie wypytywać o jego prywatność, gdyż wtedy zbyt szybko kończył rozmowę.

– Mam wrażenie... – zaczął nagle i urwał, a ja pozwoliłam rolecie przysłonić widok na jego blok i odeszłam w głąb mieszkania.

– Że? – podchwyciłam niepewnie.

Zaczął się śmiać ze znużeniem:

– Powiedz mi lepiej, co u ciebie słychać i co ciekawego straciłem z dzisiejszego spotkania.

Mariusz mówił mi, że w czerwcu, w artystyczno-literackim piśmie „Artystyczny Magazyn" ukazał się artykuł o działalności „Klucza". Z rozbawieniem opowiadał mi o dziennikarce, która krążyła za nim jak sęp, pojawiała się niemal na każdym spotkaniu „Klucza", przychodziła na wernisaże i w skupieniu oglądała ich sztukę. Teraz, w gdańskiej czytelni czasopism, szukałam jej artykułu.

„Klucz do współczesnej sztuki!" – zatytułowała całość, która obejmowała kilka stron tekstu. Usiadłam przy stoliku, w zupełnie pustej sali, powiesiłam torbę na oparciu krzesła i wsunęłam na nos okulary. Nie miałam wiele czasu, bo zajęcia zaczynały się za niespełna godzinę, a od uczelni dzielił mnie jeszcze spory kawałek drogi. W pośpiechu zaczęłam więc przeglądać tekst, szukając czegoś, co da mi odpowiedź. Sama nie bardzo wiedziałam, co to mogło być. Byłam jednak pewna, że zaraz to znajdę.

I znalazłam.

Dziennikarka zapytała: „Wiem, że nie tak dawno pożegnaliście jednego z czołowych członków grupy...".

Mariusz odpowiedział: „Wszyscy bardzo przeżyliśmy jego śmierć. Była ona dla nas ogromnym zaskoczeniem. Nie wydaje mi się, by ktoś mógł zastąpić nam Michała. Jego twórcze działania były niepowtarzalne i bardzo ważne dla «Klucza»".

Dziennikarka: „Wokół śmierci pana Michała narosło wiele wątpliwości. Wiem, że policja wciąż prowadzi dochodzenie w tej sprawie i że nie zdefiniowała jednoznacznie tego, co się stało, jako samobójstwa...".

Mariusz: „Znałem Michała od kilku lat i wiem, że nie miał wrogów. Nie wydaje mi się, by ktoś mógł pozbawić go życia".

Dziennikarka: „Co pan powie na temat prac, których podejmował się Michał, działając w «Kluczu». Słyszał pan coś o jego teorii procesu twórczego?".

Mariusz: „Słyszałem tę teorię od Michała. Nie wydaje mi się, by należało brać ją poważnie".

Dziennikarka: „To bardzo kontrowersyjna teoria, nie uważa pan?".

Mariusz: „Kontrowersyjna, gdyż zakładała, że twórca może stworzyć coś z niczego. I że to coś będzie istnieć".

Dziennikarka: „Chodzą słuchy, że Michał dysponował dowodami w tym względzie".

Mariusz: „Nic mi o tym nie wiadomo".

Miałam wrażenie, że powietrze wokół mnie staje się zbyt rzadkie. Moje spojrzenie prześlizgnęło się po reszcie tekstu. Kiedy zamknęłam oczy, pod powiekami zobaczyłam tylko pokłady głębokiej wody, rozkołysanej przez wiatr, wypełnionej brudem i mułem. Przycisnęłam więc palce do oczu tak silnie, że aż zaczęły mnie boleć. I dopiero wtedy z powrotem mogłam popatrzeć na leżący przede mną artykuł.

– Czemu? – spytałam niemal bezgłośnie, dotykając palcem fotografii zrobionej na wystawie „Klucza", a przedstawiającej dużą rzeźbę przypominającą kształtem krzyż. W kadrze zdjęcia znalazł się także Dawid i fragment kogoś, kto mógł być Mariuszem.

Czemu nic nie może być idealnie?, pomyślałam. Przesunęłam spojrzeniem niżej, na niewielkie zdjęcie rudowłosego mężczyzny towarzyszącego Dawidowi. Podpis pod zdjęciem informował: „Michał Ociesa, zmarły 17 lipca...".

Wokół mnie działo się coś dziwnego. Zegary zatrzymywały się, tykały coraz wolniej i wolniej i w końcu pozostawiły mnie w wydłużającym się momencie zupełnej ciszy. Mogłam teraz zmarszczyć brwi i potrzeć rękami skronie. Mogłam spróbować przypomnieć sobie, skąd znam to nazwisko. Mogłam poszukać skojarzeń. Ale jedynym skojarzeniem była Patrycja. Patrycja i jej uczeń, którego ksiądz dyrektor chciał na koniec semestru usunąć ze szkoły: Damian Ociesa, syn malarza. Syn Michała Ociesy.

Patrycja

W ostatni przedświąteczny dzień pod szkołą zjawił się Sebastian.

Zatrzymałam się jak wryta, bo nigdy tak sam z siebie po mnie nigdzie nie przyjeżdżał, a w mojej szkole to może był ze dwa razy w życiu. W dodatku na dworze zamieć jak cholera, czapki spadają z głów, zimny wiatr, aż człowiekiem trzęsie, chodniki skute lodem, no i szał przedświąteczny.

– Dobry Boże, czemu nie wszedłeś do środka, żeby na mnie zaczekać? Przecież tu jest lodowato!

Sebastian, zmarznięty jak jasny gwint i ośnieżony, patrzył na mnie jakoś dziwnie, aż mi się zrobiło głupio.

– Co się dzieje? – zapytałam i poczułam się naprawdę strasznie, jakby zaraz miało nastąpić coś okropnego. Dobry humor od razu mi prysnął, a wraz z nim cała beztroska. Mimo to wspięłam się na palce i pocałowałam Sebastiana w usta. Oddał mi pocałunek i jakoś dłużej przytrzymał mnie przy sobie, jakby wcale nie chciał mnie puścić.

– Coś się stało? – powtórzyłam.

Pokręcił głową:

– Nic się nie stało. Chciałem z tobą porozmawiać. Masz chwilę? Masz chwilę?! Co on, kurna, taki oficjalny?! Pokiwałam tylko głową, że tak, i poszłam za nim do samochodu.

To była najgorsza jazda w moim życiu. Śnieg bił o szyby, na ulicach robiły się korki, bo ludzie powariowali i na ostatnią chwilę kupowali wszystko, oczywiście usadzając tyłki w samochodach, żeby kompletnie zakorkować Gdynię! W radiu szła jakaś zimowa piosenka, którą wszystkie radia wałkowały od wielu lat, chomikowały w archiwach w ciągu roku i puszczały na każde święta jako największy hit: *Last Christmas I gave you my heart...* Jechaliśmy w milczeniu niemal absolutnym. Sebastian pogubił swoje maniery. Żadnych pytań, co w szkole, co w domu, o Martę. Nic. Cisza!

Pod knajpą nie było miejsca na parkingu, przejechaliśmy kilka przecznic i zawróciliśmy. Sebastiana, o dziwno, nie trafiał szlag na trąbiących kierowców i głupie zajeżdżanie drogi. Wyciszony, jakbyśmy jechali na stypę. Patrząc na niego, zaczęłam nabierać pewności, że stało się coś strasznego.

O Boże, myślałam, kiedy w zadymce śnieżnej wciąż szukaliśmy skrawka miejsca do zaparkowania. Dostał złe wiadomości z domu?

– Zatrzymaj się tu. – Wskazałam mu parking pod kościołem.

– Będziemy mieć daleko do pubu...

– Nie chcę iść do pubu! Porozmawiajmy tutaj albo jedźmy do mnie.

Na wieść o jeździe do mnie Sebastian szybko pokręcił głową:

– Darujmy sobie jazdę do ciebie w tych korkach.

Wyłączyliśmy silnik, ale radia nie. Sebastian popatrzył na mnie, George Michael radośnie wyśpiewywał w tle, jak to oddał swoje serce kobiecie w zeszłe święta, a ja czułam, jak otacza mnie straszny ziąb.

– Co chcesz mi powiedzieć? – przerwałam ciszę, bo nienawidzę, gdy ktoś trzyma mnie w niepewności.

Sebastian, jakiś dobity, potarł skronie rękami. Dałabym sobie głowę uciąć, że przez ostatnie dwa dni w ogóle nie spał. Ale dlaczego, na rany Chrystusa?

– Pati, nie zrozum mnie źle...

Zamrugałam oczami i naprawdę nie rozumiałam, co się dzieje. Coś z Martą? A może stracił pracę? Najbardziej bałam się, że powie coś o domu. Że tam stało się coś złego. Albo że jako lekarz popełnił jakiś straszny błąd, który będzie teraz kosztował go bardzo wiele.

Pochyliłam głowę i popatrzyłam na jego dłoń. Leżała na kolanie zupełnie w bezruchu, płaska i biała, zmarznięta bez rękawiczki. Wyciągnęłam więc rękę i położyłam na niej. A on popatrzył na mnie wtedy jakoś strasznie, jakby chciał uciec.

– Nie mogę być z tobą.

Słowa zawisły w powietrzu i miałam głupie wrażenie, że gęstnieją, układając się w litery, które mogę odczytać i sięgnąć po nie ręką. Przechyliłam na bok głowę i popatrzyłam na niego uważniej. Nie rozumiałam i nawet pomyślałam, że może po prostu źle usłyszałam albo wyobraziłam sobie, że on to powiedział. Bo przecież nie mógł tego powiedzieć. Jasne, że nie mógł!

– Zróbmy sobie przerwę – dodał w ciszy.

Cisza była tak cholernie straszna, że słyszałam w niej wszystko. Dałabym sobie głowę uciąć, że usłyszałam nawet kroki jakichś pieprzonych ludzi oddalonych od nas o kilometr albo i więcej. I w ogóle rozmowy ludzi w domach i w sklepach. I tę głupią piosenkę świąteczną rozumiałam tak wyraźnie, jakby nagle zaczęła być śpiewana po polsku!

Kiedy dzieje się coś takiego, kiedy nagle cały świat zapada się jak zgniatana czyjąś stopą puszka, człowiekowi przychodzą głupie rzeczy do głowy. Ja pomyślałam o słowie „przerwa" i nawet miałam ochotę się zaśmiać, kiedy przyszło mi na myśl, że Sebastian mówi tak, jakbym była jakimś filmem, który należy przerwać serią reklam!

Tyle że zaraz potem usłyszałam, jak głośno bije mi serce i że nabieram powietrza tak szybko, jakbym była w histerii. A przecież nie byłam. Nic nawet nie czułam. I doprawdy nie wiem dlaczego, nie czując nic i nawet nie wierząc w to, co się działo, zaczęłam ryczeć jak bóbr: ze szlochami, pociąganiem nosem, wielkim katarem i spazmami.

Sebastian siedział, jakby był pozbawiony normalnych ludzkich odruchów. Gapił się na mnie i nie robił kompletnie nic. Nic nawet nie mówił. I tylko oczy mu tak błyszczały, jakby też miał się zaraz poryczeć.

Kiedy w wakacje poprzedzające mój wyjazd na studia do Gdańska porzucił mnie chłopak, pognałam prosto do Sebastiana. Dzwoniąc do jego drzwi, wstrzymywałam oddech, w którym zawierały się całe jeszcze niewypłakane łzy, drżenie ciała i potworny krzyk. Poczekałam, aż otworzy, a potem minęłam go rączo bez słowa, pognałam do jego pokoju, rzuciłam się na łóżko i zaczęłam tak potwornie ryczeć, że aż sama byłam zdziwiona tym płaczem. Sebastian stał w pokoju gdzieś za moimi plecami i, na rany Chrystusa, pewnie nic nie rozumiał! Wgapiał się zdumiony w moje drżące plecy, z niedowierzaniem przyglądał się czarnym jak smoła włosom, które były świeżo ufarbowane i teraz rozsypywały się po kapie na łóżku. Potem niepewnie podszedł do mnie i położył mi rękę na ramieniu. Było wtedy cholernie gorąco, ale jego ręka wydawała się tak strasznie zimna, że kiedy mnie dotknął, niemal podskoczyłam. Podniosłam głowę i popatrzyłam na niego. „Czy myślisz, że nie można mnie kochać? – zapytałam łamiącym się głosem, między jednym szlochem a drugim. – Czy ty umiałbyś tak łatwo mnie zostawić?".

A on pokręcił głową i odgarniając mi z twarzy włosy, odpowiedział, że nie umiałby tak łatwo zostawić nikogo.

– Zadzwonię do ciebie, Pati.

– Po co? – zapytałam i pomyślałam, że nie ma sensu, by dzwonił. Jednocześnie jednak myśl, że zadzwoni, wydała mi się dziwnie krzepiąca. Zadzwoni i zmieni zdanie. Zadzwoni i porozmawiamy. Zadzwoni. Nie zniknie.

Trzęsły mi się nogi. W środku byłam kompletnie pusta. Nie potrafiłam zebrać myśli. Widziałam siebie i widziałam nas tak, jakbym stała sobie gdzieś z boku i na wszystko patrzyła.

Wyszłam z jego samochodu z idiotycznym wrażeniem, że wychodzę raz na zawsze i że więcej nie usiądę w środku. Głupie rzeczy wciąż przychodziły mi do głowy. Pomyślałam, że sukinsyn wyciął mi taki numer na tydzień przed świętami!

Wkładając klucz w zamek u drzwi mojego mieszkania, odwróciłam się i popatrzyłam na jego samochód. Sebastian siedział w środku z czołem opartym o kierownicę, kompletnie bezradnie, a przez uchyloną szybę wydobywały się dźwięki kolejnej superpasującej do sytuacji hitowej piosenki Chrisa Rea *I'm driving home for Christmas*. A w domu opadłam z sił. Dosłownie. Ugięły się pode mną kolana, usiadłam na dywanie i poryczałam się raz jeszcze. Tym razem nad sobą. Nad tym prezentem dla niego schowanym w szafie.

Wieczorem Marta położyła się koło mnie na kanapie.

– Jeśli chcesz, zostanę tu z tobą dzisiaj – zaproponowała.

Chciałam, żeby została. Nie mogłam znieść samotności. Wycierając opuchnięty nos, burknęłam coś, co miało znaczyć, że tak. Potem wtuliłam twarz w jej włosy i zamknęłam oczy. Miałam zimne stopy, było mi niedobrze. Leżałam na łóżku i nie mogłam uwierzyć, że teraz to jest moja rzeczywistość.

– Pomódl się i wszystko się poukłada.

Dla Marty wszystko było takie proste. Pomodlić się i już prawie jestem w niebie. Nieważne, że Bóg obserwował mnie od dłuższego czasu obojętnym okiem, może nawet w jakiś sposób zaciekawiony tym, co widział. Że nigdy tak do końca w niego nie wierzyłam. I że na mszach nudziłam się najbardziej w świecie, ziewałam ukradkiem, a na kazaniu układałam sobie plany na przyszłość.

– Przecież on wie – bąknęłam na odczepnego, czując, że znowu zaczynam drżeć. Nienawidziłam tego całego drżenia i uczucia, jakbym w żołądku wyhodowała sobie wielki głaz.

Tak już teraz będzie?, pomyślałam, przyciskając rękę z całej siły do brzucha. Kiedy to się skończy?

I zrobiło mi się jeszcze bardziej niedobrze na myśl, że kiedyś ten stan minie. A jeśli minie, to będzie oznaczało, że po prostu wszystko zaakceptowałam.

Koniec planów to nie choroba, na którą można wziąć zwolnienie. Nie da się pójść do lekarza i powiedzieć, że zostałam porzucona i potrzebuję wziąć wolne. Tak nie można zrobić! Trzeba rano wstać, chociaż jest tak źle, że wstanie z łóżka wydaje się najtrudniejszą rzeczą w świecie.

Trzeba otworzyć szafę i znaleźć właściwe ubranie. Trzeba zapudrować twarz. Pracując z dzieciakami, nie powinno się odsłaniać swojej słabości, więc zapuchnięte oczy nie wchodzą w grę.

Należy przypomnieć sobie, jak to było na akademii, na lekcji malarstwa: rozkładało się przed sobą paletę i wyciskało na nią farby. Teraz w ten sam sposób trzeba rozłożyć kosmetyki. Trzeba więc brać do ręki pędzle zupełnie tak, jak robiłam to, szykując się do malowania obrazu. Trzeba jeszcze tylko zastanowić się, co powinnam namalować. A potem popatrzeć na swoją umęczoną, zasmuconą twarz jak na czystą kartę papieru. I zacząć malować.

– Ksiądz dyrektor chciał się z panią widzieć! – zawołała sekretarka, jak tylko mnie zobaczyła. – Czy mam panią zaanonsować?

– Nie – odpowiedziałam i poczłapałam dalej, prosto do pokoju nauczycielskiego, przedzierając się przez chmarę rozwrzeszczanych dzieciaków.

Kiedy jest już tak źle, że gorzej być nie może, człowiek zaczyna traktować swoje normalne zachowanie jak prawdziwy wyczyn. Jezu, ja niemal podziwiałam samą siebie, kiedy słyszałam swój cholernie opanowany głos odpowiadający na powitania uczniów, gdy wymieniałam zdawkowe uwagi z nauczycielami i sprawdzałam obecność w dzienniku. Nie mogłam się nadziwić, że wszystko tak dobrze mi wychodzi, nawet lepiej niż zazwyczaj!

– Porozmawiamy dzisiaj o roli koloru – zaproponowałam w klasie pierwszej gimnazjum i nawet podeszłam do tablicy, żeby rozrysować na niej trzy koła.

– Czy koła mamy rysować od cyrkla? – zawołał od razu jeden z uczniów.

– Nie, możecie odręcznie – odpowiedziałam.

– Czy ołówkiem? – zapytał inny piskliwy głosik.

Zostawiłam więc koła w spokoju i popatrzyłam na klasę. Miałam idiotyczne wrażenie, że wszyscy uczniowie dostrzegają zmęczenie na mojej twarzy, że po sposobie, w jaki na nich patrzę, rozpoznają mój strach, że wiedzą.

Zamajtałam w górze etui od okularów dziewczynki siedzącej z przodu i oznajmiłam:

– Nie wiem, czy zdajecie sobie sprawę z tego, że każda rzecz, którą bierzecie do ręki, od etui do długopisu, okularów i nawet spinek do włosów, nie jest przypadkowa. Nad każdą taką rzeczą pracują bowiem twórcy i to niejednokrotnie wielcy artyści.

Na sali niemal momentalnie powstał okrutniasty szum, gdy uczniowie rozejrzeli się wokół siebie zdumieni i zaczęli poruszać piórnikami, ołówkami, tornistrami. Odczekałam, aż szum umilknie, i zaczęłam powolny spacer między rzędami, spacer, któremu towarzyszył znajomy stukot obcasów i wrażenie chwilowej normalności.

– Od tej chwili będziecie sobie uświadamiać, że wszędzie otacza was sztuka. Słyszycie? Wszędzie.

– Wszędzie? – zapytała zdumiona dziewczynka z ostatniej ławki i zaraz zamilkła, czując na sobie mój wzrok.

– Wszędzie – powtórzyłam. Niewyspanie i przygnębienie sprawiło, że w moim głosie brzmiała taka stanowczość, że nikt nie był w stanie podważyć tego, co mówiłam. Nikt.

Zaczęłam skupiać się nad swoimi słowami i to tak bardzo, że w pewnym momencie wszystko inne zniknęło. Zniknęły moje problemy, te różne znaki zapytania, które sobie postawiłam, zniknął Sebastian, śnieg za oknem i zostały tylko dzieciaki, wpatrzone we mnie jak w Boga, ufające mi i urabiane teraz w moich rękach jak glina. Widziałam, jak ich oczy otwierają się z wielkim zaskoczeniem, kiedy mówiłam. Uświadomiłam też sobie, jak cholernie jednak ważne jest to, co im mówię. Bo przecież od chwili tej lekcji ich rzeczywistość się zmieni. Nie wiem, czy na długo. Ale może znajdzie się ktoś, w kim moje słowa zagnieżdżą się na stałe, kto dzisiaj, jutro albo pojutrze wyjdzie na dwór i uświadomi sobie, że miałam rację. Że naprawdę otacza go sztuka. Znajdzie ją w gzymsach budynków, w krzywiznach chodników, spiczastych dachach, wystawach sklepowych, w kształcie ulicznych latarni.

– Czy wiecie, że obecnie nawet kosze na śmieci projektowane są przez największych designerów sztuki?

Wskazałam na lampę wiszącą nad nami i na telewizor stojący w rogu sali:

– Ze sztuką spotykacie się w waszych domach: meble, lampy, kształt telewizorów oraz innych sprzętów RTV i AGD, tapety na ścianach, firanki w oknach, wanny, dywany, biżuteria, ubrania, kolory farb do włosów... Czasami sobie tego nie uświadamiamy, ale w doborze elementów ze świata sztuki tkwi nasze poczucie zagrożenia, relaksu czy złości.

Ktoś roześmiał się głośno, ale reszta klasy wpatrywała się we mnie wciąż tak samo zszokowana. Widziałam, jak jedna z dziewczyn niezdecydowanie ogląda swoją wsuwkę do włosów i z namysłem pociera palcem kolorowe cekiny układające się w kształt kwiatu.

– To, że lubimy przebywać w czyimś mieszkaniu, albo że czujemy się tam rozdrażnieni, to też może być wpływ kolorów i nagromadzonych sprzętów. Uświadomcie sobie, że kiedy tęsknimy za jakimś miejscem, tęsknimy nie tylko za ludźmi, ale brakuje nam klimatu tego miejsca. A na klimat składają się kolory i rzeczy. Jeśli chodzi o miasta, to przecież na klimat miasta składają się kamienice, ulice, kościoły...

Kiedy zamieszkałam w Gdańsku, w akademiku ASP, uświadomiłam sobie, jak bardzo tęsknię do Słupska. Głupie, ale w Słupsku marzyłam o wyjeździe, weekendach spędzanych w klubach, szaleństwie sobotniej nocy, krzyku, alkoholu i gwarze, a kiedy byłam już w Trójmieście i nadchodził piątek, kiedy wszystkie panienki z mojego roku wcierały we włosy wosk, malowały wampirzo oczy i wkładały frymuśne kiecki na wieczór, ja pakowałam torbę podręczną i szłam na pociąg. Nikt mnie do tego nie zmuszał. O nie! Rodzina wcale nie umierała z tęsknoty za mną, a Aga pewnie błogosławiła mój wyjazd, bo wreszcie miała dla siebie cały pokój i mogła zapraszać w weekendy na noc koleżanki. A jednak nie potrafiłam zostać w Gdańsku. Pakowałam torbę, na peronie zapalałam papierosa i myślałam, że jestem kompletnie głupia, skoro to robię. Ale robiłam. Dwie godziny później wysiadałam na dworcu w Słupsku i szłam do domu. I cholera, nie byłam w tym sama, bo w pociągu zawsze spotykałam Sebastiana.

– Jaki kolor zatrzymuje nas na przejściu dla pieszych, z nogą wyciągniętą w stronę ulicy, ale jeszcze wciąż na chodniku?
– Czerwony! – chóralny głos.
– I myślicie, że ktoś tak sobie wymyślił i dlatego tak jest?
Znowu chór głosów:
– TAK!
– A wcale nie! Dobór barw jest bardzo konkretny i wynika z wiedzy o kolorze i jego oddziaływaniu na ludzką psychikę! Czerwone napisy ostrzegają i wprowadzają poczucie zagrożenia, żółty kolor neutralizuje to zagrożenie, a zielony stwarza poczucie bezpieczeństwa i oznacza, że droga wolna!
– A jeśli dla mnie bezpieczniejszy jest niebieski niż zielony? – Dziewczynka, która o to spytała, aż uniosła się w ławce, żeby lepiej mnie widzieć.
Zatrzymałam się w miejscu i stukot obcasów umilkł wraz ze mną.
– A z czym kojarzy ci się niebieski? ·
– Z niebem – odpowiedziała.
– Z wodą! – zawołał jakiś chłopak, a inny syknął do niego, żeby był cicho, bo woda wcale nie jest niebieska, tylko turkusowa.
Przystanęłam nad dziewczynką:
– A czy po niebie można chodzić? Albo po wodzie?
Niepewnie pokręciła głową.
– A czy po trawie możesz iść?

– Mogę.

– Więc gdyby zapalało się niebieskie światło, ty patrzyłabyś w niebo, zamiast na ziemię i wcale nie poszłabyś do przodu... Ale jeśli lubisz ten kolor, to pomaluj tak swój pokój i będziesz się tam bardzo dobrze czuła.

Sebastian, kiedy dostał się na akademię medyczną, od razu powiedział, że nie interesuje go mieszkanie w akademiku, a ja od razu pomyślałam mściwie, że ma rację, bo absolutnie nie nadawałby się do akademika. „Za mało jesteś rozrywkowy!" – zarechotałam i klepnęłam go ręką po ramieniu jak najlepszego kumpla.

Znalazł sobie stancję nad samym morzem, w Sopocie, tak blisko plaży, że wystarczyło przejść tylko przez ulicę. Mieszkanie, które wynajął, było niewielkie, ale cholernie urokliwe! Kupił farbę do ścian w kolorze turkusowym i stał nad nią bezradnie, zastanawiając się, czy nie będzie zbyt jaskrawa, kiedy pomaluje nią całe wnętrze. „Pomogę ci" – zaofiarowałam się łaskawie, bo wyglądał naprawdę nieszczęśliwie nad tą farbą, że już nie wspomnę o tym, iż nie mogłam go sobie wyobrazić malującego!

Sebastian miał dużo nauki na pierwszym roku, więc sama zabrałam się do pracy. Na początku myślałam o zwyczajnym zamalowaniu ścian, ale w końcu wyszło zupełnie inaczej. Turkusową farbą wymalowałam mu wszystko w chmury: sufit, ściany, szczególnie ścianę nad jego łóżkiem. Dałam z siebie, cholera, wszystko. I kiedy skończyłam, poczułam, że zrobiłam kawał naprawdę niezłej roboty, i zaczęłam żałować, że nie mieszkam w takim właśnie pokoju, że nie mogę na ścianach namalować, co mi tylko przyjdzie do głowy, i że nawet nie jestem sama w pokoju.

Potem leżeliśmy na jego łóżku i gapiliśmy się w te chmury. Sebastian powiedział, że są piękne i ja też tak sądziłam.

– Pani ma dzisiaj fioletową bluzkę – zauważył dzieciak z rzędu pod oknem. – To ma jakieś znaczenie?

Wszystko ma znaczenie.

– Fioletowy kolor w niektórych kulturach uważany jest za kolor żałoby.

Po klasie przemknęło ciche „wow".

– To pani nosi żałobę?

Zaczęłam się uśmiechać, ale jakoś bez przekonania. Pokręciłam głową.

– Nie. W naszej kulturze kolorem żałoby jest czerń.

Kiedy zmarł tata Sebastiana, byłam na piątym roku rzeźby. Sebastian zadzwonił do mnie w deszczowe popołudnie dwunastego marca i poprosił, żebym do niego przyjechała. Niestety, trafił na zły moment. Leżałam na łóżku z kolesiem, całowaliśmy się i paliliśmy hasz i pewnie nawet nie odebrałabym telefonu, gdyby nie to, że leżał na łóżku pode mną i zaczął dzwonić strasznie głośno. Odebrałam i nic nie zrozumiałam z tego, co gadał Sebastian. Nic do mnie nie dotarło. Roześmiałam się głupio i rzuciłam słuchawkę, zbyt zajęta facetem i zbyt przepalona haszem. Dopiero rano, kiedy zadzwoniła do mnie Aga, uświadomiłam sobie wszystko. Nie mogłam złapać Sebastiana pod żadnym z jego dwóch telefonów. W pośpiechu pojechałam do niego, ale na stancji też go nie zastałam. Wróciłam więc do akademika, spakowałam najpotrzebniejsze rzeczy do torby i pognałam na pociąg. Jak na złość najbliższe połączenie ze Słupskiem miałam dopiero za dwie godziny. Łaziłam więc nerwowo po peronie, gryzłam paznokcie i chciało mi się ryczeć.

Przyjechałam do Słupska dopiero pod wieczór i od razu, prosto z dworca pognałam do Sebastiana. Nie było go w domu, ale jego mama zaprosiła mnie do środka i powiedziała, żebym poczekała, że na pewno zaraz przyjdzie.

Siedziałam więc w jego pokoju i czekałam. Czułam się tak podle, że nie wiedziałam, co ze sobą zrobić. Oglądałam więc jego rzeczy, które zostawił z rana rozrzucone po łóżku, świeżo wypakowane z plecaka. Między ciuchami leżał jakiś opasły podręcznik medycyny. Tak opasły, że nie wyobrażałam sobie, co może znajdować się w środku i jak można czegoś takiego się nauczyć.

Wzięłam więc go do ręki i zaczęłam przeglądać. Sebastian najwyraźniej dobrnął do czwartego rozdziału podręcznika. Najwyraźniej, bo założył to właśnie miejsce zdjęciem. Moim zdjęciem.

Obracałam je w palcach powoli, nagle strasznie wyciszona. Wszystkie moje emocje opadły. Gapiłam się tylko na nie. Było to zdjęcie z naszej studniówki; tańczyłam na nim ubrana w długą czarną suknię, z ogniście rudymi włosami, które przecież zaraz później przefarbowałam na czarno. Machałam sznurem pereł, który był cholernie długi i który chwilę później pękł i wszyscy uczestnicy balu pomagali mi zbierać perły.

Nie mam pojęcia, ile czasu spędziłam nad tym zdjęciem, ale wiem, że nie usłyszałam przez to otwierania i zamykania drzwi i zauważyłam Sebastiana dopiero wtedy, kiedy stanął w progu. „Długo czekasz?" – zapytał głosem kompletnie wypranym z emocji. Śmierć odciska na ludziach cholernie widoczne piętno i kiedy w tamtym momencie popatrzyłam na niego, dokładnie wiedziałam, co czuje. Co gorsza, uświadomiłam sobie, że kiedy on tak cierpi, ja też cierpię. I to tak, że aż robi mi się słabo.

„Chodź tutaj" – poprosił, więc wstałam, przytuliłam się do niego całym ciałem, oplotłam mu szyję ramionami najciaśniej, jak potrafiłam, i powiedziałam, że go kocham.

Helena

Kroki na niemal pustej ulicy. Są powolne, wyważone i podążają dokładnie w ślad za mną. Zatrzymuję się i one też milkną. Wokół mnie ciemna ulica z zapalonymi latarniami. W witrynach sklepów zapalone choinkowe światełka, jakaś para ściska się na przystanku autobusowym. Nikogo więcej nie widzę. A jednak, kiedy zaczynam iść, po chwili dołączają do mnie tamte kroki.

Te kroki nie są obce. Mam wrażenie, że słyszałam je już kiedyś, że konsekwentnie za mną dążą. Zawsze mnie odnajdują.

Jak na złość, na klatce schodowej nie działa światło. Nerwowo szukam palcami po ścianie, manipuluję przy włączniku, a potem po omacku docieram do windy.

Taka tu cisza, że słyszę rozmowy w mieszkaniu obok. Tak straszna cisza, że dochodzi mnie dźwięk opadającej mozolnie windy.

Mam wrażenie, że ktoś wszedł na klatkę schodową. Marszczę brwi i czuję, jak moje serce zaczyna bić nierówno, raz szybciej, raz wolniej. Coś się dzieje, coś niedobrego. W sekundę jestem cała mokra od potu i muszę rozwiązać szalik. Trzęsą mi się ręce, nie wiem, co widzę. Może nic. Może to nerwy mamią mój wzrok. A jednak mam wrażenie, że na tle okna ktoś stoi.

– Jezu... – szepczę, a potem zaczynam biec w górę po schodach jak oszalała. Przeskakuję po kilka stopni naraz, chwytając się barierki i czując, jak ogarnia mnie coraz większa słabość. Na drugim piętrze nie mam już siły, ale zmuszam się, żeby dobrnąć do trzeciego, do drzwi mieszkania Patrycji.

Nie mogę znaleźć kluczy, uderzam ręką w drzwi, potem uderzam mocniej i robi mi się tak słabo, że osuwam się po ścianie.

– Otwórz! – krzyczę łamiącym się głosem, kiedy Marta pyta zza drzwi idiotycznie „kto tam?".

Otwiera. Staje w smudze silnego światła, patrzy na mnie zdumiona i mruga oczami.

– Helena, na Boga, co się stało?

Pojawia się kruche wspomnienie: jest dzień, rozkładałam na podłodze klocki; matka klęczy na dywanie obok mnie. „Zrób dla mnie wieżę" – prosi. Więc zaczynam ją budować. W mojej budowli panuje jakaś potworna monotonia, z której nie potrafię się wyrwać. Moje wszystkie działania nakierowane są na trójkąty. Tylko trójkąty. Wybieram klocki, zdawałoby się, że chaotycznie, ale zawsze tak, by móc stworzyć z nich trójkąt. Matka klęczy nieruchomo, patrzy mi na ręce. Niemal czuję jej napięcie, jej potworny strach o mnie, narastającą panikę: „Kochanie, dlaczego układasz trójkąty?". Cofam się i patrzę na to, co stworzyłam. Trzy identyczne, płaskie figury. Ani śladu wieży. Ona pociera twarz rękami, nerwowo, na skraju histerii. „A co chciałabyś ułożyć?".

Wszystko chcę ułożyć. Wszystko i nic, bo mam w sobie jakąś niezachwianą pewność, że o cokolwiek by mnie poprosiła, moje ręce są w stanie stworzyć tylko to, co stworzyłam. Żadna inna figura nie wchodzi w grę.

Matka nadała mi imię Helena ze złośliwości. Powiedziała, że kiedy tylko zobaczyła mnie po raz pierwszy, skojarzyłam się jej z Heleną Trojańską. „Zburzyłaś mi świat" – wyjaśniła, a przez kolejne lata bardzo dbała o to, bym nie zapomniała, że istotnie tak się stało.

Ojciec mówił, że nie mógł doczekać się moich urodzin. Przykładał rękę do brzucha Ady i czuł, jak poruszam się w środku. Czasami przykładał też ucho do jej ciała i nasłuchiwał moich odgłosów. Ktoś powiedział mu, że dzieci w łonie matki są w stanie usłyszeć to, co się do nich mówi, więc wołał Adę, kiedy w radiu szła jego ulubiona piosenka, przysuwał ją do radia i czekał.

Ada czuła, jak ją kopię. Puchły jej nogi, nabierała ochoty na to, czego wcześniej nie mogła wziąć do ust, zaczęła nawet jeść mięso, od którego stroniła przez całą młodość. Potem, kiedy byłam już na tyle duża, żeby wyrwać się wreszcie z jej ciała, bardzo źle się czuła. Źle pracowały jej nerki, miała problemy z puchnięciem już nie tylko stóp, ale całego ciała. Potem, kiedy byłam już osobnym bytem, odchorowywała tę ciążę. Osłabiłam jej organizm, osłabiłam serce, właściwie uczyniłam niezdatną do pracy jedną nerkę i w końcu mama poszła do szpitala na jej usunięcie.

Kiedy miałam pięć lat, stałam w kuchni i patrzyłam, jak moja babcia, matka mojego taty, robi kluski. Narobiła ich całe gigantyczne dwie deski i każdą kluskę nacinała nożem, żeby pozostał na niej podłużny głęboki ślad.

„Po co to robisz?" – zapytałam, krążąc po kuchni za nią krok w krok.

„Tak trzeba" – odpowiedziała.

Głupio było mi spytać, dlaczego tak trzeba i kto właściwie nakazał coś takiego. Moja matka tak nie robiła. W ogóle mało robiła, szczególnie w kuchni.

„Mama tak nie robi" – zauważyłam po chwili namysłu i dodałam, że mama najczęściej kupuje różne rzeczy w sklepach i gotuje je bardzo szybko. Wrzuca do gara, zalewa i obiad gotowy.

Poczułam na sobie wzrok babci i pierwszy raz zobaczyłam, jak zaciska usta ze złością. Pomyślałam, że to przeze mnie, ale w tym momencie przestała zwracać na mnie uwagę. Kiedy sądziła, że nie słucham, zaczęła mruczeć pod nosem sama do siebie. Mruczała, że Ada jest leniwa i że tylko dopieszcza swoją urodę. „Lalka" – powiedziała o niej kpiąco, a ja pomyślałam, że ma rację, bo moja matka rzeczywiście jest piękna jak lalka.

Była piękna, ale się zmieniała. Potrafiła się przeistoczyć. Należała do tej kategorii kobiet, które raz widziane, zostawiają w pamięci ślad. Z tego, co pamiętam, była dość wysoka. Kiedy szłam koło niej, widziałam, jak patrzą na nią mężczyźni. Omijali mnie wzrokiem i celowali w nią. Dosłownie zatykało ich na jej widok. Ktoś kiedyś szepnął: „Kocica...".

Ona uważała, że to obrzydliwe. Powiedziała, że nie ma nic okropniejszego niż wulgarne zaczepki ze strony nieatrakcyjnych mężczyzn. „To zupełnie tak, jakby wciągali cię do błota, w którym sami się taplają". Ja tak nie uważałam. Mężczyźni z wulgarnymi zaczepkami wydawali mi się tym atrakcyjniejsi, im mniej wyszukane były ich słowa. Czasami zastanawiałam się, jak dalej potoczyłaby się rozmowa z kimś takim. Nie byłam pewna, czy byłaby to sama rozmowa. Raczej nie, bo matka czasami robiła uwagi co do ich zachowania. Mówiła na przykład, że w kinie macają po nogach kobiety, albo że potrafią klepnąć kobietę na ulicy. Kiedy żyła, trzymała mnie niemal kurczowo przy sobie. Tak blisko, że niemal nie mogłam złapać tchu. Kiedy koleżanki wołały mnie na podwórko, mówiła, że nie mogę iść, bo muszę jej pomóc przy prasowaniu, wyszywaniu albo kupowaniu czegoś. A kiedy przychodziły wakacje, słyszałam, że nie mogę nigdzie pojechać, bo jestem potrzebna w domu. Mówiła: „jesteś moim jedynym skarbem". A dla mnie być jedynym skarbem oznaczało dożywocie.

Bezsenność przyszła później, owinęła ją w szczelny całun, odmieniła.

W nocy słyszałam, jak krąży po mieszkaniu. Najpierw po swoim pokoju, potem wychodziła do przedpokoju, czasem zawędrowała do kuchni, a niekiedy do gabinetu ojca. Jeśli szła w kierunku mojego pokoju, zaczynałam się trząść i najczęściej wsuwałam się pod łóżko. Myślałam, że może mnie nie zauważy. Nigdy nie wiedziałam, co zrobi.

Przystawała w drzwiach sypialni i patrzyła na mnie.

Noc czyniła z niej kogoś zupełnie innego, odkształcała rysy jej twarzy, rozświetlała oczy, wyrastały jej kły.

Nocą mogło się zdarzyć, że mnie obudzi, wyciągnie mnie z łóżka, postawi mnie naprzeciwko lustra i każe w nie patrzeć.

Jeśli to robiła, dosłownie słaniałam się na nogach. Nie miałam siły, żeby na siebie patrzeć, raziły mnie lampy w pokoju, ogarniało mnie jakieś bezbrzeżne przerażenie, które dotyczyło zawsze tego, czego nie rozumiałam. Stałam tam długie godziny, a ona sprawdzała, czy stoję.

„Nie uciekniesz mi" – mówiła.

Nie mogłam jej uciec. W nocy stawała się demonem, wilkiem, wychodziło z niej zło.

A w dzień wszystko wracało do normy. Z rana zaczesywała skromnie włosy, wchodziła do mojego pokoju i wołała, że już muszę iść do szkoły. Jeśli nie mogłam wstać z niewyspania spowodowanego nocnymi zajściami, wydawała się nie rozumieć. „Nie wygłupiaj się, przecież miałaś czas się wyspać" – mówiła. W szkole spadały moje oceny. Nie mogłam się skupić, zasypiałam na lekcji, nauczyciele skarżyli się na mnie. Ona tego nie rozumiała. Nie pamiętała swoich nocnych wizyt w moim pokoju, złości, która z niej wychodziła, okrucieństwa narastającego z każdym wieczorem.

„Co ja z tobą mam – narzekała, rozkładając przede mną bezradnie ręce. – Dlaczego mi to robisz?".

Załamywał ją „brak mojej współpracy", jak to określała. Nie odpowiadałam na jej pytania, izolowałam się, patrzyłam na nią ze strachem. Stawałam się przyczyną jej zdenerwowania, bólów w sercu i wprowadzałam ją w depresję.

Sebastian nie wygląda dobrze. Gdzieś zniknął błysk jego oczu, który podobał mi się na samym początku. Nie ogolił się i widzę jasny zarost na jego twarzy, niemal tak jasny, jak włosy.

– Zapalisz? – pyta, wysuwając w moim kierunku paczkę papierosów.

Kręcę głową, obrzucając z uwagą spojrzeniem jego twarz. Naprawdę nie wygląda dobrze. A ja nie chcę, żeby teraz tak wyglądał, żeby rozklejał się na moich oczach.

– To ty palisz, doktorku? – W moim głosie brzmi źle ukryta irytacja i Sebastian przygląda mi się przez chwilę. Nie podoba mi się to spojrzenie. Nie podoba mi się, że siedzi tak blisko, że jesteśmy tu we dwoje i jeśli zrobi coś nieobliczalnego, nikt mi nie pomoże.

– Heleno, chcę z tobą porozmawiać.

Sięgam po paczkę papierosów i obracam ją w palcach, żeby ukryć zdenerwowanie.

– O czym tu rozmawiać?

– O tobie.

Sięga do kieszeni kurtki i wyciąga jakiś wydruk komputerowy złożony we czworo. Rozkłada go powoli, a ja nagle czuję straszną suchość w ustach i serce zaczyna mi bić zbyt szybko i zbyt mocno.

– Szukałem ciebie, Heleno – mówi. Wkłada okulary i unosi wydruk do oczu. – Nie mogłem zrozumieć, że... ciebie nie mogłem zrozumieć. A chciałem. I znalazłem to.

Moje serce zaczyna puchnąć i puchnąć, by niemal rozsadzić mi klatkę piersiową.

– Co znalazłeś?

Podaje mi wydruk, ale boję się spojrzeć na niego.

– Co to jest? – powtarzam. Wcale nie sprawia wrażenia zadowolonego, że zdobył nade mną taką przewagę. Wydaje się po prostu strasznie zmęczony. Kręci głową:

– Nie wiem, ty mi wytłumacz.

Wtedy opuszczam wzrok. Na wydruku jest zdjęcie jakiejś kobiety. Ledwie widzę jej twarz, dostrzegam tylko gęstwinę rudych włosów, roześmiane usta, rękę próbującą osłonić się przed kamerą aparatu fotograficznego, jasny płaszcz. Nagłówek artykułu informuje: „Córka pisarza aresztowana!".

Mrugam oczami, kompletnie nie rozumiejąc, co to ma ze mną wspólnego. Rozchylam usta, żeby spytać, ale wtedy udaje mi się wychwycić w tekście moje imię.

I już o nic nie pytam.

„Głos Warszawy", 28 października
Córka pisarza aresztowana!

Dziś w nocy, około godziny pierwszej policja wkroczyła do klubu „siedem". Zatrzymano kilka osób powiązanych ze światem artystycznym Warszawy. Wśród aresztowanych znalazła się między innymi Helena Rudnik, córka pisarza, Roberta Rudnika. Przy Helenie znaleziono narkotyki. Policja wszczęła dochodzenie w tej sprawie.

Aresztowana wydawała się raczej rozbawiona nocnym zajściem niż zaniepokojona.

„Panowie, co wy tacy poważni? Umarł ktoś?!" – śmiała się, kiedy funkcjonariusze policji prowadzili ją do samochodu.

Jej adwokat tłumaczy: „Helena przechodzi ciężki rok. Nie można jej za to winić".

Helena Rudnik pojawiła się w mediach pierwszy raz trzy lata temu, kiedy Nina Brown w swojej książce „Zapiski z tamtych lat" zamieściła z nią wywiad. Wywiad dotyczył tajemniczej śmierci ojca Heleny, Roberta Rudnika, zaginionego w marcu 1985. Jego śmierć łączono z powieścią, nad którą wówczas pracował, a która miała zawierać wywiady z robotnikami, biorącymi udział w fali strajków w grudniu 1970 na Wybrzeżu.

„Nigdy nie znaleziono morderców mojego ojca. Ja nie znam miejsca jego pochówku. Kogo więc powinnam oskarżyć?" – pytała Helena w „Zapiskach z tamtych lat". Wywiad wywarł ogromne wrażenie na opinii publicznej. To bezpośrednio po nim do prasy zaczęły napływać sygnały od ludzi, którzy twierdzili, że znają los Roberta Rudnika i wiedzą, gdzie został pochowany. Większość wiadomości okazała się jednak fałszywa. Wszyscy, którzy go znali, jednoznacznie obwiniają o śmierć pisarza władze komunistyczne.

Sebastian strzepuje popiół z papierosa do popielniczki i mówi niechętnie:

– Przyniosłem ci to, ale znalazłem o wiele więcej.

„O wiele więcej" brzmi tak, jakby znalazł klucz i pootwierał wszystkie drzwi do mnie. W milczeniu wpatruję się w wydruk. Ze zdjęcia spogląda na mnie obca dziewczyna. Najchętniej stanęłabym z tym zdjęciem przed lustrem i porównała nas obie.

– Czytałem kiedyś książkę twojego ojca – odzywa się, więc spoglądam na niego.

– Podobała ci się?

Chyba zadałam niewłaściwe pytanie. Sebastian marszczy brwi, jakby kompletnie mnie nie rozumiał. Gasi papierosa i wstaje.

– Posłuchaj mnie, Heleno.

– Słucham. Mów.

– Wiem, że cierpisz na zaniki pamięci. Widzę, jak patrzysz na to zdjęcie.

Jeśli sądził, że będę zmieszana, zacznę pochlipywać jak jego Pati, czy też krzyczeć, to jest w błędzie. Nie doszuka się u mnie niczego. Jemu nie okażę nic. Nie dam mu poznać, że moje serce bije zbyt boleśnie i zbyt szybko, że jeszcze chwila i zegnę się wpół, zwymiotuję na kanapę albo zemdleję. Nic mu nie dam.

– Skąd ten pomysł z moją amnezją? – pytam i ze wszystkich sił zmuszam się, żeby nie zadrżała mi ręka, kiedy będę oddawać mu wydruk. – Myślałam, że wy, lekarze, nie dzielicie się ze sobą plotami.

Sebastian kręci głową:

- Tylko to cię interesuje, Heleno? Mnie na twoim miejscu zajmowałyby teraz inne rzeczy.

Czekam, aż wyjdzie, na kolanach wciąż mam tamten artykuł. Sebastian przygląda mi się jakoś dziwnie, jakby chciał coś jeszcze dodać.

- Przyniosłem ci akurat ten artykuł, bo był najmniej szokujący ze wszystkich, jakie znalazłem na twój temat – dodaje po chwili ciszy.

Kiwam głową, czekając, aż zamknie drzwi.

A potem rzucam się na poduszkę, przyciskam do niej usta i krzyczę bezgłośnie. Czuję pot na skroniach, cała się trzęsę, jest mi duszno, kiedy odsuwam twarz od poduszki, wciąż nie ma wokół mnie powietrza.

Marta

W wigilijne popołudnie biegłam na pociąg ile sił w nogach. Do pociągu, ostatniego, którym miałam szanse dojechać do Poznania jeszcze przed północą, miałam trzy minuty. Trzy minuty, a przede mną był jeszcze cały długi hol dworca, schody i peron.

Głupia!, pomyślałam, zła na siebie o to, że nie zdążę i wszystko sobie pokomplikuję. Pomyślałam i momentalnie się potknęłam, pękła mi rączka od walizki i chwilę zajęło mi pozbieranie biletów, które wysypały się z kieszeni. Kiedy w końcu wbiegłam na peron, pociąg do Poznania oddalał się w stronę Gdańska.

Wigilia to niezwykły wieczór, sprawia, że ludzie kończą wcześniej pracę, na klatkach schodowych pachnie różnymi smakowitymi potrawami i igliwiem, a we wszystkich oknach pozapalane są światła. Kiedy wracałam z dworca, po drodze minęła mnie dziewczynka z ojcem, i akurat kiedy przechodziłam obok, wycelowała rączką w niebo i wykrzyknęła: „Tato, tato! Popatrz, pierwsza gwiazdka!". Jej okrzyk sprawił, że ja też podążyłam wzrokiem w górę i mimo woli uśmiechnęłam się, kiedy na czarnym niebie niemal niewidoczne chmury rozsunęły się na tyle, by ukazać fragment prawdziwej czerni pokrytej gwiazdami, czerni tak pięknej, jakby była aksamitnym materiałem, na którym ktoś ponaszywał błyszczące cekiny.

W taką noc nikt nie pragnie być sam. W taką noc powinno się być z bliskimi. Ja przystanęłam na klatce schodowej, oparłam się o ścianę i słuchałam dźwięków dochodzących z cudzych mieszkań. Słyszałam głosy gości, cienki śpiew dzieci nucących kolędy, awanturę na drugim piętrze. Zamknęłam oczy i spróbowałam chociaż przez chwilę poczuć nastrój świąt.

Koło dziesiątej wieczorem zaskoczył mnie dźwięk telefonu. Na drugim końcu linii był Dawid.

– Wpaść do ciebie na pizzę, Marta?

Przyszedł kilka minut później.

– Pizzy nie dowożą w wigilijny wieczór – oznajmił od progu, zdejmując z szyi żółty szalik i odwieszając go żartobliwie na moje ramiona. – Ale może masz coś w lodówce, bo umieram z głodu?

W lodówce miałam niewiele. W zamrażalniku znaleźliśmy frytki, które już po chwili chlupotały na rozgrzanym oleju, a potem maczaliśmy je w keczupie i pochłanialiśmy, popijając winem.

– Dobrze, że jesteś dzisiaj. – Dawid podchwycił moje spojrzenie.

– Myślałem, że wyjeżdżasz.

Przechylił się do popielniczki i przez sekundę poczułam jego bliskość i zobaczyłam jego twarz tak blisko mojej, że dosłownie zamarłam w bezruchu, z kieliszkiem wina uniesionym do ust.

Jak intensywnie zielone były jego oczy! Nigdy wcześniej nie widziałam w niczyich oczach tak pięknego koloru. Oparł na blacie stołu dłonie o długich, lecz mocnych palcach. Dopadło mnie wyobrażenie tego, co mogłoby się wydarzyć. Wyobraziłam sobie, że opieram czoło o jego czoło, nasze usta się spotykają, moje dłonie wędrują pod czerwoną koszulkę i przesuwam opuszkami palców po jego płaskim brzuchu, po szerokich plecach, że ocieram się policzkiem o jego kłujący zarost, odgarniam mu splątane włosy z twarzy. Momentalnie zrobiło mi się gorąco i poczułam, że pali mnie cała twarz.

Tak mogłoby być, pomyślałam, mocząc usta w winie i poprawiłam się szybko: Tak może być.

Rozpoczęła się gra, której zasad nie znałam. Dzwon w oddali wybijał północ, gdy coś przesunęło się za kanapą, powietrze zawirowało delikatnie, rozległ się stłumiony dźwięk kroków w korytarzu.

Otworzyłam oczy i momentalnie usiadłam. Kręciło mi się w głowie od wypitego wina i nadmiaru emocji, miałam rozpalone policzki, bluzka spadała mi z ramienia, obciągnęłam odruchowo spódnicę. Moje spojrzenie w pośpiechu obiegło cały pokój i fragment przedpokoju, który mogłam widzieć z kanapy. W półmroku, oświetlone tylko kolorowymi lampkami na choince mieszkanie wydawało się obce i dziwnie duże, jakby rozrosło się nagle.

– Co się stało? – zapytał Dawid, siadając obok mnie. Jego ręka zawędrowała na moje kolano, usta dotknęły mojego nagiego ramienia. – Wszystko dobrze?

Mój wzrok wciąż przesuwał się po meblach, po ciemnych kątach, dokąd nie docierało światło. Miałam wrażenie, że cienie się cofają, że słyszę coś, czego nie potrafię jednoznacznie określić.

– Nie wiem... – odpowiedziałam nieuważnie.

Jego usta przesuwające się po mojej skórze sprawiły, że przymknęłam oczy i pozwoliłam, by znowu mnie całował, by popchnął mnie z powrotem na kanapę i nakrył swoim ciałem. Kręciło mi się w głowie, oddech rwał się, ręce zachłannie wsuwały się w jego włosy, przyciągały go do siebie. Dopiero pod jego palcami i ustami zaczynałam namacalnie istnieć: pojawiły się moje piersi, pojawiła się skóra na brzuchu i miejsce pod kolanem, na którym znalazła się jego dłoń. Oplatałam jego szyję mocno ramionami, całowałam go spragnionymi ustami głęboko, niemal boleśnie.

A potem, zupełnie nagle, uświadomiłam sobie, że nie jesteśmy tu sami. Ktoś stał w ciemnościach i na nas patrzył.

– O Boże... – wyszeptałam, zrywając się z kanapy. – Ktoś tu jest.

Moje kroki dudniły głucho na podłodze, światełka choinkowe mrugały, mieszkanie raz po raz tonęło w mroku, by po chwili rozświetlić się ostrym czerwonym albo zielonym światłem.

Wino krążyło mi we krwi, sprawiając, że musiałam przytrzymać się ściany. Miałam wrażenie, że korytarz chwieje się i wykrzywia, owinięty w gęsty mrok. Moje palce dotykały ściany w poszukiwaniu włącznika światła, postąpiłam o jeszcze jeden krok do przodu.

Drzwi były zamknięte. Przyglądałam się im przez długą, rozciągającą się w czasie upiorną chwilę i próbowałam sobie przypomnieć, czy aby na pewno zamknęłam tylko dolny zamek.

Było tak cicho, że słyszałam tykanie zegara w dużym pokoju. Tak cicho, że usłyszałam nawet kolędę śpiewaną w czyimś mieszkaniu.

Co się dzieje?, pomyślałam. Moje palce pospiesznie przesuwały się po zasuwie, a potem odchyliły wizjer. Na korytarzu było tak ciemno, że nie mogłam nic dostrzec. Ogarnęło mnie jednak jakieś irracjonalne przeświadczenie, że ta ciemność przelewa się przez wizjer do mojego mieszkania, gęsta i lepka. Oparłam czoło o drzwi i poczułam się tak bardzo pijana, że musiałam na chwilę zamknąć oczy. Wszystko wirowało i kołysało się. Wszystko było nie takie, jak powinno.

Kiedy rozchyliłam powieki, Dawid stał w przedpokoju, oparty o futrynę drzwi i przyglądał mi się jakoś dziwnie, jakby z irytacją.

– Marta, co się dzieje?

Pokręciłam głową, odgarnęłam rozczochrane włosy z twarzy.

– Gdzie twoje współlokatorki? – zapytał, wciąż przyglądając mi się tak samo.

– Chyba wyjechały. – Moja dłoń nieporadnie dotknęła jego ramienia. Patrycja na pewno, wiedziałam, bo sama odprowadziłam ją na pociąg. A Heleny z rana nie było, wiec oczywiste wydawało mi się, że też wyjechała na święta. A jeśli nie?, pomyślałam teraz.

Odsunął się i moja ręka zawisła w próżni.

– Chyba?

– Nie wiem, gdzie są. Nie wiem, gdzie jest Helena.

Zaczął się śmiać ze znużeniem:

– O Boże! – powiedział i sięgnął po płaszcz. Wciąż stałam przy drzwiach i wpatrywałam się w niego. Nie wiedziałam, co zamierza, i nagle przestraszyłam się, że wyjdzie. Patrzyłam, jak wkłada płaszcz i zawiązuje na szyi żółty szalik.

– Idziesz? – zapytał w jakimś momencie, nawet na mnie nie patrząc.

– Dokąd? – zapytałam.

– Nie wiem – sięgnął po mój szalik i rzucił mi go na ramiona.

– Po prostu chodź stąd.

Pojechaliśmy taksówką do miasta, wspięliśmy się po stromych schodach na Kamienną Górę i spod wielkiego krzyża spoglądaliśmy na panoramę Gdyni. Z perspektywy góry miasto wydawało się niewielkie i uśpione. W wieżowcach pogaszono już światła, na ulicach nie widać było samochodów, tłum ludzi wylewał się z kościoła, gdzie właśnie skończyła się pasterka.

Dawid w jakimś momencie złapał mnie za rękę i resztę czasu spędziliśmy już złączeni tym uściskiem. Przytulaliśmy się do siebie niemal co chwila, jego dłonie w jakimś momencie zawędrowały pod mój wełniany sweter i przypomniały mi o wszystkim, co jeszcze mogło nastąpić.

W niemal zupełnych ciemnościach zeszliśmy na plażę i przedzieraliśmy się między zaspami śnieżnymi, słuchając pojedynczych krzyków mew i niemal nie widząc linii brzegu, a jedynie wyczuwając słony zapach i słysząc szum kołyszących się sennie mas wody. Na bulwarze nadmorskim nie było nikogo, jak okiem sięgnąć. Wiatr ze świstem dął od morza, przeszywając moje ciało zimnem i wilgocią. W świetle latarni poustawianych na deptaku wszystko wydawało się nierealne i dziwne. Moje stopy stąpały niepewnie po częściowo zamarzniętym falochronie i musiałam rozłożyć ręce na boki, żeby złapać równowagę.

Latarnie oświetlały deptak w taki sposób, że na ziemię padało całe mnóstwo cieni. Były to cienie krzaków, nagich gałęzi, pni drzew. Pomiędzy nimi pojawiały się też nasze: rozchybotane i wydłużone.

Jest ich za dużo, pomyślałam i strach, który poczułam w domu, powrócił. Zbyt wiele ruchliwych cieni, gdy jedynymi poruszającymi się istotami jesteśmy my dwoje.

Coś umknęło gdzieś obok. Coś uciekło przed moim wzrokiem. Czyjeś kroki powtórzyło echo i zwielokrotniło.

Powinnam była mu powiedzieć. Pierwszy raz powinien związać ludzi ze sobą, a między nami zaczynało się dziać dokładnie na odwrót. Niemal czułam, jak Dawid oddala się i oddala i gdybym przymknęła oczy, zobaczyłabym go odsuniętego ode mnie o całe lata świetlne, tak dalekiego, że nie było sposobu, żeby do niego dotrzeć. Wcześniej powiedział, że strasznie dawno nie miał żadnej kobiety, i teraz jego słowa powracały jak echo. Jak dawno? I gdzie jest ta, z którą był ostatni raz?

– Jak dawno? – spytałam.

Nie wiem, czy od razu zrozumiał, o co go pytam, ale kiedy w końcu się zorientował, cofnął rękę z mojego ramienia i wychylił się do leżącego na dywanie płaszcza.

Nie znałam jeszcze całego jego ciała, ale już zaczynałam je zapamiętywać i w tamtym momencie, kiedy schylił się po papierosy, zaskoczył mnie widok blizny ciągnącej się wzdłuż kręgosłupa: cienkiej i długiej, zupełnie obcej, jakby pojawiła się dopiero teraz.

Spróbowałam sformułować jakieś proste pytanie na ten temat, ale Dawid wtedy odpowiedział niechętnie:

– Jakiś rok temu byłem z jedną dziewczyną. – Wsunął papierosa do ust, zapalił. – Jakie to ma znaczenie?

– Jak miała na imię? – odpowiedziałam pytaniem, wciąż myśląc o bliźnie.

– Gabi.

Chciałam spytam, gdzie ona teraz jest i dlaczego nie są razem, ale jakoś zabrakło mi odwagi.

Jego spojrzenie ogarnęło moją postać jakoś dziwnie, jakby zaczynał żałować, że tu jestem i chciał się mnie pozbyć. Odezwał się jednak dość miłym głosem:

– Zostań u mnie na noc.

Z rana obudziła mnie kaskada światła wylewającego się zza żółtych zasłon. Było tak ostre, że musiałam przysłonić ręką oczy i długą chwilę leżałam, próbując dojść do siebie. Fragmenty wieczoru powróciły w migawkowych obrazach i sprawiły, że momentalnie odsunęłam dłonie od twarzy i popatrzyłam w bok, na miejsce, gdzie powinien znajdować się Dawid.

Nie było go. Z uczuciem ulgi uniosłam głowę i zaczęłam rozglądać się dookoła. Spodziewałam się zastać bałagan, gdyż wieczorem co rusz potykałam się o różne przedmioty, które jak mi się zdawało, leżały na dywanie. Wokół mnie było jednak zupełnie pusto, jeśli nie liczyć niesamowitej ilości książek, dla których nie starczyło miejsca na prostych ikeowskich regałach i stały na podłodze blisko balkonu.

Moje rzeczy Dawid poskładał z rana i położył na fotelu, więc teraz w pośpiechu wsunęłam je na siebie i zaczęłam powolny obchód, którego głównym celem było odnalezienie Dawida.

Mieszkanie nie było duże, składały się na nie dwa niewielkie pokoje, większy zawierał telewizor i aneks kuchenny. Zaskoczył mnie widok nastawionej w czajniku wody, która dopiero się podgrzewała.

Rozglądałam się po prostym, ale przyjemnym umeblowaniu, mój wzrok przesunął się po ścianach, na których nie znalazłam żadnych przejawów twórczości Dawida. Nad kanapą, na której spałam, rozwieszony był cykl fotografii ukazujących nadmorskie wydmy porośnięte trawą, z licznymi zagłębieniami po ludzkich stopach pozostawionymi na piasku.

Jeśli spodziewałam się znaleźć pod nieobecność Dawida coś osobistego, co powiedziałoby mi o nim więcej niż jakiekolwiek słowa, to rozczarowałam się, ponieważ wszystko, czym otoczył się w mieszkaniu, nie mówiło o nim kompletnie nic. Brakowało tu drobiazgów z przeszłości, zdjęć, na których znajdowaliby się zaprzyjaźnieni z nim ludzie, brakowało pamiątek po ludziach i pamiątek po Gabi, a na nie chyba liczyłam najbardziej. W łazience, biorąc prysznic, przyglądałam się niepewnie kosmetykom Dawida. Tu zaczynała się intymność, która sprawiła, że wszystko, co się wydarzyło, nabrało ostrości. Odkręcając poszczególne butelki, czy to z szamponem do włosów, czy z płynem do kąpieli, czy z wodą kolońską, rozpoznawałam zapachy, które towarzyszyły nam w nocy. Dotykając kafelków na ścianie, wiedziałam, że on dotykał ich pewnie chwilę temu, zanim wyszedł z mieszkania. Moje dłonie przesunęły się po szkle kabiny prysznicowej, po ręcznikach, zawędrowały do czerwonej koszulki, którą wczoraj z niego zdjęłam, a która teraz leżała na pralce.

Usłyszałam dźwięk zamykanych drzwi i kiedy kilka minut później wyszłam z łazienki, zastałam Dawida w płaszczu, wypakowującego na stół różne produkty spożywcze.

– Wyobrazisz sobie, że tylko jeden sklep był otwarty? – zapytał, nawet na mnie nie patrząc. – Ale i tak zrobimy sobie całkiem świąteczne śniadanie.

– Ja zrobię śniadanie – zaproponowałam, patrząc, jak zdejmuje płaszcz i z zaciekawieniem lustrując wzrokiem zielony sweter, którego jeszcze nie znałam.

– Ty siedź. Jesteś gościem – odpowiedział i zobaczyłam, że się uśmiecha. Popatrzył na mnie przez ramię. – Ale jak chcesz, to możesz nakryć do stołu. Czuj się tu jak u siebie.

Dawid

Kiedy mieliśmy po dziesięć lat, Mariusz powiedział mi z wielkim przekonaniem, że jeśli chcę zapamiętać sny, nie mogę od razu po przebudzeniu patrzeć w okno. Mam spojrzeć w jakieś ciemne miejsce, a najlepiej w ogóle nie otwierać oczu od razu. Wtedy zapamiętam dokładnie to, co mi się śniło, bo sny rozpraszają się w chwili, gdy wypycha je z naszej świadomości światło. Mariusz był świetny w takich tekstach. Mając jedenaście lat, obczytywał z zapałem encyklopedię i potrafił zapamiętać wszystkie definicje, na które się natknął. Zawsze zachodziłem w głowę, jakie to musi być uczucie, kiedy siedzi się nad gigantyczną księgą, w której większość słów jest zupełnie niezrozumiała, i ryje się te wszystkie teksty, które równie dobrze mogłyby pewnie być pisane po włosku, chińsku lub portugalsku. Zazdrościłem mu trochę tej ciekawości.

W moim domu była pięciotomowa encyklopedia, więc kiedyś z trudem wyciągnąłem ją na dywan, otworzyłem i zacząłem szukać czegoś, czym mógłbym zaimponować Mariuszowi. Znalazłem odlotowe zdjęcia samolotów, od pierwszych konstrukcji braci Wright, które wzbiły się dwadzieścia centymetrów nad ziemię, do ostatnich, niewidzialnych dla radaru maszyn. Znalazłem też równie rewelacyjne strony z rysunkami broni palnej i całą wielką kolekcję motyli. I to było wszystko, bo kiedy wbiłem wzrok w tekst pod pierwszym lepszym hasłem, a brzmiało ono „orogeneza" i zobaczyłem, jak małą czcionką to wszystko jest napisane i że ma tysiące odnośników do różnych innych regułek, ogarnęło mnie znużenie, a chwilę później z ziewaniem odstawiłem encyklopedię na półkę i olałem imponowanie Mariuszowi w czymkolwiek.

Zresztą nie było specjalnie szans, żeby mu zaimponować. Kiedy ktoś ma tak wypasione mieszkanie, że w wieku dziesięciu lat może bawić się w chowanego, w dżunglę i w Indian z gromadą dzieciaków i wciąż znajdować nowe, nieodkryte przestrzenie, kiedy czyjaś starsza siostra, przechodząc przez pokój, rozsiewa za sobą woń wszystkich najpiękniejszych marzeń, a w jej rękach pobrzękują kluczyki od zagranicznej fury (która notabene jest jedynym tak rewelacyjnym wozem na podwórku), kiedy w domowym barku znajduje się całe mnóstwo alkoholu w przeróżnych niezwykłych butelkach i kiedy mieszkanie sprząta z uśmiechem zatrudniona do tego kobieta; jedenastolatek nie znajdzie żadnego sposobu, żeby takiemu komuś zaimponować. Można co najwyżej obśmiać jego ubranie, które jest nieskazitelnie czyste. Można kogoś takiego popchnąć silnie na ziemię i okładać go pięściami z zadowoleniem, że on nie potrafi oddać nawet połowy zadawanych ciosów. I można czuć wdzięczność dla pięknej kobiety, która podając Mariuszowi rękę wiele, wiele lat później, nie wbije w niego wzroku pełnego uwielbienia, lecz odwróci się i dla mnie przeznaczy swój najładniejszy uśmiech.

Moja przyjaźń z Mariuszem przetrwała chyba wszystko: jego zagraniczne wyjazdy, moje zagraniczne wyjazdy, jego studia w Anglii i moje studia w Polsce (kiedy nie miałem nawet czasu ani głowy odpisywać mu na mejle); przetrwała dramat związany z „Kluczem", moją znajomość z Gabi i mam wielką nadzieję, że przetrwa też Martę.

Mariusz nie pyta mnie, czy widziałem się z Martą, bo pewnie widać to po mnie na kilometr i mogę się założyć, że wiedział o tym, zanim jeszcze wziąłem do ręki słuchawkę, żeby do niej zadzwonić. Domyśla się też, jak daleko zaszła nasza znajomość. Rzuca niby obojętne spojrzenie na skotłowaną pościel na moim łóżku, na zegarek, który zostawiła na nocnej szafce.

– Masz już zdjęcia klifu? – pyta.

– Nie miałem czasu, będą za kilka dni.

Nie rozmawiamy o niczym ważnym. Istotne tematy leżą z boku i dyskutujemy o nich pomiędzy wersami, tak, że właściwie nie pada ani jedno słowo. Gadamy o klifie, o zdjęciach, o wystawie. Ja nie pytam, dlaczego nie pojechał na święta do Anglii, bo wiem, jak głupio wypadłaby odpowiedź, która przecież minęłaby się z prawdą o grube kilometry. Wobec tamtego zegarka leżącego na szafce i pościeli, na której można dopatrzyć się kształtu ciała Marty, idiotycznie zabrzmiałoby wyjaśnienie, że nie wyjechał na święta, bo liczył na spotkanie z nią. Zresztą teraz to już nie ma żadnego znaczenia. On nic nie powie. Od czasu mojego pobytu w szpitalu, kiedy sądził, że się nie pozbieram, a potem czuł wyraźną ulgę, że jednak dałem sobie radę, nie zrobi nic, co mogłoby być podłożeniem mi nogi. Jedyną jego zemstą za Martę może być proste pytanie, które pada z jego ust niby obojętnie, ale ma ciężar parowej lokomotywy:

– Powiedziałeś jej o Gabi?

Gdyby można było zebrać całą przeszłość w jedną garść i przesypywać pomiędzy palcami jak przez sito, na pewno udałoby się odnaleźć całe setki chwil, o których nie pamiętało się przez lata. Pamięć to nie komputer, więc stosuje własną selekcję: kasuje to, co wydaje się bez znaczenia, żeby móc zgromadzić nowy materiał. Co gorsza czasami kasuje też to, co ma znaczenie, ale czego nie rozpamiętujemy ze względu na różne sprawy. Ja obudziłem się w szpitalu którejś nocy spocony ze zdenerwowania, zupełnie jak gówniarz, z powodu snu. Śniłem wtedy, że moja pamięć jest rozległym terenem – całą dużą dzielnicą, w której zamiast domów znajdują się foldery ze wspomnieniami. Jeździłem na rowerze drogami wokół tych folderów i w jakimś momencie uświadomiłem sobie, że pewne drogi, te, których nie odwiedzałem zbyt często, zaczynają zarastać i stają się kompletnie nieprzejezdne. W dzielnicy gasły światła, gasły więc foldery i dotarło do mnie, że zaraz zgaśnie ten najważniejszy, opisany imieniem Gabi. We śnie robiłem, co mogłem, żeby do niego dotrzeć. Porzuciłem rower, przedzierałem się przez gęstą roślinność, podrapały mnie jakieś krzewy i zacząłem rozpaczliwie odtwarzać w głowie to, co jeszcze pamiętałem. A najgorsze było to, że pamiętałem cholernie niewiele. Przychodziły mi na myśl tylko jakieś wrażenia z nią związane: zapach olejku do opalania, który poczułem, kiedy pochyliła się nade mną na plaży, wrażenie świeżości, kiedy pierwszy raz ją pocałowałem i wspomnienie brzęku bransoletek na jej nadgarstkach, bransoletek, których było tak wiele, że podzwaniała nimi jak dzwonkami, ilekroć poruszyła dłonią.

Nie wiem, jak długą drogę musi odbyć człowiek, próbujący desperacko chwytać się nierealnych zdarzeń. Mariusz powiedziałby mi, że trzeba przejść granicę wytrzymałości i że wtedy sny miksują się z rzeczywistością, dzień miesza się z nocą, a realni ludzie przenikają się ze wspomnieniami o tych, których już nie ma. Kiedyś zapytałem go idiotycznie, skąd wie, że taka granica w ogóle istnieje, a on uderzył mnie w głowę zeszytem od polskiego i powiedział, że za dużo śpię na lekcji, bo od tygodnia przerabiamy Nałkowską i jej nudną „Granicę”, roztrząsając tytułowe pojęcie na sto sposobów.

Teraz wiem, że naprawdę istnieje granica, której wcale nie widać. Można do niej dotrzeć i ryzykownie balansować po niej jak po linie. Trzeba rozłożyć ręce, żeby nie spaść na drugą stronę. Póki się na niej utrzymujesz, nie jest tak źle; gorzej, kiedy postąpisz jeden krok za daleko. Zdarzenia dzieją się w ułamkach chwil. Nie nad wszystkim da się panować. Ja nawet nie zauważyłem, kiedy przekroczyłem granicę. Co gorsza, poszedłem jeszcze całe mnóstwo kroków dalej, nim dotarło do mnie, co właściwie się stało. Michał Ociesa gadał, że w życiu najbardziej zajebiste jest to, że zawsze można wszystko zacząć od początku, i że właściwie człowiek zdoła znieść wszystko. Siedząc na lekcji polskiego z Mariuszem, podczas przerabiania literatury wojennej, czytałem podobne gadki. Ludzie, którzy doświadczyli wojny, głodu i setek sytuacji ekstremalnych, w jakimś momencie dawali sobie po prostu radę i rozpoczynali wszystko od nowa. Któryś polski poeta tamtej doby mówił o sobie i jemu podobnych, jako o pokoleniu, które przetrwało wojnę tylko dlatego, że nauczyło się żyć mimo wspomnień. Jego słowa zajeżdżały cholerną abstrakcją, kiedy tak się je miało na kartce w podręczniku i kiedy nauczycielka kazała rozbierać je na jakieś oksymorony i inne pierdoły. Równie lekko brzmiało to, co powiedział Michał o zaczynaniu wszystkiego od początku.

W życiu najlepsze jest to, że nigdy nie wiesz, jaki paradoks pokieruje twoim losem. I co właściwie obróci się przeciwko tobie. Paradoksem było to, co powiedział Michał, bo przecież nie minął nawet rok, gdy zamiast postąpić według swojej maksymy i pociągnąć życie na nowo, poddał się.

Zawsze sądziłem, że on ma więcej siły ode mnie. Że wszyscy lepiej sobie radzą z problemami niż ja. Tak łatwo prześlizgiwali się przez życie i nie było po nich widać ani jednej rysy. Na przykład Krzysiek, który na uroczystości zakończenia ósmej klasy dowiedział się, że jego rodzice zginęli w wypadku samochodowym. Albo Iza, która zachorowała na raka i mimo to nie przestała studiować rzeźby, albo Mariusz, kiedy zwinąłem mu sprzed nosa Gabi. A jednak w szpitalu znalazłem w sobie jakąś wielką siłę, o której nie miałem pojęcia. I jestem teraz w stanie zacząć coś nowego, mimo że stało się tak wiele.

W.B. Yeats miał cholerną rację, gdy napisał: „Zaczynamy żyć dopiero wtedy, gdy stwierdzamy, że życie to tragedia...".

Kiedy Marta pyta mnie o Gabi, nie ma nic, co chciałbym jej opowiedzieć.

Sięgam więc do kieszeni płaszcza i wygrzebuję papierosy, żeby zająć czymś ręce. Zanim odpowiem, muszę zapomnieć. Bo kiedy ona pyta o mój ostatni raz, w mojej głowie niemal natychmiast rozpoczyna się projekcja obrazów, których wcale nie chcę rozpamiętywać. Przypomina mi się na przykład chwila, kiedy szedłem z Mariuszem w stronę Gabi po nadmorskim bulwarze. Stała przy stoisku z muszlami i koralikami i w jakimś momencie odwróciła się do nas, jej usta rozciągnęły się w uśmiechu, a dłonie przysunęły do policzków dwa sznury niebieskich koralików i zapytała, które jej pasują najbardziej.

Kiedy szukam papierosów, a potem je znajduję i wsuwam opieszale jednego do ust, przypomina mi się Gabi siedząca naprzeciwko mnie, w tej śmiesznej kraciastej sukience, która miała tyle guzików, że czułem się kompletnie bezradnie, rozpinając je po kolei. Jej stopa, opalona na brąz, unosi się rytmicznie w górę i w dół, uwięziona w płaskim sandale. Przypominają mi się jej krótkie paznokcie pomalowane na zielono. I to, jak położyła się obok mnie na kocu i zapytała sennie: „Gdybyś miał cofnąć się w czasie do jakiejś epoki historycznej, to gdzie byś chciał się znaleźć?".

We wspomnieniach dobre jest to, że zmieniają się z biegiem czasu. Pojawia się w nich najczęściej tendencja do blaknięcia, ale też do zmiany kontekstu. Tak dzieje się ze wspomnieniami o Gabi i Michale. Oboje raz mówią to, innym razem co innego, a ja mam wrażenie, że sam nimi steruję, że wkładam im w usta słowa, których wcale nie wypowiedzieli, i robię tak tylko po to, żeby czuć się lepiej. No i to rzeczywiście pomaga. Kiedy więc Gabi powinna krzyknąć we wspomnieniu: „Idź do diabła!", tak naprawdę mówi: „Zostań", i wszystko zaczyna niemal idealnie do siebie pasować. Chyba tylko dzięki tej umiejętności zacierania prawdy mogę ciągnąć to wszystko dalej i zaczynać coś nowego.

Obaj poznaliśmy Gabi niemal w tym samym czasie, ale Mariuszowi trzeba przyznać palmę pierwszeństwa. Był umówiony z nią na randkę: mieli się spotkać na bulwarze, a potem pójść do kina na film, którego tytułu Mariusz nawet nie zapamiętał, zbyt zajęty myślą, że usiądą po ciemku z Gabi na fotelach, będą razem wcinać popcorn, a potem zabierze ją jeszcze na jakiegoś drinka. Wpadł na mnie przypadkiem, już przy samej plaży i nie był specjalnie zachwycony, że ja też idę na bulwar. „Co za zbieg okoliczności!" – powiedział nawet. Wcale nie zamierzałem psuć mu randki, miałem swoje plany i nie obchodziła mnie żadna Gabi. Ale kiedy zbliżyliśmy się do tamtego straganu i zobaczyłem ją, wszystko się zmieniło. Są takie chwile w życiu, kiedy czas nagle spowalnia i człowiek czuje się, jakby wrzucił „stop-klatkę" i sam siebie zatrzymał w kadrze filmu. Ja tak się właśnie poczułem, kiedy ona popatrzyła w naszym kierunku i pomachała ręką ozdobioną licznymi bransoletkami, a na jej ustach pojawił się uśmiech.

Tak to chyba się zaczęło, myślę. Takiej wersji jednak nie przedstawię tobie, Marto. Tobie powiem, że Gabi i ja byliśmy ze sobą przez jakiś czas, że nie do końca to było to, czym miało być i nie mam pojęcia, co się z nią dzieje.

Z biegiem czasu człowiek jest w stanie opanować umiejętność kłamstwa tak perfekcyjnie, że właściwie nie ma szans, by ktoś połapał się w tym, co realne, a co nierealne. Już dawno doszedłem do wniosku, że każda prawda jest dobra, jeśli sprawia, że ludzie czują się bezpieczniej. Ja sam wolałbym nie wiedzieć pewnych rzeczy. Pamiętam, że kiedy Gabi mieszkała już u mnie od kilku tygodni, jednego wieczoru oglądaliśmy wiadomości. Ona siedziała na fotelu i piłowała paznokcie, a ja gapiłem się w telewizor. Dziennikarka przedstawiła skrót informacji i powiadomiła, że zaraz będzie materiał o znęcaniu się pewnego „hodowcy" nad swoimi końmi. I kiedy faktycznie go puścili, Gabi poderwała się momentalnie z fotela, zatkała rękami uszy i uciekła z pokoju. Krążyła po korytarzu z rękami przyciśniętymi do głowy tak długo, aż w telewizji pojawiły się kolejne wiadomości. Kiedy spytałem ją, czemu tak zrobiła, odpowiedziała, że woli nie widzieć okropieństw, na które nie ma wpływu.

Ja też już teraz tak wolę. I myślę, Marto, że dla ciebie też będzie lepiej, jeśli podam ci tylko moją wersję prawdy. Kiedy więc przesuwasz palcami po moich plecach i czekasz, aż cię przytulę i zapewnię, że wczorajsza noc była dla mnie równie ważna, jak dla ciebie, dokładnie to ci powiem, co chcesz usłyszeć.

– Jak się masz? – pytam z udaną swobodą.

– Dziwnie – odpowiadasz i przysuwasz usta do moich ust. A kiedy spytasz, o czym teraz myślę, skłamię, że o jakiś pierdołach. I nie powiem ci ani słowa o tamtych wszystkich sprawach, o tamtym dramacie, o kobiecie, która leżała przed tobą w moim łóżku

105

i której ciało pachniało migdałowym płynem do kąpieli. Ani o tej drugiej, która potem nie mogła już na mnie patrzeć. Nie powiem ci o lekach, które, gdy mam je na dłoni, sprawiają mi ulgę już samym faktem, że są. Pocałuję cię tak, jakby na tobie zaczynał się i kończył świat i przez całe spotkanie będę cenił twoją obecność, bo jest mi niezbędna, żeby poczuć się znowu realnie.

Patrycja

Kocham Martę, jako przyjaciółkę, naprawdę! Ale nie cierpiałam jej w chwili, gdy dotarło do mnie, że wypaplała wszystko Helenie.
– Po cholerę jej mówiłaś! – syknęłam wściekle w przedpokoju.
Marta oczywiście patrzyła na mnie wzrokiem zbitego psiaka i wyglądała z tym wyrazem twarzy tak nieszczęśliwie, że aż mnie szlag trafiał! No i na rany Chrystusa, nie musiała nic już gadać, bo oczywiste było, że zrobiła to dla mnie, żeby Helena nie zadała jakiegoś bolesnego pytania. Wszyscy, jasny gwint, robią wszystko dla mnie. Babcia, dla przykładu, dla mnie dała w Słupsku na mszę i ksiądz z ambony wypowiedział moje imię, okraszone prośbą, bym wyszła kiedyś za mąż. Dla mnie w Słupsku koleżanki przez cały wieczór, sącząc przez różowe słomki seksowne drinki o bajecznych nazwach typu „seks na plaży", nie wspominały o swoich sukcesach rodzinnych. Dla mnie moja przyjaciółka z ogólniaka, obecnie w czwartym miesiącu ciąży, udawała, że jej życie jest najnudniejsze w świecie i że nie ma nic bardziej dołującego niż małżeństwo. I dla mojego pieprzonego dobra Mariusz zaproponował, żebym na sylwestra przyszła do niego na imprezę, bo „wcale nie będą same pary". I mogę sobie głowę dać uciąć, że to z myślą o mojej przyszłości i moim szczęściu Sebastian mnie porzucił.
– No i pięknie! – wkurzyłam się jeszcze tylko.
No i faktycznie było pięknie. Wzrok Heleny tropił mnie po kuchni jak szpieg. Robiła sobie sałatkę, noże chlastały koło jej rąk, siekały się warzywa, do miski leciały oliwki i rozdziabdziany ser feta.
– Jak się czujesz? – Zdjęłabym jej najchętniej z twarzy operacyjnie ten cholerny uśmieszek, bo sprawiał wrażenie, jakby właśnie pożarła wszystkie tajemnice świata. – Chciałaś układać sobie z nim życie?

Miałam wrażenie, że lecę w dół. Dopadło mnie to uczucie w naszej żółtej kuchni, tuż koło miski z sałatką i było tak silne, że złapałam się parapetu, żeby nie runąć. Przed oczami zobaczyłam czarne kropy, ze strachu zrobiło mi się niedobrze i o mały włos, a zaczęłabym krzyczeć. Helena podniosła na mnie swoje wielkie oczy i wbiła we mnie wzrok tak obojętny, jakby wcale nie widziała, co się dzieje.

– Dasz sobie radę? – spytała.

– Jasne – odparłam, czując, jak cały mój brzuch kurczy się z przerażenia.

Ludzie różnie radzą sobie ze stresem. Moja siostra na przykład, jak nie mogła sobie z nim poradzić, to zaczynała wrzeszczeć. Latała po mieszkaniu i darła się jak opętana. Moja matka z nerwów zaczynała sprzątać chałupę i to tak totalnie, że włazała ze ścierką nawet za szafki, których nie odsuwała nigdy wcześniej i gdzie ja bałabym się popatrzeć. A Sebastian, kiedy się denerwował, nie mógł nic zjeść.

Ze mną było inaczej. Wszystkie napięcia zawsze przesypiałam i moja rodzinna lekarka pierwszego kontaktu powiedziała mi kiedyś z zadowoleniem, że nie ma lepszej recepty na stres niż właśnie zdrowy sen. Mój tatko też tak mówił, kiedy byłam mała. Kładłam się na łóżku, a on nakrywał mnie kocem i mówił, żebym zasnęła, to wtedy wszystko się poukłada. Tak, jakby podczas snu moje życie miało zmienić swój bieg.

Od chwili kiedy Sebastian powiedział to, co powiedział, głównie spałam. Spałam w pociągu do Słupska, oczy zamykały mi się na Wigilii, ziewałam przy świątecznym stole, w kościele pierwszego dnia świąt złapałam się na tym, że głowa leci mi w dół, a po przyjeździe do Gdyni cały dzień łaziłam w szlafroku i koszuli nocnej, z rozmemłaną fryzurą i przeświadczeniem, że zaraz zawrócę do łóżka.

– Chciałabym, żeby już była wiosna – mruknęłam do Marty, kiedy przyniosła mi herbatę do pokoju i na chwilę usiadła na moim łóżku. – Wiesz, żeby już minęło wiele miesięcy i żebym nie czuła się tak źle. Żeby wszystko było jasne.

Ręka Marty musnęła mój policzek:

– Zadzwoń do niego i porozmawiaj. Nie czekaj, bo to cię wykończy.

Kiwnęłam głową, już prawie na pograniczu snu. Czasami miewałam wtedy minutowy albo kilkusekundowy sen, który najczęściej był strasznie głupi: na przykład śniłam, że biegnę, o coś się potykam i moje ciało na łóżku wykonywało gwałtowny podskok, a umysł wracał do przytomności. W tamtym momencie przyśniło mi się, że siedzę w malutkiej łódeczce na środku wielkiego oceanu. Łódka zaczęła się kołysać, masy wody wezbrały i zobaczyłam gigantyczną falę, tak wielką, że aż krzyknęłam.

– Co się dzieje? – spytała wystraszona Marta, z oczami jak spodki.

– Głupi sen. – Potarłam powieki i spróbowałam ochłonąć. – Powiedz mi coś, czego jeszcze nie wiem i co nie dotyczy przyszłości. Powiedz mi coś takiego, żebym mogła o tym myśleć.

Marta poszukała w pamięci czegoś takiego i wyrzuciła z siebie szybko:

– Twój uczeń, Damian, ten, o którego tak się martwisz, jest synem Michała Ociesy, nieżyjącego już członka „Klucza". Pewnie o tym nie wiedziałaś, prawda?

Na niebie pojawiały się pióropusze sztucznych ogni, na poddaszu Mariusza płonęły świece, czarna muzyka rozbrzmiewała głośno, zmuszając nogi do tańczenia, cienie sylwetek kołysały się na ścianach, zewsząd rozbrzmiewały śmiechy, rozmowy i żarty. Ja piłam tyle, żeby się upić. Tamtej nocy byłam nieatrakcyjna i zła. Przepychałam się między grupkami osób, na próżno szukając Marty. Wpasowała się idealnie w tę noc i ten nastrój, znikła gdzieś, może na werandzie, może na balkonie albo w jednym z licznych pomieszczeń.

Piłam wino, potem wódkę. Mariusz w jakimś momencie pojawił się koło mnie i delikatnie, ale stanowczo wyjął mi kieliszek z ręki:

– Chcesz się położyć?

Wkurzyło mnie, że tak wyjął mi ten kieliszek z ręki, ale zaraz pomyślałam, że może musiał, bo może ja tego nie widzę, a już nie tylko jestem nieatrakcyjna, ale jeszcze pijana.

– Wyglądam aż tak źle? – zapytałam, opierając się o framugę drzwi, żeby nie runąć. – Robię wam wstyd?

– Co ty mówisz, Pati? – zaczął się śmiać. – Jaki wstyd?

Skoncentrowałam na nim wzrok i jedno, co przyszło mi do głowy, to myśl, że doprawdy nie rozumiem, dlaczego kobiety nie wiążą się właśnie z takimi facetami jak on, tylko szukają sobie kogoś, kto może poranić je do żywego mięsa i zachlapać krwią.

– Zabierz mnie gdzieś, gdzie mogę się położyć – poprosiłam. Zaprowadził mnie do niewielkiego pokoju. Była tam skórzana jasna kanapa, na podłodze leżał jasny dywan, pod ścianami stały wypasione meble. Mariusz pomógł mi wgramolić się na kanapę, nawet uniósł moje nogi, nad którymi nagle straciłam władzę.

– Nie zamartwiaj się... – powiedział na zakończenie.

– To ty też już wiesz? – zaczęłam się śmiać ze znużeniem.

Mariusz majaczył mi w półmroku pokoju jak jasna, cholernie atrakcyjna plama. Pomyślałam w pijackim widzie, że wygląda trochę jak z filmu, który oglądałam w kinie jako nastolatka. Nie mogłam przypomnieć sobie tytułu, ale pamiętałam scenę, w której aktor, do złudzenia podobny do Mariusza, stał na balkonie i palił papierosa. I wyglądał tak niesamowicie, że aż musiałam pójść na ten film kilka razy, żeby to sobie utrwalić w głowie.

– Mogę tu sobie pospać do rana?

– Jasne, śpij.

Z rana obudził mnie kac-gigant. Rozsadzał mi głowę jak nierozbrojona bomba, gotowa do wybuchu. Poza mną i Mariuszem nikogo w mieszkaniu nie było. Pocierając skronie i klnąc na czym świat stoi moje wczorajsze pijaństwo, obeszłam z pół poddasza, zanim udało mi się go znaleźć.

Ile twoje mieszkanie ma metrów? – to jedno pytanie cisnęło mi się na usta od chwili, kiedy sylwestrowicze poznikali i odsłonili przede mną wielkie i białe przestrzenie, zadziwiająco czyste już teraz, z rana. Uwielbiam łamane dachy, więc rozmarzyłam się nad skosami w suficie i oknami w dachu, które sprawiły, że jak otworzyłam oczy, zobaczyłam nad sobą niebo. Niesamowity widok, wart wszystkich pieniędzy, które Mariusz włożył w tę chatę!

Mariusz kończył zmywać naczynia, chociaż „zmywać" oznaczało w jego przypadku, że po prostu wstawiał je do zmywarki i wycierał sobie ręce papierowym ręcznikiem.

– Jak się czujesz? – zapytał, odwracając się w moim kierunku.

Z rana nikt nie wygląda dobrze i kiedy tak na niego patrzyłam, a muszę zaznaczyć, że światło było naprawdę dobre: ostre i słoneczne, jak przystało na Nowy Rok, pierwszy raz Mariusz wyglądał na cholernie zmęczonego. Nawet uśmiech nie pokrył tego zmęczenia.

– Mam strasznego kaca.

Jego kuchnia była zarąbiście duża i jasna: same nowoczesne obłości, lodówka ukryta w ścianie, całe mnóstwo bajerów w kuchence, odjazdowe lampy idące po łuku nad blatami, stalowe uchwyty i barowe stołki. Wgramoliłam się na stołek i jeszcze raz potarłam bolące oczy. Mariusz w tym czasie powrzucał coś do miksera i przez chwilę miksował z hukiem, by potem nalać mi szklankę gęstego soku:

– Proszę, powinno pomóc.

Przenieśliśmy się do salonu, gdzie opadłam z sił na miękkiej kanapie i położyłam sobie na brzuchu puszystą poduszkę. Moje spojrzenie bez trudu odnalazło obraz Michała Ociesy wiszący na ścianie, a przedstawiający kobiece stopy i położoną przy nich popielniczkę.

– To Michała, prawda?

Mariusz skinął głową, nawet nie patrząc na obraz.

– Uczę jego syna – dodałam po chwili ciszy. Kiedy popatrzyłam znowu na obraz, wydał mi się pełen światła, zupełnie inny niż przed chwilą. Nie wiem, na czym to polegało. Może przed chwilą padał na niego jakiś cień albo co? Teraz widziałam, że stopy skąpane są w ostrym świetle, że to samo światło zatrzymane jest na popielniczce. I cholernie mi się ten cały obraz podobał.

– Wiem, że go uczysz – odezwał się Mariusz, sięgając po papierosy i kierując je najpierw w moją stronę. – Chłopiec bardzo wiele przeszedł. Dziwię się, że matka nie zabrała go do innej szkoły, gdzie nikt by go nie znał i nie dokuczał mu. Pewnie wiesz, że to Damian znalazł nieżywego Michała?

– Michał zmarł w pracowni, prawda? – podchwyciłam.

– Tak.

– Nie wrócił do domu i chłopak się niepokoił?

– Nie. Damian już wtedy mieszkał z matką. Michał i Teresa byli po rozwodzie od prawie trzech lat, kiedy to się stało. Teresa opiekowała się Damianem...

Na ścianie oddzielającej kuchnię od pokoju zobaczyłam drugi obraz Michała, niemal identyczny z pierwszym. Tym razem tematem były plecy kobiety, plecy, na których znajdował się długi naszyjnik z pereł.

– Ta babka to Teresa?

Rzucił okiem na obraz:

– Nie, to kobieta, dla której zostawił Teresę.

– Miałam takie same perły na studniówce.

Uśmiechnęłam się lekko. Przypomniała mi się jakaś nieważna migawka z przeszłości, kiedy Sebastian poprosił mnie do tańca, a ja śmiejąc się przerzuciłam długi naszyjnik przez niego, łącząc nas na kilka minut w szczelnym uścisku, w którym każdy zły ruch groził rozerwaniem pereł.

– Przyjaźniłeś się z Michałem?

Pokręcił głową.

– Nie bardzo – i dodał jakby chciał się usprawiedliwić: – nie miałem wtedy za wiele czasu.

Dawid znał go lepiej.

Już na mnie nie patrzył. Zamyślony, spoglądał na papierosa w swoich palcach i nagle przyszło mi do głowy, że on jest sto razy bardziej samotny niż ja, i że mimo tego pięknego mieszkania, planów artystycznych i mnóstwa przyjaciół, wcale nie jest mu lepiej niż mnie. Wcale nie zdziwiłabym się nawet, gdyby powiedział, że ma podobne sny do moich i gdyby podobnie wielki strach oblatywał go przed nocą, w pokoju z pogaszonymi światłami i z oknami nad głową, przez które widać kawałek nieba. Przyszedł mi do głowy jakiś głupi banał, który nagle powiał kiczowatą prawdą: bo niebo to tak naprawdę drugi człowiek.

Stałam w gabinecie księdza dyrektora, zresztą wezwana przez niego na rozmowę. Stanęłam w drzwiach, które musiał sam otworzyć, jako że sprytnie sobie obmyślił, żeby mu nikt nie przeszkadzał i klamkę miał tylko od środka gabinetu, a nie na zewnątrz.

Gdy tak stałam, zza moich pleców wyleciała sekretarka z całym talerzem kanapek i pognała prosto do stołu.

– To dla mnie? – ucieszył się ksiądz dyrektor. – Za dobra pani jest, pani Izo!

– Ależ to drobiazg! – Pani Iza aż się zaczerwieniła po koniuszki uszu. – Oby tylko ksiądz się najadł!

– Kiełbaska, pomidorek, serek? Wszystko, co uwielbiam! – Ksiądz dyrektor obwąchał kanapki i potrząsnął przygotowaną do uścisku dłonią pani Izy. I dopiero kiedy sekretarka już sobie poszła, popatrzył na mnie. – Pani Patrycjo, zawołałem tu panią, bo przyszedł mi do głowy wspaniały plan!

Nienawidziłam jego wspaniałych planów.

– Idą walentynki, a pani wie, jak dzieciaki kochają to święto! – Rozłożył ręce na boki jak szczodry wujek i z kanapką w ręce podszedł do mnie. – Zajmie się pani organizacją walentynek! I proszę zrobić piękny bal, w którym na pierwszym miejscu nie będzie stała szczeniacka miłość, ale chciałbym spleść to jakoś z ideą miłości chrześcijańskiej! Rozumie mnie pani, pani Patrycjo? Straszne ma pani dzisiaj rumieńce... otworzyć okno?

Skrzynkę walentynkową posklejałam w pokoju nauczycielskim z grobową miną i jeszcze większymi wypiekami na twarzy.

– Skrzynka będzie stała na dolnym holu, przy popiersiu patrona i można wrzucać do niej listy, ale tylko takie, które są podyktowane szczerymi uczuciami! – oznajmiłam przez mikrofon, po modlitwie kończącej każdy dzień szkoły. Dzieciaki strasznie się rozwydrzyły przez przerwę świąteczną i w ogóle nie mogły ustać w ciszy na korytarzu. No, ale jak już wspomniałam o skrzynce, to wszyscy się uradowali jak hieny. Dumnie poniosłam skrzynkę w stronę popiersia patrona i ustawiłam u stóp pomnika. Zaraz też zobaczyłam, że pani Ewa od matematyki krzywi się z dezaprobatą, więc dodałam: – Skrzynka będzie tu stała cały miesiąc, a w dzień świętego Walentego rozdamy listy na uroczystym balu dla wszystkich klas!

Rozległy się chóralne okrzyki radości, szczególnie ze strony dziewczyn, bo chłopaki to przechodzą całą szkołę etap spóźnionego dojrzewania i udają, że dziewczyny nic ich nie obchodzą.

Kiedy wszyscy rzucili się w stronę drzwi, dziewczynka o włosach sięgających niemal pupy, podeszła do mnie i spytała cichutkim głosikiem:

– Czy to prawda, że pani wychodzi za mąż już w tym roku?

Pytanie zmroziło mnie i potrzebowałam chwili, żeby zebrać myśli.

– Skąd ten pomysł?

– Bo mama mi powiedziała, że pani się zaręczyła. Mama była na wyścigu chartów i tam pani ogłosiła swoje zaręczyny. – Zająknęła się i wbiła we mnie wystraszony wzrok. – Bo ja w przyszłym roku mam mieć plastykę, a mama mówi, że jak pani wyjdzie za mąż to na pewno nie będzie już tu uczyć.

– Oczywiście że będę – odpowiedziałam w miarę opanowanym głosem. – Będę cię uczyć plastyki w przyszłym roku, nieważne, czy wyjdę za mąż czy nie.

– Tak? – rozpromieniła się dziewczynka.

– Tak – przytaknęłam.

Odebrał po drugim sygnale.

– Miałeś się ze mną skontaktować – przypomniałam mu. Serce tak mi trzepotało w piersiach, że jeśli można dostać z takiego powodu zawału, to ja powinnam była go dostać po tej rozmowie.

– Pamiętasz?

Niemal widziałam, jak Sebastian siada na krześle albo wchodzi do swojego gabinetu, albo robi sto różnych rzeczy, żeby uspokoić nerwy. Całkiem możliwe, że spał, bo jego głos nie brzmiał zbyt przytomnie w słuchawce.

– Masz moje rzeczy, które są mi potrzebne – dorzuciłam.

– Tak, są u mnie.

– Wiem, że są. – Boże, co za idiotyczna rozmowa! W sekundę chciało mi się ryczeć. Palce u rąk miałam lodowate i gdy dotknęłam nimi twarzy, to aż mnie zmroziło.

– Spotkajmy się – zaproponował po chwili wahania.

– Po to dzwonię.

I umówiliśmy się na wieczór.

Całe popołudnie fiokowałam się, robiłam sobie pilingi, maseczki i sto innych rzeczy, które może robić żałosna, zdesperowana kobieta. Nie wiem, czego oczekiwałam. Że mój wygląd go zmiękczy? Albo raczej chciałam mu pokazać, że dobrze sobie radzę bez niego, że wyglądam świetnie i mam w dupie jakieś powroty?!

Wszystko i tak żałosne.

Sebastian przy piwie wyglądał tak strasznie znajomo, że z trudem hamowałam się, żeby nie powitać go normalnie, tak jak robiłam w przeszłości. Usiedliśmy po obu stronach stołu, jakiś zespół za plecami Sebastiana rozkładał na scenie swój muzyczny sprzęt, ludzie wokół śmiali się, pili piwo, nucili razem z Kultem piosenkę o gazie na ulicy.

Nad naszym stołem zawisła przeszłość i zaczęła zarysowywać się przyszłość.

– Wytłumaczysz się jakoś? – zapytałam, wyjmując z paczki papierosy. Nie było sensu niczego udawać. Mój dobry wygląd był fałszem i jak na mój gust tych fałszywości już starczyło za wszystkie czasy. – Czekałam na telefon od ciebie albo na jakąś wiadomość.

Pochylił głowę i zapatrzył się w swoje dłonie, a ja w tym czasie przypaliłam sobie papierosa i z ulgą zaciągnęłam się dymem. Nie widział, że drży mi ręka – jak na zawołanie przestała drżeć. Nie słyszał bicia mojego serca – na to za głośno było w pubie. Nie widział moich rumieńców – nie mógł ich zobaczyć, bo przykryłam je grubą warstwą pudru.

Ja widziałam jego żal. Żal, że mnie traci i jakieś straszne postanowienie, że tak właśnie musi być.

– Słuchaj – zaczęłam ze swobodą, której nie czułam – byliśmy razem dość długo, żebym zasłużyła na jakieś wyjaśnienie. Wyjaśnisz mi to? Nie będę udawać, że dla mnie to nie było zaskoczeniem. Było cholernym zaskoczeniem! Miałam z tobą tyle planów...

Przez głowę przeleciały mi te plany: zobaczyłam rzędy białych sukien w sklepie dla panien młodych, zamajaczyła mi kolorowa narzuta, którą nakrywałabym nasze łóżko i jego koszule prasowane moją ręką w osłonecznionym pokoju, gdzie znajdowałaby się nasza sypialnia.

On też o tym myślał i niemal widziałam, jak na jego ramionach osiada wielki ciężar.

– Tego nie da się tak wytłumaczyć – odpowiedział w końcu. – Nie potrafię.

Miałam ochotę zaproponować zjadliwie, że mu pomogę to wyjaśnić, ale milczałam, bo nie chciałam wyjść na zołzę na tym spotkaniu. Na ostatnim naszym spotkaniu, co zaczęłam przewidywać, gdy tylko usiadłam z nim przy stole.

– Spróbuj – zachęciłam go z nutą podłości w głosie.

Sebastian też zapalił papierosa, co zdarzało mu się cholernie rzadko.

– Kiedyś ci to wyjaśnię, Pati. Teraz nie potrafię.

– Kiedyś? Skąd pewność, że kiedyś będę chciała cię znać? – Teraz już wychodziłam na zołzę, pękały hamulce, puszczały tamy. Papieros w moich rękach drżał, przez puder przebijała czerwień policzków. – Szanuj mnie, do cholery, i chociaż na odchodne mi to wyjaśnij, bo nie chcę resztę życia głowić się nad przyczynami!

– Szanuję cię.

– Gówno prawda. Jesteś mi winien wyjaśnienia!

Jego nerwy, moje nerwy, ten wesoły popieprzony nastrój w tle, głos wokalisty w mikrofonie: „Zapraszamy państwa na szanty!". Huk braw wokół nas, my jak dwoje wstrętnych ponuraków, napięci do granic wytrzymałości. Przeszło mi przez myśl, że za jakiś czas będę przypominać to sobie jako pantomimę niepotrzebnych gestów i film o unikaniu spojrzeń. Jego dłoń unosząca się do ust z papierosem, moje przechylenie na bok głowy, zaciśnięta pięść na kolanie – ta druga pięść, której nie widział. I słowa, słowa, słowa, banalne do obrzydzenia, jak z filmów, jak z tandetnych piosenek, jak z serialu, który oglądałam tydzień temu w telewizji.

– Spotkałem kogoś.

Spotkał kogoś.

– Kogo?

Kogo? Blondynkę, brunetkę, rudą, wysoką, niską, z długimi nogami, z nogami krótkimi, nauczycielkę, malarkę, sekretarkę, pielęgniarkę? Co miała takiego, że stała się ważniejsza? Co mu dała, czego ja dać nie potrafiłam? Kiedy zdążył ją poznać?

– Nieważne, kogo.

– Ważne. Dla ciebie ważne, skoro okazała się ważniejsza niż ja!

– Tak nie jest. Nie jest ważniejsza.

Nie jest ważniejsza, ale z nią odchodzi. Faceci oglądają za mało seriali. Siedzą z nosami w męskich filmach albo w meczach. Wiedzą, jak powinien zagrać bramkarz, jak obrońca, a jak zawodnik w ataku. Wiedzą, który gangster zdradzi swojego Ala, kto zastrzelił glinę i idealnie orientują się w zawiłościach filmów akcji. A potem, kiedy przychodzi do rozmowy z kobietą o życiu, bredzą, bo nie poznali filmowych słów i nie mają pojęcia, jak głupio to wszystko brzmi.

– Więc dlaczego wolisz ją, skoro nie jest ważniejsza?

– Przestań. Robisz się złośliwa.

– Ty przestań pieprzyć.

– Myślałem, że nie będziemy się kłócić.

– A ja myślałam, że nie zostawisz mnie z powodu jakiejś kobiety!

– Pati, zobacz, co my robimy.

– Kłócimy się, prawda? Co w tym złego? Nie muszę być miła i uważać, że wszystko jest okej!

Popielniczka z niedopałkami. Ja strzepuję do niej popiół, on strzepuje. Fala kolejnych niepotrzebnych gestów. Słowa, słowa, słowa.

– Jak ty mogłeś, do cholery? Dla jakiejś baby? Czy mam myśleć, że mnie okłamywałeś przez cały czas naszej znajomości? Po co to wszystko było? Te plany, te nasze noce? Po co? Umiesz mi to wyjaśnić?!

– Przestań. Nie będziemy tak rozmawiać!

– Nie będziemy rozmawiać tak, jak ty chcesz!

Spojrzenia ludzi. Chyba już się połapali w naszej kłótni, dziewczyna z piwem w ręce przesyła mi współczujący uśmiech.

– Gdzie ją poznałeś?

– Nie będziemy o niej mówić.

– Dlaczego?

– Dlatego, że nie!

– Bierzesz ją pod ochronny parasol. A ja chcę wiedzieć, mam prawo!

– Sama widzisz, jaka byłaby z nas para. Kłócilibyśmy się cały czas. Kłóciliśmy się większość czasu, nie pamiętasz?

– Pieprzysz, wiesz? Kłóciliśmy się, kiedy zacząłeś mnie olewać. Pewnie dla niej. Już nie pamiętasz, jak opadały ci emocje w sypialni? Zimny drań z ciebie! Miałeś ją, kiedy byłeś ze mną!

– Chryste, nie możemy rozmawiać jak ludzie?!

– Nie! Będziemy rozmawiać tak, jak rozmawiamy!

Zakryłam rękami twarz i zaczęłam płakać. On nie wiedział, co robić. Przysiadł się do mnie, objął mnie, przyciągnął do siebie. Płakałam jak idiotka na jego ramieniu, w myślach powtarzając sobie, że to najbardziej absurdalna sytuacja, w jakiej się znalazłam. Płacząc, powtarzałam mu, że jest cholernym draniem i że go nienawidzę. Sebastian gładził mnie po ramionach, włosach, po twarzy.

– Nie rób mi tego, nie odchodź... – szlochałam. I w tym, cholera, jednym momencie, tam na ławie w pubie, spadła na mnie wstrętna świadomość, że przecież po takich wyznaniach i po tym, co się stało, już za nic w świecie nie możemy wrócić do tego, co było.

Helena

W Internecie nie ma o mnie tak wiele, jak mówił Sebastian. Właściwie nie ma tam wcale mnie, jest jakaś głupia nastolatka z pokręconymi, ufarbowanymi na ognistą czerwień włosami i spojrzeniem polującego lamparta. Nie czuję się nią. Pomiędzy nami istnieje bariera tak wysoka, że nie wydaje mi się, by mogła runąć pod naporem wspomnień, artykułów czy cudzych słów.

Jeśli przymknę oczy, przypomnę sobie tę dziewczynę jako dziecko. Wczołguje się do dużego worka, w którym rodzice przynieśli papier toaletowy. Worek jest większy od niej, pachnie papierem. Rodzice stali po niego od rana w kolejce, na zmianę. Mama z dumą układa go w łazience na półce, a resztę chowa głęboko do szafki. Mimo że ma już papier, i tak wykłada podartą w kawałki gazetę.

– Kiedy musisz, użyj papieru, ale jeśli to nie jest konieczne, sięgaj po gazetę – tłumaczy.

Mała Helena już dużo wcześniej odkryła sekret gazety. Trzeba dobrze pogiąć ją w rękach, to zastępuje papier toaletowy niemal idealnie.

Matka z papierem toaletowym w łazience czuje się tak, jakby posiadła spory luksus. Znowu upina na głowie kok, znowu uśmiecha się z wyższością. Dziwne, że mając gazetę w ubikacji, traci wiarę w swoją pozycję.

We wspomnieniach z tamtych lat matka często robi różne dziwne rzeczy, które bardzo mi smakują, bo są słodkie. Robi na przykład kogel-mogel z dodatkiem kakao albo babkę z budyniu, albo różne inne dziwactwa, których teraz pewnie bym nie tknęła, ale wtedy składały się z nich podwieczorki: wysmażane z cukrem płatki owsiane, kakao z białkiem, czekolada z mleka w proszku.

Mam świadomość, że byliśmy wtedy biedni jak myszy kościelne. „Nie marnowaliśmy resztek, moja mama potrafiła być oszczędna" – tak mówi w wywiadach rudowłosa kukła, podpalając sobie papierosa i zwilżając czubkiem języka czerwone, ociekające szminką usta.

Czasami ją rozumiem, a czasami nie. Nie mam pewności, czy w wywiadzie mówi prawdę. Jest na to zbyt wyluzowana. Słowa przychodzą jej tak lekko, jakby wypowiedziane, miały po prostu zawisnąć w powietrzu i nie odnosić się do niczego istotnego. A przecież mówi o rzeczach istotnych.

„Szukałyśmy jego ciała na wiadukcie. Leżało tam sporo ciał, niektóre martwe, inne tylko poranione. Biegałyśmy od krawężnika do krawężnika, trzymając się za ręce, a moja matka ciągle powtarzała, żebym nie patrzyła. Oczywiście, że patrzyłam. Jak miałam nie patrzeć?" Z tego fragmentu coś wycięto. Jakieś przekleństwo, albo bluźnierstwo, które aż się tam prosi. Mimo wszystko zbyt dobrze znam tamtą dziewczynę, by wierzyć, że operowała takimi prostymi, pozbawionymi emocji zdaniami.

W tamtym czasie miałam kilka lalek, bardzo tanich, chociaż z ładnymi buziami. Miałam maskotkę, z którą spałam jeszcze kilka lat po śmierci ojca. I rozkładany domek z wymalowanymi dachówkami, przezroczystymi, podszytymi firanką oknami i otwieranymi drzwiami.

Rozłożony wydawał mi się duży. Wczołgiwałam się do niego, zamykałam drzwi, kładłam się na plecach i patrzyłam na prześwitującą w dachu farbę, którą wymalowano dachówki.

Czasami podkradały się jakieś dzieciaki. Nagle widziałam w oknie czyjąś wielką głowę z wytrzeszczonymi na mnie oczami, czasami słyszałam proszące głosy: „Wpuścisz nas?".

Nigdy nie wpuszczałam nikogo. Jeśli dzieciaki siadały przed domkiem i wgapiały się we mnie przez okna, zasuwałam firanki tak, żeby nikogo nie widzieć. Zatykałam uszy, żeby nie słyszeć próśb.

„Co ty tam robisz?" – pytała mnie potem często mama.

Jej nawoływania słyszałam. Wołała mnie na obiad najpierw raz, a potem drugi. Kiedy nie przychodziłam, wściekle otwierała drzwi mojego pokoju i po chwili ciszy, kiedy usiłowała poradzić sobie z widokiem domku na środku podłogi, pytała opanowanym głosem: „Domek jest brudny. Dlaczego rozkładasz go w pokoju?".

Rozkładałam go w pokoju, bo nie wolno mi było wychodzić na dwór. Poza domem ktoś mógł mnie porwać albo zabić. Poza murami, na ulicy wypełnionej „byle kim" kwitło życie, które, zdaniem mamy, natychmiast przemieliłoby mnie na jakąś papkę albo wyssało ze mnie wszelkie dobro. Istniała też możliwość, że „byle kto" obmacałby mnie na ulicy, obezwładnił i sponiewierał.

„Co ty tam robisz?" – pytała, kiedy wciąż siedziałam w ciszy. Nie wiem, dlaczego nigdy nie znalazła w sobie dość siły i perfidii, żeby zedrzeć ze mnie domek i schować go do piwnicy albo zniszczyć. „Mówiłam, że jest obiad. Wyjdziesz stamtąd w końcu czy mam cię wyciągnąć?" Czasami wychodziłam, a czasami nie. Jeśli wyszłam, matka stała w drzwiach, podparta pod boki i patrzyła na mnie z wyraźną ulgą. Jeśli nie wyszłam, odchodziła wołając, że nie będzie mi odgrzewać obiadu i w takim razie zjem wszystko zimne. Co tam robiłam?

Wiatr uderzył z nagłą siłą, która zakołysała łodziami. Chłopcy i dziewczęta przestali śpiewać i unieśli głowy, dopiero teraz świadomi zagrożenia...

– Pamiętasz? Na nabrzeżu była kobieta, która pierwsza spostrzegła nadchodzące niebezpieczeństwo. Nic nie zrobiła?

Tak, masz rację, zapomniałam o niej. No więc ona wstała z piasku i poczuła wiatr we włosach. Usłyszała też wyliczankę dzieci, które chciały zatopić łodzie i rzucały na nie czary. Głosiki dziecięce unosiły się na wietrze, potęgując jej niepokój. Rozpoznała kilka nazw łodzi wśród wypowiadanych słów i zaczęła rozumieć, co robią dzieci.

Dzieci łamały patyczki. Jeden patyczek to jedna łódź. Ich szept narastał i narastał w miarę, gdy ocean zaczynał zbierać siły, by uderzyć wielką falą w rozśpiewanych młodych ludzi, nieświadomych niczego, kołyszących się w łodziach, oświetlonych pochodniami.

Kobieta zaczęła szukać dzieci, ale wiatr uderzał z różnych stron i nie mogła się zorientować, skąd dobiega tamta wyliczanka.

Biegała więc po piasku, nawołując i przerywając obrzędy odbywające się wokół. Kilka kobiet, które słuchały śpiewów, również wstało, ale żeby prosić ją, by uspokoiła się i zamilkła. Jakiś mężczyzna złapał ją pod ramię i zaproponował, że odprowadzi ją do chaty.

W tym samym też czasie ostatni patyczek upadł na ziemię i dzieci złapały się za ręce...

– Dlaczego dzieci chciały potopić łodzie?

Oj, nie rozumiały, że robią źle. Dla nich to była zabawa. Robiły to, co im się podoba. Wszystkie dzieci tak robią. Wsuwają pod lupę motyla i kierują lupę tak, by padało na nią słońce, a kiedy motyl zaczyna płonąć, śmieją się.

– Przerażasz mnie.
A ty mi przerywasz. Chcesz usłyszeć całą historię?
– Więc słucham.
Na wyspie aż do wydarzeń, o których staram się opowiedzieć, panowały harmonia i szczęście. Przypominało to trochę raj z Biblii: owoce na drzewach, zwierzęta żyjące w przyjaźni z ludźmi...
– Mówiłaś, że nie ma tam zwierząt.
Oj, czepiasz się! Wiem, wiem, historia musi trzymać się kupy i nie może być w niej nieścisłości.
No więc... Teraz będzie najważniejsze!
Ostatni patyczek upada na piach u stóp dzieci, a one wstają powoli, łapią się za ręce i patrzą w niebo.
Ocean zmobilizował już wszystkie siły i zaraz uderzy wielką falą w łodzie.
Na łodziach wiatr gasi pochodnie. Tamta kobieta krzyczy, żeby wszyscy wrócili na ląd i o dziwo, młodzi zaczynają jej słuchać. W panice rozpaczliwie wiosłują do brzegu.
Tyle że ich łodzie są połączone linkami z poprzyczepianymi kwiatami. Kiedy więc jedni zaczynają wiosłować w jedną stronę, a drudzy w drugą, następuje straszne zamieszanie. Kilka łodzi wywraca się. Dziewczyny z wiankami na głowach wpadają do wody, jacyś chłopcy skaczą im na ratunek, ludzie z plaży zaczynają wbiegać do oceanu, żeby dopłynąć do łodzi i powyciągać tamtych na ląd.
No i wtedy nadchodzi wielka fala. Ocean kształtował ją już na tyle długo i tyle innych weszło w jej skład, że jest naprawdę wysoka. Z daleka wygląda jak ogromny cień, który przysłania niebo. Jest szeroka, napięta i czarna. Podąża w stronę nabrzeża, nabierając prędkości, coraz więcej ma mocy i staje się coraz wyższa.
Dostrzega ją dziewczyna... Pamiętasz, która? Ta najpiękniejsza, Kapi, o którą mieli bić się chłopcy.
Kapi jest w wodzie i widzi tamtą falę. Zaczyna krzyczeć. Jakiś chłopak, korzystając z tego, że ma przy sobie najpiękniejszą dziewczynę, zatyka jej usta i nurkuje z nią w głębinę. W ciemnościach stara się ją pocałować, ale Kapi wyrywa mu się rozpaczliwie, jednocześnie czując, jak woda spod jej nóg ucieka tak, jakby zaczęła żyć własnym życiem.
A potem następuje uderzenie.
Pierwsze uderzenie. Pierwszej fali.

Zakrywa wszystko. Tamte łodzie, młodych śpiewaków, całą plażę i część lądu. Jest tak potężne, że wdziera się między palmy daleko, niemal pod samą wioskę.

Sebastian wraca z pracy późnym wieczorem. Słyszę jego kroki na klatce schodowej, a potem widzę zarys sylwetki na tle okien pół-piętra. Dostrzega mnie siedzącą na podłodze pod drzwiami.
– Co ty tu robisz? – pyta, ale bez złości.
Wstaję z odrętwienia, w którym tkwiłam ostatnie dwie godziny, i otrzepuję płaszcz.
– Wpuścisz mnie?
Patrzy na mnie długą chwilę i nie wie, co robić. Więc wyjmuję mu klucz z ręki i sama otwieram zamki. A zaraz za drzwiami opieram się o ścianę i przyciągam go do siebie.
– Dlatego przyszłaś? – pyta szeptem, ale jego dłonie już wsuwa-ją się pod mój płaszcz, dotykają ud, rozchylają je. – Dlatego?
Uśmiecham się. Jest sto powodów, dla których przyszłam. Sto powodów, z których najprostszy jest ten, że chcę, by Sebastian pie-przył mnie jeszcze raz i to mocniej i namiętniej niż wtedy.
– Dlatego – odpowiadam. Sebastian zbliża usta do moich ust, a potem kiedy przymykam oczy, on przykrywa moje wargi dłonią, a sam osuwa się w dół, podnosi mój płaszcz i spódnicę i całuje mnie.

Nie mamy wiele tematów. Granice tego, o czym możemy roz-mawiać, rosną jak grzyby po deszczu i jest ich już po pierwszym dniu bardzo dużo. Taką granicą jest na przykład osoba Patrycji. On nie pyta, co u niej, nawet nie wie, co jej powiedziałam, a czego nie. Dziwi mnie, że nie zżera go niepewność. Ostatecznie może się spodziewać, że powiedziałam jej wszystko, albo że wszystko zrzuci-łam na niego. Powinien się zastanawiać, jak ona sobie radzi bez niego. W końcu nie spędzili razem dwóch dni ani trzech namięt-nych nocy, tylko kilka lat. Ja pierwsza nie wytrzymuję:
– Dlaczego nie zapytasz o nią?
Sebastian odrywa spojrzenie od książek, nad którymi siedzi po-chylony, i patrzy na mnie przez grube szkła okularów. Patrzy spo-kojnie, otoczył się obojętnością jak murem i nie potrafię jej przeła-mać. Męczy mnie jego obojętność. Męczy, bo przypomina mi moją własną. Teraz dopiero zaczynam rozumieć zdenerwowanie mojej

matki i tych wszystkich ludzi, których spotykałam w życiu i którzy nie potrafili przebić się do mnie. Uderzali we mnie i osuwali się w dół bez żadnego oparcia. Niczego im nie ułatwiałam. Zawijałam się w kokon. Sebastian też się w niego zawija.

Nie wiem, czy powinnam mu powiedzieć, że ona za nim tęskni. Żałosna stęskniona kobieta będzie miała dla niego jeszcze mniej magii niż wyobrażenie o Patrycji, które nosi w głowie.

– Ona czeka na twój telefon – mruczę jak zaklęcie.

Marszczy brwi, wciąż tak cholernie spokojny.

– Nie mówmy o niej.

– A o czym chcesz mówić?

Jedynym tematem jest mój ojciec. Sebastian, jak się okazuje, czytał jego książki i może opowiedzieć mi to, czego ja sama nie wiem. Mówi więc:

– Twój ojciec był wydawany. Wydawali go w drugim obiegu, tym podziemnym.

Podziemny obieg – brzmi to tak, jakby chodziło o wodę w glebie, mogącą mieć ujście na powierzchni, ale bardzo daleko stąd.

– Zostawił po sobie bardzo wiele literatury.

Pamiętam jakoś inaczej to, co po nim zostało. Matka przyciskała to do piersi jak relikwię. Siedziała na podłodze, pierwszy raz tak zaniedbana, by nie zauważyć, że ma podciągniętą do góry spódnicę, aż widać gołe ciało powyżej pończochy, przyciskała do siebie płaską teczkę i kołysała się do przodu i do tyłu. Nie mogłam oderwać od niej spojrzenia. Wcale nie dlatego, że było mi jej żal albo że od razu zrozumiałam, co właściwie się stało. Nie mogłam oderwać spojrzenia od tej jej pończochy i białego uda. Nigdy wcześniej nie widziałam jej takiej. Nie wiedziałam, że może taka być. Zawsze kazała mi trzymać kolana ściśnięte razem, tak szczelnie, żeby nie można było włożyć pomiędzy nie nawet jednej monety. Powtarzała, że trzeba zawsze dokładnie przyjrzeć się sobie przed wyjściem z domu. Niepokoiło ją to, jak wyglądają jej plecy.

Sebastian mówi, że w nocy miałam zły sen. Podobno obudziłam go jękiem albo krzykiem, a kiedy chciał mnie dotknąć, odpychałam jego ręce, nie poznawałam go i wciąż tylko jęczałam.

– Co ci się śniło? – pyta mnie z rana, kiedy robimy sobie śniadanie.

Wzruszam ramionami.

– Nie mam pojęcia. Powinieneś był spytać mnie wtedy, w nocy.

– Pytałem.

– I co ci odpowiedziałam?

Kręci głową.

– Nic. – A potem, ni w pięć, ni w dziewięć, proponuje: – Zacznij oglądać zdjęcia ze swojej przeszłości. Wtedy zrozumiesz, co się działo z tobą po śmierci ojca. – Patrzy na mnie, chyba po raz pierwszy, jakoś przyjemniej. – Może wtedy skończą się twoje nocne koszmary – dodaje.

17 stycznia

Kim on był? Czasami, gdy zamknę oczy i mocno się skupię, przypominam sobie jego skórę pod moimi palcami. Wodziłam po nim ręką jak po mapie. Pod palcami czułam jego miękkie usta i szorstki zarost na policzkach.

Potrafię przypomnieć sobie jego śmiech. Nie pamiętam jednak głosu. Tylko same słowa. Powiedział, że mnie kocha. Uwierzyłam mu. Gdyby gdzieś tu był, wciąż by mnie kochał. Wiem to, chociaż nie potrafię tego udowodnić.

Gdzie jest? Kim jest? Dlaczego nie był przy mnie, kiedy rodziłam się we mgle?

Na dawnych zdjęciach nie znajduję zbyt wiele. Otaczają mnie obcy ludzie i tylko przy niektórych w mojej głowie pojawiają się informacje.

Ta słodka blondynka to Lidka, moja przyjaciółka. Jechałyśmy moim sportowym, czerwonym wozem po Warszawie o piątej nad ranem. Ja prowadziłam. Miałyśmy muzykę nastawioną na cały regulator, wydzierałyśmy się, pijane, razem z jakąś głupią piosenkarką. Dziwne, że w ogóle udało nam się w takim stanie przejechać pół Warszawy, zanim rąbnęłyśmy w drzewo wyrastające na najprostszym odcinku drogi.

Drzewo wdarło się w wóz na tyle głęboko, że jeszcze kilka centymetrów i moja koleżanka straciłaby życie.

Lidka w tamtym wypadku doznała poważnego uszkodzenia nogi. Lekarze chcieli jej amputować cały kawałek od kolana w dół. Prawnik musiał jakoś mnie wybronić, bo nie spędziłam ani jednego dnia w więzieniu. Nie zabrano mi też prawa jazdy, chociaż już potem nie siadałam za kierownicą. A Lidka jakoś się wykaraskała z tego wszystkiego.

Wcześniej wiele czasu spędzałyśmy razem. Uwielbiałyśmy się ubierać w eleganckie rzeczy i potem tańczyłyśmy wtulone w siebie na parkietach różnych klubów, Lidka opierała mi głowę na ramieniu i patrzyła na mężczyzn, ja przesuwałam ustami po jej długiej szyi i śmiałam się z zaskoczonych spojrzeń ludzi wokół nas. Uwielbiałyśmy tańczyć. Ona nosiła sukienki i bluzki z odkrytymi plecami, najczęściej w zimnych kolorach. Ja ubierałam się głównie w czerń. Siadałyśmy na wysokich stołkach przy barach, śmiejąc się, komentowałyśmy głośno facetów, którzy byli w pobliżu, bawiłyśmy się w wyliczanki, którego ona będzie podrywać, a którego ja.

Próbowałyśmy niemal wszystkiego. Pamiętam, jak Lidka wciągała nosem narkotyk, pamiętam jej przymknięte oczy i senny uśmiech na twarzy. Pamiętam, jak czołgała się na czworakach w stronę toalety.

Czasami Lidka spała ze mną. Przypominają mi się szybko gasnące migawki z tych nocy: jej piersi, biel jej ud kontrastująca z krawędzią czarnych pończoch, dłonie o długich ostrych paznokciach przesuwające się po mojej skórze, usta na moich wargach, zapach perfum, rozkosz.

Po wypadku wszystko musiało się zmienić. Leżała tygodniami w szpitalu. Kiedy przychodziłam, prosiła mnie o kosmetyki. Potem, kiedy znowu przychodziłam, leżała na łóżku mocno umalowana, z nogą owiniętą w bandaże. Z jej elegancji pozostały tylko ślady.

– Daj spokój, jeszcze będziesz królową balu! – mówiłam, uśmiechając się fałszywie.

Lidka spocona na rehabilitacji, Lidka nieumalowana. Lidka załamana. Płacząca. Rzucająca czymś we mnie. Krzycząca, że spieprzyłam jej życie.

Moje ostatnie wspomnienie o niej to jej przyjazd do mnie. Czekam w drzwiach i patrzę, jak wysiada z taksówki. Rzuca mi zawstydzone spojrzenie. Kierowca pomaga jej wysiąść. Trzęsą się jej nogi. Ma na sobie długie spodnie, żeby nie było widać szwów i nierówności. Macha mi ręką, ale zaraz musi chwycić się kuli. Kuśtyka do mnie.

Wydaje mi się, że spotkałam ją jeszcze kiedyś, ale tego nie jestem pewna. Może mi się tylko śniło. Z tego snu zapamiętałam jej trzęsące się ręce, papierosa i usta, które nie układały się już w uwodzicielski łuk.

Na niektórych fotografiach jest z nami jeszcze jedna blondynka. Na każdym zdjęciu patrzy na mnie. Stoi z boku i patrzy na mnie. Stoi obok i odwraca się w moim kierunku. Stoi z tyłu, za mną i wbija mi wzrok w plecy. Nie uśmiecha się. Sprawia wrażenie, jakbym zrobiła jej straszną krzywdę.

Przeglądam fotografie uważnie, pochylona nad biurkiem, z lupą w ręku. Przybliżam sobie twarz blondynki. Jej wzrok skierowany na mnie coś mi przypomina. Jej długie sukienki też są znajome. I te bransoletki na rękach – niemal słyszę ich dzwoniący brzęk. Czegoś tylko brakuje.

Odwracam zdjęcie i czytam podpis: „Warszawa, 10 maja".

Teraz już wiem, dlaczego moja matka tak skrupulatnie opisywała każde zdjęcie. Mnie też w to wrabiała: dawała mi długopis do ręki i kazała nabazgrać imię każdej osoby z fotografii, podać dokładną datę i nazwę miejscowości. Z jej nauk niewiele widać pozostało. Tylko miejscowość i zawieszona w powietrzu data. A szkoda, bo teraz wiedziałabym, na kogo patrzę.

Czegoś wciąż mi brakuje. Otwieram notatnik i wypisuję na nim bezwiednie wszystkie słowa, które kojarzą mi się z tym zdjęciem. Piszę: kot, aparat fotograficzny, ręce, kapelusz, kwiaty, korale, parapet, doniczki, rozmowa, złość, zazdrość, chodnik, obraz, dziecko, twarz.

Unoszę dłoń, żeby jeszcze coś dodać, czytam to, co już napisałam i nagle wiem!

Przypomina mi się ta blondynka, ale w kapeluszu. Na kapeluszu są wymalowane róże, niebieskie kwiaty znajdują się za jej plecami, ocierają się o jej ubranie. Dłonie trzyma na kolanach, u stóp ma konewkę. Na parapecie okna nad jej głową stoją doniczki z kwiatami. Kobieta patrzy na mnie, ale ze złością. Czuję napór jej słów, ale nie pamiętam, o czym rozmawiałyśmy. Winiła mnie i miała rację. Powiedziała:

– Wracaj do Michała!

Marta

Którejś styczniowej nocy obudziłam się ze świadomością, że stało się coś złego.

Otworzyłam oczy i popatrzyłam w ciemność, a potem pospiesznie sięgnęłam ręką po włącznik lampy i czekałam, aż pokój zaleje ciepłe światło.

Pokój był obcy, tak samo jak mężczyzna leżący koło mnie. Przesunęłam spojrzeniem dalej, na poruszające się na wietrze firanki, na stojące nieruchomo na półkach książki.

Czas jakoś zwolnił, a potem przyspieszył. Miałam wrażenie, że sny mieszają mi się z rzeczywistością, że wszystko się plącze. Dawid znikał i pojawiał się znowu. Tak samo znikałam ja. Nad łóżkiem pochylał się ktoś trzeci. Ktoś stał za łóżkiem, ktoś na mnie patrzył.

Gdzie przebiega granica snu?, pomyślałam. Moje usta były spękane, jakbym miała wysoką gorączkę i musiałam zamknąć oczy, bo raziło mnie zbyt mocno światło.

– A jeśli nie ma żadnej granicy między snem a jawą?

Moje powieki zatrzepotały i rozchyliły się; czułam, jak zalewa mnie fala strachu. Głos już umilkł, ucichł też szum wiatru za oknem i słyszałam tylko niespokojny oddech Dawida tuż koło mnie. Kiedy spojrzałam w jego kierunku, padał na niego jakiś podłużny cień.

Właściwie, skąd pewność, że się obudziłam?, pomyślałam, chwytając się jakiejś normalnej przesłanki. I chyba właśnie wtedy usłyszałam, jak zamykają się drzwi wyjściowe.

Z zewnątrz wyglądaliśmy niemal idealnie. Nikt nie powiedziałby, że nie jesteśmy szczęśliwi.

Roztaczaliśmy wobec siebie i wobec innych pozory wielkiego szczęścia. Nie mogłam mu nic zarzucić. Nie było żadnego powodu, by się niepokoić albo podejmować rozmowy o nas. Mówiliśmy sobie miłe, gładkie słowa. Wszystko wydawało się bez zarzutu. Nie było nic, co można by nazwać i o co zapytać. Tylko wrażenie, że coś jest nie tak. Przeczucie. Nic namacalnego.

Leżeliśmy w łóżku, rozmawiając. Leżeliśmy twarzami do siebie, nie dotykając się nawzajem.

– Jak myślisz, ile osób ma szanse na szczęście? – zapytał.

– Z nami czy bez nas?

Zaczął się uśmiechać.

– Bez nas.

– Bez nas? – Poszukałam w pamięci, próbując ogarnąć myślami ogrom szczęśliwych ludzi, których widywałam lub których znałam osobiście. – Wydaje mi się, że dużo.

– A w twoim otoczeniu?

W moim otoczeniu szczęśliwcy pochowali się i unikali teraz mojej pamięci, bym nie mogła wyciągnąć ich na wierzch.

– Dwoje.

– Kto?

– Nie znasz ich.

– Twoi rodzice?

Zaczęłam się śmiać i przysunęłam się bliżej:

– Moi rodzice nie.

Wybraliśmy się na klif, z którego widać było szeroką panoramę morza. Daleko, na horyzoncie cumowały statki. Widziałam barkę czekającą na wpłynięcie do portu, ludzi spacerujących w dole po nadmorskim bulwarze, starą łódkę wyciągniętą na brzeg.

Spacerowaliśmy po szarej plaży. Na piasku leżały glony i fragmenty drzew. Woda wyrzucała kamienie, po których balansowałam, z trudem łapiąc równowagę. Niektóre były pokryte morską trawą, inne obrastał bluszcz. Im głębiej odchodziliśmy w stronę dzikiej plaży, nieuczęszczanej nawet latem przez turystów, tym zimniejszy i bardziej szary stawał się krajobraz. Klif podmywało morze, przyglądałam się brunatnej ziemi o rozmaitych przekrojach i siatce rozpiętej nierówno na urwisku, by ziemia nie osuwała się na plażę. Piach był tu brudny, zmarznięty, w niektórych miejscach wciąż jeszcze pokryty śniegiem. Mewy krążyły nad nami z krzykiem, ubrudzone na brzuchach, głodne.

Dawid przykucnął na piachu z aparatem fotograficznym, a ja skierowałam obiektyw mojego aparatu na niego. W kadrach filmu zatrzymywałam skuloną postać Dawida, Dawida opierającego aparat o jakąś mokrą wielką gałąź, która spadła z klifu, Dawida w szarym płaszczu na tle brunatnych warstw ziemi, Dawida zapatrzonego w morze, zamyślonego, fotografującego mewy spacerujące po piasku, krążącego po kamieniach.

To były dziwne chwile. Kojarzyły mi się z wielkim wyciszeniem i szarością. Między nami zapadło milczenie, w którym szliśmy aż do najbliższego zamarzniętego i nieuczęszczanego molo. Usiedliśmy w wyciągniętej na brzeg starej łodzi, Dawid zmieniał film w aparacie, coraz bardziej zamyślony.

– Gdybyś miała możliwość wyjechać stąd, Marta, dokąd byś pojechała? – zapytał. Jego palce sprawnie wkładały nowy film do aparatu, skierował obiektyw na morze i zrobił kilka próbnych zdjęć.

Drżałam z zimna, wilgotny wiatr skręcał mi włosy, wciskał się pod ubranie, mroził dłonie.

– W jakieś ciepłe miejsce – odpowiedziałam. – Może do Portugalii?

Obrzucił mnie spojrzeniem, z którego nie potrafiłam nic wyczytać. Skierował na mnie obiektyw aparatu.

– A gdzie ty chciałbyś pojechać?

Migawka. Jedna, druga, trzecia. Dawid wstał, by sfotografować mnie z innej perspektywy.

– Do Katmandu.

Uśmiechnęłam się niepewnie.

– Dlaczego tam?

Wzruszył ramionami, odszedł kilka kroków w głąb plaży i stamtąd zrobił jeszcze kilka zdjęć. A ja odwróciłam się raptownie. Moje spojrzenie obiegło w pośpiechu pobliski kawałek plaży i ogarnęło wodę, by w końcu czujnie przesunąć się po klifie. Dobiegł do mnie głos Dawida:

– Tam nie ma turystów. Można w spokoju myśleć, odpocząć i pozapominać wszystko.

Odwróciłam się do niego:

– Jakie wszystko?

Kolejny podmuch wiatru zmroził mi ramiona. Jakiś cień przemknął tuż koło mnie i wydawał się większy i dłuższy niż cień mewy. Poczułam strach w brzuchu, delikatny jak skrzydła motyla. Łaskotał mnie i łaskotał, aż zmusił, bym popatrzyła jeszcze raz uważnie wokół nas.

Dawid w tym czasie przykucnął na piasku i odchylił aparat w górę, jakby chciał sfotografować szybującą nad nim mewę.

– Wszystko – odpowiedział po chwili milczenia.

Raz zabrał mnie w dziwne miejsce. Był to plac wyłożony rzeźbami. Wszystkie jednakowe, wyrastały z ziemi jak drzewa: długie, cienkie słupy z jasnego betonu. Na każdym wypisane było inne słowo; chodząc między nimi i odczytując kolejne wyrazy, można było poukładać z nich całe długie zdania.

– „Grzech kryje się w tobie...” – odczytywał Dawid, puszczając moją dłoń i odchodząc coraz głębiej w instalację. – „Nie patrz tu...”. Był już późny wieczór, więc oświetlałam słupy latarką. W jakimś momencie Dawid zniknął mi z oczu i dopiero po chwili zobaczyłam jego dłonie. Na tle białego betonu wydały mi się ciemne, tak samo jak ciemna wydała mi się jego sylwetka. Odezwał się głosem, który brzmiał jakoś dziwnie sucho:

– Widziałem kiedyś w Internecie takie zdjęcia, gdzie płoną wieże WTC, a dym kształtuje się w wielką ohydną gębę jakiegoś potwora. Widziałaś je?

Przytaknęłam, niepewnie unosząc latarkę na kolejny człon: „ponadczasowy”.

– Tak sobie kiedyś wyobrażałem zło.

Spróbowałam przypomnieć sobie te zdjęcia: rozedrgane kłęby dymu płynące w powietrzu jak balony, wrażenie, że w dymie znajdują się wielkie oczy i rozdziawione w uśmiechu usta.

Gdzieś zza pleców usłyszałam głos Dawida, jakby ten nagle strasznie szybko obszedł cały teren.

– Kiedyś wydawało mi się, że zło jest pierwotne i było na świecie wcześniej niż człowiek. Że ma cechy istoty myślącej.

Odwróciłam się w jego kierunku, ale już go tam nie było. Spacerował po placu akurat w miejscu, które oświetlała moja latarka. Dotykając słupów, uniósł głowę i zapatrzył się w coś, co znajdowało się na górze jednego z nich.

– Nie wiem, dlaczego zakładasz, że może być inaczej – odpowiedziałam z wahaniem. – O takim właśnie początku mówi Biblia.

Patrzyłam, jak jego dłoń pociera jakiś napis.

– Marta... – Odwrócił się i chyba popatrzył na mnie, ale nie byłam pewna. – A nie wydaje ci się, że zło jest tylko w ludziach?

– W ludziach? – podchwyciłam.

Latarka wycelowała teraz w beton u moich stóp i tam pozostała. A Dawid znowu gdzieś się cofnął i po chwili nie byłam już pewna, gdzie go szukać.

– Gdzie jesteś? – zapytałam, kierując latarkę w różne punkty instalacji i na próżno je przeszukując.

Promień światła nie miał długiego zasięgu, rozbijał się o białe słupy; udało mi się uchwycić ruch gdzieś z boku, ale kiedy wycelowałam tam latarką, nikogo nie zobaczyłam. Światło zatrzymało się na słowie „przestrzeń". Mimo woli poruszyłam ustami, jakbym wymawiała to słowo, a potem oświetliłam kolejny słup: „ciasna". Ciasna przestrzeń? Czy przestrzeń może być ciasna?

– Dawid, gdzie jesteś?

W moim głosie pojawiła się wysoka nuta, której jeszcze nie znałam i która wcale mi się nie podobała. Brzmiało to, jakbym wpadała w panikę. Postąpiłam więc kilka kroków i poszukałam wyjścia. Kiedy wchodziliśmy na plac, między słupy, wydawało mi się, że to miejsce jest nieduże. Teraz jednak nie byłam już tego taka pewna, bo w którąkolwiek stronę spojrzałam, wszędzie widziałam tylko słupy. Ogarnęła mnie absurdalna pewność, że rzeźba rozrasta się i rozrasta, jakby żyła własnym życiem.

– Dawid?! – Podniosłam głos i zaczęłam wielkimi krokami obchodzić teren. Moja latarka prześlizgiwała się po słupach coraz szybciej, niemal odruchowo rejestrowałam słowa: „czas", „twór", „krzywa", „to", „pętla"... „Czas to krzywa?", przeleciało mi przez głowę. „Czas to pętla?".

– Dawid! To nie jest śmieszne!

Nie rozumiałam tego, co się ze mną dzieje. Zachciało mi się płakać i to tak bardzo, że niemal momentalnie poczułam pod powiekami łzy. Moje spojrzenie obiegało nerwowo teren, czytało coraz nowsze słowa, w koronach drzew zaczął narastać szum wiatru, a ja wciąż krążyłam po placu i nie mogłam znaleźć wyjścia. Bo to jest pętla, pomyślałam w jakimś momencie i ogarnęła mnie absurdalna pewność, że właśnie weszłam na teren, w którym czas zaczyna się zakrzywiać i tworzy pętlę. Nie uda mi się stąd wyjść, pomyślałam znowu, głupio. Kiedyś czytałam, że takie miejsca istnieją na ziemi. Że istnieją niewidzialne tunele czasoprzestrzenne, że wymiary przenikają się nawzajem; czytałam o kobiecie, przez której kuchnię przeszło rzymskie wojsko sprzed wieków, czytałam o zakręcie drogi, gdzie zawsze zdarzają się wypadki, a poszkodowani opowiadają o kobiecej postaci, która pojawia się w ich wozie na tylnym siedzeniu.

– Dawid! – krzyknęłam głośno. Latarka upadła u moich stóp, celując światłem w gałęzie drzew i przyczajonego w górze ptaka, który obserwował mnie już od dłuższego czasu wyłupiastym okiem. Cofnęłam się gwałtownie, na coś wpadłam, rozpaczliwie chwyciłam się słupa, mój wzrok zatrzymał się na słowie „czas", a w mojej głowie rozpoczęła się projekcja obrazów, których nigdy nie wyciągałam na wierzch. Obrazów niepokojących i niemal zapomnianych: dobijałam się pięściami do drzwi pokoju mojej mamy; wiozłyśmy ją do szpitala z babcią i siostrą. Widziałam nas, jak krzyczymy do niej, prosimy ją, widziałam jej twarz skierowaną w stronę okna, pogrążoną w melancholii tak wielkiej, że nie umiałyśmy przez nią się przebić; dni po jej powrocie ze szpitala przelatywały mi przez głowę tak, jakby były długim ciągiem obrazów, którego nie umiałam zatrzymać. Tak bardzo chciałam się stamtąd wydostać.

– Dawid! – zawołałam, a on, jak na zawołanie, podszedł do mnie.

– Marta, co ty robisz? – spytał.

– Jak mogłeś?! – wykrzyknęłam w odpowiedzi. Wydawał się tak spokojny, jakby kompletnie nie rozumiał, o co mi chodzi. – Gdzie byłeś? Nie słyszałeś, że cię wołam?

Patrzył na mnie wciąż tak samo i nawet przytaknął, że słyszał i że przecież przyszedł.

– Więc czemu tak długo? – Rozpaczliwie łapałam się faktów, żeby mu unaocznić, że przez te kilka minut przeżyłam istne piekło, wpadłam w panikę i o mały włos, a bym się rozpłakała. Nawet teraz miałam w oczach łzy. – Dlaczego to zrobiłeś?!

Pokręcił głową, teraz już zdziwiony moim wybuchem.

– Zawołałaś mnie i przyszedłem. Nie rozumiem.

Ja też nie rozumiałam. Zaczęłam myśleć, że może wariuję i dzieje się coś złego. Może rzeczywiście to wszystko nie trwało tak długo, jak sądziłam. Kiedy teraz ogarniałam wzrokiem słupy, bez problemów umiałabym stąd wyjść i, co gorsza, wcale już nie wyglądały, jakby było ich tak dużo.

Potarłam rękami twarz.

– Coś się ze mną dzieje... – powiedziałam szeptem. – Coś się dzieje, coś niedobrego...

– Po prostu wpadłaś w panikę – przerwał mi. Schylił się po latarkę i skierował jej światło na ziemię, przez co wszystko przestało wyglądać tak przerażająco. Zapytał: – Często ci się to zdarza?

W mieszkaniu nie było nikogo. Jeszcze w płaszczu obiegłam wszystkie pomieszczenia, upewniając się, że nie ma ani Patrycji, ani Heleny, a potem opuściłam w oknach rolety i usiadłam na łóżku. Trzęsły mi się ręce, z trudem łapałam oddech, w głowie miałam kompletną pustkę. Położyłam torebkę na dywanie u swoich stóp i objęłam się mocno rękami, kołysząc się w przód i w tył.

Potem wzięłam najdłuższą kąpiel w życiu. Szorowałam się ostrą gąbką, jakbym tym sposobem mogła usunąć z siebie wszystko raz na zawsze. Patrycja wróciła, zastukała do drzwi łazienki i zapytała, czy wszystko w porządku.

– W porządku! – odkrzyknęłam.

Tyle że nic nie było w porządku. Po brodę tonęłam w lodowatej wodzie, która wystygła już ponad godzinę temu. Ciało miałam zaczerwienione od gąbki, drżałam cała i było mi niedobrze.

Kiedy wyszłam z łazienki, Patrycja nie zauważyła mojej dziwnej miny i przerażonych oczu. Przeglądając jakieś kobiece pismo, obrzuciła mnie spojrzeniem i spytała zdawkowo:

– Marta, co ci się stało z ustami?

Nie miałam pojęcia, co jest z moimi ustami. W łazience okazało się, że chyba ze zdenerwowania musiałam je pogryźć, bo całe były posiniaczone i napuchnięte. Patrycja zawołała z pokoju, że powinnam jeść więcej witamin, to nie będę miała opryszczki.

Nie mogłam spać, nie mogłam leżeć. Wszystko mnie bolało tak, jakby ktoś mnie pobił, serce biło nerwowo, niemal histerycznie. Słyszałam, jak Helena odwiesza w przedpokoju płaszcz, jak szuka czegoś w lodówce, a potem puszcza wodę w łazience.

To nie może być prawda, pomyślałam, wsuwając się pod kołdrę. W dzieciństwie robiłam dokładnie tak samo, nurkowałam pod kołdrę, bo w pokoju siedział potwór albo dlatego że nie nauczyłam się matematyki, a z rana miałam mieć sprawdzian. Kuliłam się wtedy w pozycji embrionalnej i czekałam, aż nastanie świt. Teraz chciałam zrobić dokładnie tak samo, tyle że nie mogłam uleżeć w bezruchu. Odsunęłam więc kołdrę i usiadłam na łóżku. W mieszkaniu panowała już cisza, Helena spała, Patrycja też. Sięgnęłam do torebki po komórkę i wysłałam pospieszny sms do jedynej osoby, która mogła uświadomić mi, że wariuję. Napisałam do Edyty:

„Spotkaj się ze mną jutro w kawiarni Teatralnej w Sopocie. Będę czekać o piątej. To ważne".

Włączając komputer, modliłam się, by jego dźwięk nie obudził dziewczyn.

– Ja nie wariuję – wyszeptałam w przestrzeń pokoju.

Nie wariuję, upewniłam się w myślach. I zaczęłam strasznie żałować, że nigdy wcześniej nie powiedziałam Patrycji o chorobie, która rozpościera się wokół mojej matki jak bardzo szczelny namiot i kryje ją w swoim wnętrzu i o tym, że jej przypadłość jest dziedziczna. Czy u niej zaczynało się wszystko podobnie?, pomyślałam, rozpaczliwie szukając w głowie wspomnień, które byłyby związane z początkami choroby. Przypomniałam sobie tylko migawkowo nastrój cichych dni i senne pytanie, które zawisło kiedyś pomiędzy mną a nią: „Słyszałaś? Jakieś dziecko strasznie płakało...".

Zaczęłam szukać. Sama nie bardzo wiedziałam, czego, ale wydało mi się oczywiste, że muszę to znaleźć. I znalazłam.

Fotografia czarno-biała, niewyraźna jak te wszystkie odbitki w gazetach, ukazywała pokiereszowanego opla wciąganego na lawetę. Znalazłam wycinki z jakiejś gazety, nagłówek informował, że w wyniku wypadku samochodowego na skrzyżowaniu pod Paryżem Michał Ociesa trafił do szpitala. Samochód nie należał do Michała, lecz do Dawida. Nie ustalono jeszcze, co było przyczyną zdarzenia.

Rzuciłam pospiesznie okiem na datę i zanotowałam ją sobie ołówkiem na kartce: „12 stycznia". Dwa lata temu.

W innym linku znalazłam informacje o wystawie Dawida w ramach „Klucza", na której gościnnie pojawił się też Michał Ociesa. Ta informacja datowana była jeszcze rok w tył. Późniejsze artykuły pisały już o tym, że Michał jest pełnoprawnym członkiem „Klucza" i że jego twórczość bardzo ubarwia działania grupy.

Zdjęcia z klubu „Siedem" ukazywały Dawida w towarzystwie młodej kobiety podpisanej jako Gabi. Poczułam dziwny ucisk w żołądku. Wbiłam w nią wzrok i śledziłam rysy jej twarzy, trochę zatarte na zdjęciu, oglądałam kraciastą sukienkę, którą miała na sobie, duże okrągłe oczy wpatrzone w Dawida, i ich złączone dłonie. Przesunęłam spojrzeniem po niej całej. Wydawała się przy nim taka drobna, taka krucha, taka delikatna. A on sprawiał wrażenie tak bardzo w niej zakochanego. Na jednym zdjęciu, którego główną postacią był Michał, Gabi pojawiła się w tle, stała na palcach, z rękoma oplatającymi szyję Dawida. Na kolejnym siedziała mu na kolanach, w szerokim kapeluszu w kwiaty i stukała się kieliszkiem z Michałem. Na innych Michał stał blisko niej, tak blisko, że wreszcie uświadomiłam sobie ich podobieństwo. Musieli być bliźniakami: te same usta, te same oczy. Ona rozjaśniała włosy, a on był rudy, niemal ogniście. To, co u niego męskie i ciekawe, w jej twarzy stawało się niezwykle urokliwe i bardzo kobiece. Bez wątpienia jednak byli rodzeństwem.

Znalazłam artykuł opisujący twórczość Dawida z zeszłego roku i dowiedziałam się, że Dawid przez ponad rok nie uczestniczył w życiu artystycznym i że teraz, po powrocie, w jego pracach pojawia się motyw szyb samochodowych. Budował z nich duże labirynty i instalacje. W pierwszej chwili sądziłam, że zostały specjalnie uszkodzone, by mogły stać się witrażem pełnym spękań. Tyle że w wywiadzie z Dawidem przeczytałam, iż są to szyby po wypadkach samochodów. Dawid zbierał je z różnych miejsc i zestawiał ze sobą, niemal nie ingerując w destrukcję, która już rozpoczęła się w nich w chwili zderzenia. Dziennikarka pytała: „Czy temat ten ma odniesienie bezpośrednie do pana życiowych doświadczeń?". Niemal potrafiłam wyobrazić sobie jego spojrzenie zawieszone na niej, spojrzenie tym bardziej kpiące, im usilniej starała się wyciągnąć coś dotyczącego jego życia. Mogłam sobie wyobrazić, jaka po tym pytaniu zapadła cisza, dziennikarka na pewno sądziła, iż zaraz usłyszy ważną wypowiedź. On pewnie faktycznie zrobił minę, jakby chciał zwierzyć się z jakiejś rodzinnej traumy. I odpowiedział z powagą: „Nie, to fascynacja filmem «Crash»".

Edyta przyjechała spóźniona, zdyszana od biegu, od progu wołając, że wszystkich ludzi w Polsce zupełnie powaliło, skoro zaczynają przed zimą robić remonty dróg, a potem nie mogą ich skończyć, bo jest zła pogoda i w rezultacie jeździ się w korkach całą zimę.

– Z cukrem! – zawołała za kelnerką, u której pospiesznie zamówiła kawę. Położyła sobie torebkę na kolanach i uśmiechnęła się.
– Co tam u ciebie? Opowiadaj!

Moja gorąca czekolada była już chłodna, kiedy umoczyłam w niej usta, więc szybko odstawiłam ją na spodek.

– Nie chciałabym rozmawiać o mnie. Chciałam spytać cię o Michała.
– O Michała? – Uniosła brwi i odchyliła się na krześle. – Dobry Boże! Co za archaiczny temat! Sądziłam, że będziesz mnie pytać o Dawida.

Potrząsnęłam głową:
– Czytałam, że Michał opracowywał pewną rewolucyjną teorię dotyczącą procesu twórczego... – Urwałam, uświadomiwszy sobie, jak to wszystko brzmi. Czy ja wariuję?, pomyślałam po raz kolejny i znowu poczułam się fatalnie. Edyta w tym czasie uniosła jedną brew i obserwowała mnie z zaciekawieniem, jakby próbowała mnie rozgryźć na sto sposobów.
– Dlatego napisałaś do mnie sms w środku nocy? – spytała, wciąż we mnie wpatrzona.

Nie wiedziałam, co mam zrobić z rękami. Zaplatałam je z przodu, a potem przysunęłam do filiżanki.
– Muszę to wiedzieć – odezwałam się cicho. – Powiedz mi.

Czułam, jak mi się przygląda i jak znowu unosi brew. Niemal słyszałam jej myśli, w których zachodziła w głowę, kim ja właściwie jestem i na ile można ocenić mój zdrowy rozsądek. Odpowiedziała niemal żartobliwie:
– Och, widzę, że twój romans przechodzi pierwszy kryzys.

Wtedy podniosłam na nią oczy.
– Dawid tak powiedział?

Wciąż się uśmiechała.
– Tylko żartowałam. Nie bierz sobie tego do serca.
– Dawid tak powiedział? – powtórzyłam ostrzej i sama wystraszyłam się własnego głosu. Pochyliłam głowę, spróbowałam uspokoić nerwy. Teraz, kiedy już miałam ją naprzeciwko siebie, nie powinnam odrywać się od tematu dygresjami o Dawidzie. Nie miało znaczenia, co jej powiedział, a czego nie. Pomyślę o tym później. – Powiedz mi – zaczęłam znowu, rozpaczliwie zbierając myśli – czy istnieje możliwość, że Michał rzeczywiście dysponował dowodami na poparcie swojej teorii?

Kelnerka przyniosła kawę i nad stołem długą chwilę wisiała cisza. Edyta zajęła się wsypywaniem cukru i mieszaniem, zamykaniem cukierniczki.
– Michał był chory – odezwała się po długiej chwili, podczas

której moje nerwy napięte były niemal do ostateczności. – Nie potrafił radzić sobie z własną chorobą. Poza tym miał sto innych problemów na głowie: miał kochankę, żonę po rozwodzie i dorastające dziecko. I długi na kilka kilometrów...

– Odpowiedz mi – powtórzyłam już bez nacisku, usilnie starając się mówić miłym tonem. – Czy to możliwe, że miał dowody na teorię, która zakłada, iż artysta jest w stanie stworzyć byt z niczego? Uniosła do góry filiżankę i zawahała się nieco.

– Istnieje taka możliwość? – pospieszyłam ją.

– Istnieje – odpowiedziała wolno, a ja poczułam, jak cały strach, który nagromadził się w moim wnętrzu, pęcznieje i zbija się w grubą kulę, która zaraz zacznie utrudniać mi oddychanie.

Poruszyłam ustami:

– Pokazał ci je?

Pokręciła głową.

– Nigdy ci ich nie pokazał? – Czułam, jak moje czoło się marszczy, kiedy starałam się przeniknąć jej spokój.

– Nie – powtórzyła. A potem dodała: – Pokazał je Dawidowi.

Opuściłam wzrok na swoją czekoladę:

– Dawid opowiadał ci, co to było?

Edyta postukała zapalniczką o blat stołu. W jej głosie znowu pojawił się nieprzyjemny ton:

– Posłuchaj mnie, Marto. Nic wiem, co dzieje się w twojej głowie i ku czemu prowadzi ta rozmowa. Niemniej jednak, skoro już tu jestem, chciałam ci złożyć gratulacje.

– Gratulacje? – Uniosłam na nią zdumione spojrzenie. Przypaliła sobie papierosa i uśmiechała się jakoś lisio. – Gratulujesz mi czego?

Zaczęła się śmiać.

– Wyboru!

W pierwszej chwili nie zrozumiałam, ale już w następnej uderzyła mnie pewność, że ma na myśli Dawida. Wciąż się śmiała, rzucając mi żartobliwe spojrzenia osoby, która wie coś więcej niż ja i ma nade mną przewagę. Wrażenie było tak nieprzyjemne, że poczułam napływającą złość.

– Dlaczego tak mówisz? Nie powinnaś.

Zaciągnęła się papierosem:

– A co? – spytała, świadoma mojej złości i jednocześnie bezradności wynikającej z faktu, że potrzebowałam jej wiedzy o przeszłości „Klucza" i nie mogłam nic zrobić. – Nie czujesz się, jakbyś zaraz miała wdepnąć w pieprzone gówno?

Zerwałam się od stolika i patrzyłam na nią, coraz bardziej zdenerwowana. Ale Edyta nic sobie nie robiła z mojej złości.

– Nie unoś się tak – powiedziała, już na mnie nie patrząc. – Chcesz, żeby dostało mi się po głowie za denerwowanie ciebie?

Ponieważ wciąż stałam nad nią, niezdecydowana, czy usiąść, czy wyjść, dodała już łagodniej:

– Daj spokój, usiądź. Nie chciałam cię zirytować, nie sądziłam, że jesteś taki nerwus.

Posłusznie opadłam na krzesło i niepewnie przysunęłam do siebie filiżankę niedopitej czekolady. Starałam się jakoś poskładać w głowie wszystko to, co już wiedziałam i powiedzieć coś konstruktywnego, ale Edyta, najwyraźniej wciąż zaniepokojona stanem moich nerwów, zaczęła się tłumaczyć:

– Bardzo lubię Dawida, znam go tak długo. Cieszę się, że wreszcie udało mu się spotkać tę właściwą osobę. To takie trudne spotkać kogoś odpowiedniego...

Mówiła i mówiła, a ja uświadomiłam sobie, że mówi to tak, jakby kazała mi zastanowić się, czy Dawid jest dla mnie tą właściwą osobą. Zmarszczyłam brwi i znowu popatrzyłam na nią wrogo.

– Nieprawda – przerwałam jej. – Ty tak nie myślisz.

Znieruchomiała z papierosem w połowie drogi do warg.

– Jak nie myślę?

– Że to dobry wybór. Uważasz, że popełniam błąd.

Pokręciła głową i roześmiała się.

– Dobry Boże, czemu chcesz słyszeć to, czego nikt nie mówi? Mówię ci, że go lubię. Pomagałam mu, kiedy... – zawahała się – kiedy wrócił ze szpitala. Pomagałam i życzę mu jak najlepiej. Więc nie gadaj głupot.

Ale ja już błądziłam myślami dalej. Teraz nie byłam zadowolona z siebie, że zaprosiłam tu Edytę i zadałam jej te wszystkie pytania. Uświadomiłam sobie, że pierwsze, co zrobi po wyjściu z tej kawiarni, to zadzwoni do Mariusza albo do Dawida i opowie im o wszystkim. Nie miałam pojęcia, kim była naprawdę. Wbijając wzrok w jej pomalowane na koralowo usta, nabrałam pewności, że to jej szminkę znalazłam kiedyś na kanapie Mariusza, pod poduszką. „O, któraś dziewczyna musiała ją zgubić" – powiedział, gdy wyjęłam ją spod siebie i uniosłam do oczu. Teraz pomyślałam, że nie któraś, tylko ona. Zgubiła ją, kiedy leżała na jego kanapie, albo kiedy leżała z nim na tej kanapie.

– Pomagałaś Dawidowi? – spytałam głucho. – A co właściwie się stało?

Teraz to ona nie wiedziała, co odpowiedzieć. Przyglądała mi się dziwnie, jakby nie była pewna, czy z niej żartuję, czy mówię poważnie.

– Chyba nie powiesz mi – zaczęła, z rozbawieniem, które miało ukryć zmieszanie – nie powiesz mi, że nie zostajesz u niego na noc?

Poszukałam związku jej słów z moim pytaniem, ale go nie znalazłam.

– Nie rozumiem – odrzekłam w końcu i Edyta znowu poczuła się pewniej. Strzepnęła popiół z papierosa do popielniczki i ściszyła głos:

– Na pewno widziałaś go bez koszulki. Więc musiałaś widzieć też jego bliznę.

A ty?, pomyślałam nagle ze strachem, który powrócił wielką falą, a ty widziałaś go rozebranego?...

Szminka jeszcze raz zamajaczyła mi w pamięci, ale tym razem wypadła, kiedy Dawid popychał Edytę na kanapę Mariusza. Spróbowałam wyrzucić ten obraz z głowy, skupiłam się na jej słowach.

– Dawid miał poważny wypadek samochodowy prawie dwa lata temu. Wiele miesięcy spędził w szpitalu, a potem długo dochodził do siebie.

Odpychałam od siebie wizję Dawida leżącego na łóżku i podłączonego do aparatury. Odepchnęłam też wizję Dawida oddychającego niespokojnie przez sen i myśl o tamtym artykule, w którym dziennikarka zapytała go o szyby z wypadków samochodowych i ich zbieżność z jego doświadczeniami życiowymi. Zatrzymałam się na wspomnieniu z Internetu, w którym na zdjęciu powgniatany opel wjeżdżał na lawetę, a napis informował, że na skrzyżowaniu pod Paryżem Michał Ociesa miał wypadek w samochodzie Dawida.

– Pod Paryżem? – spytałam niepewnie.

Edyta przytaknęła z wahaniem, jakby się nie spodziewała, że mogę cokolwiek wiedzieć na ten temat.

– To Dawid prowadził czy Michał?

Znowu zaskoczenie na jej twarzy.

– Michał – odpowiedziała w końcu. – Skąd o tym wiesz?

Wzruszyłam ramionami i odsunęłam od siebie filiżankę.

– Co właściwie się wtedy stało? Wiesz coś więcej o tym wypadku?

Patrycja

Do Marty przyczepiło się jakieś pieprzone choróbsko. Dosłownie z dnia na dzień wyssało z niej wszystkie soki. Najpierw bóle głowy, przez które nie dawało się z nią pogadać, bo ciągle tylko leżakowała, a potem kaszel – suchy i tak nieprzyjemny, że aż mi ciarki chodziły po karku.

– Jezu, dziewczyno, może ty idź do lekarza! – poradziłam jej, kiedy zaczęła naprawdę wyglądać nieciekawie. Tyle że gadać coś do Marty to niemal tak, jakby gadało się do ściany albo kamienia. Trafia do niej tylko to, co uzna za słuszne, a resztę zlewa totalnie!

No a jeszcze potem lekarz postawił diagnozę – zapalenie płuc. Zapalenie płuc to poważna sprawa. Ja przechodziłam przez to tylko raz. Rodzice tak się o mnie martwili, że dawali mi, co tylko chciałam: malinki, jeżyny itp., itd. Wyszłam z tego po trzech tygodniach łykania antybiotyków, po których czułam się osłabiona jeszcze przez kolejne trzy tygodnie.

Marcie antybiotyki wcale nie pomagały. Leżała na łóżku jak trup i prawie się nie odzywała.

W telewizji puszczali wtedy filmy o Wietnamie. Nie wiem, co ich wzięło na ten Wietnam, ale na każdym kanale szedł film pokazujący upodlenie żołnierzy amerykańskich w dżungli i ich chodzenie na kompromis z własnym sumieniem przy wybijaniu żółtków. Niedobrze się robiło od tego całego Wietnamu. Skakałam po kanałach jak pchła, żeby tylko utrafić coś normalnego.

– Zostaw ten z De Niro – odezwała się Marta, więc cofnęłam się o trzy kanały wstecz, akurat trafiając na scenę, gdzie De Niro wraca po odbyciu służby w Wietnamie do czekającej na niego rodziny i przyjaciół. Pogryzając krakersy, patrzyłyśmy, jak podjeżdża taksówką pod dom, w którym wszyscy czekają z tortami, owocami i balonikami. „Proszę jechać dalej" – mówi i odjeżdża.

– To mnie przygnębia. – Nienawidzę takich filmów, gdzie wszystko się pieprzy coraz bardziej, by wreszcie zakończyć się ogólnym dołem i łzami.

– Mnie też – odpowiedziała Marta dziwnie czystym głosem, jakby mówiła, że wręcz przeciwnie, ją to wszystko cieszy.

Nie zrozumiałam jej wściekłości, kiedy Mariusz zapukał do naszych drzwi, a ja zaprosiłam go do środka. Poszłam jej o tym powiedzieć, a ona nagle tak się wściekła, że aż mnie zatkało. Wściekła Marta to jakaś nowość, z którą nie umiałam się obchodzić i która wprowadziła mnie w zdumienie.

– Wyproś go! – syknęła do mnie, unosząc się na poduszce, wpatrzona we mnie zmrużonymi oczami, które dosłownie ciskały gromy wszędzie dookoła. – Wyproś go natychmiast!

Zatkało mnie. Dosłownie.

– Że co? – spytałam głupio.

Mariusz był gdzieś w przedpokoju albo w salonie i w każdej chwili mógł nas usłyszeć. Nie bardzo potrafiłam wyobrazić sobie sytuację, w której powiem mu, żeby sobie szedł.

– Ty chyba zwariowałaś. – Naprawdę pomyślałam, że może Marcie przez te antybiotyki albo od gorączki zaczyna pieprzyć się w głowie. – Nie będę go wypraszać.

Ale ona wiedziała swoje:

– Wyproś go natychmiast! Nie chcę go tu ani przez minutę!

Była tak zdenerwowana, że jeszcze chwila i zaczęłaby chyba krzyczeć bez względu na to, że w mieszkaniu panowała cisza i każdy głośniejszy dźwięk mógł trafić do uszu Mariusza.

– Co ty gadasz? Przyszedł cię odwiedzić... Nie wygłupiaj się!

Ale ona się nie wygłupiała. W oczach miała taką desperację, że ogarnęła mnie pewność, iż zapraszając Mariusza do jej pokoju sprawię, że Marta wyskoczy oknem.

– I niby co mam mu powiedzieć? – poddałam się.

– Cokolwiek. Powiedz mu, żeby wyszedł!

Wyglądało na to, że nie mogła znieść nawet myśli, że on jest w naszym domu. Jakby był trędowaty albo co.

– Tak mu nie powiem, wymyśl coś innego.

Ale nie umiała nic wymyślić poza tym, żeby go nie było już w naszym domu.

140

Czułam się jak ostatnia idiotka, kiedy wyszłam z jej pokoju i stanęłam przed Mariuszem. Mariusz to facet z zasadami, a nie żaden cholerny luj, żeby go tak wyrzucać. Pełna kultura, dobre maniery. Pewnie w całym swoim życiu nikogo nie wyprosił za drzwi, a nawet jeśli to zrobił, to w taki sposób, że intruz wcale się w tym nie połapał. Obrzucił mnie spojrzeniem pełnym niepokoju, jakby przeczuwał, że Marcie odwaliło.

– Słuchaj, ona nie czuje się najlepiej – bąknęłam. Naprawdę było mi głupio. Tak głupio, że miałam ochotę zapaść się pod ziemię.

– Lepiej będzie, jeśli wpadniesz kiedy indziej.

Ledwie wyszedł, zamknęłam drzwi i pognałam do Marty. Zamierzałam się na nią wydrzeć i powiedzieć, żeby załatwiła sprawę po ludzku. Wkurzało mnie to wszystko. Nie chciałabym nigdy zostać tak potraktowana, jak ona potraktowała Mariusza i naprawdę miałam ochotę wywrzeszczeć jej to wszystko prosto w twarz.

Ale kiedy weszłam, Marta wcale nie leżała w łóżku, tylko stała przy segmencie chuda jak patyk, trzęsąc się od gorączki, ze śladami łez na twarzy. Powiedziała łamiącym się głosem:

– Gdybyś wiedziała...

I poryczała się.

Stałam w drzwiach jak wmurowana, z rozchylonymi ustami, w których obumierały gorzkie słowa, jakie miałam jej wywrzeszczeć.

– O co, do jasnej cholery, chodzi? – wycedziłam w końcu, w miarę opanowanym głosem.

Marta w tym czasie wróciła już do łóżka, zagrzebała się w pościel i płakała coraz bardziej histerycznie. Usiadłam więc na krześle przy niej i powtórzyłam:

– O co chodzi?

Ale nie chciała mi nic powiedzieć.

Choroba Marty nie mijała, ciągnęła się kolejne dni, zwolnienie goniło zwolnienie, co gorsza nikt jej nie odwiedzał. Nie wiem, gdzie był pieprzony Dawid, ale jeśli nawet interesował się nią chociaż trochę, to jej stan pominął równo. Marta obronnie twierdziła, że dzwoni do niej i że to ona odradza mu przychodzenie teraz, ale nie wierzyłam jej ani trochę. Gówno tam.

Opierdzieliłam więc jej lekarza, że za mało się stara i spróbowałam wycisnąć od niego coś na temat jej choroby.

– Jak to, nic jej nie jest? – spytałam wściekle. Gdyby Marcie faktycznie nic nie było, nie miałaby gorączki, nie wyglądałaby jak siódme dziecko stróża i prawdopodobnie w tej chwili świergoliłaby na uczelni ze studentami. Lekarz wydawał się bezradny. Zdjął okulary dokładnie takim samym ruchem, jak zwykł to robić Sebastian i odpowiedział bez mrugnięcia okiem:

– Ma już czyste płuca. Nie ma też żadnej infekcji.

Łaziłam po jego gabinecie jak bzyczący owad, machając rękami.

– To skąd ta gorączka? Dlaczego ciągle kaszle?

Jedno, co mógł dla nas zrobić, to wysłać ją na prześwietlenie. Marta wcale nie cieszyła się z takiego rozwiązania. Przyjęła je jako ostateczność i nawet oświadczyła, że nigdzie nie pojedzie.

– Owszem, zawiozę cię tam za pięć minut! – odpowiedziałam stanowczo. Nienawidzę mażących się, załamanych dziewczyn, nawet jeśli to moje przyjaciółki. Szlag mnie trafia, kiedy widzę coś takiego. Ten cholerny, unieszczęśliwiony wzrok! Patrzeć się na taką babę nie da!

– Zbieraj się!

Pojechałyśmy razem, w minorowych nastrojach. Marta, która przesiedziała prawie miesiąc w domu, wyglądała jak blady trup na tle różowej tapicerki w taksówce. Nie odzywała się, wściekła na mnie albo nawet obrażona. Ilekroć rzuciłam jej spojrzenie, widziałam jej zaciśnięte dłonie i wzrok pochmurnie wbity w szybę.

W szpitalu przyjęli ją dość szybko, obiecali wyniki za godzinę, więc zaprowadziłam Martę do bufetu i posadziłam nad parującą kawą. Kupiłam jej nawet kanapkę.

– Posłuchaj – zaczęłam wściekle, z rozdrażnieniem patrząc, jak obraca kanapkę w palcach, rozchyla i niepewnie zagląda do środka, sądząc że zobaczy tam coś obrzydliwego. – Słuchasz?

Zamknęła kanapkę i popatrzyła na mnie.

– Marta, nie lubię cię, kiedy robisz coś takiego. Myślisz, że masz patent na cierpienie? Jeśli na zdjęciach wyjdzie, że masz czyste płuca, obrażę się na ciebie na długie miesiące! Kogo ty chcesz zmiękczyć takim cierpiętniczym życiem? Mnie? Mariusza? Helenę? A może Dawida?

Opuściła wzrok z miną, jakby miała się poryczeć. Sięgnęłam po ostateczny argument:

– Co ja mam powiedzieć? Zobacz na mnie! Pozbierałam się!

„Pozbierałam się" zabrzmiało jak pieprzony fałsz. Wcale się nie pozbierałam.

– Pozbierałam się! – powtórzyłam i zabrałam jej kanapkę, żeby sama ją zjeść.

Marta nie zareagowała, ukradkiem wytarła łzę z policzka i po chwili odpowiedziała cicho:

– Wcale nie. Ty go wciąż kochasz.

Wyniki zaskoczyły nas obie. Płuca zajęte – i prawe, i lewe. Lekarz załamał ręce i zostawił Martę w szpitalu na ostre leczenie. Kiedy wychodziłam z jej sali, upewniając się, co powinnam przynieść poza ręcznikiem, kosmetykami i koszulą nocną, Marta buczała już na całego i patrzyła na mnie z takim wyrzutem, jakbym co najmniej zafałszowała te pieprzone wyniki.

Od tamtej pory zaczęła zachowywać się naprawdę dziwnie. Kiedy odwiedziłam ją następnego dnia, powiedziała:

– Spotkaj się z tą dziewczyną.

Obrzuciłam spojrzeniem kartkę, którą mi podała. Mira Borkowska. Coś we mnie napięło się nieprzyjemnie.

– Po co? Kto to jest?

Marta uspakajająco pogładziła mnie po ramieniu, ale odchyliłam się z nagłą złością.

– Co to za baba? Po co ci ona?

– To dziewczyna, która odeszła rok temu z „Klucza". Znalazłam jej telefon.

– I co z tego?

– Musisz się z nią spotkać, proszę. Ja jestem uziemiona. A ona powinna wiedzieć.

– Co wiedzieć? – Teraz już prawie warczałam ze złości. Normalnie szlag mnie trafiał. To błagalne spojrzenie wbite we mnie! Jezu, wiedziałam, że jeśli jej odmówię, zaraz zacznie ryczeć albo jęknie tak, jakbym obracała nóż w jej sercu.

Z uporem zaczęła spacerować po korytarzu szpitalnym, z jednej strony na drugą. Przyglądałam się jej z narastającym niepokojem, bo nie wyglądała normalnie. Podczas choroby strasznie schudła, nie dbała teraz o siebie, zaczęła mieć dziwnie zacięty wyraz twarzy i kiedy się zamyślała, jakoś dziwnie przekrzywiała głowę, jakby coś jej odwaliło.

– Jak możesz być taka nieświadoma? – krzyknęła w jakimś momencie i zatrzymała się na tle nagich okien. Nie byłam jeszcze przyzwyczajona do jej żmijowatości, więc znowu mnie zatkało. Nie rozumiałam też, dlaczego patrzy na mnie tak dziwnie, jakby naprawdę coś złego się z nią stało. – Przecież chyba sama widzisz, że on coś kręci...! – Od jakiegoś czasu imię Mariusza nie przechodziło jej przez gardło i mówiła o nim tylko „on", co dla nas obu i tak było jednoznaczne z Mariuszem. – Pati, otwórz oczy! Oni wszyscy kłamią!

„Oni wszyscy" zabrzmiało jakoś schizofrenicznie, aż się przestraszyłam.

– Jacy oni? – spytałam, całkiem zmieszana.

A Marta złapała się za głowę i ściszonym głosem odpowiedziała, żebym przestała udawać, że niczego nie widzę. Wszyscy coś kręcą i dlatego muszę spotkać się z Mirą.

– Po co mam spotykać się z tą laską? O czym mam z nią gadać? Czego ty od niej chcesz! – wkurzyłam się. – O czym?

– Masz pytać ją o Michała Ociesę!

– Po co? – wrzasnęłam i to tak głośno, że pielęgniarka na korytarzu niemal podskoczyła.

Teraz i ona wrzeszczała:

– Bo to ważne! Bo cię o to proszę!

– I co mam powiedzieć?! – darłam się jeszcze głośniej. – Mam stanąć przed nią i powiedzieć, że nie wiem, o co chodzi, ale że ma mi opowiedzieć o Michale?! Odbiło ci?! Co jej powiem?!

Jej głos zabrzmiał jak syk węża:

– Powiedz jej, że mieszkasz z Heleną Rudnik. To wystarczy!

Mira Borkowska była cholernie zaskoczona moim telefonem.

– My się chyba nie znamy? – zapytała nawet dość kulturalnie, co było utajnionym życzeniem, żebym nie zawracała jej głowy. Była jednak na tyle miła, że zgodziła się na spotkanie. Klnąc na czym świat stoi, pojechałam do niej przez pół miasta w gigantycznych korkach, wdrapałam się na siódme piętro jej bloku i zastukałam do drzwi.

Była wysoka, miała na sobie zgrabną garsonkę jak ktoś, kto dopiero wrócił z pracy.

– Masz na imię Patrycja? – zapytała, prowadząc mnie do środka. Mieszkanie było zastawione kartonami, co mnie zdziwiło, ale zaraz wyjaśniła, że się przeprowadza. – Jutro już mnie tu nie będzie. Kupiłam mieszkanie w Gdańsku, to tutaj, to normalna ruina! Otworzyłyśmy przyniesione przeze mnie piwo, usiadłyśmy na zakrytej folią kanapie.

– Będzie ci przeszkadzać, jeśli dalej będę się pakować w czasie rozmowy?

Nie przeszkadzało mi to. Nie czułam się tak głupio, kiedy przestawała na mnie patrzeć.

– Była u mnie jakaś dziennikarka. – Podparła się pod boki, popatrzyła w sufit. – Nie wiem, kiedy to było. Przyszła do mnie i powiedziała, że chce pisać książkę o „Kluczu". Wysłałam ją do Mariusza, bo to w końcu z nim powinna rozmawiać, nie ze mną... A dlaczego ty do mnie przychodzisz?

Odstawiłam piwo na stół i poczułam się jak idiotka, powtarzając to, co Marta chciała, żebym powiedziała:

– Mieszkam z Heleną Rudnik.

Upuściła coś na podłogę, jakieś szkło roztrzaskało się u jej stóp, a ona krzyknęła, odskakując. Potem zaklęła i poszła po zmiotkę. Siedziałam jak wmurowana. Wgapiałam się w ślad za nią i już wiedziałam, że nie jest dobrze.

Wróciła i zajęła się zbieraniem szkła. Przestała na mnie patrzeć, przestała się uśmiechać.

– Dlaczego z nią zamieszkałaś? – spytała po chwili, kiedy znowu pakowała rzeczy do kartonu.

– Wynajęłam jej pokój – odpowiedziałam zgodnie z prawdą. Rzuciła mi dziwne spojrzenie, jedno z tych, które mnie przerażają.

– Twój wybór.

Śledziłam ją nieruchomym wzrokiem, czując, jak moje brwi ściągają się w jedną kreskę, a na ustach pojawia się wyraz zdenerwowania.

– Dlaczego tak mówisz?

Uklękła na podłodze i zaczęła przeglądać jakieś książki.

– Nie chcę się w to mieszać. Nie obchodzi mnie to. To twoja sprawa, nie moja. Każdy mieszka, z kim chce.

Marta wyszła z sali zaskoczona. Dochodziła dwudziesta druga, na korytarzu jej oddziału panowała absolutna cisza, razem wdrapałyśmy się więc na piętro z bufetem i usiadłyśmy przy tym samym stoliku, co poprzednio. Udzieliło jej się moje napięcie. Zaczęła przygryzać palce i pytać nerwowo:

– Co się stało? Pati, powiedz mi, proszę!

Z kawą w ręku i z Martą naprzeciwko mnie, zaczęłam zbierać myśli. Trzeba było jakoś ująć to wszystko w słowa i po prostu jej powiedzieć. Ale nie wiedziałam, jak.

Potarłam oczy i odchyliłam się na krześle. Marta wpatrywała się we mnie z narastającym strachem, spytała, czy rozmawiałam z Mirą.

– Tak, rozmawiałam.

Jakoś jednak trzeba było to powiedzieć. Jakoś normalnie, bez zbędnego dramatyzmu. Powiedziałam więc:

– Oni coś z nim zrobili.

Nie rozumiała. Ja też w pierwszej chwili nie rozumiałam. Mira podawała mi sto różnych powodów swojego odejścia z „Klucza", zanim doszłyśmy do tego najważniejszego, który odmienił wszystko.

– Oni wszyscy... – zająknęłam się, szukając w głowie jakichś sensownych słów, ale ich nie znalazłam. Podjęłam więc tym samym tonem, tak bezosobowym, jakby nie należał do mnie: – Twój Dawid. Twój Mariusz. Edyta...

Na dźwięk imienia Dawida, Marta zamrugała oczami. Siedziała naprzeciwko mnie skamieniała jak posąg, jej oczy były zupełnie szkliste, dłonie przycisnęła do ust.

– Wszyscy – powtórzyłam.

Przeniosłam spojrzenie na kawę, której jeszcze nawet nie tknęłam. Nie mogłam. Żołądek miałam ściśnięty i obolały, nie mogłam nawet myśleć o tym, że coś zjem albo wypiję.

Spróbowałam podsumować jakoś całą rozmowę z Mirą i powiedzieć to wszystko na tyle jasno, żeby Marta zrozumiała i żeby jej noga nie postała więcej ani w domu Dawida, ani w domu Mariusza. Chrząknęłam i spróbowałam ująć to jakoś w słowa.

– Kiedy znaleziono jego zwłoki, nie żałowali go. Nie było widać u nich współczucia czy łez. Nie tak żegna się przyjaciela.

Nie wiem, czego od niej oczekiwałam. Że mi przytaknie? Że zaprzeczy?

– Marta, ludzie nie tak przeżywają śmierć przyjaciela – powtórzyłam dobitnie.

Jej głos był cichy:

– Dlaczego myślisz, że Michał był ich przyjacielem? Może nim nie był?

Miałam ochotę ją uderzyć, bo dobrze wiedziałam, dlaczego tak pyta. Chciała ochronić Dawida, wycofać go poza nawias tych wszystkich historii, zrzucić całą winę na Mariusza.

– Myślisz, że Dawid się z nim nie przyjaźnił, tak? – zapytałam zjadliwie.

Pokręciła głową.

– Mogło tak być, Pati. Nie musiał się z nim przyjaźnić.

Uniosłam głos i powiedziałam to, co mogło ją zaboleć, ale co jeszcze nie było najgorsze w tym wszystkim.

– Marta, Michał mieszkał u Dawida przez ostatni rok, aż do dnia swojej śmierci! – Zobaczyłam, jak rozszerzają jej się oczy, jak nabiera nerwowo powietrza i kręci głową, jakby chciała zaprzeczyć. Dodałam więc: – To z jego mieszkania Michał wyszedł wtedy do pracowni. I wiesz, co? Dawid nawet go nie szukał. Po dwóch dniach nieobecności „przyjaciela", nie zgłosił jego zaginięcia na policję!

A potem ostrzej i głośniej dorzuciłam to, co było najgorsze:

– I wyobraź sobie, Helena całkiem blisko znała Michała Ociesę!

Helena

Jednak tam wracam. Wkładam klucz w dziurkę i przekręcam, przekonana, że zaraz rozlegnie się sygnał alarmu. Ale nic takiego się nie dzieje. Nie włącza się żaden alarm, a mieszkanie wydaje się po prostu uśpione, jakby od chwili, kiedy stąd wyszłam, nikt tu nie mieszkał.

Wychodzę na taras i z uwagą lustruję stół i sześć krzeseł. Po co aż sześć? Tylu miewałam gości? W tak licznym gronie na tym tarasie jadłam śniadania albo kolacje?

Krzesła są powywracane, pewnie przez wiatr. Kilka popękało od mrozu. Powinnam była zabrać je do środka, nie zostawiać tutaj na tyle czasu.

Przesuwam spojrzeniem po uschniętych kwiatach w doniczkach, które zostawiłam na oknie. Tak samo jak uchylony lufcik. Aż dziwne, że nikt nie próbował się tu włamać.

W mieszkaniu ciekawi mnie wystrój. Ktoś, kto to projektował, musiał mieć dobry gust. Wszystko modne, eleganckie, nowoczesne tym rodzajem nowoczesności, którzy szokuje, ale i budzi zachwyt. Najbardziej podoba mi się kuchnia: duże, szerokie blaty w kolorze ciemnej zieleni, żółte szafki, ogromne okna i niesamowita mozaika z kafli, tworząca kwiatowy wzór.

Spaceruję po pokojach, dotykam mebli, przyglądam się zdjęciom. Większość fotografii przedstawia mnie i Michała: obejmujemy się na schodach naszego mieszkania, ja wychylam się przez balustradę jakiegoś balkonu i macham ręką, tańczymy wtuleni w siebie pomiędzy sylwestrowymi balonikami, moja twarz przysunięta do jakiegoś kwiatu, ciąg zdjęć, na których przechodzę ulicę w powiewnej długiej sukience.

Nic nie czuję. Nie ma we mnie krzyku, że umarł. Nie ma myśli, że go kochałam, że mi go brak. Nie jest mi go brak. Michał jest fotografią na ścianie. Zbyt mało pamiętam na jego temat.

Przesuwam palcami po szkle fotografii. Zimne, gładkie. Cofam rękę i kładę ją na balustradzie schodów. Zaczynam wchodzić na górę.

W sypialni czuję się dziwnie, jakby nie należała do mnie. Może nie przyłożyłam ręki do jej wystroju. Całkiem możliwe, że kupiliśmy to mieszkanie od kogoś i nic tu nie zmienialiśmy.

Czarna pościel.

– Dobry Boże! – zaczynam się śmiać cicho, z niedowierzaniem. – Kto śpi w czarnej pościeli?!

Przy łóżku jest fotografia moja i Michała, kolejna z cyklu zdjęć zakochanej pary: on i ja na jakiejś imprezie. Michał trzyma rękę na moim ramieniu, obok stoi jakiś chłopak i tamta dziewczyna, którą pamiętam ze sceny kwiatowej, w kapeluszu. Znowu patrzy na mnie. Michał też patrzy na mnie.

Ja patrzę na tamtego chłopaka.

Kładę się na łóżku, czuję, jaka zimna jest pościel pode mną. Kiedy ostatni raz tu byłam? Wyciągam dłonie z dziwnym wrażeniem, że ta kołdra wcale do mnie nie należy i że to łóżko też nie jest moje. Wpatruję się w sufit zamalowany w secesyjne wzory.

Obrazy napływają sennie, muszę tylko przypomnieć sobie twarz Michała z fotografii i połączyć ją z chłopakiem, który jest w tych wspomnieniach.

No więc jest. Ma twarz Michała, pewnie ma też jego głos, chociaż nie pamiętam jego głosu.

Leży ze mną na białym piachu jakiejś nadmorskiej wydmy. Słyszymy jednostajny szum morza, czasami głosy zbliżające się i oddalające. Leżymy ukryci przed ludzkim wzrokiem. On bawi się moimi włosami, zwija je na palcu, potem rozwija. Mówi, że jest strasznie zimno. Rzeczywiście, nad nami zbierają się ciężkie, burzowe chmury. Przysłaniają niebo, nadciągają powoli od północy, przypominają mi wielkie budowle zawieszone w powietrzu.

– Jak byłam mała, lubiłam wpatrywać się w chmury i szukać kształtów, do których byłyby podobne – mówię, przysłaniając ręką oczy. – Jak już raz zobaczysz w nich konkretny kształt, potem cały czas go widzisz.

Michał przewraca się na plecy, wpatruje w niebo i próbuje znaleźć właściwy kształt dla wielkiej chmury wiszącej centralnie nad nami.

– To ciężkie, wiesz, bo one się rozrastają w trakcie poruszania.

Śmieję się, zerkam na niego, a potem znowu się śmieję.

– Spróbuj!

– No dobrze. Więc ta przypomina mi... czekaj, czekaj. Przypomina mi wielką rybę.

– Rybę? – Otwieram oczy i z uwagą doszukuję się ryby w jej kształcie. – Ona nie ma nic z ryby.

– Oczywiście, że to ryba – upiera się Michał. – Brak ci wyobraźni!

Pamiętam ruiny za Motławą w Gdańsku. Michał ma aparat fotograficzny na szyi, ogląda się na policjantów sterujących ruchem, a potem oboje skręcamy w stronę ruin. Jest tu wysoka trawa, fragmenty starej fortyfikacji grożą zawaleniem. Idziemy do miejsca, gdzie wyrwa w murze odsłania widok na zieloną sadzawkę zarośniętą trawą tak bardzo, że właściwie nie ma w niej miejsca na wodę.

Wskakuję na tę wyrwę, obejmuję go ramionami i przysuwam do siebie. Bawię się sznurówkami jego bluzy, skręcam je, rozkręcam, motam w supły.

– Przestań, potem tego nie odpłączę.

Nie przestaję. Motam coraz bardziej, zaczynam się cicho śmiać, a potem z westchnieniem przytulam twarz do jego twarzy.

Przychodzi mi do głowy moment, kiedy weszłam do kościoła. Moje obcasy stukały na posadzce, w kościele panował półmrok i chłód. Było przed południem, więc tylko w dwóch ławkach siedziały jakieś osoby pogrążone w modlitwie. Zatrzymałam się przy ławce stojącej obok figury Matki Boskiej. Usiadłam, a potem uklękłam, składając rękawiczki i torebkę obok siebie. Czułam brak wiary i jednocześnie wielką jej potrzebę. Coś waliło się w moim życiu, coś wymykało mi się z rąk. Bałam się. Składałam dłonie do modlitwy i marzyłam, żeby poczuć jakąś nić porozumienia z Bogiem, ale nie potrafiłam.

W religii chrześcijańskiej powtarza się pewne modlitwy w taki sposób, jakby rzucało się zaklęcia. „Zdrowaś Mario" i „Zdrowaś Mario" wypowiedziane tak wiele razy, że traci znaczenie każde poszczególne słowo. Jak byłam mała, odmawiałam z matką różaniec. Wpadałam wtedy w stan graniczący z transem. W kościele, po latach nie potrafiłam tego zrobić. Z powątpiewaniem przypatrywałam się brzydkiej, przerysowanej w cierpieniu twarzy Chrystusa, przepięknej, aż kiczowatej Matce Boskiej i rozanielonym świętym.

Matka mówiła, że w kościele trzeba znaleźć ciszę. Wokół mnie była cisza absolutna, niemal namacalna. Tylko że nie potrafiłam znaleźć w niej skupienia.

Uświadomiłam sobie, jak mało to ma sensu. Jezus, jeśli rzeczywiście krył się za zbolałą twarzą wypieszczoną rękami kiepskiego rzeźbiarza, na mnie był zamknięty. Mogłam sobie wyobrazić, ile osób szepcze teraz do niego – tylko w tej jednej chwili. Jakaś kobieta w drugiej ławce na lewo. Tysiące osób w swoich domach. Setki umierających. Setki rodzących. Rzesze wiernych. Byłam w długiej kolejce modlitw, niemal na samym końcu. Kogo mógł obchodzić mój problem? Z sytuacji, w której się znalazłam, nie istniało żadne wyjście.

W szafkach i szufladach jest przeszłość. Są kartki od znajomych, listy, notatki, szkice, numery telefonów. Jest niemal wszystko, czego potrzebuję, żeby pamiętać.

Sięgam po pierwszą z brzegu kopertę, a potem raptownie cofam dłoń.

Coś we mnie cofa tę dłoń.

Coś każe mi odłożyć kopertę.

Odsunąć się.

Odejść.

Cofam się pod drzwi. Mam zimne i spocone ręce, lodowate koniuszki palców, jakaś blokada we mnie narasta i narasta, by przejąć nade mną kontrolę. Nie potrafię patrzeć na tę kopertę. Nie chcę. Nie umiem. Nie mogę tu dłużej być. Nie mogę, bo nie powinnam.

Coś mnie blokuje.

Coś mnie przeraża.

Coś staje się jasne tylko na chwilę, tak krótką, że nie powinna mnie obchodzić, a ona paraliżuje mnie strachem.

Zakrywam twarz dłońmi. Krzyczę w pustkę mieszkania, a potem chwytam się barierki schodów i zaczynam zbiegać w dół, chaotycznie, nerwowo, na granicy histerii.

Potykam się w dolnym holu i przytrzymuję stolika na długich, pająkowatych nogach. Coś każe mi się go przytrzymać. Coś mną kieruje. To coś kierowało mną wtedy...

Kiedy?! – myślę spanikowana.

„Wtedy" gdzieś istnieje. Gdzieś w mojej głowie, w tych kopertach, w tych rzeczach, w tym domu i w tych meblach.

„Wtedy" mnie przeraża, bo kryje się za nim wszystko. Wszystko. Wszystko.

Wciąż krzyczę. Nie potrafię przestać. Zakrywam ręką usta i duszę ten krzyk, żeby nie wybiec z nim na zewnątrz.

Coś we mnie krzyczy.

Coś, co pamięta.

Co pamięta?...!

Nie mogę wiedzieć. Moja pamięć nie chce wiedzieć. Jeśli nawet ja chcę, to coś we mnie nie chce. Moje komórki obronne hamują to, spychają głęboko, głęboko. Dobrze wiedzą, że jeśli się dowiem, jeśli zrozumiem, to nie będę umiała sobie poradzić.

Nie umiem sobie poradzić nawet teraz, wiedząc, że coś we mnie pamięta tamto wszystko.

Wszystko. Wszystko.

Teraz już wiem. Wiem, że sama zabrałam swoje wspomnienia i wstąpiłam we mgłę. Nie wydarzyło się nic, co by mi je odebrało. Stało się tylko tamto, z czym nie da się żyć. Jedna noc w mojej głowie, noc, kiedy zasnęłam, drżąc na całym ciele, i obudziłam się czysta jak kartka papieru. Nie było niczego z przeszłości, żadnych imion, nazwisk, numerów telefonów, adresów. Pamiętałam tylko to, co było dla mnie ważne: numer mojego konta w banku. Reszta nie istniała. Skasowałam ją tej jednej strasznej nocy, która ciągnęła się długo i boleśnie, podczas której trzęsłam się jak w gorączce, pocierałam posiniaczoną twarz i nie znajdowałam żadnego azylu wewnętrznego, który pozwoliłby mi dalej normalnie funkcjonować.

Coś się wtedy stało. Coś złego, coś strasznego.

– Niczego nie odnajdywać. Nic nie pamiętać – szepczę monotonnie, uspokajająco jak litanię. – Nie odnajdywać, nie odnajdywać, nie pamiętać, nie pamiętać, nie odnajdywać, nie odnajdywać, nie odnajdywać...

Mariusz

Ludzie pozostawiają po sobie różne ślady: a to odcisk filiżanki na stole, a to niedopałek papierosa, a to kobieca szminka zachowująca na brzegu szklanki kształt ust właścicielki, a to odcisk buta na dywanie. Na pierwszej wystawie „Klucza" obraliśmy sobie jako temat pamiętnik. Edyta wykonała gobelin, na którym pojawiały się ważne dla niej daty; Andrzej zrobił duże rzeźby kształtem przypominające nagrobne stelle. Dawid, z charakterystycznym dla siebie optymizmem, zabrał się do kręcenia na cyfrówce śladów swoich stóp na piasku; a Gabi wykonała zdjęcia śladów oddechu, przez które przebijały niewyraźne kontury jej własnej twarzy.

Mam te zdjęcia do dzisiaj. Gabi nie zadbała o to, by przyjść i je odebrać, a ilekroć później wspominałem jej, że powinna je wziąć, śmiała się i mówiła, że zrobi to później. Dawidowi ich nie dałem, bo wiem, że to ostatnia rzecz, jaką chciałby teraz oglądać. Zresztą może już nawet o nich zapomniał.

Dawid śpi na kanapie w salonie. Śpi tak już od kilkunastu godzin; jego płaszcz, wiszący w przedpokoju, śmierdzi papierosami i alkoholem, przy kanapie stoi niedopita wódka z lodem, nad szklanką zwisa jego ręka.

– Picie to słabość charakteru... – mówi sennie, pocierając oczy. Nie muszę na niego patrzeć, by wiedzieć, jak się teraz czuje. Kac rozsadza mu głowę, bolą go oczy, ma sucho w ustach. Zwleka się z kanapy i zamierza dopić wczorajsze resztki.

– W szklance jest jeszcze wódka – przypominam mu.

– No to co – odpowiada i wypija wszystko z wyraźnym niesmakiem. Potem opiera się o zlew i zamyka oczy. Szuka po kieszeniach spodni papierosów. – Strasznie mnie głowa napieprza. Masz coś od bólu?

Gdyby ktoś ogłosił konkurs na znajomość chemicznych właściwości leków, Dawid wygrałby bez dwóch zdań, pokonując w przedbiegach wszystkich lekarzy i farmaceutów. Zna właściwości każdej tabletki, która może uśmierzyć ból, ma w małym palcu wiedzę dotyczącą tego, na jakie rodzaje bólu, co należy stosować. I zażywa te wszystkie środki tonami, z zaciekawieniem obserwując, jakie będą skutki, gdy popije leki wódką, piwem, winem lub połączy je w jeszcze ciekawsze krzyżówki.

– W łazience – informuję go, kiedy otwiera szufladę, w której dotychczas trzymałem tabletki.

Wolę nie patrzeć, ile ich weźmie na raz, więc zabieram się do segregowania zdjęć, które muszę dostarczyć przed południem ważnej klientce. Zdjęcia układam na stole w równych rzędach, potem zaczynam je przestawiać i dobierać do siebie parami. Dawid wraca już w lepszym nastroju, siada naprzeciwko mnie i zapala sobie papierosa. W świetle dnia wydaje się ziemiście blady, ma podkrążone oczy i chyba dawno nie korzystał z maszynki do golenia. Sięga po popielniczkę, ustawia ją na jednym ze zdjęć i mówi obojętnym tonem:

– A jeśli powiem ci, że ją znalazłem?

– Kogo?

Przytrzymuje papierosa w ustach, zbiera dredy w kitę i związuje je gumką, której zamierzałem użyć do ściągnięcia zdjęć.

– Kogo? – powtarzam, a Dawid uśmiecha się i zabierając mi kilka zdjęć sprzed nosa, sam zaczyna je przeglądać:

– Zaginioną Helenę – odpowiada, świadomy, jaki efekt wywołają jego słowa.

Helena znikła dokładnie tak samo, jak znika kamień, który wrzucisz do wody – przez kilka chwil unoszą się na powierzchni wody koncentryczne kręgi, a potem nastaje zupełny bezruch. Ostatni raz Dawid widział ją w szpitalu, kiedy weszła do jego sali, ciągnąc za sobą sfatygowaną walizkę na kółkach. Dotarła z nią aż do jego łóżka i zapytała, gdzie jest Michał. Dawid nie miał pojęcia, co dzieje się z Michałem, gdyż sam dopiero odzyskał przytomność i lekarze kilka minut wcześniej powiadomili go, że będzie musiał przejść wiele trudnych operacji, po których i tak ma niewielkie szanse na to, że będzie jeszcze kiedykolwiek chodził; leżał podłączony do aparatury, miał problemy z oddychaniem i koncentracją. Helena stała nad nim kilka długich minut, nawet na niego nie patrząc. Powtórzyła swoje pytanie, a potem po prostu zabrała walizkę i klekocząc nią po nierównych płytkach posadzki francuskiego szpitala, wyszła.

Taką wersję podał mi Dawid i taką wersję przyjąłem. Kiedy potem ciągnął się proces, policja wielokrotnie pytała mnie o miejsce jej pobytu. Podałem im kilka adresów, które znałem, ale pod żadnym z nich Heleny nie znaleziono. Michał też próbował jej szukać. Siedział na moim poddaszu, dziwnie cały i zdrowy w porównaniu z Dawidem, i wydzwaniał do wszystkich osób, u których Helena mogła się zatrzymać albo które powiadomiłaby o swoim nowym adresie. Dla mnie wydawało się oczywiste, że zaszyła się w jakimś hotelu, więc któregoś wieczoru wsiadłem do samochodu i objechałem trójmiejskie hotele, pokazując wszędzie jej zdjęcie. Prawdopodobnie jednak tę samą drogę odbyła policja, więc nikt nie chciał mi nic powiedzieć.

Na zdjęciu, które dał mi Michał, Helena wydawała się bardzo delikatna i dziecinna. Patrzyła w obiektyw aparatu fotograficznego z kpiącym błyskiem w oku, na którym skupiłem się, kiedy zajęła miejsce na białym tle, w moim studiu fotografii i kiedy zapytała: „Czy tak?".

Pierwsze wrażenie jest jednym z najważniejszych i właśnie to je pamięć przechowuje najdłużej. Na mnie Helena zrobiła wrażenie wyzwolonej nastolatki, która bardzo chce czuć się dorosła. Później nie miałem, niestety, możliwości skorygowania swojego sądu, a to z prostej przyczyny, że później nie miałem okazji jej spotkać i właściwie nic o niej nie wiedziałem aż do dnia, kiedy Michał wrócił po wypadku i podjął serię telefonów w celu jej odnalezienia.

„Może nie wróciła z Francji?" – zasugerowałem. Wydawało mi się niemożliwe, by Helena zniknęła tak zupełnie, że nie mogła odnaleźć jej ani polska, ani francuska policja. Jej zeznania miały być kluczowe i zdawałem sobie sprawę z tego, że zdenerwowanie Michała jest raczej wynikiem faktu, iż ona jedna mogła rzucić trochę światła na tamte wydarzenia i tym samym uratować go przed więzieniem, niż żeby robił to z powodów sentymentalnych.

„Matko!" – Michał zrobił minę, jakby miał ochotę rozbić o ścianę telefon, kiedy wspomniałem, że mogła nie wrócić z Francji, a co za tym idzie, mogła gdzieś pojechać, i to wcale nie do Polski. Złapał się za głowę i siedział tak przez chwilę, kompletnie rozbity, wpatrując się w długą listę telefonów, które jeszcze go czekały. „Nigdy się nie żeń – powiedział potem i wyglądało na to, że trochę już ochłonął. – Nie rób tego błędu i nie żeń się, Mariusz. Bo kobiety to zwykłe kurwy!".

Zniknięcie Heleny było bardzo rozlegle komentowane w prasie, szczególnie francuskiej, bo to francuska policja przejęła nadzór nad śledztwem. Ukazywały się wtedy różne artykuły dotyczące Michała, w których nazwa „Klucz" padała często, jak znak interpunkcyjny. W artykułach dość mocno pomijano osobę Dawida, niemniej jednak policja nie oszczędziła nawet jego i stała się jednym z najczęstszych gości, którzy nachodzili go w szpitalu.

A Heleny nie było i nie pozostały po niej niemal żadne ślady. „Może zniknęła" – wyraził przypuszczenie Dawid przez telefon, głosem tak zmęczonym i zbolałym, że gdybym nie wiedział, iż pije do teorii Michała, nie połapałbym się, że jego wypowiedź jest żartem.

W prasie pojawiały się zdjęcia Heleny, które wykonałem pewnej lutowej nocy kilka lat wcześniej. Posługiwano się nimi niemal przy każdej okazji, skrupulatnie powielając informację, że jestem ich autorem. I nikt nie wiedział, że przecież Helena na tych zdjęciach zdecydowanie różni się od siebie w rzeczywistości i że posługując się nimi, policja nigdy nie zdoła jej odnaleźć.

Przyszła do mnie koło jedenastej wieczorem, wcześniej zaanonsowana przez Michała, który uprosił mnie, żebym zrobił jej kilka zdjęć. Miała być o dziewiątej i właściwie straciłem nadzieję, że w ogóle się pojawi, kiedy na schodach zastukały obcasy, a potem rozległo się ciche pukanie do moich drzwi.

Miała na sobie długie i eleganckie futro. Mimo późnej pory ukryła oczy pod okularami przeciwsłonecznymi, więc w momencie gdy popatrzyłem na nią pierwszy raz, zwróciłem uwagę głównie na usta. Były duże, błyszczące, pokryte czerwienią i tak poważne, jakby przyszła zakomunikować mi ponure wieści.

„Witaj" – przedstawiłem się, a ona wymawiając cicho swojc imię, wyciągnęła do mnie dłoń.

Później, już w środku, nie rozmawialiśmy prawie wcale. Ja ustawiałem dla niej tło i reflektory, a ona krążyła za moimi plecami wciąż w futrze i okularach, dotykała sprzętów domowych, wyglądała przez okno, oglądała uważnie obrazy, by w końcu zwrócić się do mnie: „Czy mogę wziąć kąpiel?".

„Ależ proszę" – odpowiedziałem, zdziwiony, a ona bez słowa skierowała się do łazienki.

To była najdziwniejsza sesja zdjęciowa, jaką wykonywałem. Niezręcznie było mi pukać do drzwi łazienki i prosić, żeby się pospieszyła, gdy na zegarach zaczęła dochodzić pierwsza w nocy, a ze środka wciąż dobiegał delikatny plusk wody. Czułem się niezręcznie, głównie dlatego, że Michał, już wówczas z nią związany, kilkakrotnie prosił mnie przez telefon, żebym był dla niej miły i „nie robił z niczym problemów". Więc cierpliwie czekałem do pierwszej i w końcu usłyszałem stąpnięcie na posadzkę w łazience, a potem odgłosy świadczące o tym, że Helena się ubiera. Zacząłem się martwić, że makijaż zajmie jej pewnie kolejne dwie godziny, a potem może jeszcze będzie chciała zrobić coś z mokrymi włosami, ale w momencie, gdy zacząłem się tym zamartwiać, weszła do pokoju.

Była wilgotna, miała mokre włosy. Poruszała się drobnymi kroczkami z powodu długiej i wąskiej sukienki. Nie nałożyła na twarz żadnego makijażu, więc kiedy ją zobaczyłem, niemal momentalnie uświadomiłem sobie, że ma nie więcej niż osiemnaście lat. O ile w ogóle miała chociaż tyle.

„Gdzie mam się ustawić?" – spytała.

„Tam" – odpowiedziałem, wskazując wysoki stołek oświetlony reflektorami.

Z niedowierzaniem i jakimś rodzajem fascynacji patrzyłem, jak idzie na plan zdjęciowy. Złota i bardzo błyszcząca sukienka ciągnęła się za nią jak tren, przytrzymywana tylko przez cienkie ramiączka. Helena nie włożyła bielizny i kiedy mijała rozstawione światła, miałem przed oczami całą jej figurę: szczupłą i niesamowicie pociągającą, z dużymi okrągłymi piersiami i długimi nogami, dokładnie takimi, jakie lubiłem u dziewczyn.

To trwało tylko kilka minut, ale wystarczająco długo, abym nie mógł oderwać już od niej oczu. Helena, kiedy skierowała na mnie wzrok, od razu zorientowała się, jak na mnie działa i najwyraźniej sprawiło jej to przyjemność. Kiedy wskakiwała na stołek, pochyliła się tak, że w dekolcie sukienki zobaczyłem całe jej piersi.

„Zaczynamy?" – spytała, wciąż z tym samym uśmiechem na ustach. Siedziała w kręgu mocnych świateł, blada i złocista jak manekin umieszczony na wystawie.

I to był pierwszy i ostatni raz, kiedy widziałem się z nią, zanim zniknęła.

Marta

Moja babcia wierzyła w energię kosmosu, zajmowała się ezoteryką, wahadełkami i kartami tarota. Uważała, że przez niewidoczne dla oka działania na świecie dzieje się zło i dobro. Kiedyś powiedziała mi, że są ludzie, który przyciągają i kumulują w sobie złą energię. Sami wyrządzają zło i to zło do nich wraca. Są skażeni. Jeśli zaprosisz ich do domu, przynoszą całe zło ze sobą, rozsiewają je po kątach, a kiedy się już zalęgnie, nieprędko uda się je wyplenić. „Zło w Biblii jest metaforyzowane jako chwasty" – mówiła, a ja słuchałam jej przejęta, bo kiedy babcia coś opowiadała, słuchało się jej z wypiekami na twarzy, chłonąc każde słowo. – „Nie dzieje się tak bez powodu. Zło wyrasta nieproszone, rozsiewa się, przypominając wirus. Możesz nim zarazić, jeśli wyrządzisz je komuś".

W szpitalu, po zgaszeniu świateł zapadała wielka samotność. W tej samotności powracały do mnie jej słowa. Powracało wrażenie, że to, co widzę i co znam, jest tak naprawdę tylko namiastką czegoś ważniejszego. Przychodziła mi na myśl Helena. Kiedy więc wokół mnie zapadała cisza i wszyscy pogrążyli się we śnie, ja na palcach zbliżałam się do okna. Siadałam na szerokim parapecie, podkulałam nogi, obejmowałam kolana rękami i wpatrywałam się w uśpione miasto rozciągnięte za oknem. Wszystko szło nie tak, jak powinno. A przecież jeśli sięgnęłabym pamięcią o rok wstecz albo nawet cofnęłabym się o kilka miesięcy, było tak pięknie. Tyle miałyśmy planów: Pati z Sebastianem otaczali się szczęściem, które wyczuwałam nawet będąc tylko obserwatorką; a moje życie nabierało czaru, gdy jechałam na rowerze na spotkanie „Klucza" i miałam w głowie tyle pięknej sztuki. Gdzie podziało się tamto piękno, które miałam na wyciągnięcie ręki?

Przed pojawieniem się Heleny przyszła do nas czarnowłosa dziewczyna i pytała o pokój do wynajęcia. Zjadłyśmy z nią kolację, zaśmiewając się z jej opowieści i popijając wino, i wiedziałyśmy, że ona będzie do nas pasować, bo jest dokładnie taka jak my. Patrycja obiecała zadzwonić do niej, jak się już namyśli. Dziewczyna chciała wprowadzić się w grudniu, a grudzień wydawał się taki odległy... Helena powiedziała, że zależy jej, by wprowadzić się następnego dnia. To dlatego Pati wybrała ją. Żal jej było Heleny, bo wyglądała tak bezbronnie i smutno, że aż się serce krajało. Teraz, siedząc na parapecie szpitalnego okna, nie potrafiłam przypomnieć sobie, dlaczego właściwie zgodziłam się z Pati. Przecież Helena nie wyglądała niewinnie. Nie wygląda też smutno. Była silna, silniejsza od nas obu i przez to monumentalna.

Weszła i w naszym domu wszystko zaczęło dziać się źle. A jeśli Helena była kimś takim z opowieści mojej babci? Jeśli to ona przyniosła zło do naszego domu? Nie musiała być zła. To jej ktoś mógł wyrządzić krzywdę i zarazić ją złem. Potem weszła do naszego domu i rozsiała je wszędzie: wszczepiła je w każdy kąt naszego mieszkania, wyhodowała je dla nas trzech jak kwiaty w doniczkach.

Ubierałam się w pośpiechu, żeby nikt mnie nie przyłapał. Po ciemku spakowałam kosmetyki z nocnej szafki, a potem z butami w ręce i naręczem ciuchów uciekłam do łazienki. W lustrze, które było niewielkie i wisiało na ścianie dokładnie na wprost mnie, uchwyciłam odbicie swojej twarzy i przez chwilę nie rozpoznałam siebie, tak bardzo moja twarz wydała mi się obca. Przysunęłam się bezwiednie bliżej, moje palce dotknęły bladej skóry, namacały kości policzkowe i cofnęły się do włosów, które – nieukładane i z dużymi odrostami – sprawiały wrażenie strasznie zaniedbanych.

O dobry Boże, pomyślałam wstrząśnięta. Jak mogłam tak bardzo się opuścić? Moje kroki na korytarzu powielało echo. Wsunęłam się do windy, z trudem powstrzymując atak kaszlu i przyciskając ze wszystkich sił dłonie do ust. W windzie wybrałam parter i odetchnęłam z ulgą, kiedy po wyjściu okazało się, że w dolnym holu nie ma nikogo. Drzwi wyjściowe były zamknięte, ale wiedziałam, gdzie się kierować. Pospiesznie obeszłam kilka sal, by w końcu trafić we właściwy korytarz, z którego wiodła już prosta droga na podjazd dla karetek pogotowia.

W taksówce chwilę wahałam się, zanim podałam adres Pati. Nie byłam pewna, czy powinnam jechać teraz akurat do niej. Myśl o Helenie sprawiła, że oparłam głowę o szybę i zamknęłam oczy. Najprościej było zadecydować, że pomyślę o tym później, tyle że przecież miałam już dość dużo przemyśleń w głowie i rozważałam wszystkie możliwe scenariusze. Powracały wtedy migawki chwil, kiedy Dawid brał do ręki jej apaszkę, albo kiedy wykręcał się od spotkań u mnie w domu i nie było okazji, żeby Helena czy Pati go poznały. Jakimś paradoksalnym zbiegiem okoliczności Mariusz, który był u mnie wielokrotnie, też nigdy nie trafił na Helenę. Czy jednak nie wiedział, że z nią mieszkam? Czy Dawid też mógł o tym nie wiedzieć?...

Pod domem Pati, wyjmując portfel z torebki, rzuciłam okiem na okna mieszkania Dawida. W żadnym pokoju nie paliło się światło i nie wiem dlaczego, ale myśl, że Dawid gdzieś wyjechał, wydała mi się dziwnie uspakajająca. Popatrzyłam na pieniądze w portfelu, przeliczyłam je w myślach i pospiesznie podjęłam decyzję:

– Proszę zawieźć mnie do Gdańska – i podałam adres jedynej dziewczyny z „Klucza", którą lubiłam na tyle, by wierzyć, że przyjmie mnie do mieszkania w środku nocy.

Ola była jedną z najstarszych członkiń grupy i jednocześnie jedną z najmilszych. Nie żyła zbyt mocno problemami „Klucza" i nie sądziłam, by Mariusz kiedykolwiek próbował ją wciągnąć w swoje ciemne problemy z Michałem albo w cokolwiek innego, co wykraczało poza zwykły odbiór sztuki. Jak udało mi się zorientować na zebraniach, kiedy pomagała mi parzyć herbatę lub gdy szłyśmy do pobliskiego sklepiku po chipsy, raczej była zajęta swoim życiem, nie jeździła z „Kluczem" na żadne plenery i bywała na co drugim lub nawet co trzecim spotkaniu.

Jej mieszkanie odnalazłam bez trudu, głównie dlatego że byłam tam raz z Mariuszem. Był to śliczny dom na przedmieściach Gdańska, otoczony ogrodem, w którym biegał duży pies głośno szczekający i jednocześnie bardzo przyjazny, gdy ktoś zaczynał go głaskać. Pies rozszczekał się, gdy tylko nacisnęłam sygnał dzwonka, ale też zaraz zaczął machać ogonem, wyczuwając mój zapach. Na pierwszym piętrze domu zapaliło się światło i chwilę potem na półpiętrze zobaczyłam przez oszklone szyby postać w szlafroku. Na jej widok poczułam ulgę tak wielką, że chyba musiałam nie zdawać sobie sprawy z tego, jak bardzo podczas jazdy tutaj denerwowałam się, że Oli nie będzie.

– Przepraszam, że tak późno – powitałam ją, kiedy wyszła do ogrodu i pobrzękując kluczami, ruszyła w moim kierunku. – Bardzo cię przepraszam, ale nie miałam dokąd pojechać.

Ola wyglądała na zaskoczoną, jednak dość ciepło zaprosiła mnie do środka i niemal od razu zaproponowała filiżankę gorącej kawy. W domu, mimo że styczeń powoli dobiegał końca, pachniało świętami, choinka wciąż mieniła się światełkami i kolorowymi bombkami, a na stole, przy którym usiadłam, leżała serwetka z wyhaftowanym Mikołajem na saniach.

Starałam się zachowywać cicho, bo wiedziałam, że mąż Oli śpi za ścianą i że na pewno z rana musi wstać do pracy. Wbiłam wzrok w plecy Oli, która zabrała się do parzenia kawy i powiedziałam niemal szeptem:

– Jutro jakoś ci to wytłumaczę.

Ranek był słoneczny i mroźny. Ola wietrzyła pokój, jej synek baraszkował na dywanie, mąż wyszedł kilka godzin wcześniej do pracy. Ja wstałam po dziewiątej z wrażeniem, że czas się cofnął i odgłosy normalnego rodzinnego życia rozgrywają się wcale nie tu i nie teraz, ale w moim poznańskim mieszkaniu. Jeszcze wciąż w łóżku, otoczona ciepłem kołdry, łowiłam hałas odkurzacza, woń kawy i gorących bułek, śmiech dziecka. Przymknęłam oczy i spróbowałam jeszcze zasnąć. Prawie mi się to udało, tyle że już na granicy snu pojawił się srebrny parawan łopoczący na wietrze jak żagiel. Parawan był duży, a za nim ktoś stał. Wyciągnęłam więc rękę i rozchyliłam płótno. Po drugiej stronie stała jakaś kobieta, odwróciła się do mnie, a ja krzyknęłam, bo uświadomiłam sobie, że zarosły jej usta.

– Źle wyglądasz i w nocy strasznie kaszlałaś – stwierdziła Ola przy śniadaniu. – Co się dzieje?

Moje czoło było ciepłe, zbyt ciepłe, bym mogła to ignorować. Uprosiłam Olę o aspirynę i popiłam wodą.

– Nie wiem – odrzekłam zupełnie szczerze. – Nie wiem, co się dzieje. Po prostu nie wiem.

I opowiedziałam jej o Dawidzie, o minutach spędzonych pośrodku instalacji pełnej białych słupów. I o wszystkim innym, czego nie umiałam nazwać, a co wyczuwałam intuicyjnie.

Siedziałyśmy na puszystej kanapie, patrząc jak synek Oli układa niezdarnie klocki na środku pokoju. Ola obserwowała go czujnie, a ja siedziałam skulona, z przyciśniętym do piersi kubkiem herbaty zmieszanej z miodem. Kaszel nasilał się, więc tłumiłam go łykami herbaty i syropem, który Ola wydobyła z szuflady i który nadawał się raczej dla dzieci.

– Nie przejmuj się Edytą – powiedziała. – Ona od zawsze próbowała uwieść Mariusza i pewnie dlatego zachowała się tak w stosunku do ciebie. Wszyscy w „Kluczu" wiemy, jak bardzo Mariusz cię lubi i jak chętnie spędza z tobą czas.

Przymknęłam oczy i upiłam kolejny gorący i bardzo słodki łyk. Zaprzeczanie jej słowom było nie na miejscu, bo przecież sama widziałam, jak Mariusz na mnie patrzył. Pamiętałam też, jak unikał mojego spojrzenia, kiedy umalowałam usta i rozpuściłam włosy. Zbyt dobrze pamiętałam również scenę, która rozegrała się w ciemni jego poddasza, gdy stanął zbyt blisko mnie i poczułam, jak mocno bije mu serce. Teraz więc skinęłam tylko głową, wyjaśniając obronnie:

– Nie wiem, dlaczego tak się stało, ale nic na to nie poradzę.

Ola kucnęła na dywanie i pomogła synkowi poukładać kilka klocków.

– Tak to rób – wyjaśniła mu, a potem zwróciła się do mnie niemal żartobliwie: – Namieszałaś trochę, Marto.

Tak, namieszałam, ale przecież nie ja decyduję o tym, kogo polubię, a w kim się zakocham.

– Wybrałaś sobie trudnego faceta. – Ola znowu usiadła koło mnie. – Znam Dawida raczej pobieżnie, ale wydaje mi się, że nie będzie ci łatwo. – Jej spojrzenie powędrowało do zdjęcia wiszącego na ścianie, którego wcześniej nie zauważyłam. Przedstawiało Olę w towarzystwie męża, Mariusza, Dawida, Andrzeja i Edyty na jakimś przyjęciu, z kieliszkami uniesionymi w górę. – Nie będzie ci łatwo – powtórzyła, a potem odwróciła się do mnie, jakby dopiero teraz coś przyszło jej do głowy: – Poczckaj, coś ci pokażę!

Przyniosła z sypialni niewielki album zdjęć i położyła sobie na kolanach.

– Nie jest tego zbyt dużo. To zdjęcia z jedynego wyjazdu do Łeby. Zrobiliśmy sobie plenery malarskie na wydmach, trochę porzeźbiliśmy w piasku nad morzem, sporo wtedy fajnych rzeczy powstało... Popatrz, widzisz?

Na zdjęciu, w ostrych promieniach słońca stała Ola z pędzlami w ręce, ubrudzona farbą i roześmiana. Dawid znajdował się w jej tle, oparty o swój samochód, znany mi ze zdjęcia, na którym wciągano go na lawetę. Na masce siedziała Gabi, z chustą zawiązaną na włosach, w białej spódnicy sięgającej niemal ziemi i w równie śnieżnobiałej bluzce, która ostro kontrastowała z jej brązowym ciałem.

– To jego dziewczyna, Gabi. Siostra Michała Ociesy.

Podała mi album i resztę obejrzałam już sama. Przekładałam kartki niepewnie. Dziwnie jest podglądać cudze szczęście, jeszcze dziwniej, jeśli to szczęście dotyczy bliskiej osoby i to wcale nie ja jestem jego przyczyną. Uśmiech już dawno zniknął mi z ust, gdy patrzyłam na Gabi leżącą na kocu przy Dawidzie, na roześmianą Gabi oplatającą jego szyję ciasno ramionami, na szczęśliwą Gabi machającą ręką z bransoletkami, z włosami sięgającymi połowy pleców, ze zmrużonymi oczami wycelowanymi w obiektyw aparatu, na Gabi obejmującą do zdjęcia Olę.

– Bardzo ją lubię. Jest tak niesamowicie pełna optymizmu, że nie sposób jej nie lubić. Zresztą to bardzo miła dziewczyna. – Głos Oli przeciął ciszę i sprawił, że uniosłam na nią oczy. – Nie zajmuje się sztuką, Dawid zabrał ją wtedy tylko dlatego, że był w niej bardzo zakochany. Zresztą nie pamiętam, żeby zrobił cokolwiek twórczego na tym plenerze poza kilkoma szkicami i całym stosem jej zdjęć. Fotografował ją niemal cały czas, potem było mu niezręcznie, więc próbował z tych fotografii coś poskładać na wystawę, a Mariusz zgodził się to pokazać.

Opuściłam wzrok na zdjęcie Gabi i Oli. Gabi była niższa od Oli niemal o głowę i dużo ładniejsza. Zamrugałam oczami.

– Co się stało, że już nie są razem?

Ola znowu przykucnęła przy swoim synku i wyjęła mu klocek z buzi. Odpowiedziała po chwili:

– Wydaje mi się, że go zostawiła zaraz po wypadku we Francji.

Moje spojrzenie jeszcze raz musnęło uśmiechnięte usta Gabi.

– Dlaczego miałaby tak postąpić?

Ola wróciła na kanapę, jednak już po chwili znowu była przy synku i pomagała mu ułożyć kawałek obrazka.

– Dawid bardzo źle zniósł to wszystko, co się stało. Z tego, co wiedzieliśmy w „Kluczu", był poważnie chory. Lekarze twierdzili, że nie będzie już chodził, zresztą leżał we francuskim szpitalu, a on nie zna chyba zbyt dobrze francuskiego. To pewnie też nie polepszało sytuacji. Wiesz, nikogo z nim nie było we Francji, bo Michał wrócił niemal natychmiast do Polski i czekał go proces. Dawid spędził w szpitalu chyba pół roku, czy coś koło tego. Operacje się udały, ale miałam tę „przyjemność" widzieć go chodzącego o kulach i wierz mi, nie wyglądał za dobrze i nie radził sobie chyba najlepiej. Kiedy potem raz wpadliśmy na siebie w czytelni, nawet nie chciał ze mną rozmawiać.

Przyglądałam się jej ze zmarszczonymi brwiami, nagle zdenerwowana.

– A Gabi? – spytałam szybko.

– Gabi była z nim we Francji, ale potem wrócił już bez niej. Dlatego sądzę, że go zostawiła. Ludzie tak mają, bała się pewnie, że on będzie kaleką albo coś... sama nie wiem. Mówię ci tylko to, co sama wydedukowałam, bo, jak już wspomniałam, nie znamy się z Dawidem zbyt dobrze. Żal mi go było po tym wszystkim, ale cóż. Baby potrafią być podłe. Dobrze, że teraz spotkał ciebie i że wyszedł z tych wszystkich problemów zdrowotnych. Prawda?

Skinęłam głową, ale tylko odruchowo. Przecież tak naprawdę to niewiele wiedziałam o Dawidzie i o jego zdrowiu. Nawet nie spytałam go o bliznę.

– Wydaje mi się, że po czymś takim każdy człowiek ma prawo mieć trochę problemów ze sobą i dlatego on jest właśnie taki. Musisz pamiętać, Marto, że zaraz po wyjściu ze szpitala policja wepchnęła go na salę sądową, gdzie miał zeznawać w sprawie śmierci tej babki... Zamarłam w bezruchu. Dosłownie. Uniosłam głowę, skierowałam spojrzenie na Olę i zapytałam cicho:

– Jakiej babki?

Ola pochyliła się nad synkiem, starła mu z buzi ślinę:

– Ach, ty nie wiesz! Bo w tamtym wypadku zginęła jakaś Francuzka. Chyba nie była zbyt młoda i wiem, że policja miała z tym strasznie dużo problemów... bo wiesz, nikt nie umiał wytłumaczyć, co ona robiła z nimi w samochodzie. I, co gorsza, oni też nie umieli tego wytłumaczyć.

Helena

Po przejściu huraganu wyspa opustoszała. Woda zmyła drzewa, chaty i ludzi. Wiatr ze świstem przesuwał się po pustym terenie. Na brzegu leżały stada martwych ryb, które nie cofnęły się razem z falami, tylko zostały na śmiertelnym dla nich powietrzu. Wszędzie porozrzucane były szczątki łodzi rybackich, kwiatów, wianków i strojów. Fale na szczęście zabrały ludzi, nie pozostawiając nigdzie ich ciał...

Miały minąć całe długie dni, zanim topielcy zaczęli wyłaniać się z wody, nadmuchani jak balony, napełnieni oceanem. Ale to już późniejsza historia, dotycząca... czego właściwie?

Nieważne.

Dzieci, te, które swoimi czarami sprowadziły na wyspę burzę, powoli schodziły z wysokiej góry. Z pięciu sióstr ocalały tylko dwie, bo trzy skoczyły z rozpaczy w wielkie fale.

Schodziły w milczeniu tak strasznym, że żadne z nich nie było w stanie go przerwać. Uświadomiły sobie, co się stało, co zrobiły i jaka ciąży na nich odpowiedzialność.

Można by powiedzieć, że to był grzech większy od innych, chociaż wynikający z głupoty i niewiedzy. Grzech wymagał kary. Dzieci niemal od razu wiedziały, jaka kara je czeka. Same ją sobie narzuciły. Miało nią być milczenie. Wielkie milczenie. Żeby go nie złamać, ucięły sobie języki.

Czy nie za dużo tu tragedii? Pewnie powiedziałbyś teraz, że tak, za dużo. Może gdybyś tu był, znalazłabym dla ciebie lepsze zakończe-

nie. I tak je znajdę. Muszę tylko sobie wyobrazić, że jesteś i że mi to zarzucasz.

Zrób to!

– Za dużo tu makabrycznych scen! – mówisz. Niemal słyszę, jak to mówisz.

Ok, zrobimy więc inaczej.

Bóg przyglądał się dzieciom z góry dużo wyższej niż ta, na którą one się wspięły. Widział ich winę, widział grzech. Głupota też jest grzechem. Dał im szansę oczyszczenia się, chociaż one o tym nie wiedziały. Kiedy schodziły z góry w wielkim milczeniu, wiedział, że cisza może być dla nich jedyną karą. Ludzie nie potrafią przecież być cicho. Wariują bez słów. Żeby nie złamały milczenia, zaczarował je...

W religii nie używa się słowa „czary", prawda? Trzeba powiedzieć, że uczynił cud.

Bóg uczynił im cud, ale o tym nie wiedziały.

Obchodziły wyspę w strasznej ciszy i z nadzieją, że ktoś jednak ocalał. Nie mogły znaleźć żadnych ciał ani żadnych znajomych miejsc. Woda zabrała wszystko.

Jedna z sióstr nie wytrzymała i zaczęła płakać. Chciała wykrzyczeć na głos swój ból, ale kiedy otworzyła usta, uświadomiła sobie, że tkwi w nich kamień. Kiedy chciała krzyknąć, wypadł i potoczył się po piachu.

Chodzę bez celu po mieście. Chodzę w kółko, bo centrum Gdyni nie jest na tyle duże, by pójść gdzieś daleko i zatracić się w spacerze na kilka godzin.

Chodzę więc po Świętojańskiej, zbaczam na Kamienną Górę, mozolnie wspinam się na sam szczyt, aż pod wielki krzyż ustawiony na placu, z którego widać morze. Pod krzyżem jest kilka kobiet. Spaceruję więc po placu wokół krzyża, zahaczam o pobliski park, a potem wracam i, oparta o barierkę, wpatruję się w morze.

Przez gęste szare chmury przebija się słońce. Jego promienie dopadają mnie, sprawiają, że rozpinam płaszcz i unoszę twarz. Chciałabym poczuć zmęczenie. Chcę snu, gorąca i duchoty, aby wygnały z mojego wnętrza ciszę, która mnie wypełniła. Niepokój staje się teraz częścią mnie. Jest koszmarny, znajduję go w każdym spojrzeniu, w każdej myśli, nawet w tym pejzażu. Jest we mnie, zrośnięty ze mną, odświeżony, dawny, niezrozumiały i przez to straszny.

Fryzjerka staje za mną i zaczesuje mi włosy na ramiona.

– Jak mocno mam je ściąć?

W lustrzanym odbiciu moje usta się rozchylają.

– Chcę mieć krótkie włosy.

– Jak krótkie?

– Bardzo krótkie.

Dla spokoju fryzjerki przeglądam katalog, który mi podsuwa. Martwi się, że robię coś nieprzemyślanego i że potem będę niezadowolona. Mówi, że mam bardzo piękne włosy i że jej byłoby ich szkoda.

– Zupełnie się pani zmieni.

Chcę się zmienić. Przerzucam z rozdrażnieniem kartki katalogu. Ze zdjęć spoglądają na mnie różne piękne twarze okolone niesamowitymi fryzurami, białe zęby, uśmiechnięte koralowe usta, wabią reklamy szamponów do włosów, odżywek i farb. Nic mnie one nie obchodzą. Nie chcę być piękna jak one i mieć fryzury przyciągającej wzrok. Chcę zniknąć. Stać się nieważna. Zagubić się w tłumie i zlać z ludzką masą tak bardzo, żeby nikt mnie nie zauważył.

– Czarne i krótkie – decyduję, pokazując jedno ze zdjęć, na którym modelka mimo ładnej buzi nie wygląda zbyt efektownie.

Fryzjerka patrzy na zdjęcie uważnie, potem na mnie.

– To będzie dla pani ogromna zmiana. Czy jest pani tego pewna?

Tak, jestem pewna.

– Proszę o tę fryzurę i ten kolor – powtarzam uprzejmie. Teraz jestem uprzejma, kiedyś nie byłam.

Kiedyś wsypałam drobne pieniądze w dłoń młodej kelnerki, która mnie obsługiwała i pomyliła się o dwa złote przy wydawaniu reszty. Wcisnęłam jej te drobniaki w dłoń i syknęłam, żeby je sobie zabrała i przyniosła mi właściwą sumę. Teraz uprzejmie płacę za nową fryzurę, daję napiwek, uśmiecham się wręcz przyjacielsko i wychodząc mówię „do widzenia".

10 lutego

Wyspa musiała powstać, kiedy miałam sześć lat. Ojca przetrzymywano przez kilka miesięcy w areszcie. Nie znaleziono jednak nic, co mogłoby stanowić obciążający go dowód. Ja zniszczyłam jego najważniejszy tekst, resztę przechowywali przyjaciele, więc w naszym mieszkaniu nie było praktycznie niczego ważnego.

Inwigilowali nas podczas nieobecności ojca. Do naszego domu przyszli, kiedy byłam w szkole. Przetrząsnęli wszystko, zbili jakieś przedwojenne kieliszki, które matka dostała w prezencie ślubnym od swojej babci i które miały końcówki pokryte prawdziwym złotem.

– Zobacz – powiedziała, kiedy z tornistrem w ręce niepewnie stąpałam w jej kierunku i ze wzrokiem wbitym w bałagan pokrywający podłogę. Trzymała w rękach zbity kieliszek, nie miał stópki, wyszczerbił się na krawędzi i poranił jej rękę. – Zobacz, tak się niszczy wartościową przeszłość.

Rozumiałam ją aż nazbyt dobrze, chociaż nie zdawała sobie z tego sprawy. Mówiła tak, jak większość ludzi, czyli nie oczekując zrozumienia, ale czując się lepiej; słyszała własny żal wypowiadany na głos.

– Dostałam je od babci – odezwała się znowu, odstawiając kieliszek na stół, skąd zaraz spadł na podłogę. – Uważała, że są bardzo cenne. Trzymała je w kredensie wraz z najbardziej wartościową porcelaną, która zbiła się podczas niemieckich nalotów. Ocalały te kieliszki. Było ich dwanaście, ale po wojnie zostało tylko sześć. A teraz nie ma już nic, nic...

Wyspa pojawiła się, kiedy wrócił ojciec. Był chory i jakiś czas spędził leżąc.

Przychodziłam do niego każdego wieczora. Siadałam w nogach łóżka i wpatrywałam się w niego. Wydawało mi się, że tylko on jest w stanie zrozumieć wszystko, że nie potrzebuję nic mu mówić, a i tak będzie rozumiał.

– Opiekowałaś się mamą? – pytał mnie z uśmiechem, który wskazywał, że jednak nic nie wie.

Nie opowiedziałam mu niczego. Życie z matką bez niego było sekretem moim i jej. Nie należało wyciągać na wierzch tej tajemnicy. Spoczywała głęboko ukryta w mojej głowie i mogłam udawać, że w ogóle jej nie ma.

– Miałam złe sny – mówiłam szeptem. Matka zlała się z tamtymi złymi snami i na jawie traciła znaczenie.

Ponieważ jednak moje sny, w których krzyczałam, wciąż się zdarzały, ojciec wymyślił dla mnie zabawę.

– Wyobraź sobie, że jest takie miejsce, w którym nie musisz niczego się bać.

Ostatnim miejscem, o jakim pomyślałam, był dom. Tu nigdy nie czułam się bezpiecznie i zawsze się bałam. Dom mnie przerażał już samym faktem, że był mi przeznaczony.
– Jakie to miejsce?
– Wyspa.
– Dlaczego wyspa?
– Nie wiem, ale chciałabym mieszkać na wyspie.

Nie chciałam ani nawet nie potrafiłam powiedzieć mu, że wyspa jest idealna właśnie dlatego, że leży na środku oceanu i nie jest łatwo na nią trafić. Moja matka nie trafiłaby na nią, choćby miała mapę – rok wcześniej powiedziała mi, że nienawidzi pływać.
– Więc dobrze, niech będzie wyspa. Wyspa jest dokładnie taka, jaka chcesz, żeby była. Musisz tylko ją sobie wyobrazić. Musisz też umiejscowić ją gdzieś w twojej pamięci, tak żebyś zawsze do niej trafiła.
– Po co mam do niej trafiać?
– Kiedy będziesz miała złe sny, kiedy będzie ci źle albo stanie się coś nie po twojej myśli, wtedy przypomnisz sobie właśnie tę wyspę. Dobrze?

Z czarnymi krótkimi włosami jestem zupełnie do siebie niepodobna. Leżę na łóżku z twarzą przyciśniętą do poduszki i nie reaguję, kiedy Sebastian pochyla się nade mną, dotyka moich włosów, kiedy pyta, co się dzieje.
– Zostaw mnie – mówię w końcu i naprawdę bardzo chcę, żeby sobie stąd poszedł.
– Cóż – zaczyna się śmiać – nie wiem, jak ci to powiedzieć, ale leżysz na moim łóżku.
Mimo woli uśmiecham się, ale tylko na chwilę. Uśmiech znika mi z ust niemal momentalnie, zaciskam dłoń na poduszce i odpowiadam szeptem:
– Potem sobie stąd pójdę, ale na razie zostaw mnie.
Kiedy wychodzi, obracam się i przyciskam całą twarz do poduszki, zatapiam się w niej, zaciskam powieki. Niepokój wciąż tu jest, może nawet bardziej obecny z chwilą nastania nocy niż za dnia. Zawsze tak było, kiedy miałam jakieś zmartwienia, dopadały mnie głównie wieczorem i pozbawiały snu. W nocy niejednokrotnie leżałam z szeroko otwartymi oczami i czułam, jak wewnątrz mnie skręca się tysiąc problemów. Teraz będzie tak samo. Teraz bę-

dę leżeć tu bez ruchu, czując, jak moje serce bije zbyt mocno i zbyt szybko. Będę zadręczać się tym, czego nie wiem. Będę się bać. Strach jest lepki, osiada na moich rzęsach, skleja mi powieki, w ciemności materializuje się w różne dziwne kształty. „Naucz się z nim żyć" – powiedziała moja matka wiele, wiele lat temu. Matki już nie ma, a strach pozostał. Jego źródło zmieniło się jednak, już nie ona jest jego przyczyną. Jej kroki nie rozlegną się przecież na półpiętrze, nie usłyszę, jak dotyka barierki schodów i powoli idzie w kierunku mojego pokoju. Już nic mi nie zrobi. Teraz, gdyby tu weszła, wypchnęłabym ją na zewnątrz, pozwała do sądu albo wykrzyczała jej wszystko w twarz. Teraz nie trwałabym w milczeniu, które pożerało mnie od środka, z narastającym w brzuchu wrzaskiem, któremu nigdy nie pozwoliłam wyrwać się na zewnątrz.

Odsuwam poduszkę i siadam na łóżku. Kręci mi się w głowie, jest mi niedobrze ze strachu, ogarnia mnie wrażenie strasznego smutku. Kiedyś wyobrażałam sobie, że smutek ma kształt, rozciągałam na boki ramiona i go obejmowałam. Teraz już nie potrafię o nim tak myśleć. Jest tak samo niematerialny jak Bóg, jak wiara, jak nadzieja.

Trochę wbrew sobie rozsuwam ręce i nie chcę już być tu sama. Nie chcę nie wiedzieć. Nie chcę, a jednak nie potrafię przestać bronić się przed tamtym wszystkim, co się wydarzyło.

Jeśli utraciłam wspomnienia z powodu czegoś, co było zbyt straszne, żebym mogła się z tym zmierzyć, to dlaczego pierwsze powroty pamięci obejmowały moją matkę? Czy w moim życiu było coś gorszego niż ona? Co mogłabym odkryć, gdybym zagłębiła się w swoją przeszłość? Co tam na mnie czeka przyczajonego i złego?

Ogarnia mnie nagły strach, że może wypierając się złych wspomnień, wypycham też ze swojej świadomości to, co warto pamiętać. Bo przecież może było coś pięknego, wartościowego i drogiego, co – gdybym to sobie przypomniała – trzymałabym już potem przy sobie jak bezcenny klejnot.

Pocieram rękami twarz, a potem zmuszam się, żeby wstać. Sebastian jest w drugim pokoju, pochylony nad notatkami, które wypełnia jego skrupulatne, ale rozchwiane pismo. Wsuwam się na kanapę za jego plecami, chowam zmarznięte dłonie pod jego koszulkę, opieram twarz o jego plecy.

– Nie pracuj już – proszę. – Połóż się ze mną. Zostaw te notatki.

12 lutego

W pokoju obracał się wentylator, rozpędzając duszne powietrze, które osiadało na skórze jak gęsta wata. Maszyna do pisania klekotała za moimi plecami jednostajnie, jakby ojciec grał na jakimś instrumencie, który ma ograniczone pole muzyczne. Klekotała i klekotała, aż w jakimś momencie odwróciłam się i popatrzyłam na niego.

Pochylał się nad klawiszami, jego spojrzenie celowało w kartkę, która przesuwała się, jakby żyła własnym życiem. Miał podwinięte rękawy koszuli i może właśnie dlatego zobaczyłam gęsią skórkę pokrywającą mu ręce. Zamrugałam oczami i zbliżyłam się do niego na palcach. Kiedy moja dłoń dotknęła skóry, ta okazała się lodowata.

– Zimno ci? – zapytałam, a on odwrócił się do mnie raptownie, jakbym wybudziła go z długiego snu. – Zimno ci, tato? – powtórzyłam szeptem.

Popatrzył na swoje ręce i zaczął się śmiać:

– To dlatego, że opisuję scenę, która rozgrywa się podczas zimy – wyjaśnił, a ja cofnęłam swoją spoconą dłoń i pierwszy raz poczułam strach przed jego pisarstwem.

Więc szukam przeszłości, tej dobrej przeszłości, którą mogę pamiętać. Zjeżdżam po południu różne plaże w poszukiwaniu tamtej wydmy. Gdzie to mogło być? Nie w Gdyni, nie w Sopocie.

– Wydmy ma pani na Stogach – informuje mnie kierowca, więc wsiadam w tramwaj i jadę na Stogi. Do plaży idzie się przez las, jest tu pusto, nie ma prawie ludzi, wejście zagrodzone jakimiś deskami, pod którymi przeciskam się, bo nie chcę iść dalej w półmroku między drzewami.

Plaża szeroka, płaska, jasna. Gdzieś daleko biega jakiś pies, dziecko rzuca mu patyki, nad wodą spaceruje samotnie kobieta. Wydmy znajdują się dalej, jak informuje mnie spotkany po drodze mężczyzna, więc brnę przez piach w stronę Gdańska.

Szliśmy tędy, osobno, jakby trzymanie się za ręce było przestępstwem. Michał miał na sobie brązową kurtkę, w której było mu zimno. Ja byłam w jasnym płaszczu. Usiedliśmy na piasku przy tamtym dużym konarze. On kreślił rękami wzory wokół nas, słońce przeświecało przez chmury na tyle mocno, że chwilami robiło się naprawdę ciepło. Na piachu zarysowały się nasze cienie.

Patrzę na miejsce, w którym siedział. Tamten konar wciąż tu leży, ale teraz wygląda zupełnie inaczej niż wtedy. Jest mniejszy, oślizgły, sczerniały. Za konarem zaczyna się wydma. Tam przeszliśmy, tam się położyliśmy, tam się całowaliśmy i mówiliśmy rzeczy, które mówi się w takich chwilach. Jego usta na moich, te pocałunki pełne tęsknoty za jakimś normalnym miejscem, w którym moglibyśmy być zupełnie sami.

Teraz pokonuję wzniesienie zdyszana, zmarznięta i dziwnie osamotniona. Wydmę z drugiej strony porasta trawa. Michał powiedział, że można się nią pokaleczyć: „Jest strasznie ostra. Jeśli przesuniesz po niej ręką, porani cię".

„Opowiem ci coś ważnego" – zadecydowałam wtedy. Oderwałam spojrzenie od piasku i popatrzyłam na niego. „Opowiem ci o wyspie".

„O jakiej wyspie?"

„O mojej wyspie. Opowiem ci, jeśli chcesz posłuchać..."

Potem on poszukał w pamięci czegoś, co byłoby na tyle osobiste, bym uznała to za rewanż.

„Ja też mam pewne miejsce. Właściwie to niezupełnie miejsce. Ale wiem, co masz na myśli. Ty masz tę swoją wyspę, którą stworzyłaś z ojcem. Ja mam pewne wspomnienie, do którego wracałem tak samo, jak ty do wyspy".

„Co to za wspomnienie?"

„Krótkie. Nie wiem, czy jeśli ci o nim opowiem, zrozumiesz, o co mi chodzi. Jest dla mnie ważne. To znaczy było ważne kiedyś".

Jego wspomnienie było proste. Chodziło o wyjazd w góry z rodzicami, kiedy był dzieckiem. Rodzice zabrali go do jaskini, w której znajdowały się różne niesamowite korytarze, a na ścianach sól i woda wyżłobiły dziwne rzeczy. W jakimś momencie odłączył się od grupy i zboczył w jeden z nich. Droga zakręcała w prawo, potem w lewo. Ze skalnego sufitu kapała zimna woda, pachniało wilgocią, było zimno. Szedł kilka metrów, do momentu, w którym tunel kończył się płaską ścianą. Kiedy się odwrócił, nie widział już innych turystów. Nie słyszał ich też zbyt wyraźnie. Był sam ze skałą, z jej zapachem i słonym smakiem. Usiadł pod ścianą i czekał. Było mu coraz bardziej zimno, zaczął się martwić, że rodzice już poszli, że potem ich nie znajdzie albo że go teraz szukają.

A potem wyciągnął dłoń. Jego palce przesuwały się po wilgotnych wypukłościach, po ostrych krawędziach, ręka zamoczyła się, wniknęła w fakturę skały. To był dziwny moment. Miał wrażenie, że jest w jakimś centrum, że udało mu się dojść do serca jaskini, że zaczyna rozumieć to, co do tej pory było poza jego zasięgiem. Palcami dotykał faktury, nosem wyczuwał słony zapach, wydawało mu się, że słyszy pulsujący rytm wody gdzieś daleko pod sobą. Zamknął oczy. Była tylko skała i on. Odkrył jej tajemnicę. Żyła. Oddychała. Gdyby posłuchał uważniej, przemówiłaby.

Siadam na piasku, zagłębiam w nim ręce. Jest zimny, słońce jeszcze go nie wysuszyło, dużo w nim wilgoci. Unoszę głowę, gdy mewa z krzykiem przelatuje nade mną. Słyszę jednostajny szum morza. Słyszę dalekie głosy ludzi. Łapię gołymi rękami tamtą ostrą trawę i chcę, by mnie pokaleczyła.

Nie kaleczy mnie. Robią to wspomnienia.

„Gdyby inkarnacja istniała i mógłbyś urodzić się raz jeszcze, jakie ciało byś wybrał?"

„Nie chciałbym rodzić się jeszcze raz. Chciałbym zobaczyć coś zupełnie nowego i nie wracać na stare śmieci. Myślisz, że naprawdę jest więcej wymiarów? Że Bóg urozmaici nam wieczność?"

Kładę się na plecach, patrzę w niebo. Jest szare, spłowiałe, słońce ukryło się w chmurach, a chmury zlały w jedną wielką plamę szarości.

– Ile jest wymiarów? – pytam szeptem, zwrócona w stronę nieba. – Ile masz nam do zaoferowania? Co właściwie nam oferujesz?

Teraz odpowiedziałabym inaczej na wszystkie pytania, które sobie zadawaliśmy. Teraz nie chciałabym wracać na ziemię jako ptak albo zwierzę. To zbyt naiwne. Chciałabym być myślą w czyjejś głowie. Chciałabym uwić sobie kąt w czyimś mózgu i tam mieszkać.

Kiedyś czytałam, że pamięć człowieka przypomina mapę, na której świecą się latarnie uliczne i domy. Ulice nieużywane od długiego czasu pogrążają się w ciemności, robią się nieprzejezdne, w końcu zacierają się.

Chciałabym mieszkać przy takiej ciemniejącej ulicy. Zapominać. Znikać.

– Chcę wrócić! – szepczę ze złością, jakbym faktycznie sądziła, że niebo wypełnione jest aniołami, świętymi i najświętszymi, a ktoś mnie słucha. – Słyszysz mnie? Obchodzę cię? Jeśli tak, to wiedz, że chcę wrócić!

Wrócić, dokąd?, myślę zaraz, wsuwając ręce głębiej w piach, czując zimną, mokrą ziemię pod spodem. Nigdzie nie da się wrócić. Cuda zdarzają się innym ludziom, nie tym, których znam. Nie mi. – Dajesz i zabierasz! – syczę w niebo. – Jesteś taki autorytatywny! Kim ty w ogóle jesteś? Łzy wzbierają mi w oczach: łzy złości, nie żalu. Chcę wrócić do domu, do mojego dzieciństwa. Chcę wrócić do ojca, na moją wyspę. Chcę wrócić do Michała, do tej wydmy i tamtego zimnego wiatru. Nie chcę, by tamten wypadek zdarzył się naprawdę. Nie chcę, by teraźniejszość rozciągała się w czasie i abym musiała ciągle w niej trwać.

Patrycja

Cudownie, cudownie! Marta zniknęła ze szpitala tak niepostrzeżenie, że zarówno lekarz, jak i dyżurująca pielęgniarka nie byli w stanie powiedzieć mi, o której godzinie to mogło się stać.

– Z rana już jej nie było – wyjaśniła pielęgniarka dość niepewnie. – Zabrała ze sobą rzeczy.

Postałam na korytarzu kilka cholernie długich minut, a potem popatrzyłam na zegarek i po prostu wyszłam. Szlag mnie trafiał. Nie miałam pojęcia, gdzie jej szukać, wykonałam na jej komórkę kilka telefonów, ale żadnego nie odebrała i poczułam się cholernie bezradna. Zadzwoniłam więc jeszcze raz, odczekałam, aż włączy się poczta głosowa i nagrałam jej wściekłą wiadomość: „Świetnie! To wyszło ci naprawdę świetnie! Najprościej jest zostawić mnie z tym wszystkim, prawda? Nie myślisz nawet, że może chciałabym z tobą porozmawiać? Że w moim domu jest cholerna Helena i nie wiem, jak się do niej odzywać? Nie myślisz, że mogłabyś mi pomóc?!".

Heleny nie było w moim domu. W styczniu w ogóle rzadko ją widywałam, wchodziła i wychodziła z mieszkania najczęściej, kiedy mnie nie było, więc właściwie ostatni raz miałam z nią przyjemność na klatce schodowej, kiedy szłam do góry, a ona schodziła. Na mój widok uśmiechnęła się głupio i powiedziała: „Winda nie działa", tak jakbym sama nie wiedziała, że winda zepsuta i jakby sądziła, że sprawia mi przyjemność włażenie na trzecie piętro w dziesięcio-centymetrowych szpilach.

To nawet świetnie, że jej nie ma, pomyślałam teraz. Sama nie bardzo wiedziałam, co o tym wszystkim sądzić, ale ostatnia rzecz, jakiej teraz pragnęłam, to spotkać się z nią w domu sam na sam. Chryste, nawet nie wiedziałabym, co jej powiedzieć. Przecież nie mogłabym warknąć, że mnie okłamywała albo coś takiego. Pie-przona bzdura! Nie okłamywała nas. Nie mówiła nic. Nic nie mo-głam jej zarzucić.

W domu wahałam się tylko chwilę, nim pchnęłam drzwi do jej pokoju i weszłam do środka. Nie wiem, czy takie wtargnięcie jest przestępstwem, ale nic mnie to nie obchodziło w tym momencie. Pieprzę to, niech mnie pozwie, to ja wtedy powiem policji to, co usłyszałam od Miry. Proszę bardzo, może mnie pozywać!

W jej pokoju wszystko było na swoim miejscu. Wcale nie rozpa-kowała się bardziej przez te dwa miesiące, rzeczy trzymała wciąż w walizkach, a na półkach położyła tylko to, co najpotrzebniejsze. Ukucnęłam więc przy jej torbie podróżnej i rozpięłam zamek.

Nie rób tego, pomyślałam jednocześnie, ale było za późno. Moje palce dotykały już materiału, już wywlekały wszystko na ze-wnątrz, rozchylały wewnętrzne kieszenie i obmacywały ścianki tor-by. Znalazłam paszport. Otworzyłam go i ze zdumieniem wpatry-wałam się w czerwonowłosą dziewczynę ze zdjęcia. W pierwszej chwili pomyślałam, że to nie ona, ale już w następnej przysłoniłam palcami jej włosy i dostrzegłam podobieństwo. Paszport wyrobiła sobie pięć lat temu. Więc tak musiała wtedy wyglądać: ogniste, dłu-gie i pokręcone włosy sprawiające wrażenie, jakby żyły własnym życiem; wielkie oczy, wydęte, umalowane na czerwono usta. Jak nie ona. Zupełnie jak nie ona!

Co to jednak makijaż robi z człowieka!, pomyślałam sarka-stycznie i przerzuciłam kilka kartek w paszporcie. Wyjeżdżała do Anglii, Niemiec, Francji i do USA. Trochę się napodróżowała, jak widać. Ciekawe, z kim? Z Michałem? Z Dawidem? A może z Ma-riuszem?

Wśród rzeczy znalazłam artykuł ściągnięty z Internetu. Zdjęcie przedstawiało ją zatrzymaną przez policję, rozrechotaną, z okula-rami przeciwsłonecznymi nasadzonymi na oczy, mimo że zostało wykonane w nocy. Obrzuciłam wzrokiem tekst z uczuciem, że robię coś tak ohydnego, że nie da się tego w żaden sposób wytłumaczyć, jeśli ktokolwiek teraz wejdzie i mnie zobaczy. Czytałam z mocno zmarszczonymi brwiami, coraz bardziej zdumiona. Córka pisarza? Córka pisarza, którego zabito za pisanie prawdy? Jezuuu! Jakieś niewyobrażalne wydało mi się, by w rodzinnym domu Heleny rozegrało się tyle historii. Równie niewyobrażalne wydawało mi się to, że ta naćpana i roześmiana dziewczyna ze zdjęcia jest tą samą kobietą, która w ciszy i milczeniu przesiadywała godzinami w swoim pokoju, nie odbierała telefonów i nie mówiła nic o sobie.

– Kim ty, do cholery jesteś? – wyszeptałam w pustkę pokoju i odłożyłam artykuł na miejsce.

Zrobiłam jej bałagan jak jasny gwint i teraz w popłochu, wysilałam pamięć, żeby uprzytomnić sobie, gdzie co leżało, aby Helena nie połapała się w mojej ingerencji w jej prywatność. Zamknęłam walizkę, pozamykałam małe kieszonki, zajrzałam do pudełka z kosmetykami i niepewnie uniosłam w górę błyszczyk marki Dior.

– Chryste! – zdumiałam się, sięgając w głąb pudełka. Moje palce rozgarniały najdroższe kosmetyki, takie, których nigdy sobie nie kupowałam i na które nawet nie spoglądałam w sklepach. A ona miała ich tu całkiem dużo! I wyglądało na to, że to dla niej normalka iść do sklepu i kupować sobie takie cuda! Kosmetyki były śliczne. „Śliczne" – to jedyne określenie, które dla nich znalazłam. Bo one były śliczne – drogie i śliczne, a każdy wyglądał jak dzieło sztuki.

Nad jej łóżkiem postałam trochę dłużej. Ciągle nie zgadzało mi się to, że Helena ma tak niewiele pamiątek po ludziach znaczących coś w jej życiu. Na przykład po ojcu. Ja miałam w swoim pokoju całe mnóstwo zdjęć Agnieszki i rodziców i nie wyobrażałam sobie, że można przeprowadzić się i nie zabrać ze sobą tego, co ważne. Bo przecież najważniejsi są jednak ludzie, a nie błyszczyk najdroższej firmy i czerwona kiecka. A ona nic takiego tu nie miała. Nic.

– Gdzie teraz nocujesz? – zapytałam na głos. – Gdzie spędzasz czas?

W szkole Matylda zatrzymała mnie pytaniem o skrzynkę walentynkową. Zupełnie o niej zapomniałam i teraz miałam ochotę złapać się za głowę.

– Co z nią jest? – wybąkałam, kiedy Matylda ostentacyjnie pokręciła głową.

– Zgłaszano nam, że już uczniowie nie mogą do niej nic zmieścić, tak bardzo jest zapchana.

– Zapchana? – Ostatnia rzecz, jaka przyszłaby mi do głowy to ta, że dzieciaki rzeczywiście napiszą od serca tysiące listów do wybranych osób. Matko Boska, ciągle coś! Zbliżając się do skrzynki, zobaczyłam dziewczynkę, która zawzięcie wpychała przez niewielki otwór zwiniętą karteczkę, a karteczka ciągle wyskakiwała do góry.

– Zostaw, zaraz wrzucisz – mruknęłam, zabierając pieprzoną skrzynkę z jej rąk i kierując się do pierwszej lepszej pustej sali. W sali, a była to akurat pracownia chemiczna, przykucnęłam na podłodze i wysypałam wszystko. Listów było tak dużo, że aż mnie zatkało. Rozłożyły się wokół moich nóg w gigantycznych kaskadach, niektóre kolorowe, powycinane w serduszka i kwiatki, a inne wyrwane z zeszytów w linię i w kratkę. Zaczęłam zbierać je do foliowej torby, którą wyciągnęłam z szuflady biurka, uprzednio pozbywając się z niej czegoś, co wyglądało jak przestrzenne równanie chemiczne.

Podczas tego pospiesznego upychania jedna z kartek przedarła się na pół, a ja jęknęłam ze zgrozy. Jezuuuu! Nie ma nic gorszego niż podrzeć komuś miłosny list! Pocieszyłam się, że może wcale nie był miłosny i że zawsze mogę go skleić taśmą. W tym celu znowu przetrząsnęłam szuflady w poszukiwaniu taśmy, rozłożyłam obie połówki listu przed sobą i zabrałam się do sklejania. Moje spojrzenie, zupełnie odruchowo, przesunęło się po tekście i wyłapało pogrubione czerwonym flamastrem słowa „bo Cię kocham". Zamrugałam oczami i z wrażeniem, że robię się wstrętnym podpatrywaczem, spróbowałam odczytać pogięte pismo dzieciaka: „Przesyłam Ci tę kartkę, bo Cię kocham straszliwie i myślę o Tobie tak wiele, że nie mogę nic normalnie robić".

Skleiłam kartkę i, nie zwracając uwagi na dzwonek nawołujący na lekcję, sięgnęłam po dużą laurkę z wyrysowanymi kwiatami: „Mój kochany, patrzę na Ciebie cały czas i na każdej lekcji. Podobają mi się Twoje oczy – są cudowne! Podobają mi sie też Twoje usta i chociaż nigdy nie dowiesz się, kto to napisał, to wiedz, że jestem, że Cię kocham i że zawsze jestem z Tobą".

Moje palce namacały zgiętą na osiem karteczkę wyrwaną z jakiegoś notatnika opatrzonego datami. „Jesteś piękna i bardzo mądra" – przeczytałam. Hałas na korytarzu już częściowo umilkł, gdy wysunęłam z koperty następną kartkę, a potem jeszcze następną i następną. Było ich tak wiele. To prawie niewyobrażalne, że w jednej szkole tyle osób chce wyznać komuś miłość i że na kartkach nie robią sobie żadnych jaj, tylko piszą szczerze to, co chodzi im po głowie! Kiedy ja miałam tyle lat co oni, nie było jeszcze mody na walentynki, a kiedy w końcu walentynki się pojawiły, byłam już w liceum. Dostałam tylko jedną kartkę, napisaną przez chłopaka z maturalnej klasy i brzmiała ona jakoś tak: „Spotkaj się ze mną wieczorem przy boisku szkolnym. Jesteś bardzo fajna. Chcę Cię poznać".

Teraz przed oczami miałam setki wyznań, niektóre naiwne i śmieszne, a słowo „kocham" pojawiało się tak często, jakby można było pokochać każdego i w każdej chwili. A jednak w tych wszystkich kartkach znajdowało się coś, czego potrzebowałam i za czym, cholera, tęskniłam. „Nie znasz mnie, nawet nie jesteśmy w jednej klasie. Zobaczyłem Cię na przerwie, jak stałaś z koleżankami i od razu zakochałem się w Tobie. Masz śliczny głos. Kiedy ostatnio śpiewałaś na mszy, nie mogłem nabrać oddechu z wrażenia. Kocham Cię, kocham! I chociaż pewnie nigdy Ci się nie spodobam, na balu poproszę Cię do tańca. Zrobię to, kiedy puszczą Jennifer Lopez, podejdę i zapytam, czy zatańczysz. Mam tylko prośbę, jeśli nawet Ci się nie spodobam, nie mów o mnie koleżankom i nie nabijajcie się ze mnie".

Pod powiekami, niemal momentalnie pojawił się strzęp wspomnienia, wspomnienia zapomnianego.

Znowu byłam w Słupsku, tym razem w parku, koło basenu. Agnieszka spacerowała po basenie niechętnie, unosząc stopy do góry jak czapla. Ja leżałam na ręczniku w pomarańczowo-żółte pasy. Czułam intensywny zapach trawy, czułam też zapach wody z basenu, glonów i olejków do opalania. Zanurzyłam ręce w trawie, a Sebastian pochylił się nade mną i delikatnie dotknął ustami mojej rozgrzanej od słońca łopatki. To muśnięcie było elektryzujące, sprawiło, że momentalnie chciałam znaleźć się z nim sam na sam, bez Agi i tych wszystkich dzieciaków biegających po wodzie. Odwróciłam twarz w jego stronę i zsunęłam z oczu okulary przeciwsłoneczne. Sebastian przyglądał mi się z bliska, jego usta powędrowały do moich i dotknęły ich nieśmiało. To również było niezwykle elektryzujące, aż wstrzymałam oddech. Zerkając na ludzi leżących na innych kocach, przysunęłam się do niego. „Ktoś zobaczy" – powiedziałam szeptem. Fakt, że nie mogliśmy zbyt wiele zrobić, sprawiał, że wszystko wydawało się jeszcze bardziej podniecające i niezwykłe. Jego dłonie przygarnęły mnie do siebie, niepewnie przesunęły się po moich udach. „Ktoś zobaczy" – powtórzyłam, ale moje usta już całowały go, a ręce niby przypadkiem muskały bokserki. Przycisnął mnie mocno do siebie i wyszeptał w moje włosy: „Wiesz, że cię kocham...".

W autobusach jest pewna stałość, która czasami wydaje się nie do zniesienia. Tysiące rzeczy się wydarza, a autobus podjeżdża na przystanek i wygląda dokładnie tak samo. Siedzą w nim zawsze tak samo podzieleni ludzie: dzieciaki, studenci, pracownicy różnych firm, matki i ojcowie. Pokonuje zawsze tę samą trasę: Wzgórze Maksymiliana, które kiedyś nosiło inną nazwę, potem Węzeł Franciszki Cegielskiej, która zmarła kilka lat temu, a którą widziałam kilka razy na imprezach roześmianą i pełną życia, potem kawałek lasu, w którym często widywałam Martę na rowerze, jak było jeszcze dość ciepło, żeby mogła jeździć. No i na koniec moja dzielnica: szare budynki, drobne sklepy, samochody parkujące przy każdym krawężniku, gdyż ludzi nie stać na garaże, a nawet jakby było ich stać, to garaży brak.

Szłam wolno, jak pieprzony żółw i patrzyłam na wszystko tak, jakbym dopiero teraz zauważała pewne rzeczy. Widziałam choinki powyrzucane na trawniki, z łańcuchami albo zapomnianymi cukierkami na gałęziach. Zobaczyłam kobietę pochyloną nad wózkiem, grzechoczącą czymś nad rozradowaną buzią dziecka. I meneli wystających pod blokiem, zawsze w tym samym miejscu, niezależnie od tego, jaka była pogoda: tkwili tu w deszczu, w śniegu, w słońcu i na wietrze. I zawsze pili to samo wino. Niektórzy kłaniali mi się lub za mną gwizdali. I tak też stało się teraz. Ktoś zagwizdał, ktoś powiedział „dobry!", a ja poszłam dalej, aż pod mój blok, i w ostatniej chwili coś kazało mi spojrzeć w górę, to samo coś pokierowało mną w bok i tylko dzięki temu nie spadła mi na głowę doniczka.

– Rany! – rozdarłam się bez opanowania.

Doniczka rozbiła się tuż obok mnie. Serce dosłownie zamarło mi na chwilę w piersi. Wyjrzałam w górę, by zobaczyć, co to za pieprzeni idioci rzucają kwiatami, ale zaraz potem jeszcze raz popatrzyłam na kwiat i oczy otworzyły mi się szeroko ze zgrozy. Pospiesznie namacałam w torebce klucze. Wolałam nie patrzeć za siebie, bo coś mi podpowiadało, że kwiat, który omal na mnie nie runął, był kwiatem Heleny.

Pocwałowałam po dwa stopnie na górę i otworzyłam drzwi. Spodziewałam się zastać Martę albo Helenę w domu, dom jednak znowu był pusty. Tylko okno w dużym pokoju stało otwarte na oścież i wiatr popychał firanę tak mocno, że niemal ją zerwał z przytrzymujących ją żabek.

– Chryste! – wykrzyknęłam, podbiegając do okna. Oczywiście, że to kwiat Heleny zleciał na dół! Drugi ledwie stał na parapecie, a trzeci był przewrócony i ziemia wysypywała się na podłogę. Wciąż w płaszczu i w czapce, poleciałam po zmiotkę i zaczęłam zbierać ziemię. W ziemi pełno było wody, więc utworzyła się masa błota. Pognałam po szmatę.

Musiałam zostawić otwarte okno, pomyślałam spanikowana. To otwarte okno i porozwalane kwiaty otrzeźwiły mnie. Uświadomiłam sobie, jak podłe było to, co robiłam dzisiaj przez cały dzień: grzebałam w rzeczach Heleny, zniszczyłam jej kwiaty, przeczytałam listy dzieciaków. To nie było normalne i nawet do mnie niepodobne. Zresztą jeśli Helena zorientuje się w tym wszystkim, trafi ją szlag. Już teraz mogłam sobie wyobrazić, jak się wkurzy o te rzeczy, których na pewno nie udało mi się poukładać tak, by nic nie zauważyła. I o ten ruszany paszport. Nie mówiąc już o kwiatach.

– Co ja robię? – wyszeptałam, łapiąc się za głowę. Moje buty grzęzły w błocie udeptanym i roztartym szmatą. W pokoju robił się syf.

Wyjrzałam na zewnątrz. Śnieg prószył, więc istniała możliwość, że doniczkę przysypie do powrotu Heleny. A skoro przysypie, to nie wiem, po co tłumaczyć się z tej drugiej.

Zastanowiłam się tylko chwilę, a potem złapałam pękniętą doniczkę i z rozmachem wyrzuciłam za okno. A potem zrobiłam to samo z trzecią.

Marta

– A jeśli powiem ci, że oni zniknęli?

Opuściłam spojrzenie i spróbowałam zachować obojętny wyraz twarzy. Odpowiedziałam po chwili:

– Ludzie nie znikają. Mogą uciec, wyjechać albo zginąć, ale nie ma możliwości, żeby zniknęli.

Ale, czy na pewno?, pomyślałam po chwili. Rzeczywistość coraz bardziej przypominała mi obraz oglądany w krzywym zwierciadle. Rzeczy traciły swój kształt, rozmazywały się, niektóre zaczynały zmieniać położenie. Rano obudziłam się i nie znalazłam na ścianie w pokoju Oli zdjęcia przedstawiającego przyjęcie z udziałem członków „Klucza". „Schowałaś je?" – zapytałam zaskoczona, ale obrzuciła mnie spojrzeniem świadczącym, że nie rozumie, o co mi chodzi. „Czy co schowałam?" – spytała. „Tamto zdjęcie. Wisiało tu". Pokręciła głową i zmarszczyła brwi: „Jakie zdjęcie? Przecież tu nigdy nic nie wisiało". A kiedy zbliżyłam się do ściany, nie było w niej gwoździa ani nawet śladu po nim, na ścianie nie dostrzegłam też jaśniejszego śladu, który sugerowałby, że faktycznie wisiało tutaj cokolwiek.

Zwykły drobiazg, a sprawił, że poczułam się tak, jakbym nagle spadła z dużej wysokości.

Z rana byłam w czytelni i szukałam opisu chorób psychicznych. Najbardziej przeraziła mnie paranoja, z jej odrealnionym światem, którego wizja była tak silna, że nakłada się na rzeczywistość. Paranoicy potrafili stworzyć własny świat i wejść do niego. W tym świecie wszystko przypominało realia, z początku wciąż dając im złudzenie normalności. Przeciekały do nich informacje z rzeczywistego świata, budząc w nich niepokój. Potem pogłębiało się uczucie lęku, przyjaciele zaczynali mieć wykrzywione i straszne twarze, pojawiały się fantazje, niekiedy głosy. Świat zbudowany z fragmentów zdeformowanej rzeczywistości wciągał coraz mocniej. Chorzy tracili więc kontakt z tym, co realne, zatapiali się w złudzeniach, fantazjach i lękach. Tworzyli w swoich umysłach wizje świata tak silne, że rzeczywistość rozmywała się i gubiła, stając się czymś nierealnym, w czym nie umieli się odnaleźć.

Moja mama nie miała paranoi. Jej choroba była pochodzenia schizofrenicznego, ale opierała się na dwóch biegunach, które popychały ją ciągle od euforii do rozpaczy i odmieniały nie do poznania. W książkach szukałam więc głównie informacji, czy choroba ta jest dziedziczna, a jeśli tak, to, czy może, jako spuścizna po rodzicach, zmienić charakter i rozwinąć się w innym kierunku?

Nie znalazłam tego, czego szukałam. Znalazłam natomiast wywiady z ludźmi, którzy zaczynali chorować, i przeraziło mnie, jak bardzo ich opowieści zbliżone są do tego, co działo się ze mną.

Potem szukałam wszystkiego, co dotyczy procesu twórczego. Dowiedziałam się, że wielu artystów uważa, iż proces twórczy to nie tylko malowanie, rysowanie, pisanie lub rzeźbienie, ale że zaczyna się dużo wcześniej, w chwili, gdy w głowie twórcy rodzi się pomysł. Z wypiekami na twarzy i dziwnym wrażeniem, że zaraz trafię na coś, czego wcale nie chcę wiedzieć, czytałam o tym, jak niesamowity jest to proces. Sama o tym wiedziałam, przecież ja też potrafiłam tworzyć niemal do utraty tchu, bez jedzenia i picia, zapominając o własnych potrzebach i zatracając się w swojej pracy. Przecież mnie też fascynował fakt, że kiedy dzieło jest już skończone, żyje dalej, tyle że poza twórcą. Że wstawione do galerii rodzi emocje, a pod jego wpływem mogą powstawać dialogi czy przemyślenia. Przecież sama podświadomie wyczułam, że to coś niezwykłego! Przecież to nie jest normalne, że wykonując pracę twórczą, nie czuje się upływu czasu, że można nie spać i nie jeść i że przeżywa się tak wiele!

Uspokój się, wszystko jest jeszcze pod kontrolą, pomyślałam, unosząc spojrzenie na asystentkę Mariusza, którą udało mi się złapać, gdy wychodziła z jego studia. Teraz siedziałyśmy naprzeciwko siebie w pobliskiej kawiarni, ona popijała drinka w kolorze turkusowym, a ja wpatrywałam się w filiżankę z herbatą, której jeszcze nie tknęłam.

– Ludzie nie znikają – powtórzyłam, a ona zmrużyła oczy i spytała szybko:

– A jeśli tak?

Nie byłam pewna, czy żartuje, więc wolałam na nią nie patrzeć. Mój wzrok skupił się na krawędzi filiżanki i zygzakowatym wzorze pokrywającym uszko.

– Jeśli chcesz, opowiem ci jak to było, gdy zmarł Michał.

Pokiwałam głową, wciąż wpatrzona w filiżankę.

– Mariusz załatwił wtedy plenery we Francji, na które pojechał „Klucz". Michał i Helena polecieli samolotem, a Gabi, Mariusz i Dawid pojechali samochodem Dawida, trochę spóźnieni.

Plenery miały trwać trzy tygodnie i były sponsorowane przez Francuzów. Po trzech tygodniach wróciła większość „Klucza". Kilka dni później przyjechał Mariusz, a po nim Michał. I nikt więcej. Ani Gabi, ani Helena nie wróciły do Polski. – Ściszyła głos i pochyliła się lekko w moim kierunku. – I wiesz, nigdy więcej ani jednej, ani drugiej nie widziałam.

Niepewnie uniosłam na nią wzrok i zobaczyłam, jak jest przejęta tym, co mówi. Na jej policzkach pojawiły się rumieńce, oczy błyszczały. Dodała cicho:

– Bo tam stało się coś złego.

Powiedziała to w tak szczególny sposób, że nie mogłam wytrzymać jej spojrzenia i znowu wbiłam wzrok w filiżankę.

– Stało się coś potwornego. Oni wszyscy poznikali, jakby wessało ich pod ziemię.

Pokręciłam głową. To, co mówiła, można było logicznie wytłumaczyć. Gabi zostawiła Dawida i pojechała gdzieś dalej, a Helena przecież wróciła. Prawdopodobnie Mariusz nie opowiedział o tym swojej asystentce, więc mogła nic nie wiedzieć. Ludzie nie znikają, czy nikt jej tego nie wytłumaczył?

– Michał zmarł w lipcu zeszłego roku. W pracowni znalazł go syn. Ciało pokłute było nożem. Wszystko było pokłute nożem w pracowni, nie tylko on. Jego obrazy, płótna, fotele, dywan, ubrania. Wszystko!

– Czemu uważasz, że to nie było samobójstwo?

Pokręciła głową i uśmiechnęła się, jakby wiedziała coś więcej.

– Powiem ci. Policji też powiedziałam i pewnie dlatego tak długo za nimi chodziła. Bo chodziła, wiesz? Nie mieli chwili spokoju, ciągle byli wzywani, przesłuchiwani. Policja nie chciała dać im spokoju, bo ich podejrzewała...

– Kogo? – przerwałam.

– Posłuchaj, to ci powiem.

Upiła drinka i położyła dłonie na blacie stołu:

– Ciało Michała znaleziono w niedzielę, pamiętam, bo siedzieliśmy z Mariuszem do późna w ciemni i przygotowywaliśmy zdjęcia do katalogu. Miały być na rano, a jeszcze trzeba było obrobić je w komputerze... Było dobrze po dziesiątej, kiedy przyszedł Dawid. Od razu wyczułam, że coś jest nie tak, bo przywitał się ze mną bardzo zdawkowo i zaraz wszedł do ciemni, do Mariusza. Nie wiedziałam, co robić, bo zostało jeszcze dużo pracy, a nie chciałam siedzieć do rana, więc weszłam za nim. No i wtedy usłyszałam, jak powiedział: „On nie żyje. Wyobrażasz sobie? Znaleźli go w pracowni" – zawiesiła głos i przyjrzała się mi uważnie

– Marto, on nie powiedział tego z żalem. Był wściekły i zdenerwowany, ale ani przez moment nie pomyślałam, że jest zmartwiony. Powiedział to, a Mariusz niemal momentalnie domyślił się, o kogo chodzi. I wiesz, co mu odpowiedział?... Nie, nie było to nic w rodzaju: „O rany, no co ty?". Albo: „Ale jak to? Jak to się stało?". Nie. Powiedział: „No to pięknie, teraz to na pewno dokopią się do tamtego". Pogrzeb odbył się z opóźnieniem, bo policja wszczęła śledztwo. Deptano „Kluczowi" po piętach, zabroniono im wyjeżdżać poza granice Polski, przesłuchiwano ich godzinami. Niczego im nie udowodniono, ale przesłuchania ciągnęły się miesiącami. Policja coś miała. Coś wiedziała. Nie mogła im tylko udowodnić... Na pogrzebie była rodzina Michała, jego eksżona i syn. Nie przyszła jednak Helena ani Gabi. Był też oczywiście Dawid. Stał z tyłu, obok Mariusza i wcale nie wyglądał na załamanego. Patrzył na księdza z niedowierzaniem, jakby w głowie mu się nie mieściło, że Michał jest chowany w duchu religii katolickiej! Patrzył też na trumnę, ale bez większego żalu. Kiedy wszyscy rzucali garstkę ziemi, nawet się nie ruszył. Stał z rękami wsuniętymi w kieszenie płaszcza i po prostu obserwował cały spektakl. „Co za farsa" – mruknął, kiedy pakowaliśmy się do samochodu. – „Michał pękłby ze śmiechu, jakby zobaczył, że tak go chowają".

Czego jeszcze nie wiedziałam? Co jeszcze było do odkrycia?

Ślęczałam nad grubym słownikiem francusko-polskim i tłumaczyłam artykuły ściągnięte z netu. Wszystkie opisywały tamten wypadek – wypadek, który – jak zaczęłam się domyślać – zmienił stosunki w „Kluczu" i doprowadził do rozpadu związku Dawida z Gabi, i przyjaźni Michała z Dawidem i Mariuszem. Uczyłam się francuskiego kilka lat w ogólniaku i dwa lata na studiach, więc władałam tym językiem w stopniu pozwalającym na zrozumienie zdań z artykułów. W chwilach, gdy moja pamięć zawodziła, chwytałam za słownik. I tak, po nitce do kłębka, dokopałam się do kolejnych niewiadomych, które wprowadziły więcej zamętu niż wyjaśniły cokolwiek.

Dowiedziałam się, że w tamtym wypadku zginęła pewna kobieta, Francuzka; nazywała się Juliette Couper i miała czterdzieści trzy lata. Policja przez kolejne miesiące próbowała ustalić związek pomiędzy nią a osobami znajdującymi się w samochodzie. Podobno Juliette nigdy nawet nie wspominała o tym, że zna któregokolwiek z członków „Klucza", z jej ust nie padło ani razu imię Gabi, Heleny, Michała czy Dawida. Tamtego dnia, gdy wydarzyła się tragedia, miała wrócić prosto z pracy do domu, po drodze odbierając od sąsiadki dzieci. Nie wróciła, a policja kilka godzin później zawiadomiła jej męża o śmierci Juliette. Jeden z naocznych świadków zeznał, że w samochodzie Dawida na chwilę przed wypadkiem panowało straszne zamieszanie. Świadkiem był taksówkarz, który jechał za oplem i widział jakąś szamotaninę w środku.

Pomimo że śledztwo ciągnęło się miesiącami, nie udało się ustalić, dlaczego Juliette tamtego popołudnia wsiadła do opla. Nie udało się także skazać Michała, gdyż zaraz po wydarzeniach przeżył załamanie psychiczne i zniknął w prywatnej klinice zdrowia psychicznego. Z łatwością mogłam sobie wyobrazić, że zrobił to dlatego, by uniknąć kary. W grę musiały wchodzić duże pieniądze, inaczej sąd nie dałby mu tak łatwo spokoju. Kto więc płacił? Dawida nie stać by było na takie rozwiązanie, zresztą znajdował się wówczas w szpitalu i czekały go poważne operacje. Michał znalazłby pieniądze na klinikę i część łapówki. Łapówka jednak musiała być dużo okazalsza, by uciszyć zamęt i kontrowersje, które narosły wokół sprawy. Tym bardziej że nie wyobrażam sobie sytuacji, w której mąż Juliette zaprzestałby nachodzenia policji i domagania się kontynuacji śledztwa. Czy jemu też ktoś zapłacił? A jeśli tak, to kto? Michał? A może płacił też Mariusz?

Asystentka Mariusza nie znała zbyt dobrze Michała. Mariusz raz ją poprosił, żeby podjechała do pubu „Miraż", zabrała stamtąd Michała i odwiozła do domu. Kiedy weszła do środka, okazało się, że Michał jest jednym z trzech klientów. Rozpoznał ją i zaczął się śmiać ze złością i niedowierzaniem: „Przysłał tu ciebie? Nie miał odwagi sam przyjechać?". A potem klepnął ręką w krzesło stojące obok i zachęcił ją, żeby usiadła. „Zastanawiałaś się kiedyś, co to za miejsce?" – zapytał, kiedy rozpięła płaszcz i cierpliwie czekała, aż Michał dokończy piwo. Nie wyglądał na pijanego, chociaż na jego stole stały trzy puste butelki. Mariusz zapłacił jej na tyle dobrze, że opłacało się wysłuchać gadaniny Michała, a potem podrzucić go pod strzeżone osiedle, w którym mieszkał.

„Ten pub?" – spytała zaskoczona, a on znowu zaczął się śmiać, ale tym razem ze znużeniem.

„Nie pub, mówię o pieprzonym świecie! Nic nie zauważyłaś, prawda?". Nie patrzył na nią i wydawał się coraz bardziej przygnębiony. Powiedział: „Sądziłem, że Mariusz przyjedzie. Chciałem mu coś pokazać".

„Co takiego?" – zapytała, a on ożywił się na chwilę, popatrzył na nią z uwagą i sięgnął do torby. Wygrzebał z niej małą ramkę na zdjęcie i zaczął coś przy niej manipulować. Mruknął nieuważnie: „Tu było kiedyś zdjęcie, wiesz?".

Ona nie zrozumiała: „Jakie zdjęcie? To gdzie ono jest?".

Ramka wyglądała na starą, zużytą, na rogu była wyszczerbiona. W środku znajdowało się pożółkłe passe-partout.

„Widzisz? Wszystko zardzewiałe" – odpowiedział i w tym momencie skaleczył się o wystający z ramki gwóźdź. Syknął, ale manipulował przy niej dalej, mówiąc: „Obserwuję to już trochę czasu. Pewne rzeczy znikają i pojawiają się. Tak, jak to zdjęcie".

„Jakie zdjęcie?" – powtórzyła, a on zaczął się śmiać:

„Co to ma za znaczenie, jakie? Ważne, że było, że o tym wiem!".

Ich spojrzenia spotkały się i wyczuła, że Michał boi się jej reakcji. Potarł palcami skronie i znowu zaczął się śmiać. A ona, już teraz trochę wystraszona, spróbowała pokierować rozmowę na normalny tor: „Nie wiesz jakie? To skąd wiesz, że w ogóle było?". Ale Michał już kręcił głową ze złością: „Nie wierzysz mi, co? Myślisz, że zwariowałem?".

„Nie sądzę, żebyś wariował" – wybrnęła prostym unikiem, już doskonale rozumiejąc, czemu Mariusz nie chciał sam przyjechać po Michała.

„Ja też w pierwszej chwili myślałem, że wariuję. Nie jest normalne, kiedy pewne rzeczy wokół ciebie zmieniają się, kiedy coś znika, a potem się znajduje, albo kiedy budzisz się i wiesz, że nic tu do siebie nie pasuje. Jasne, że wiem, jak to brzmi!"

Strach sprawił, że nie wiedziała, co odpowiedzieć. Przyglądała się mu i usiłowała udawać, że wierzy i że wszystko w porządku. Tyle że on wtedy, zbierając ze stołu czapkę i rękawiczki, dodał: „Wszyscy jesteśmy jak te rysunki na ścianach! Same gówniane kontury. Tylko niektórych wyrysowano lepiej!".

Wtedy przeniosła wzrok na ścianę i wyrysowaną na niej konturową sylwetkę tańczącej dziewczyny. Kontur był nierówny, w niektórych miejscach gruby, w innych wąski i niewyraźny. Jedno oko patrzyło na nią, otwarte i sztuczne, drugie mrużyło się żartobliwie.

Dawid

Marta przychodzi do mnie w późne popołudnie piątkowe i niemal od progu krzyczy. W pierwszej chwili kompletnie nie rozumiem, o co jej chodzi, ale potem z jej słów wyłania się sens, który uderza mnie swoją prostotą.
– Co z nim zrobiliście?! – syczy wściekle, przemierzając mój pokój wielkimi krokami.
Dawno jej nie widziałem, a takiej jak teraz nie widziałem jej nigdy.
– Przestań – przerywam jej. – Nie wiesz, co mówisz.
– Oczywiście, że wiem!
Patrzy na mnie z taką złością, że gdyby nie przerażenie w oczach, pomyślałbym, że mnie znienawidziła. Pochyla głowę i wiem, że jest bliska łez.
Tylko mi tu nie płacz, myślę, starając się wyczuć pierwsze symptomy histerii. Ostatnie, czego potrzebuję, to jej łez i złości o coś, co rozegrało się poza nią i nie powinno mieć dla niej żadnego znaczenia.
– Uspokój się – tłumaczę. – Gadasz głupoty, wiesz? Oskarżasz mnie o coś, o czym nie masz pojęcia.
A wtedy ona naprawdę zaczyna płakać. Opada z sił, których najwyraźniej dodawał jej gniew, cofa się pod ścianę, a potem siada na dywanie, zakrywa twarz rękami i szlocha bez opamiętania. Płacz wstrząsa jej ciałem, Marta trze oczy, wyciąga z torby chusteczki i przyciska do nosa.
Między jednym szlochem a drugim wciąż próbuje atakować mnie słowami:
– Wiem o jego teorii, wiem, że mógł mieć rację... pokazał ci dowody... co mu zrobiliście?!
Szukam po kieszeniach papierosów, zapalam jednego, a potem sięgam po niedopitą szkocką.

– Napijesz się? – pytam, a ona unosi głowę i patrzy na mnie z niedowierzaniem. Z jej ust wyrywa się ciche: – Jesteś potworem, wiesz?

Nie powiedziałem tego policji, więc nie sądź, że powiem tobie. Możesz sobie siedzieć na dywanie i wydzierać się, ale prawda jest taka, że gówno wiesz. Zbierasz fragmenty prawdy, plączesz je, a potem próbujesz rozwikłać. Chyba nikt ci nie wyjaśnił, Marto, że prawda wcale nie musi być tylko jedna. Prawda zmienia się i jest inna w zależności od tego, kto ją opowiada.

– Kim ona była? – pytasz szeptem i sądzisz, że jesteś bliżej zrozumienia wszystkiego niż wtedy, gdy zacząłem rysować cię na szarej kartce papieru przed spotkaniem „Klucza" u Mariusza w domu. Nie wiem, czy pamiętasz to spotkanie. Powiedziałem ci wtedy, że jedna z legend dotyczących sztuki zakłada, iż w chwili śmierci twórcy przychodzi po niego wszystko, co stworzył. Odpowiedziałaś coś na temat smutnych kobiet, które malujesz w domu. A ja pomyślałem w tamtym momencie, że dokładnie tak samo musi być z grzechem: gdy grzesznik umiera, przychodzi po niego pewnie wszystko to, co skrzywdził i odarł z prawdy. Po mnie pewnie przyjdzie ona i, niech to szlag, to będzie najgorsza chwila w moim życiu.

W szpitalu spędziłem tyle czasu, że mój francuski, który na początku był fatalny, przeszedł niezłą szkołę i w końcu umożliwił mi sięgnięcie po gazetę i podjęcie próby zrozumienia, o czym piszą dziennikarze.

Pisali o nas. Na zdjęciach wszędzie widziałem moje auto i starą fotografię Michała, na której, żeby było bardziej absurdalnie, miał głupawy uśmieszek, kompletnie niepasujący do treści artykułów. Znalazłem też kilka zdjęć Juliette i chyba dopiero wtedy uświadomiłem sobie, ile miała lat.

Dziennikarze podawali jej życiorys, zakończony datą wypadku i snuli rozmaite domysły na temat, jak znalazła się w naszym samochodzie. Zamieszczali zdjęcia jej dzieci i wywiady z całą rodziną. Jej mąż, wyglądający zresztą na fajnego i poczciwego faceta, płakał jak bóbr, kiedy pytali go, co mówi dzieciom na temat Juliette. „Nie wiem, co oni z nią zrobili" – krzyczał i wiedziałem, że nienawidzi nas w tamtym momencie, a jednocześnie jego nienawiść jest podszyta błaganiem, abyśmy dali mu szansę poznania prawdy, tak żeby przez resztę życia nie musiał zastanawiać się nad śmiercią żony. Jezu, jak ja go rozumiałem i jak ja nas nie cierpiałem w tamtym momencie. Miałem wrażenie, że patrzę na siebie i na nich z boku. To, co widziałem, było okropne. Byliśmy tchórzami i łgarzami, a nasze kłamstwa przeplatane milczeniem rozszerzały swój zasięg tak bardzo, że nawet nie musieliśmy kontaktować się ze sobą, żeby wiedzieć, co mówić.

Zasłaniałem się przed policją nieznajomością francuskiego i angielskiego, a kiedy w końcu znaleźli tłumacza polskiego, zacząłem się czuć tak fatalnie, że lekarze nie dopuszczali do mojego łóżka nikogo. Później, jak już musiałem zeznawać, kłamałem. Michał uprzedził mnie, co mam mówić i dokładnie to mówiłem.

Ktoś powinien teraz zapytać, po co to robiłem? Przecież to nie ja siedziałem za kierownicą i nie na mnie spadała odpowiedzialność za wypadek i śmierć Juliette, a Michała w tamtym momencie miałem przecież już tak serdecznie dość, że najchętniej wsadziłbym go do pierdla bez możliwości wyjścia (czym notabene pewnie uratowałbym mu jego zasrany tyłek).

Odpowiedź jest tak prosta, że przez to wstrętna. Kłamałem, bo byłem mu to winien. I byłem to winien Gabi.

– Co ty zrobiłeś? – pytasz. Już nie płaczesz, po prostu patrzysz na mnie strasznym wzrokiem. Kiedy jednak zbliżam się do ciebie, kulisz się, więc siadam naprzeciwko, w pewnej odległości, żebyś nie musiała się bać.

– Nic nie zrobiłem – odpowiadam, a ty znowu kręcisz głową, bo myślisz, że jestem skończonym skurwysynem, który teraz wypiera się faktów.

Tyle że to prawda. Nic nie zrobiłem.

– Posłuchaj – mówię, ściągając ze stołu butelkę szkockiej i dolewając sobie do szklanki. – Nie wiem, co wyczytałaś i po co tu przyszłaś, ale nie oskarżaj mnie, jeśli nie masz dowodów.

Ty mrugasz oczami i wiem, że pewnie natychmiast ostro mi zripostujesz. Tak też się dzieje.

– Nie potrzebuję dowodów. Dowodem jest to, że nie chcesz mi nic powiedzieć!

I patrzysz na butelkę, jakbyś dopiero teraz zaczęła się zastanawiać, czy to wszystko wypiłem sam i czy stało się to dzisiaj.
– Bo może nie ma o czym mówić? – rzucam zimno. Jednak skurwiel ze mnie, masz rację. Wycofuję się. – Bo nie chcę. Nie rozumiesz, że są rzeczy, o których po prostu nie chce się mówić? Oczywiście, że są takie rzeczy. Jedną z nich jest moment, w którym wyszedłem ze szpitala. Wsiadłem do taksówki i podałem adres tamtej ulicy, przy której mieszkała Juliette. Kazałem kierowcy pojechać tam, zaparkować i poczekać. Czekaliśmy chyba z godzinę i zaczął się już irytować, zanim zobaczyłem wreszcie jej męża. Szedł z dzieckiem za rękę po pasach dla pieszych. Obejrzał się na samochody, popatrzył nawet przez chwilę na mnie, ale chyba nie skojarzył, kim jestem, chociaż mogę się założyć, że znał nasze gęby jak własną twarz. Pociągnął dzieciaka za sobą i tak po prostu weszli na klatkę schodową. A ja po raz pierwszy, odkąd to wszystko się stało, poczułem, że nie mam siły, że jest okropnie i że tamto wszystko stało się naprawdę.

Kiedy coś się dzieje, najczęściej dzieje się w przeciągu paru chwil. Pstryk i już jest po, i nie ma pieprzonego odwrotu. Często te najtrudniejsze decyzje też trzeba podejmować w ułamkach sekund. Gdyby każdy był tak dojrzały, żeby zrobić to, co słuszne, nie powstałoby słowo „heroizm".
– Nie bój się – mówię łagodnie i wyciągam do ciebie rękę. W pierwszej chwili chcesz się cofnąć, potem uświadamiasz sobie, że nie masz dokąd, bo za tobą jest ściana i w końcu pozwalasz, żebym cię dotknął. Splatamy razem palce, ty przysuwasz się pierwsza i opierasz czoło o moje ramię.
– Nie wiem, co zrobiłeś, ale się boję – szepczesz. Twoje ręce oplatają mnie jednak, a ciało przysuwa się bliżej. – Pomóż mi, Dawid, proszę. Pomóż mi to wszystko poskładać.
Nie poskładasz tego, a ja nie mogę ci pomóc. Sam nie potrafię. Oczekujesz, że podam ci sensowną wersję wydarzeń, które będą miały swój ciąg i morał. Ale tak się nie da.
To, co się stało, Michał określił słowami „bezsensowne" i rzucił o ścianę butelką piwa. Ja też przez jakiś czas sądziłem, że tamte ułamki chwil splotły się w bezsensowny wzór i że to wszystko jest po prostu cholernym przypadkiem albo zbiegiem okoliczności, al-

bo jakimś pochrzanionym snem, z którego nie mogliśmy się wybudzić. I dopiero potem, kiedy Michał już nie żył, uświadomiłem sobie, że we wszystkim jest sens, tylko że nie zawsze dla nas jasny. Tamto wszystko widocznie musiało się stać, tylko nie wiem, dlaczego musiało trafić na nas. „Może mieliśmy się sprawdzić?" – zapytała Helena w szpitalu, kiedy rozmawiała ze mną ostatni raz. I dodała: „Albo może nie sprawdziliśmy się i to była po prostu kara".

Całując cię, wcale nie czuję, że to jest to, co powinniśmy teraz robić. Tak naprawdę nie powinnaś tu w ogóle być, bo jesteś za porządna na to wszystko, co pewnie prędzej czy później ci powiem, albo czego sama się domyślisz.

– Tak strasznie się boję! – mówisz między pocałunkami, ale mnie nie odpychasz, kiedy kładę ręce na twoich piersiach, kiedy zsuwam usta na szyję i przyciągam cię do siebie. Wszystko jest przesadne i głupie. Jak jutro się obudzę i o tym pomyślę, to będę miał ochotę złapać się za głowę. Ale teraz, wobec tych twoich oskarżeń, wydaje mi się, że to lepsze niż dalsza rozmowa.

Chcę ciebie, chcę ciebie cholernie, chociaż nie jest wcale tak, że chcę konkretnie, żebyś to była ty. Ty czy każda inna – co za różnica? Zsuwam ci sweter, popycham cię na dywan, podciągam spódnicę.

– Dawid? – Przytrzymujesz mnie za ramiona i spoglądasz mi w oczy swoimi wielkimi i wystraszonymi oczami. – Dawid, powiedz mi...

Urywasz, a ja próbuję udawać, że nie wiem, o co ci chodzi.

– Co ci powiedzieć?

Jezu, tylko nie to, że cię kocham! Poruszasz ustami, układasz te idiotyczne słowa i w końcu zrezygnowana odwracasz głowę.

– Marta?

Zamykasz oczy.

– Marta?

Kładę się koło ciebie, bo nic lepszego nie przychodzi mi do głowy. Teraz dopiero czuję się pijany i zmęczony. Czuję się też głupi, bo tylko ostatni gamoń zabrnąłby tak daleko. Leżę, wpatrując się w sufit i mam wrażenie, że wszystko wokół wiruje. Cholernie dobre uczucie, w sam raz na ten moment.

– Kocham cię.

Kiedy kobieta wychodzi za mąż, wszyscy o tym wiedzą, bo zmienia nazwisko. A razem z nazwiskiem zmienia się dla niej bardzo wiele: musi wyrobić sobie nowy dowód osobisty, zmienić dane w banku i kiedy zacznie posługiwać się nowym nazwiskiem, ludzie, którzy pamiętają ją z dawnych lat, mogą nie połapać się w tym, że to ona. Natomiast nowi ludzie w jej życiu wcale nie muszą wiedzieć, że to ona.

Kiedy facet się żeni, jedyną zmianą staje się obrączka na jego palcu.

Ja swoją zgubiłem pod prysznicem w jakiś miesiąc po ślubie i Gabi, która była bardzo przesądna, strasznie się zdenerwowała. „Trzeba szybko zrobić nową" – zdecydowała. Potem, ilekroć gdzieś wychodziliśmy, przypominała, że trzeba jeszcze zajść do jubilera (tego samego, co robił nam poprzednie obrączki). Wpadła nawet na pomysł, żebyśmy wygrawerowali na obrączkach nasze inicjały. Data znajdowała się na nich od początku, ale o inicjałach kompletnie zapomnieliśmy. „A przecież to takie ważne!" – przekonywała Gabi, a skoro tak bardzo jej na tym zależało, nie widziałem powodu, żeby było inaczej.

O naszym ślubie wiedziało niewiele osób. Wiedział Mariusz, bo był moim drużbą. I Michał, bo przez resztę czasu nie robił nic poza wypominaniem, że pobraliśmy się w czasie, gdy był w Stanach i nie mógł przez to uczestniczyć w uroczystości. Wiedziała także Helena i najbliższa przyjaciółka Gabi, Róża, która była jej świadkiem.

Ślub odbył się w sobotnie popołudnie w Gdańsku w kościele Świętej Katarzyny, w którym głośno biły dzwony, sufit był bardzo wysoki, a ściany pokrywała czerwona cegła. Gabi mówiła, że czuje się tam strasznie nieswojo, ale wyjaśniłem jej, że to stara gotycka budowla i one wszystkie takie były. Miały sprawiać wrażenie, że sięgają nieba, miały być najwyższymi budynkami w mieście i sprawiać, że wchodzący do środka człowiek czuł swoją małość wobec potężnego gmachu, który jest przecież niczym w porównaniu z Bogiem.

Na ślubie byłem zdenerwowany i strasznie zależało mi, żeby nic się nie schrzaniło. Zamówiliśmy jakąś skrzypaczkę, żeby zagrała „Ave Maria", Gabi zadbała o ustawienie kwiatów i wszystko wyglądało naprawdę dobrze. Kiedy stanęła obok mnie, tylko w niewielkim stopniu przypominała siebie. Miała zupełnie inny makijaż, inną fryzurę, suknia rozkładała się wokół niej jak biały parawan, zagradzając mi do niej dostęp. A ja strasznie chciałem ją wtedy przytulić. Przed wejściem do kościoła nawet nie dała się pocałować, bo powiedziała, że ma jakąś szminkę na ustach, której nie można teraz rozetrzeć. „A potem?" – zapytałem i wtedy roześmiała się, zupełnie jak ta Gabi, którą chciałem poślubić. Nie było żadnego wesela ani tłumów gości. Zjedliśmy obiad w restauracji i poszliśmy na plażę. Pamiętam z tego spaceru jeden mglisty obraz: murek, o który się opierałem, Gabi zdejmująca na wietrze welon i Mariusz, który w jakimś momencie do niej podszedł. Przyglądałem im się z daleka. Mariusz coś mówił, Gabi słuchała, potem to ona powiedziała coś, z czego oboje się roześmiali. Zaczęli odchodzić w stronę linii wody, na piasku pozostawały za nimi głębokie ślady. Gabi wciąż coś mówiła, Mariusz jej słuchał, zatrzymali się przy samej wodzie, a jakaś fala chlupnęła na tyle mocno, że obmyła im buty. Gabi ze śmiechem zaczęła uciekać w głąb plaży, Mariusz zawołał za nią i patrzył, jak biegła do mnie.

Twoja dłoń wędruje po moim swetrze, nieporadnie pochylasz się nade mną, ale boisz się spojrzeć mi w oczy, więc zaczynasz rozpinać pasek od moich spodni i dopiero wtedy rzucasz rozpaczliwie wyczekujące spojrzenie.

– Ja też – odpowiadam po długiej chwili ciszy i mam ochotę potrząsnąć tobą i wrzasnąć, żebyś się wreszcie obudziła. Ty przytulasz się niemal momentalnie, zamykasz oczy i leżysz z twarzą ukrytą w moim swetrze.

– Wyjedźmy stąd, Dawidzie – prosisz. – Pojedźmy gdzieś za miasto na kilka dni albo chociaż na weekend, zostawmy to wszystko za sobą. Tak będzie lepiej, to nam pomoże.

Gładzę cię po włosach i rozważam twoją propozycję. Nie jest zła. Może rzeczywiście powinniśmy stąd wyjechać. Może to dobry plan. Pojedźmy w jakieś pieprzone góry i spróbujmy. Może wcale nie jest tak, że odejdziesz, może się uda. Cholera, przecież chcę, żeby się udało.

Helena

Od jakiegoś czasu śnią mi się włosy. Leżą na podłodze, niektóre przesuwają się po niej, jakby popychał je wiatr. Włosy są rude, trochę podobne do moich własnych sprzed farbowania. Suną po ciemnych deskach podłogi, niektóre mozolnie podrywają się do góry i wirując, unoszą się wokół mnie. Wraz z tym snem pojawia się wielki strach. Nie wiem, czego się boję. Tych włosów, czy samego snu. Albo może tego, że pewnej nocy otworzę oczy w ciemności i będę wiedzieć, co to za sen, co go wywołało i czyje to włosy.

Wracam do mojego domu. Pakuję do plastikowej torby stare zdjęcia rodziców i Michała, fotografie jego prac. Wszędzie szukam rysunków i w końcu udaje mi się znaleźć kilkanaście pobieżnych szkiców. Chyba nie o to mi chodziło. Sama nie wiem, co to mają być za prace. Mam jednak świadomość, że jak już je zobaczę, to będę wiedzieć, że to jest właśnie to.

Te, które trzymam w rękach, są dość dziwne i nie rozumiem ich: składa się na nie plątanina kresek, zawirowania białej kredy, kilka pacnięć czarnej farby. Nic nie znaczą. Nawet nie wiem, czy wykonał je Michał.

Kwiaty w doniczkach uschły, więc przesuwam ręką po sczerniałych patykach, które z nich pozostały. Kiedyś były piękne i bujne. Kiedyś, jak jeszcze był tu Michał, a dom wypełniały ludzkie słowa, podlewałam je co trzeci dzień czerwoną konewką, którą pamiętam bardzo dokładnie. W domu moich rodziców miałam podobną. Matka hodowała dużo roślin, zapełniały półki jak ozdoby, a ona dbała o nie: przecierała je wodą, podlewała odżywkami, przesadzała w piękne donice.

Ja chyba tak nie potrafiłam. Ograniczałam się do podlewania kwiatów, bo wiedziałam, że Michał oczekuje tego ode mnie. Chyba nawet kiedyś powiedział coś takiego; że chciałby mieć „normalny dom".

Uważam, że próbowałam mu ten dom stworzyć, chociaż z perspektywy tego, co już wiem, moje próby wydają mi się żałośnie głupie. Niemowa nie może nauczyć mówić swojego dziecka, tak jak głuchy nigdy nie usłyszy dźwięków. Jak miałam stwarzać pozory normalności w tym domu, skoro mój dom był rozbity na tysiące kaleczących mnie fragmentów, a zbierał się do kupy, kiedy był w nim ojciec. A potem znowu się rozpadał. I tak ciągle, bez końca, aż do ostatecznej destrukcji.

Powinnam była bardziej zadbać o to, co miałam. Powinnam była dać ogłoszenie do gazety i znaleźć kogoś, kto pilnowałby tego mieszkania. Brak dźwięków i pustka sprawiły, że to miejsce nabrało jakiegoś dziwnego kształtu – zmonumentalniało, zmieniło się w muzeum dawnej miłości i jakiejś wielkiej krzywdy, do tej pory nieopowiedzianej.

Kiedy idę korytarzem, moje obcasy stukają głucho i nieprzyjemnie. To jedyny dźwięk w tych wielkich pomieszczeniach. Kiedy napuszczam wody do wanny, z początku kran dziwnie charkocze i wypluwa wodę żółtą, wręcz rdzawą i zimną. Dopiero potem wszystko wraca do normy.

Lustro odbija moje ciało z całkowitą obojętnością. Gdyby można było je zakląć, sprawić, by pokazało mi to wszystko, co działo się tu kiedyś. Chciałabym zobaczyć siebie taką, jaką wtedy byłam. Teraz wyglądam obco i wszystko to, co robię, jest mi obce. Kiedy zdejmuję z siebie ubranie, chcę pamiętać, że dawniej to ubranie zdejmowały ze mnie męskie ręce. Kiedy ścieram makijaż, chcę wiedzieć, że dawniej nakładałam go, bo chciałam podobać się jemu.

Komu?, myślę teraz.

Wyciągam się w wannie, opieram głowę o delikatne zagłębienie i patrzę na swoje ciało, dziwnie porozciągane, zniekształcone, chude. Woda kapie jednostajnie z kranu. Kap-kap-kap. Wodzę spojrzeniem po ścianach, po niewielkiej płaskorzeźbie wmurowanej na wprost mnie, a przedstawiającej dwie greckie postacie splecione w uścisku na jakichś ostrych i nieprzyjemnych skałach.

Chcę za tobą płakać, myślę, kładąc dłonie na oczach, zanurzona w gorącej wodzie. Palce są mokre, przyjemnie gładzą skórę.

Chcę za tobą płakać, powtarzam.

Chcę, ale nie potrafię.

Las jest gęsty, głęboki. Michał prowadzi samochód, ja siedzę obok niego. Chwilę wcześniej uwolniliśmy się od jakiegoś towarzystwa, niezdarnie tłumacząc, niemal bez porozumienia ze sobą podając tę samą wersję, że pojedziemy po zakupy. Teraz jesteśmy sami.

Nasz samochód zbacza z głównej drogi i skręca na piaszczystą ścieżkę prowadzącą w głąb lasu. Jedziemy nią długo, tak długo, by zniknąć z oczu tym, którzy znajdą się na drodze. Nie możemy ryzykować, że ktoś nas zobaczy.

Parkujemy w miejscu, skąd nie widać niczego poza lasem. Drzewa kołyszą się poruszane wiatrem, niektóre skrzypią. Michał wyłącza silnik, chwilę patrzy przed siebie, jakby się bał, że zaraz ktoś nas tu znajdzie.

– Nie znajdą nas tu – odpowiadam. Jestem niecierpliwa, chcę go bardzo, teraz, zaraz.

We wspomnieniu kładę rękę na jego udzie. On wciąż siedzi wpatrzony w las, jakiś roztargniony, niepewny, co robić.

– Nie mogę tak – tłumaczy nieporadnie, kładąc dłoń na mojej i cofając ją. – Nie mogę...

Nie może, bo ona tam jest. Czeka i denerwuje się. Pewnie już wie o wszystkim, nie jest głupia. Wie, bo inaczej nie patrzyłaby na mnie w taki szczególny sposób, nie wstałaby od stołu, kiedy my się poderwaliśmy, tłumacząc, że chcemy jechać po zakupy. Wie, bo kiedy odjeżdżaliśmy, stała na drodze nieruchomo jak posąg, wpatrzona w nasz samochód, zdenerwowana.

W gazetach pisali, że nie chciała dać mu rozwodu. Nie pamiętam tego, ale tak musiało być. Michał chyba pokrył wszystkie koszty rozwodowe, zostawił jej mieszkanie w Warszawie i to drugie, w Gdyni. Zrobił wszystko, żeby mieć spokój.

Jak ona miała na imię? Teresa?

Próbuję ją sobie przypomnieć, ale nie pamiętam. Na jej obraz, stojącej na drodze, widzianej z perspektywy lusterka samochodowego, nakłada się zdjęcie z gazet, oficjalne i zimne. Jakoś nie pasuje mi do tego, co pamiętam.

W tym wspomnieniu, jakieś pół godziny później, całujemy się na tylnym siedzeniu samochodu. Przyspieszone oddechy, moje ramiona oplatające mocno jego szyję, jego dłonie błądzące po moich plecach, zamknięte oczy. Nie mówię mu, że za nim tęsknię. Nie mówię, a tęsknię. Tęsknię, nawet będąc tak blisko niego, ta tęsknota mnie niszczy. Nie przechodzi mi przez gardło wyznanie, że bez niego wariuję, nie wiem, co ze sobą zrobić, że bez ustanku przeglądam zdjęcia, na których jest, że przechowuję w notesie rysunek, który mi kiedyś dał, i ciągle przypominam sobie jego słowa, gesty, śmiech i bliskość. Że kiedy jest obok, czuję ulgę. Że nie mogę patrzeć, jak jest z nią. Że nienawidzę jej za to, że przy nim zasypia, widzi go każdego dnia, robi mu śniadania, spaceruje z nim, pracuje z nim, kocha się z nim.

Przy ludziach bywa wobec mnie czasami złośliwy, a teraz nie potrafi powiedzieć niczego, co by mnie zraniło. Teraz mówi w moje włosy, że mnie kocha i że stanowczo za długo mnie nie było, że strasznie za mną tęsknił. Całuje moją skórę, wodzi po niej ustami.

– Nie dotykaj jej więcej – żądam bezsilnie. – Nie śpij z nią. Nie pieprz się z nią.

Ona wciąż gdzieś się czai w naszych głowach. Może nadal stoi na drodze, wyglądając samochodu Michała, może gryzie palce ze zdenerwowania albo spaceruje z kąta w kąt.

Odpowiadam na jego pocałunki, rozpinam mu spodnie, ściągam z niego koszulkę. Na ręce, którą dotyka mojej twarzy, ma zawiązany czerwony rzemyk. Skóra wokół jest opalona. Ocieram twarz o tę dłoń, zamykam oczy. Lubię zapach jego perfum. Uwielbiam, kiedy zatraca się we mnie tak bardzo, że jego oczy robią się ciemne, nieprzytomne. Kiedy szuka ustami moich ust.

Pochyla głowę, a ja wsuwam palce w jego włosy i czuję, jakie są grube i szorstkie.

On zsuwa ramiączka mojej sukienki.

– Co zamierzasz zrobić? – pyta.

Co ja zamierzam zrobić? Teraz nie rozumiem. Jego słowa pojawiają się w mojej głowie, przerywane powolnym kap-kap-kap-kap. Co mogłam zrobić? Co miał na myśli?

Zapalam światło i schodzę do piwnicy. Schody są długie i strome, światło jest, ale dopiero gdzieś w głębi korytarza, więc na razie stąpam po omacku. Moja ręka zaciska się na barierce, stopy szukają kolejnego stopnia.

Na dole pachnie wilgocią i jakąś stęchlizną. Ten zapach sprawia, że nie jestem pewna, czy chcę iść dalej. Nie powinno tu tak pachnieć, przecież to nowoczesny budynek. Skąd ten smród? Co tu się rozłożyło?

Przysłaniam dłonią nos i schodzę niżej. Nareszcie jestem w kręgu światła. Widzę jakieś beczki, dużo plastikowych worków, kartonów, katalogi ułożone w równych rzędach. Jest tu stary zakurzony fotel, jest okno zamalowane białą farbą, wiec nie przepuszcza światła. Jest kilka mebli poowijanych w folię i zepchniętych w jeden róg. Przypominam sobie, że wzięłam z góry latarkę. Teraz zapalam ją i kieruję światło w różne odległe kąty. W świetle latarki wszystko wygląda przerażająco. Cienie rozsuwają się, kiedy poruszam światłem. Jeden rozrasta się niemal na całą ścianę, zachodzi na mnie. Otwieram szafki i najpierw powoli przeglądam ich zawartość, każdą rzecz uważnie oświetlając latarką. Potem nagle robię się nerwowa i zaczynam wszystko wysypywać na podłogę. Kiedy przechodzę do następnej szafki, moje stopy toną w papierach, zeszytach i starych płytach.

Latarka oświetla kolejne półki, moje dłonie wymiatają wszystko na podłogę. Strasznie tego dużo. Tyle teczek, tyle książek, które tu pochowaliśmy, nie wiem dlaczego. Są jakieś zdjęcia. Ja z moją matką, ja z moim ojcem. Ja w ogródku. Ja, wyczesana, na rozdaniu świadectw. Ja z Michałem. Ja z Damianem. Lidka.

Rysunków nie ma. Szukam coraz szybciej i z coraz większą rezygnacją. Zaczynam dokopywać się do plastikowych worków, otwieram jeden po drugim, ale we wszystkich są tylko taśmy wideo albo ubrania.

To nie to, myślę i zawiązuję worki z powrotem. Moja ręka trafia na coś wilgotnego za jednym z nich, celuję tam światłem i mrużę oczy, żeby zobaczyć, co to takiego. Latarka wypada mi z ręki, krzyczę i odskakuję w tył.

To ptak. Musiał tu wlecieć jakoś niedawno i zdechnąć. Spadł za worki, rozłożył się na miękką śmierdzącą galaretę, którą teraz z obrzydzeniem wycieram z ręki w stary płaszcz wiszący na wieszaku.

– Chryste! – mówię na głos, co dodaje mi otuchy. Rękę mam już w miarę czystą, za to tonę w papierach.

– Niech to szlag! – klnę wściekle i jeszcze raz wycieram rękę.

Na ścianie wisi pająk. Omijam go wzrokiem. Przewracam kartki. Papier szeleści mi w dłoniach. Tony szkiców, notatek bez znaczenia, wydruków z konta, starych gazet.

Nieruchomieję, kiedy w końcu trafiam na tamte rysunki. Od razu wiem, że to ich właśnie szukałam. Siadam na podłodze i zaczynam je przeglądać. Są formatu A4 albo i mniejsze. Wszystkie robione czarnym tuszem i białą kredką. Przedstawiają dzieci.

Marszczę brwi, bo nagle czuję się zdenerwowana. Nie rozumiem ich. Nie potrafię zrozumieć.

Rysunki są okropne, są gorsze niż wszystko, co oglądałam kiedykolwiek. To zbieranina wszystkich najgorszych lęków. Noworodki odsłaniające w uśmiechu cienkie jak szpilki zęby. Rączki rozgniatające ludzkie ciało. Uśmiechnięte oczy nad rozdziawioną buzią, w której miele się człowiek.

Kręcę głową, nie mogę się zmusić, żeby oglądać to dalej. Bezradnie przekładam kartki. Dzieci w piaskownicy, babki z piasku u ich stóp – jakieś straszne, ostateczne. Nagrobki uklepywane pulchną rączką, krzyże wiszące przy wózku zamiast grzechotek. Zbolała twarz Jezusa na krzyżu położonym na talerzu w jasne róże.

Upuszczam kartki. Upuszczam i wstaję. Cofam się, ale tam jest cuchnący ptak, więc muszę wrócić do rysunków i schodów. Nie wiem, gdzie jest latarka. Pocieram rękami twarz.

„Widzisz to?"

Nie chcę widzieć. Już nie chcę. Cofam się krok za krokiem i opieram o ścianę.

Światło latarki celuje w zęby dziecka na rysunku. Niemal słyszę swój głos, pytający cicho, niemal szeptem: „Co to jest? Co to, do cholery, jest?".

Znalazłam te rysunki w jakieś duszne popołudnie. Przeglądałam je, stojąc niemal bez ruchu, niezdolna, by nabrać tchu, by krzyknąć, zrobić cokolwiek. „Co to jest? Co to, do cholery, jest?" – spytałam później i czekałam, że on jakoś to wyjaśni.

„To moja wizja Boga."

Próbowałam sobie z tym poradzić, zaatakowałam go bezradnie. „Krwawy ten twój Bóg i bardzo młody..." Ale on nie odparł ataku. Odpowiedział po prostu: „A kto twierdzi, że jest inaczej? Myślisz, że sobie wybierasz Boga?".

Był już wtedy zbyt daleko. Już nie potrafiłam do niego dotrzeć. Było za późno.

Dźwięk.

Tamtej nocy, nocy przed wypadkiem obudził mnie dźwięk. Był powolny, monotonny, ostry, jakby ktoś jednostajnie uderzał nożyczkami w kaloryfer.

Uniosłam głowę i nasłuchiwałam. W mieszkaniu nie powinno być nikogo, wszyscy poszli, tylko ja zostałam.

Dźwięk.

Tamten pokój był na końcu korytarza. Paliło się w nim światło, drzwi były uchylone i to właśnie zza nich dochodził tamten odgłos.

Siedząc na łóżku, wychylona w stronę korytarza, patrzyłam, jak przez uchylone drzwi coś się wysuwa. Coś niewielkiego, lekkiego, jasnego. Wysunęło się do przedpokoju, popychane przeciągiem. Patrzyłam, jak porusza się na ciemnych deskach podłogi. Przypominało wełnę.

W halce, na bosaka poszłam za tym czymś. Przez szparę w drzwiach wysunęła się kolejna rzecz.

Miałam wrażenie, że czas się zatrzymał. Wyciągałam rękę do tego czegoś, co wsunęło się już na moje stopy i łaskotało mnie, poruszane podmuchem powietrza.

Dotknęłam tego. Było sztywne. I nagle ogarnął mnie lęk, bo uświadomiłam sobie, że to ludzkie włosy. Włosy Michała.

Tamten dźwięk ucichł i słyszałam teraz coś innego, jakby ktoś bawił się nożyczkami.

Stałam pod drzwiami i nie mogłam się zdecydować, żeby je otworzyć.

Przecież wiedziałam, że Michał jest chory. Wiedziałam i w tamtym momencie wszystko to, co wiedziałam o jego chorobie, zaczęło nagle do mnie docierać. Przypominałam sobie, w okamgnieniu, momenty, w których powinnam była się zorientować, jak bardzo choruje: przypomniałam sobie popołudnie, kiedy zrobił pranie, a potem pochował je do szuflad, wcale go nie susząc. Albo tamten dzień, kiedy próbował nakręcić o mnie film. „Zatańcz dla mnie, Hellen!" – śmiał się, a ja cofałam się pod ścianę w przedpokoju naszego mieszkania. „Zdejmij bluzkę". Kręciłam głową, rozmazał mi się makijaż, byłam wściekła. Pamiętałam tak wiele. Stałam pod drzwiami jego pokoju, a przez głowę przelatywały mi chwile jego szaleństwa, bzdurne teorie wygłaszane po zgaszeniu światła, to, jak kiedyś w nocy położył się na mnie, zakrył mi usta ręką i wyszeptał: „A jeśli nas wcale nie ma? Hellen, a jeśli jesteśmy tylko czyimś snem? Nie myślałaś o tym? Może nie ma tego całego świata, co? Jak myślisz? Może ktoś właśnie nas tworzy?".

Kolejny pukiel włosów wysuwający się przez szparę w drzwiach, moja ręka sięgająca klamki, skrzypienie zawiasów, kiedy drzwi otwierały się powoli.

Poniszczył obrazy. Na podłodze wymalował czerwoną farbą rzędy cyfr. Pociął ubrania, które nie należały do niego: męskie bluzy, podkoszulki, kwiecistą sukienkę, porozdzierał sznury korali. Wszystko to teraz poruszało się po pokoju, jakby żyło swoim życiem. Wszystko popychał silny wiatr, który wdzierał się do środka. Przeciąg był tak silny, że kiedy otworzyłam drzwi, pocięte włosy zaczęły przelatywać po podłodze jak myszy. Było ich bardzo dużo, kołowały w powietrzu, niektóre tylko przesuwały się po podłodze, ciężkie od jakiejś farby. Farba była wszędzie. Na dywanie, na podłodze, na książkach.

Michał siedział na dywanie, pomiędzy cyframi, które wypisał. W rękach miał kuchenne nożyczki. Włosy przyczepiły mu się do ubrania i teraz powiewały na zimnym wietrze.

Zamarłam. Mijały minuty, a ja stałam w drzwiach i patrzyłam. To było takie makabryczne, a zarazem tkwiła w tym jakaś magia. Piękno jest strachem. W tym było piękno, bo on chciał, żeby to pięknie wyglądało. Te wszystkie wzory i wirujące w powietrzu kosmyki włosów. Ta niebieska farba. Nie mogłam się ruszyć.

– Jezu.. Michał... – odezwałam się szeptem. – Potrzebujesz pomocy...

Odłożył nożyczki.

– Nie – odparł całkiem spokojnie. – Nie potrzebuję żadnej pomocy.

Patrzyłam z niedowierzaniem, jak sięga po podkoszulkę i zaczyna ciąć ją na równe paski. Było mi gorąco ze zdenerwowania, łapałam powietrze jak ryba wyrzucona na brzeg. Chciałam powiedzieć coś normalnego, co by go wytrąciło z transu, ale to, co robił, było zbyt straszne.

– Dawid cię zabije, jak to zobaczy – powiedziałam w końcu. – Zniszczyłeś jego obrazy. Niszczysz jego ubrania.

Jego i Gabi, dodałam w myślach, patrząc na pociętą kwiecistą sukienkę i tamte koraliki turlające się po podłodze.

– Zadzwoń po niego – zaczął mnie namawiać z jakimś dziwnym uśmiechem. – Zadzwoń, niech tu przyjdzie. Porozmawiajmy. Porozmawiajmy w trójkę. Posłucham, jak kłamiecie.

– Jesteś chory – powtórzyłam, już z mniejszą pewnością siebie.

– Zawołaj tu mojego przyjaciela... – przerwał mi, znowu z tamtym wstrętnym uśmiechem, który przerażał mnie coraz bardziej.

– Zawołaj go tu, chcę z nim porozmawiać.

Z niedowierzaniem patrzyłam, jak sięga po rysunek Dawida. Zawahał się chwilę, a potem zaczął go dziurawić, miejsce przy miejscu, jak sito.

– Zadzwoń po niego. No już!

Patrycja

Byłam na nią taka wściekła, że gdybym mogła, to ukręciłabym jej głowę! Nie mogłam uwierzyć. Nie mogłam zrozumieć i co gorsza, nie mogłam na nią patrzeć! Szlag mnie trafiał od samego jej wzroku pełnego zadowolenia, od tego maślanego uśmiechu i radości, którą nagle zaczęła tryskać jak pieprzona fontanna!

– Byłam u lekarza, tu są moje nowe leki – szczebiotała, połykając tabletki jak cukierki, z uśmiechem, który przykleił się jej do twarzy i wyglądało na to, że będzie z nim chodzić po kres dni, póki Dawid nie da jej porządnego kopa.

Pogwizdywała jakieś głupie melodie. Nie mogłam tego słuchać. Kurwica mnie ogarniała. Przyglądałam się jej z taką miną, że roześmiała się i przyniosła mi do pokoju małe lusterko.

– No popatrz, Pati, jak ty wyglądasz!

Rzeczywiście, wykrzywiło mnie, jak po wylewie. Zmrużone oczy jak u niedźwiedzia. Ząb na wierzchu.

Odstawiłam lusterko na stół, poszłam za nią do kuchni, wysłuchałam kolejnej durnej melodii i nie wytrzymałam:

– Odwaliło ci? Co ty robisz?!

Chyba chciałam powiedzieć to normalnie, ale nie wyszło. Zaczęłam na nią wrzeszczeć i to tak głośno, że słyszeli mnie pewnie nawet sąsiedzi z parteru!

– Nie pamiętasz, o czym rozmawiałyśmy?! Po cholerę pchasz się w takie gówno! – Ponieważ byłam po dwugodzinnym szkoleniu psychologicznym, które przeprowadzano na mojej klasie podczas mojej lekcji i głowę miałam zapchaną całym tym psychologicznym

kitem, wrzeszczałam do niej, że ma typowe objawy syndromu kat-
-ofiara, że ludzie z zaniżonym poczuciem wartości lgną do osób,
które mogą wyrządzić im krzywdę, a w ogóle to powinna postukać
się w głowę, bo chyba jej na mózg padło.

Wrzeszczałam i wrzeszczałam, a ona przestała się uśmiechać,
kubek wypadł jej z ręki i rozbił się o podłogę, zaczęła go zbierać,
skaleczyła się, okazało się, że to mój kubek z rodzinnego domu i za
to też się na niej wyżyłam. W jakimś momencie złamała się, zaczęła płakać, kolejny kubek rozbiła w bezsilnej furii o ścianę tuż obok
mnie i w końcu też zaczęła krzyczeć. Krzyczała, żebym się zamknęła, że chcę zniszczyć jej szczęście i że jestem podła.

– Ja jestem podła?! – Tak się na siebie darłyśmy, że pewnie cały
wieżowiec zamarł w bezruchu. – Co ty w nim widzisz?! Każdy inny
byłby lepszy!

– Zamknij się, och, zamknij! Wszystko mi niszczysz! Wszystko!

I na koniec jej wrzask, który nareszcie zakończył awanturę:

– Nienawidzę cię!

I tupot stóp, kiedy zwiała do drugiego pokoju, huknęła za sobą
drzwiami i łkała histerycznie.

Przyszłam do niej z przeprosinami. Leżała na łóżku, wklepując
esemesy w komórkę. Cała była zapuchnięta od płaczu, raz po raz
pociągała nosem. Usiadłam więc koło niej i zapytałam spokojnie:

– Jak daleko to zaszło?

Rzuciła mi oskarżycielskie spojrzenie nachmurzonego dzieciaka.

– On naprawdę nie jest taki, jak myślisz. Ja właściwie to nawet
nie sądzę, żeby on miał z tym wszystkim wiele wspólnego...

Gadała i gadała, a ja przypatrywałam się jej z lękiem, że naprawdę wdepnie w pieprzone gówno, które zakryje ją po głowę. Była taka głupia, głupia, naiwna i ślepa. Każdy facet mógł zrobić jej
krzywdę, bo wierzyła bezgranicznie w każde kłamliwe słowo. Wystarczyło być dla niej miłym przez godzinę albo dwie i już mogłaby
okazywać wdzięczność do śmierci.

Temperament wiernego psa, pomyślałam kwaśno. Dupek Dawid wygrał los na loterii!

Zmusiłam się do przyjaznego uśmiechu. Nie było sensu jej przekonywać, żeby dała sobie spokój. Im mocniej bym na nią naciska-

ła, tym bardziej ona by go broniła. Byłaby nawet skłonna zostać z nim tylko po to, żeby mi udowodnić, że źle go spostrzegam. Miałam ochotę nią potrząsnąć. Siedziała koło mnie z mętnym uśmiechem na ustach i ślepym spojrzeniem wbitym w kołdrę, na jej łóżku piętrzyły się jakieś pieprzone maskotki, dłonie wędrowały po ciele jakby żyły własnym życiem. I chyba naprawdę wierzyła, że za miesiąc będzie tak, jak teraz. Nikt jej nie uświadomił, że zauroczenie mija, że na seksie świat się nie kończy i że faceci to dranie.

– On jest taki... – Szukała w pamięci słowa, żeby opisać mi kolesia, którego nienawidziłam już dla samego faktu, że dotknął jej swoimi łapskami ubrudzonymi w ciemnych sprawkach. – Taki fajny. Na pewno go polubisz, Pati. Na pewno! Tylko pojedź z nami w Bieszczady! Nie będziesz sama, będzie jeszcze kilka osób, polubisz je! Polubisz jego!

Tak, polubiłabym go, bo był dość ujmujący. Ale nie mogłam go polubić, bo wybrał sobie ją, a ja za bardzo byłam z nią zżyta, żeby patrzeć, jak robi ją w balona.

Nie podałam mu ręki. Po prostu podniosłam na niego wzrok, kiedy stanął w przedpokoju mojego mieszkania. Musiałam przyznać Marcie, że z postury i z twarzy nic mu nie brakowało. Nawet dość fajnie ubrany, na swój pokręcony sposób. Włosy paskudne. (Jak można zrobić sobie dredy?). Miły uśmiech, ładny niski głos, którym pewnie powalił ją na kolana przez telefon. Na traumatyczne przejścia z jego przeszłości zbyt jednak pogodny.

Zmrużyłam mściwie oczy, kiedy wszedł do mojego pokoju. Chyba czekał, aż Marta wypindrzy się w łazience i nie chciało mu się stać w przedpokoju w milczeniu.

– Co czytasz?

Łaskawie odwróciłam książkę okładką w jego stronę, żeby sobie przeczytał: „Malarstwo białego człowieka, tom V".

– Też to mam u siebie – rozpogodził się.

Zamarłam, kiedy wyjął mi książkę z ręki i zaczął przerzucać kartki. Powiedział z zadowoleniem.

– Najlepszy rozdział jest o Vermeerze. Będzie ci się podobał...

Urwał, bo zabrałam mu książkę z powrotem.

– Nie lubisz mnie, co?

Błysk przebiegłości w oczach. Zaczął mnie rozgryzać, co cholernie mi się nie podobało.

– Jeszcze nie mam powodu, żeby cię lubić.

Obejrzał się w stronę łazienki, ale Marta utknęła tam na dłużej i nie mogła go wybawić z tej idiotycznej sytuacji. Ja niczego mu nie ułatwiałam.

– Okej – powiedział, śmiejąc się. – Rozumiem, że mnie nie lubisz...

Moje spojrzenie lodowaciało i lodowaciało, jakby chciało go zamrozić.

– Ty nic nie rozumiesz, Dawidzie.

Pokręcił głową z niedowierzaniem.

– Co z tobą jest?

– A z tobą?

Zmierzyliśmy się spojrzeniami. On pierwszy odwrócił wzrok i bez słowa skierował się do przedpokoju. Odprowadzałam go mściwym spojrzeniem wrednej małpy i pewnie w tamtej pierwszej chwili Dawid tak właśnie o mnie pomyślał. Puknął do Marty w drzwi łazienki i oznajmił:

– Zaczekam na ciebie w samochodzie!

I wyszedł.

Powiedziałam, że pojadę z nimi w te pieprzone Bieszczady, chociaż miałam na to tak wielką ochotę, jaką może mieć pies, gdy się go zmusza do tańca!

Marta oczywiście wpadła w przesadny zachwyt.

– Och, cudownie! Cudownie! – skakała z radości, jakby beze mnie wyjazd miał być kompletnie do dupy. Pewnie myślała, że jadę tam, bo chcę zaakceptować jej głupią znajomość z Dawidem i zrobić jej przyjemność. Głupia! Nic bardziej mylnego! Chciałam tam pojechać, ale tylko dlatego, że kręciło mnie, by z nim pogadać. By go poglądać z bliska przez kilka dni. By zrozumieć, czego od niej chce i po co zawraca jej głowę.

Zabrałam się do pakowania manatków już trzy dni przed wyprawą. Nienawidzę pakowania się, zawsze mnie to wkurza. Zapominam o najważniejszych rzeczach, a potem klnę na czym świat stoi i kompletnie źle w stosunku do pogody dobieram ciuchy. Wołałam więc spakować się wcześniej i potem korygować moje decyzje w kolejnych dniach niż wyjść na durnia w Bieszczadach.

Wyszły mi tego dwie wielkie walizy, więc musiałam się ograniczyć do jednej. Ta jedna była i tak już dość ciężka, ledwie zniosłam ją do samochodu. Dawid zresztą okazał się mało wspaniałomyślny i nawet tyłka nie ruszył, jak zobaczył, że z trudem niosę swój bagaż. Gdyby nie jego sympatyczniejszy kolega, Arek, pewnie w ogóle musiałabym sama upchnąć walizki w wozie. Marta zresztą też. Wóz był Arka. Arek prowadził, zresztą tak beznadziejnie, że nie wiem, jak w ogóle udało mu się dojechać gdziekolwiek. Miałam wrażenie, że cudem uniknęliśmy ze trzydziestu stłuczek. Na całe szczęście miał trochę samokrytycyzmu, od razu zapowiedział, że będziemy zmieniać się za kierownicą co kilka godzin i niech Dawid prowadzi w nocy, bo on sam ma kiepski wzrok, nie wziął dobrych okularów, a w tych, które ma, odbijają mu się światła wozów wszędzie dookoła i może oczopląsu dostać.

Wylądowałam na tylnym siedzeniu koło Marty i Dawida, Arek włączył jakąś odjechaną muzę i pognaliśmy na obwodnicę. Izka rozpanoszyła się na przednim siedzeniu, wyjęła chipsy i zaczęła chrupać, otworzyli szyberdach, który niemal wywiał mi włosy z głowy. I zaczęła się jazda.

Okazało się, że w Bieszczadach jest już kilkoro innych znajomych Dawida. Jakiś Sławek, którego chyba lubił, bo mówił o nim dość ciepło. Jakaś Laura, której wszyscy mieli po dziurki w nosie i ciągle się z niej śmiali. I jeszcze Radek, którego ponoć polubię, bo jest fajny.

Jechaliśmy cholernie długo, prawie całą dobę! Za kierownicę wskakiwali wszyscy po kolei, nawet ja miałam swoje pięć minut. Trochę gadaliśmy, ale głównie słuchaliśmy muzyki. Po drodze widzieliśmy okropny wypadek. Ciężarówka zjechała z drogi i rąbnęła kabiną kierowcy w wielki rów z wodą. Na jezdni stały trzy samochody, migając światłami awaryjnymi, policja i straż pożarna. Jechaliśmy w ich kierunku coraz wolniej.

– O ja pierdolę! – ekscytował się Arek. – Kierowca na pewno nie przeżył! Patrzcie na kabinę!

Marta strasznie się przejęła i aż pobladła. Izka zakryła ręką oczy, bo wystraszyła się, że zaraz zobaczy jakiegoś trupa. Policjant machał nam, że mamy jechać i się nie zatrzymywać, Arek mruknął, że teraz to czekają pewnie na dźwig, bo nie wie, jak inaczej mogliby wyciągnąć tę ciężarówkę z wody.

– Przecież to waży kilka ton!

A Dawid bez emocji uniósł do oczu aparat fotograficzny, przechylił się przeze mnie do okna i zaczął robić zdjęcia.

– Po co ci takie fotki? – spytałam go na kolejnej stacji benzynowej, na której pech chciał, że wszyscy poza mną i nim poleźli do kibla. Zostaliśmy w samochodzie. To znaczy ja w samochodzie, a on przy samochodzie z mapą w rękach i papierosem w ustach.

– A co ty byś chciała utrwalić na filmie? – odpowiedział, patrząc na mnie z niechęcią.

– Na pewno nie taką makabrę.

Przez tamten wypadek nastrój strasznie się pochrzanił. Marta ciągle rozważała, czy kierowca mógł przeżyć, Izka sądziła, że coś takiego na samym początku źle dla nas wróży.

– Niby dlaczego ma źle wróżyć? – zapytałam, bo nienawidzę, jak ktoś tak gada. Zaraz zaczynam się przejmować i jest mi potem strasznie podle.

Izka odwróciła się do mnie przez ramię. Wiatr majtał jej włosami, spychał je na twarz, oczy miała zaczerwienione, bo ponoć uczuliła się z rana na jakiś cholerny tonik, który sobie kupiła do twarzy.

– Tak mi mówiła jedna koleżanka. Mówiła, że jeśli zobaczy się straszny wypadek, to trzeba zawrócić.

– Bzdury! – zirytował się Arek. – O czym wy gadacie? Dajcie spokój, wrzućcie lepiej jakąś muzę!

Dawid znalazł na mapie jakieś ruiny położone niedaleko drogi i zaczął naciskać, żebyśmy tam zajechali.

– To nie po drodze! – wkurzałam się, bo chciałam już być w tych cholernych Bieszczadach i wyprostować nogi na jakimś łóżku. Podróże ciągnące się godzinami i to w ścisku i w samochodzie zawsze strasznie mnie męczyły. – Co tam chcesz oglądać?

– Ruiny. – Dawid popatrzył na mnie jak na ostatnią idiotkę.

– Będzie fajnie – zaczęła przekonywać mnie reszta, więc wspaniałomyślnie wyraziłam zgodę, Arek z piskiem kół skręcił z szerokiej szosy w wąską i piaszczystą drogę, zakurzyło się za nami i pognaliśmy według wskazówek Dawida.

Ruiny okazały się odrestaurowanym zamkiem. Na dole była restauracja z cenami najdroższymi w świecie, były też ceny za zwiedzanie, więc najpierw obeszliśmy wszystko wielkim łukiem i zaczęliśmy szukać jakiegoś niepłatnego wejścia. Wspięliśmy się nawet kawałek wzdłuż murów, ale wszędzie wstawiono kraty w oknach, wszystkie dziury połatano i nic nie wskazywało na to, że w ogóle uda nam się wejść do środka inaczej niż frontem. Marta szła koło mnie zajarana zamczyskiem jak gwizdek, jakby nigdy jeszcze w żadnym nie była.

Poprosiła mnie o pamiątkowe zdjęcie.

– Chodź, Dawid! – zawołała do niego. – Pati zrobi nam zdjęcie!

Dawid zignorował ją, zapatrzony w wysokie wieże zamczyska. Marta mimo to ustawiła się obok niego i machnęła ręką, żebym ich sfotografowała. Przyłożyłam więc aparat do oczu i zaczęłam ustawiać ostrość. Dawid popatrzył na mnie, potem na Martę.

– Co ty robisz? – spytał ją jakoś tak nieprzyjemnie, że aż mi się głupio zrobiło.

Marta wbiła w niego smutny wzrok zbitego psa; tak patrzyła, gdy ktoś robił jej przykrość, a ona nie umiała odpłacić się tym samym.

– Odwróćcie się do mnie! – zawołałam, żeby załagodzić sytuację. – No, uśmiech, bo pstrykam!

On wciąż na nią patrzył, ona wciąż patrzyła na niego i robiła się coraz mniejsza i mniejsza, jakby zaraz miała wykopać sobie jamkę i schować się do niej.

Niepewnie uniosłam rękę, żeby zrobić im zdjęcie. Na całe szczęście Izka śmiejąc się zbiegła z ostatniego odcinka góry i złapała Dawida za ramiona, żeby nie runąć. On się odwrócił, Marta też popatrzyła na Izkę i wtedy zrobiłam im zdjęcie.

– Gotowe! – zawołałam prawie wesoło.

Nocą wszyscy posnęli. Radio grało jakieś wielkie i wyświechtane hiciory, ja siedziałam z przodu, Dawid prowadził, samochód mknął przed siebie z prędkością, przy której – jak wiedziałam, pouczona przez telewizję – wypadek śmiertelny mieliśmy murowany.

Czułam się senna, zmęczona, bolały mnie nogi od całej tej jazdy. Wyciągnęłam je na przednią szybę i odchyliłam siedzenie do tyłu. Spod przymkniętych powiek przyglądałam się rękom Dawida na kierownicy, a potem przeniosłam senne spojrzenie na jego twarz oświetlaną raz po raz przez reflektory wozów jadących z naprzeciwka. Próbowałam popatrzeć na niego oczami Marty, ale to mi się nie udawało. Nie dostrzegałam w nim nic z tego, co mogła widzieć ona.

Ranek był mglisty, deszczowy. Szyby nam parowały, Iza, która siedziała za kółkiem od piątej, klęła wszystkich kierowców.

– Co za łajza! – ubliżała zawzięcie każdemu, kto zwolnił, wyjechał przed nią na drogę, zatrzymał się na czerwonym świetle albo co gorsza w uprzejmości swojej przepuścił innego kierowcę lub pieszego. – No, jedź, dziadku! Boże, co za baran! Widzieliście to?! Siedziałam wciąż z przodu, senna, wymiętoszona i ze spraną twarzą, bo makijaż wsiąkł mi w skórę i niewiele z niego pozostało. Wysunęłam klapkę z lusterkiem i przyjrzałam się sobie krytycznie. Potem nakierowałam lusterko na tyły. Arek smętnie gapił się w okno, pijąc piwo, Marta pstrykała esemesy w komórce, Dawid spał z głową opartą o szybę.

Palec Izy powędrował do radia, gruchnęła muzyka, Dawid momentalnie otworzył oczy, Marta uniosła głowę, Arek się rozpogodził.

– Zajebisty numer! – zawołał podekscytowany. – Dawaj głośniej! Zajebisty!

W lusterku obserwowałam, jak Marta bez entuzjazmu wraca do komórki, Dawid pociera sennie oczy i opiera się znowu o szybę, a Arek porusza ustami, śpiewając do wtóru:

– „Jeszcze kilka dni i nocy i wszystko wróci do normy! Będziemy zorganizowani i poważni, i uczesani, i przezorni. Jednak jeszcze dzisiaj i jutro, pojutrze i popojutrze, pozwól nocy kochana życiu nosa utrzeć!...".

Bieszczady powitały nas zimnem i nieprzyjemnym wiatrem. Domek, do którego jechaliśmy, znajdował się na sporym wzniesieniu, właściwie już w górach, w dodatku w lesie. Był drewniany, z szeroką werandą, czerwonym dachem i zarąbistym kominkiem w środku. Gdy już podjeżdżaliśmy do niego, widziałam jakieś roześmiane towarzycho na werandzie. Siedzieli w grubych swetrach na bujanych krzesłach, pili piwo i ryczeli ze śmiechu. Na dźwięk naszego wozu powstawali, radośnie porozkładali ramiona i rechotali, że jest cudownie.

Podłoga trzeszczała, kiedy chłopak przedstawiający mi się jako Radek prowadził mnie do pokoju, w którym miałam spać z Izą. Niósł moje walizki i nadawał, że pogoda jest do bani, góry są rewelacyjne, że jestem świetna laska i że on nie ma dziewczyny.

W pokoju Marta stanęła koło mnie, poprawiła krzywą firankę i spytała, czy w razie czego może spać ze mną na łóżku.

– W razie czego? – powtórzyłam, patrząc na nią uważnie.

Późnym popołudniem reszta walizek wciąż stała w progu. O obiedzie też nikt nie wspominał. Wszyscy dalej siedzieli na werandzie, tyle że teraz dołączyliśmy do nich my. Palili, pili i gadali. W planach, jakie mieli, nie dosłuchałam się żadnych spacerów po górach. Nie słyszałam też, żeby zamierzali zjechać do miasta po coś do żarcia. Zimno i wilgoć oblepiały nas jak lep, mroziły mi dłonie, siedziałam z tamtymi, ale w kurtce i zimowym szaliku. Chryste, czy oni nie czuli głodu? Czy ziąb omijał ich wielkim łukiem?!

Dawid przeglądał mapę szlaków i zaczął nas nakręcać, żebyśmy jutro wcześnie wstali i poszli w góry.

– Tu jest bombowy szlak – przekonywał, kucając na środku werandy i pokazując nam palcem grubą zieloną linię. – Połoniny nie są wysokie, damy radę, zejdzie nam pół dnia.

Wszyscy popatrywali na niego niepewnie.

– Jak wcześnie musielibyśmy wstać? – spytał w końcu Radek i zasępił się, jakby chodziło o bardzo ważne pytanie i strasznie ważną odpowiedź.

– O dziewiątej?

Dziewiąta jakoś nikomu nie przypadła do gustu. Zaczęli rozważać, czy nie lepiej wstać później i wrócić wieczorem. W końcu doszli do wniosku, że góry są piękne, kiedy patrzy się na nie z werandy.

– Ktoś zleciał ze szlaku kilka dni temu. Gadali w radiu – oznajmiła Laura, grzebiąc w swoich przesadnie długich pazurach i gapiąc się na mnie. – Wcale nie jest tam teraz bezpiecznie.

Otworzyłam kolejne piwo i upiłam lodowaty łyk. Zastanowiłam się, jak zimno będzie tu wieczorem i dlaczego nikt nie napali w tym cholernym kominku.

– Pójdzie ktoś po drewno? – zapytałam nawet, ale wszyscy mnie olali. Laura tylko mruknęła, że zbieranie drewna to ciężka praca i że tu wszędzie na pewno jest rezerwat przyrody i wsadzą nas do ciupy, jak będziemy palić drzewa chronione przez prawo.

Nigdy w życiu nie było mi tak zimno, jak na tym pieprzonym wyjeździe! Miałam wrażenie, że nigdy się nie ogrzeję i że, co gorsza, do rana będę miała najgorsze zapalenie płuc w życiu! Wolałam nawet nie myśleć o biednej Marcie, która dopiero co wykaraskała się z choroby, a teraz pewnie trzęsła się tak samo, jak ja. Godziny nocne ciągnęły się jak smród po gaciach: pierwsza, druga, trzecia. Tamci wszyscy jarali trawę na werandzie, rechotali, pili wódkę i słuchali muzyki. Nikt się nie kładł, coś tam gadali, że chcą zobaczyć świt w górach, bo wczoraj im się nie udało. Marta siedziała z nimi jak pokutnica, pewnie tylko i wyłącznie ze względu na Dawida. Jak szłam do kibla, widziałam ją przez okno: zmarznięta na sopel, samotna, oparta o barierkę. On w najlepsze jarał sobie trawę, śmiał się razem z tamtymi, nie trząsł się z zimna, nawet nie włożył kurtki, tylko naciągnął bluzę z kapturem na podkoszulkę.

Przyszła do mnie kilka minut po trzeciej.

– Śpisz? – spytała szeptem, kucając koło łóżka i dotykając mnie lodowatą ręką.

Otworzyłam jedno oko.

– Nie.

– Strasznie zimno, prawda?

Z werandy dobiegł mnie śmiech Dawida. Marta pochyliła głowę i oparła czoło o moją rękę.

– Pati, chciałabym wrócić do domu...

Uniosłam się spod trzech kocy, które podpierdzieliłam Dawidowi, Arkowi i Izce.

– Co się dzieje?

Miałam wrażenie, że płacze, ale gdy na mnie popatrzyła, oczy miała suche.

– Nic się nie dzieje. Po prostu chciałabym wrócić do domu.

Dawid poszedł w góry sam, nawet nikogo nie budząc, snułyśmy się więc z Martą po pobliskich kotlinach, po lesie i nad strumieniami. Słońce ogrzało ziemię, ogrzało też nasz domek, w którym całe towarzystwo spało bez opamiętania. Marta narzekała, że Dawid zabrał ze sobą aparat fotograficzny, a ona chciała porobić trochę zdjęć. W końcu pożyczyła aparat Izy i nasze wędrówki nabrały jakiegoś sensu.

Nie rozmawiałyśmy o niczym istotnym. Marta przeskakiwała po kamieniach nad strumieniem, fotografowała ryby w wodzie, zapędziłyśmy się do jakiejś leśniczówki, przy której pasły się konie. Góral wspaniałomyślnie pozwolił nam sfotografować się z jednym, pomógł nawet Marcie wgramolić się na jego grzbiet. Potem zeszłyśmy do wsi i zjadłyśmy porządny obiad. To znaczy ja zjadłam, a ona coś tam udziobała ze swojego talerza. Gadałyśmy o samych pierdołach: o mojej szkole, o tym, co będziemy robić jutro, o kupieniu żarcia na wieczór i namówieniu reszty do zorganizowania jakiegoś drewna na opał, żeby tej nocy nie zamarznąć.

Kiedy miałyśmy już wracać, Marta uparła się, żeby zorientować się, jak stąd odchodzą busy albo kolej wąskotorowa.

– Coś na pewno stąd jeździ – mruczała, z uporem rozglądając się za jakimiś kompetentnymi tubylcami, którzy mogliby nam udzielić informacji. – Na pewno, prawda, Pati?

Mariusz przyjechał wieczorem swoim czarnym bmw. Akurat przy furtce prowadzącej do naszego domku spotkał się z Dawidem wracającym z gór. Razem weszli na werandę, na której siedzieliśmy i graliśmy w makao (to była jedyna gra, co do której dogadaliśmy się, że znamy ją wszyscy). Iza akurat z satysfakcją waliła na stół trójkę i wydzielała mi trzy karty do wzięcia, Arek dopytywał się, czy na każdy kolor można położyć asa, czy tylko na taki sam kolor jak as, Marta wiła się w niepewności, bo akurat miała króla pik, którego powinna była położyć, ale który działał wstecz i którym pogrążyłaby mnie na kolejnych pięć kart, a Laura mruczała, że makao to gra do dupy, bo ma durne zasady.

Ktoś zawołał radośnie, że przyjechał Mariusz, a Marta upuściła karty, które trzymała w rękach.

– Ojej – powiedziała idiotycznie i schyliła się po nie.

Zauważył ją od razu i wydawał się tak strasznie zaskoczony, jakby wcale się jej tu nie spodziewał.

– Cześć – powiedziałam, odstawiając szklankę z kawą. Zerknął na mnie przelotnie, uśmiechnął się i znowu spojrzał na nią. Akurat wynurzyła się spod stołu. Popatrzyli na siebie, zapadła między nimi jakaś głupia konsternacja, Marta zmieszana pochyliła głowę, on zmieszał się jeszcze bardziej i wszedł do domu.

Poranek zimny i dżdżysty. Dawid w ciemnym swetrze i z rozpuszczonymi włosami, z którymi wyglądał jakoś bezbronnie, siedział z papierosem w ręce na werandzie.

– Może zjedziemy wozem Mariusza po jakieś zakupy? – zapytałam.

– Będziesz prowadzić?

– Będę.

Za kierownicą nie czułam się najlepiej, ale Mariusz nie miał żadnych wątpliwości, a nawet się ucieszył, że przywieziemy żarcie. Dawid koło mnie milczał i przełączał kanały radiowe, ale nic mu nie podpasiło, więc w końcu z rezygnacją zostawił wiadomości. Zjechaliśmy do wsi, zaparkowaliśmy przy jakimś sklepie, który był przy okazji knajpą. Kupiliśmy zgodnie wszystko na śniadanie i na kolejną balangę. Wszyscy obdarzyli nas swoją kasą, więc kupiliśmy tyle żarcia i picia, że ledwie donieśliśmy to do samochodu.

– Chodź, napijemy się czegoś – powiedziałam, kiedy zakupy były już w bagażniku.

Zamówiliśmy piwo, on duże, ja małe i usiedliśmy na zewnątrz knajpy, na drewnianej ławie, przy drewnianym stoliku. Słońce wynurzyło się ospale zza chmur. Dawid wyjął z paczki papierosa, oparł łokcie o stół i zapatrzył się na góry widoczne za moimi plecami.

– Nie znasz mnie – odezwał się, jakby przewidział wszystkie moje pytania. – Nie wiesz o mnie nic. Po prostu mi uwierz, że się staram i nie chcę wyrządzić krzywdy twojej Marcie.

– Mojej? – podchwyciłam. – Nie twojej?

– Przestań.

Przestałam, bo jakoś czułam, że nie powinnam go wnerwiać.

Pomiędzy nami przysiadł na chwilę motyl. Zastanawiałam się, kiedy odleci i które z nas go wystraszy, przyglądałam się z bliska jego pięknym skrzydłom, kolorom, włoskom. Dawid też na niego popatrzył, uśmiechnął się jakoś ciepło, a ja wtedy nareszcie zrozumiałam, dlaczego Marta tak strasznie się w nim zakochała.

– Niesamowity, prawda? – zapytał, śmiejąc się.

Wysokie, pokryte lasem szczyty gór. Słońce wysoko nad nami, niebieskie niebo bez chmur, płaskie, równe, nieograniczone.

Dawid z plecakiem, do którego spakowałam prowiant, ja z aparatem fotograficznym na szyi, zmęczona, zdyszana i niewyspana. Nasze cienie na wydłużającej się drodze. Nasze kroki odmierzające powolną wspinaczkę.

Kapliczka na jednym ze szlaków, drewniana, stara, z informacją na mosiężnej tabliczce o dacie jej powstania i zniszczenia podczas drugiej wojny światowej. Odbudowana w latach pięćdziesiątych, z przywiezionym z daleka krzyżem, drewniane ławy zrobione przez górali, podłoga ze skrzypiących desek.

Dawid w kaplicy stał się nagle jakiś inny, jakby docenił starania górali i powagę tego miejsca. Ukląkł w ławce, pochylił głowę i zaczął się modlić. Klęczałam obok niego, ale kilka minut później, gdy on wciąż trwał w bezruchu, wstałam i zaczęłam obchodzić powoli wnętrze.

Religijne obrazy, złote ramy, jasne ściany, wysoki sufit z drewnianym stropem. Przy ołtarzu otworzyłam aparat, ustawiłam ostrość, włączyłam lampę. Przez okno z czerwono-niebieskim witrażem przepływało kilka promieni światła. Spróbowałam je uchwycić, przykucnęłam, potem odchyliłam obiektyw w górę, by sfotografować Chrystusa wiszącego na krzyżu.

Dawid tkwił wciąż pochylony w ławce. Popatrzyłam na niego, uświadamiając sobie, że wcale się nie modli. Patrzył na krzyż, nawet nie złożył rąk do modlitwy, po prostu patrzył i myślał o czymś.

Zaczekałam nad niego przed kapliczką, na słońcu. Wyszedł niemal pół godziny później, jakiś zmartwiony i roztargniony. Zaczął przeglądać mapę ze szlakami, ale nieuważnie, kiedy o coś spytałam, nawet mnie nie usłyszał.

Na szczyt góry doszliśmy koło piątej po południu, kiedy robiło się już szaro. Pejzaż pod nami wydawał się nierzeczywisty, oświetlony promieniami gasnącego słońca, zupełnie pusty. Turystów było niewielu, na szlaku minęliśmy może z pięć osób.

– Zrób jakieś zdjęcia – poprosiłam, wyciągając do niego aparat. Chciałam, żeby się czymś zajął, żeby się ocknął z tego dziwnego zamyślenia, w które wpadł w kaplicy i które wciąż trwało.

Wziął ode mnie aparat, ale nawet go nie otworzył.

– Myślisz, że piekło istnieje?

Stanął na skraju góry, w miejscu, które było już oddzielone liną jako niebezpieczne. Stał tam długo, znowu zamyślony, wpatrzony w pejzaż pod nim, świadomy wysokości, na której jesteśmy. Zbliżyłam się do linki, ale nie przekroczyłam jej, nagle porażona dziwną myślą, że Dawidowi jest wszystko jedno, co się stanie.

– Mówisz o piekle po śmierci?

Popatrzył przez ramię na coś za mną. Ja też odwróciłam się, trochę wbrew sobie. Zobaczyłam tylko dwie wysokie sosny i ich wysmukłe cienie na zielonej trawie. Kiedy jednak zwracałam głowę w kierunku Dawida, ogarnęła mnie dziwna pewność, że między sosnami ktoś stoi i nas słucha.

– Może nie ma czegoś takiego jak grzech? Może sami sobie wyznaczamy granice grzechu? – Nie czekał na moją odpowiedź, dodał: – Michał uważał, że Bóg jest dokładnie taki, jak my.

– Jak my? – podchwyciłam, cofając się. Coś poruszyło się za mną, czyjeś kroki przerwały ciszę, na ramieniu poczułam delikatny podmuch, bardziej jak oddech niż wiatr.

– Że jest taki sam, jak człowiek. Tak samo omylny, roztargniony, małostkowy. Kieruje się emocjami. Dojrzewa i starzeje się wolniej od nas. Kiedy umrze, będzie koniec świata. Mówił, że może Bogów jest całe mnóstwo. Może są lepsi i gorsi. Że nam w udziale przypadł Bóg chimeryczny jak kobieta.

Silny poryw wiatru sprawił, że skuliłam się w sobie i cofnęłam jeszcze o krok. Przeraziła mnie myśl, że Dawid zaraz zrobi coś, czego nie jestem w stanie przewidzieć. Co to mogłoby być? Zacznie się śmiać? Rzuci się w dół? Krzyknie?

Zawrócił. Minął mnie i skierował się na ścieżkę prowadzącą w dół. Usłyszałam, jak mówi, chyba do mnie.

– Nie zatroszczył się o wiele spraw, ale z całą pewnością zadbał o to, byśmy mieli wyrzuty sumienia.

Tamten wieczór jest wyraźny, może dlatego, że był ostatnim wieczorem w górach i wtedy zaczęłam rozumieć to, co do tej pory uważałam za tajemnicę.

Pamiętam nas tak dobrze. Patrycję, tamte dziewczyny, Mariusza, Dawida, chłopaków, którzy z dzisiejszego punktu widzenia wydają się nieważnymi statystami w tamtych scenach.

Graliśmy w karty, rozmawialiśmy. Dawid dużo pił, Mariusz robił dla nas niesamowite drinki przypominające pokruszone szkło, Patrycja śmiała się jakoś wesoło, nagle w dobrej komitywie z towarzystwem. Obserwowałam ich, sama trochę pijana, zmęczona, niepewna, czy wyjazd można uznać za udany czy raczej nie. Było tak wesoło i przyjemnie, jakby nigdy nic się nie stało. Jakbyśmy byli grupą wesołych turystów, którzy przyjechali w Bieszczady wypocząć.

Na dworze lało. Dawid z Mariuszem w przeciwdeszczowych kurtkach poszli po drewno do kominka, widziałam ich najpierw z jednego okna, potem z drugiego. Oddalili się pod szeroki okap, pod którym znajdowały się okryte folią gałęzie. Na ścianie garażu zarysowało się tylko okrągłe światło ich latarki.

Zarzuciłam płaszcz przeciwdeszczowy i poszłam do nich. Ściana domku była mokra, pachniała wilgotnym drewnem. Oparłam się o nią, przyciskając twarz do mokrych desek. Łowiłam każdy szmer, każdy głos.

Widziałam ich pod okapem. Dawid miał kaptur nasunięty tak nisko na oczy, że widziałam tylko fragment ust. Mariusz zdjął kaptur z głowy i szukał wśród drewna takiego, które byłoby dość suche, by palić nim w kominku. Dawid skierował na niego latarkę.

Deszcz przybierał na sile, robiło się coraz zimniej, z leśniczówki dobiegał mnie chichot Radka. Głos Dawida utonął w huku muzyki, którą nagle ktoś zrobił głośniej. Dotarło do mnie tylko, jak powiedział:

– Wczoraj śniła mi się Gabi.

Północ. Mariusz na werandzie moknącej w deszczu, ja przy nim, stoimy razem zapatrzeni w moknący las.

– Gdzie jest Gabi? – spytałam. Przez okno widziałam pokój zalany światłem kominka, ich wszystkich wciąż z kartami do gry w rękach, z butelkami piwa, z papierosami. Dziewczyny tańczyły w niewielkim przesmyku między kominkiem, a kanapą. Iza, chichocząc głośno, z papierosem w ustach, zdejmowała z siebie sweter i machała nim w powietrzu przy akompaniamencie ogólnej radości chłopaków. Laura zaczęła się gramolić Dawidowi na kolana, obejmując go za szyję. – Dlaczego go zostawiła?

– Kto naopowiadał ci takich rzeczy? Skąd pomysł, że ona go zostawiła? – pyta Mariusz gdzieś za moimi plecami. Słyszę jego kroki oddalające się do schodów werandy.

Skuliłam się przed mokrym porywem wiatru, patrząc, jak szczyty drzew kołyszą się na tle czarnego i bezgwieździstego nieba.

– Ktoś wprowadził cię w straszny błąd, Marta. Gabi nie zostawiła Dawida, była w nim bardzo zakochana, Dawid zresztą też... Zakochana – jakie dziwne słowo!

– Porozmawiaj z nim. Na pewno ci powie.

Dawid ściąga sobie Laurę z kolan, żartobliwie nakłaniając ją, żeby przyczepiła się do Radka, albo do Sławka. Laura tańczy z Patrycją koło kominka, Iza stoi w cienkiej koszuli na wąskich ramiączkach, przeświecona przez ogień.

Mariusz sonduje mnie wzrokiem, jakby rzeczywiście brał pod uwagę zaskoczenie mnie jakąś straszną informacją. Głos i słowa, słowa, słowa.

– Dawid i Gabi brali udział w pewnym plenerze pod Paryżem, prawie dwa lata temu. Mieli wypadek samochodowy. Ona zmarła w szpitalu kilka dni po tym wypadku.

Odwróciłam do niego twarz, drżały mi usta. Rozchyliłam je, jakbym chciała coś powiedzieć, ale żadne słowa nie przeszły mi przez gardło.

– Prowadził Michał, jej brat.

Znowu poruszyłam ustami. Bezwolnie przycisnęłam dłoń do twarzy. Uniosłam spojrzenie na okno, wycelowałam nim w Dawida. Uśmiechał się, obserwując tańczącą Izę. W jakimś momencie zaczął się śmiać, sięgnął po papierosa, odstawił piwo na stół.

Wciąż stałam na werandzie, chociaż zmarzłam tak bardzo, że zaczęłam drżeć. Wiedziałam jednak, że nie wejdę do środka. Nie mogłam nawet myśleć o tym, że mogłabym powiedzieć cokolwiek Dawidowi, że mogłabym rozmawiać teraz z Pati, że w ogóle jestem w stanie zrobić coś normalnego.

Dni normalności zniknęły i może nawet nigdy ich nie było. Teraz, kiedy sięgałam pamięcią wstecz, uświadamiałam sobie, że nie wiem, co mogłabym określić słowem „normalny". Czy było w ogóle coś przed spotkaniem Dawida? Czy zbieranie herbacianych torebek i układanie ich w rozmaite wzory można uznać za jakąś stałą w moim życiu? Wszystko wypadało z rąk, rwało się na drobne kawałki i było tak bardzo nietrwałe, że nie umiałam ogarnąć tego pamięcią. Czas dzielił się na ten, kiedy poznałam „Klucz" i tamten przed nim. Tyle że tamten przed nim zaczynał już znikać. Wiatr przeniknął mnie zimnem, sprawił, że skuliłam ramiona i zamknęłam oczy. Tak bardzo chciałam być już w domu z Pati. Wiedziałam, że po przyjeździe, jeśli w końcu uda nam się złapać Helenę, Patrycja wymówi jej mieszkanie i spróbujemy zacząć wszystko od nowa. Ja pojadę do rodziny do Poznania i poszukam rzeczy oraz zdjęć, które rozjaśnią mi przeszłość. Potem, kiedy wrócę do Gdyni, zastanowię się, co dalej. Tu czas się zatrzymał, ale „dalej" gdzieś istniało i prędzej czy później musiało nastąpić.

Dawid wszedł na werandę tak cicho, że zauważyłam go dopiero w chwili, gdy stanął za mną i zapytał:

– Dlaczego nie wejdziesz do środka?

Poruszyłam ustami, ale nie wydobyło się z nich żadne słowo. Spróbowałam więc jeszcze raz:

– Nie chcę.

Oparł czoło o tył mojej głowy i przez moment czułam jego ciepły oddech na karku.

– Zmarzniesz tu – powiedział.

Chciałam zmarznąć, chciałam nawet zamarznąć. Żeby tak można było sprawić, że zimny wiatr rozsieje się we mnie, zapuści korzenie, przemieni mnie w kawałek lodu, który nie będzie umiał odczuwać bólu.

– Chcę tu postać – dodałam, a Dawid odwrócił mnie do siebie i popatrzył mi w oczy. Teraz już wiedziałam, kiedy jest pijany, a kiedy nie. I przerażało mnie to, że właściwie chyba nigdy nie był do końca trzeźwy.

Poczułam jego dłonie na moich włosach, usta przesuwające się po moich policzkach, dotykające moich ust.

– Wszystko się pieprzy...

Chciałam go odepchnąć, ale przytrzymał mnie mocno przy sobie. Odwróciłam głowę.

– Ty to pieprzysz.

Usta szepczące tuż przy moich wargach z jakąś ironią. Uświadomiłam sobie, że powtarza słowa piosenki, która właśnie szła w radiu.

– „Jutro możemy być szczęśliwi. Jutro możemy tacy być. Jutro możemy być szczęśliwi, jeżeli jutro może być..."

Na próżno go odpychałam. Był za silny i zbyt pijany, żeby zostawić mnie w spokoju.

– Jutro możemy być szczęśliwi... Myślisz, że tak?

Miałam ochotę krzyknąć, żeby mnie zostawił. Bezradnie odpychałam jego ręce.

– Zostaw mnie, zostaw!

Zaczęłam się wyrywać, ale udało mu się przytrzymać moje dłonie tak, że nie mogłam go odepchnąć.

– Ja tak nie umiem... – powiedziałam ze złością, a potem już ze łzami. – Nie umiem! Nie chcę tak dalej! Słyszysz? Puść mnie!

A w nocy wszystko się zaczęło i skończyło.

Otworzyłam oczy w momencie, gdy Dawid zaczął mówić, że muszę wezwać pogotowie. Resztki snu wciąż krążyły mi pod powiekami, kiedy siadałam na łóżku i próbowałam zrozumieć, co się dzieje.

Jak na zwolnionym filmie popatrzyłam najpierw na łopoczącą w oknie firankę, a potem na niego. Miał uchylone oczy, wpatrzone we mnie jakoś dziwnie, szkliste i tak ciemne, jakby były ślepe.

– Wezwij pogotowie... szybko...

Wszystko było niespójne, zatrzymane w powolnych kadrach. Wstawałam z łóżka i ubierałam się, drżąc z zimna. Ominęłam go wzrokiem, niepewnie kierując się do drzwi.

– Obudzę Mariusza...

Zawahałam się już w progu. Rozlał się we mnie jakiś wielki ziąb, przechyliłam na bok głowę, wpatrzona w niego. Dopadły mnie słowa:

– Wszystko puchnie... co się dzieje?...

Korytarz chwiał się na boki. Trzymałam się ścian, oparłam się plecami o drzwi i popatrzyłam w głąb ciemnego holu. Alkohol krążył we mnie silnie, teraz silniej niż przed snem. Zamrugałam oczami, usiłując wszystko przyspieszyć.

Mariusz wyszedł na korytarz w stanie nie lepszym niż ja. W ciemnościach rzuciły mi się w oczy jego blada twarz i senne spojrzenie.

– Coś się mu stało... – powiedziałam, ściszając głos, żeby nie obudzić wszystkich. – Wezwij pogotowie...

Jakoś od razu zorientował się, o kim mówię. Cofnął się do pokoju po komórkę, spróbował zadzwonić.

– Nie ma sygnału.

Wszystko znowu spowolniało. Przesuwałam wzrokiem po ścianach, po podłodze, po jego rękach i podświetlonym ekranie komórki.

– Jak to, nie ma sygnału?

Moja komórka też nie miała zasięgu, zielonkawy prostokąt był pusty.

– To dlatego, że jesteśmy w lesie... – Mariusz pochylił się nad Dawidem. – Dawid, co się dzieje?

Otworzyłam okno. Uderzyło we mnie zimne powietrze, wyciągnęłam rękę z komórką daleko, najdalej, jak mogłam, ale zasięg się nie pojawił. Głos Dawida dobiegał zza moich pleców, senny, niewyraźny i nagle jakiś obcy.

– Widzisz to? Coś jest cholernie nie tak...

Słowa rozciągnięte w czasie, dziwnie płaskie. Spojrzenie Mariusza odnalazło mnie i był w nim czysty niepokój.

– Nie widzę niczego, twoja ręka wygląda dobrze...

– Nie widzisz?

– Nie, ale skoro tak twierdzisz...

Pod światło dłoń Dawida wyglądała zupełnie normalnie, ale kiedy Mariusz chciał jej dotknąć, Dawid cofnął się, sycząc z bólu:

– Wezwaliście karetkę? – Miał niewyraźny głos, słowa wydawały się jakoś dziwnie połączone, jakby zaczęły splatać się ze sobą.

– Już zaraz wezwiemy. Nic się nie martw.

Położyłam rękę na jego czole, zanim zdążył się odsunąć. Gorąca skóra, wilgotna od potu. Uświadomiłam sobie, że drżę, że on też drży – ja ze strachu, on z zimna i z gorączki. Okryłam go jeszcze jednym kocem, ale zaraz zaczął go ściągać z siebie, tłumacząc jakoś mętnie, że wszystko go boli i żebym go nie dotykała.

Odsunęłam się.

– Dawid, co konkretnie się dzieje? Co cię boli?

Ciemne dredy na poduszce, wilgotne od potu, przypominające węże, dłoń niepewnie odsuwająca je z twarzy, spojrzenie nagle jakieś nieprzytomne, przesuwające się do twarzy Mariusza, potem do własnych rąk. Zaczął kaszleć. Mariusz patrzył na niego, a Dawid wciąż kaszlał i to coraz silniej. Stałam w bezruchu, wpatrzona w nich z lękiem, zmarznięta, pijana. Powoli docierało do mnie, że to nie jest normalny kaszel. To było coś innego, coś, co wiązało się z bólem skóry. Coś...

– On nie może oddychać.

Teraz widziałam wyraźnie. Nabierał powietrza głęboko, chaotycznie i to pogarszało się z chwili na chwilę. Zakrył twarz rękami, chwilę leżał bez ruchu, a potem nagle zaczął pocierać nerwowo oczy, znowu zakaszlał i jakoś dziwnie zwinął się na łóżku.

– Brałeś leki?

– Jakie leki? – spytałam, ale Mariusz mnie zignorował.

– Brałeś leki? – powtórzył. – Brałeś je i piłeś alkohol?

– Jakie leki?! – Podniosłam głos.

– Jak to, jakie? – Wyglądał na tak zaskoczonego moim pytaniem, jakby nawet nie brał pod uwagę tego, że mogę nie wiedzieć, o jakie leki chodzi. – Przeciwbólowe.

W przedpokoju rozległy się kroki, zgrzytnęły drzwi i stanął w nich Arek, zmiętoszony i senny.

– Co się dzieje? Ktoś jest chory?

Okropny dźwięk z trudem nabieranego powietrza rozrywał ciszę. Arek popatrzył w tamtym kierunku, podszedł kilka kroków.

– Co jest grane? – W jego głosie pojawił się strach, który sprawił, że ja też zaczęłam się bać.

Dawid wydawał się coraz bardziej zmęczony kaszlem i zdenerwowany.

– Gdzie karetka? – spytał, a potem dodał już spanikowanym głosem: – Zabierzecie mnie stąd... kurwa, zabierzcie mnie stąd...

Nie mogłam się ruszyć. Strach skręcał mi wnętrzności, przesuwał się wraz z zimnem po moim ciele, oszałamiał mnie.

Mariusz starał się jakoś to wszystko poskładać i zrozumieć.

– Nic mu nie było wieczorem.

Arek wpatrywał się w niego rozszerzonymi oczami.

– Wezwaliście pogotowie?

– Nie ma zasięgu – odpowiedziałam, znowu dziwnie spokojnie, jakby głos przestał należeć do mnie.

Wzrok Arka zsunął się ze mnie i powrócił do Dawida.

– Jezu, to zawieźmy go tam wozem!

Zobaczyłam, jak Mariusz pochyla głowę, nagle spanikowany. Wyczułam podobną panikę u Arka i już wiedziałam, jak bardzo jest źle. Wyszeptałam:

– Przecież nie możemy.

Zapadła jakaś straszna cisza, w której oddech Dawida i jego kaszel wydawały się tak głośne, że nie do wytrzymania.

Potarłam czoło, świadoma już teraz, że znaleźliśmy się w jakiejś koszmarnej sytuacji, z której nie ma wyjścia. Nie mogliśmy go wieźć. Nie mogliśmy, bo wszyscy byliśmy tak pijani, że nie dalibyśmy rady prowadzić samochodu! Nie mogliśmy, bo nawet nie wiedzieliśmy, gdzie jest szpital. Nic nie wiedzieliśmy. Nasze telefony nie łapały zasięgu, byliśmy unieruchomieni na sporej wysokości, otoczeni lasem, bez możliwości ucieczki.

– O Jezu... – wyszeptałam i poczułam, że uginają się pode mną nogi.

Dawid coś zrozumiał z naszej paniki i powtórzył:

– Zabierzcie mnie stąd... Zabierzcie mnie stąd... Jezu, ruszcie się...

To był jakiś horror. Chwila przesuwająca się w czasie. Nie mogłam patrzeć na Dawida, odwróciłam się do okna i patrzyłam, jak w mroku, pod naporem wiatru kołyszą się drzewa.

– Jezu – powtórzyłam cicho – Jezu, to niemożliwe...

Przed domem zarysowywał się kształt samochodu Mariusza, światło z lampy na werandzie oświetlało fragment maski, spływało w dół. A my nie mogliśmy do niego wsiąść i pojechać.

Gdzieś za mną Arek powiedział:

– Może telefon już działa... zadzwoń jeszcze...

Nastąpiła kolejna chwila ciszy, w której słyszałam dźwięk wybieranego numeru, a potem bezsilność w głosie Mariusza i wściekłość, gdy rzucił komórkę na łóżko.

– Nie ma pieprzonego zasięgu...!

Kiedy na niego popatrzyłam, trzymał głowę w dłoniach.

– To może jedźmy... – poprosiłam wciąż nieswoim głosem. – Jedźmy już!

W korytarzu zapaliło się światło, w drzwiach pokoju ukazały się twarze Patrycji i Izy. Za nimi stała Laura i Sławek – wszyscy wystraszeni, jakby po naszych słowach zorientowali się w sytuacji.

– O Chryste! – powiedziała Pati i oparła się o ścianę. – Co mu jest?

Iza kręciła głową jakby z niedowierzaniem, zapytała głupio, czy pogotowie już wezwane, potem wszyscy rzucili się do swoich komórek, by sprawdzić zasięg. Ktoś potknął się na korytarzu i zaklął siarczyście, Sławek powiedział jakoś autorytatywnie:

– Trzeba go zawieźć do szpitala!

A potem już z wahaniem:

– Kto nie pił i umie prowadzić? Wiecie, gdzie tu jest pieprzony szpital?

Drżały mi nogi i nie mogłam ustać. Osunęłam się po ścianie do pozycji siedzącej, czułam, że moje oczy robią się coraz bardziej wilgotne, że poruszam bezwiednie ustami, moje spojrzenie mimowolnie padło na zegar. Ile czasu to już trwa?, pomyślałam, wpatrzona we wskazówki przesuwające się wolno po srebrnej tarczy. Ile czasu nie robimy nic?

Tik-tak-tik-tak... jednostajne, puste dźwięki. Popatrzyłam na łóżko i skulony na nim kształt.

– Zróbcie coś... – szeptał nerwowo, trochę jakby się modlił, trochę bezmyślnie. – Zróbcie coś, zróbcie coś...

Mięśnie miałam napięte do bólu. Pomyślałam, że nie wytrzymam, jeśli to potrwa jeszcze chociaż chwilę.

Dawid szeptał teraz do Mariusza, obolały, półprzytomny, ale świadomy, że nic nie robimy.

– Jest źle, zabierz mnie stąd...

Patrzył na niego, wodził wzrokiem od twarzy do twarzy i widział wokół siebie zgraję przerażonych ludzi.

– Mariusz... Mariusz, zabierz mnie stąd...

Mariusz nie reagował, głowę trzymał w rękach, zapatrzony w podłogę. Sławek powiedział gdzieś z tyłu:

– Nie mogę na to, kurwa, patrzeć.

I wyszedł na korytarz.

Cała reszta stała w pokoju i po prostu patrzyła.

– Jezu... co z wami...?

Skulił się na łóżku, spróbował uspokoić kaszel.

– Co wy robicie...?!

Podchwyciłam wzrok Arka, Iza opuściła głowę, by nie patrzeć na to dłużej, Pati oparła się o ścianę, dłonie przycisnęła do ust.

– Ludzie, ruszcie się!

Wzrok Dawida dopadł mnie.

Cała się trzęsłam, pokręciłam głową i cofnęłam się o krok. Wyczułam, że Mariusz cofa się razem ze mną. Pomyślałam: A więc naprawdę będziemy czekać, aż umrze?

W pokoju panowała cisza tak wielka, że słyszeliśmy tykanie zegara. Oczy Dawida zsunęły się bezradnie z mojej twarzy i wycelowały w Patrycję.

Każdy reagował tak samo: spuszczone oczy, pochylona głowa. U każdego ten sam strach. Ta sama bezradność. Złość zbyt słaba, by rzeczywiście zacząć działać. I jakaś straszna ciekawość, jak to będzie dalej i do jakiego momentu jesteśmy w stanie to znieść.

Dawid zasłonił dłońmi oczy.

– Boże... – wyszeptał z rezygnacją, jakby uświadomił sobie całą wyrazistą okropność naszej niemocy. Zaczął się śmiać cicho, z niedowierzaniem, a potem nagle nie mógł nabrać powietrza.

Patrzyliśmy na to. Staliśmy i patrzyliśmy. Czuliśmy wszyscy to samo: obrzydzenie i fascynację. Granice przesuwały się, rozmywały, naginały w czasie.

Kolejny oddech, spojrzenie na sekundę uspokojone, ale coraz bardziej nieprzytomne, dłonie zaciskające się bezradnie na poduszce.

Kolejne sekundy odmierzane jednostajnie przez zegar.

Tik-tak, tik-tak, tik-tak...

Zapamiętałam niepotrzebne szczegóły, firankę poruszaną wiatrem, wydymającą się, łopoczącą, rozkołysane czubki drzew, skrzypienie podłogi, gdy ktoś pospiesznie odchodził w głąb domku.

Jak na zwolnionym filmie okiennica uderzyła o ścianę, głucho, nieprzyjemnie.

Budziliśmy się, jedno po drugim. Mrugaliśmy oczami, nagle zdolni do normalnych emocji. Ktoś krzyknął, że trzeba się spieszyć, ktoś przyskoczył do łóżka, Mariusz zbiegł na dół, by uruchomić samochód, dziewczyny zaczęły jazgotać i krzyczeć jedna przez drugą: „szybko, szybko!".

Potem wszystko nabrało jakiegoś strasznego tempa, w którym kompletnie się pogubiłam. Chłopcy położyli Dawida na tylnym siedzeniu, ja spróbowałam dopchnąć się do niego i zobaczyć, czy jest przytomny. W ciemności, w jakichś strasznych kontrastach zobaczyłam jego dłoń: białą na czarnym tle siedzenia, i udało mi się jej dotknąć. Palce były chłodne, ktoś odepchnął mnie do tyłu, Mariusz potknął się na schodach, tamci kłócili się, kto ma prowadzić.

Zapanował jeszcze większy zgiełk, Arek krzyczał, że wszyscy zginiemy, Mariusz usiadł za kierownicą, ja wskoczyłam na przednie siedzenie.

– Jesteście nienormalni! – darł się ktoś, kiedy odpalaliśmy samochód. – Rozwalicie się na jakimś drzewie! Pieprzeni idioci! Ruszając na wstecznym, Mariusz nie wyhamował i uderzyliśmy tylnym reflektorem w ciemną kłodę. Patrycja i Iza przybiegły obejrzeć uszkodzenia. Reflektor był pęknięty. Mariusz, nie czekając, aż się odsuną, wrzucił jedynkę i ruszyliśmy raptownie, z piskiem opon.

Samochód kołował po drodze, z jednej strony na drugą. Minęliśmy ogrodzenie leśniczówki i znaleźliśmy się w lesie. Było tak ciemno, że nie mogliśmy jechać.

– Coś jest nie tak... – denerwował się Mariusz. Zatrzymał się, by sprawdzić wszystkie ikonki na tablicy.

– Nie masz świateł! – krzyknęłam. – Nie włączyłeś pieprzonych świateł!

Światła zapłonęły, oświetliły zarys drzew i żwirowej drogi, ruszyliśmy wielkim zrywem i kilka chwil później, niespodziewanie w coś zaryliśmy. Koła zaczęły jazgotać, bez żadnego zaczepienia, Mariusz dodawał gazu, coraz bardziej zdenerwowany.

– Co jest...? – Dopiero teraz uświadomiłam sobie, że cała się trzęsę i to tak mocno, że nie jestem w stanie opanować tego, co się ze mną działo.

– Błoto... siadaj za kierownicę... popchnę wóz....

Wyskoczył zza kierownicy, a ja zajęłam jego miejsce. W świetle reflektorów las wyglądał prawie groźnie.

– Dodawaj gazu! – wrzeszczał z tyłu. Robiłam, jak kazał, i po kilku minutach wycia silnika, samochód wygrzebał się z błota.

Wpadaliśmy we wszystkie możliwe dziury. Widziałam rozchwiany zarys drzew, o które niemal się ocieraliśmy, na wyboju coś zgrzytnęło pod nami, Mariusz klął na czym świat stoi, las nareszcie się urwał i został za nami. Znaleźliśmy się na asfaltowej drodze i to nas nieco uspokoiło. Wciąż cała drżałam, splatałam ciasno palce i miałam wrażenie, że jestem jedną całością razem z siedzeniem i pasem bezpieczeństwa, który w jakimś momencie zapięłam. Wpatrywałam się w drogę przed nami, a moja pamięć blokowała się i nie pozwalała sięgnąć wstecz i wyświetlić wszystkiego, co się wydarzyło. Ogarniał mnie tylko coraz większy ziąb, jakby udało mi się rzucić zaklęcie na przyrodę, kiedy stałam na werandzie i jakby zimny wiatr rzeczywiście zagnieździł się we mnie, by obrócić w lód wszystko, co znajdowało się w moim wnętrzu.

Po łomocie na wybojach, kiedy jechaliśmy płaskim asfaltem, nastała cisza. Bałam się tej ciszy, bo nie było w niej słychać Dawida. Mariusz też o tym pomyślał i powiedział niepewnie:

– Zobacz, co z nim.

A ja bez słowa wychyliłam się do tylnego siedzenia i w ciemności dostrzegłam zarys skulonej postaci. Moja dłoń wyciągnęła się w tę ciemność, pod palcami wyczułam splątane włosy i kształt ramienia.

– Dawid? – spytałam. Mój głos wciąż brzmiał obco i miałam wrażenie, że tak już będzie zawsze. Jakaś niewyobrażalna wydawała mi się myśl, że w ogóle kiedykolwiek uda nam się wydostać poza tę chwilę.

Nie odpowiedział. Wyczułam tylko, że cofa się przed moim dotykiem, jakby nie mógł go znieść. Moja ręka zawisła w powietrzu.

– Dawid? – powtórzyłam. – Dawid, odezwij się.

Niemal mogłam sobie wyobrazić, jak porusza ustami, by powiedzieć mi, że mam się odpieprzyć.

Mariusz

Korytarze w szpitalu mają kolor biały, ale wcale nie są sterylne, chociaż każdego dnia myją je dokładnie sprzątaczki. W tym szpitalu wszystko wydaje się zbyt stare: płytki na podłogach, ściana pełna odcisków palców, sfatygowane krzesła. Kiedy proponuję Marcie, żebyśmy poczekali w jakimś innym miejscu, ona bezwiednie idzie za mną.

W windzie jest lustro i Marta w jakimś momencie dostrzega w nim siebie. Marszczy brwi, przybliża twarz do własnego odbicia.

– Jak ja wyglądam... – mówi cicho. – Okropnie wyglądam i tak już teraz będzie...

– Nie wyglądasz okropnie.

Nawet mnie nie słyszy. Poprawia włosy, wyciera smugi tuszu z policzka, prostuje ramiona.

– Co myśmy zrobili? – pyta siebie w lustrze, ale słowa chyba skierowane są do mnie. – Mariusz, co stało się z nami tam, w środku? Chciałbym jej odpowiedzieć, ale nie umiem. Nie wiem, co się stało. Może tak właśnie wygląda panika, może to była jakaś chora ciekawość i próba przeciągania granic? Nie wiem, po prostu nie wiem. Ale wiem, że ten wieczór zakończył wiele spraw i już nie uda nam się cofnąć poza niego.

Siadamy przy stoliku w zamkniętym bufecie. Marta opiera łokcie na stole i kładzie na dłoniach twarz. Przesuwa niepewnie oczami po kratach dzielących od nas półki ze słodyczami i napojami.

– Nie tak to wszystko miało być – mówi szeptem. – Nie tak to miało się skończyć.

Przypatruję się jej w milczeniu i próbuję znaleźć odpowiedź, która ją uspokoi, ale takiej odpowiedzi nie ma. O tym, że ten wieczór zakończy jej romans z Dawidem, nie muszę mówić, bo sama to wie. Dawid na pewno nie powie jej, że to przez wszystko, co się stało; nie zdziwiłbym się, gdyby w ogóle nic jej nie powiedział, tylko zwyczajnie odszedł. Nie lubi roztrząsać takich spraw, więc pewnie, jak tylko poczuje się lepiej, wyjedzie stąd. Znam go tak dobrze, że z łatwością mogę przewidzieć, co zrobi. Nie potrafię tylko zrozumieć, dlaczego robi pewne rzeczy. Dlaczego wybrał akurat ją.

Podobno ludzie, kompletnie nie zdając sobie z tego sprawy, poruszają się w strasznych schematach. Wybierają sobie na partnerki osoby podobne do siebie, powtarzają dramaty swoich rodziców, przejmują uzależnienia, które obserwowali w dzieciństwie, wyrządzają krzywdę innym tylko dlatego, że ktoś kiedyś wyrządził im podobną.

Tak chyba jest z Dawidem. To, jak postąpił z Gabi, było wstrętne, ale wychował się w takim samym układzie. Gabi była zresztą zbyt krucha na wszystko, co jej zrobił. Marta jest taka sama. I po Marcie pewnie przyjdzie następna i następna, a wszystkie podobne do siebie i tak samo bezbronne.

„Nie martw się, nie zamierzam unieszczęśliwić kolejnej kobiety" – powiedział ostro rok temu, kiedy wrócił z Francji i jeden jedyny raz rozmawialiśmy o tym, co zrobił Gabi. I dodał z irytacją: „Nie mam widoków na żaden związek i nie zamierzam mieć. Mam dość, daj mi spokój".

Dlaczego to musiałaś być akurat ty?, myślę, patrząc na jej włosy rozsypane na blacie stołu: błyszczące i złociste, przypominające miękki materiał. Dlaczego ona? Jej dłonie poruszają się bezwiednie, jedna na drugiej. Długie rzęsy rzucają cień na policzki, spojrzenie wciąż kieruje się na tamte okratowane regały. Boję się jej dotknąć, a chciałbym. Chciałbym jej powiedzieć, że wszystko będzie dobrze, tylko niech zostawi go w spokoju.

– Czy tak samo było we Francji? – pyta. – Czy tam też zostawiliście go samego i zwialiście do Polski, żeby was z nim nie łączono? „Nas" – znaczy „mnie". Tak, tak było. Kiedy tylko usłyszałem, co się stało, wsiadłem w pierwszy samolot i poleciałem do Polski, a w samolocie dziękowałem Bogu, że nie było mnie z Dawidem w tamtym samochodzie i że może uda mi się nie brać w tym wszystkim udziału.

– Nie odwiedziłeś go tam?

Kręcę przecząco głową. Nie odwiedziłem go i teraz wiem, że gdybym przyjechał do Paryża i porozmawiał z Dawidem, to może dzisiaj nie siedzielibyśmy tutaj, na plastikowych krzesłach, z ubraniami zachlapanymi błotem i z tym okropnym strachem w oczach.

– Nie da się cofnąć czasu, więc nie ma sensu zastanawiać się, co można było zrobić inaczej – mówię, a Marta ani przez sekundę nie podnosi na mnie spojrzenia.

Kłamię. Od ostatniego roku nie robię nic innego, tylko zastanawiam się, co by było, gdybym jednak wtedy został we Francji, gdybym nie wsiadł w pierwszy samolot do Polski, tylko pojechał do szpitala, do którego po wypadku przewieziono Dawida i Gabi. Ciągle układam sobie w głowie plany, jak bym to rozegrał; szukam słów, którymi mógłbym mu wtedy pomóc, żałuję, że to nie ja przekazałem mu wiadomość o śmierci Gabi, że nie pomogłem mu zrozumieć francuskich lekarzy i że cały tamten dramat zbyłem słowami: „Nie wiesz, że o takich rzeczach nie mówi się w samochodzie, szczególnie jeśli dotyczą kierowcy?! Pogłupieliście wszyscy?".

Moja dłoń dotyka pasma włosów, które leży najbliżej mnie. Dotykam ich tak, by Marta nie poczuła. Miękkie i delikatne przenikają przez moje palce i z powrotem kładą się na brudnym blacie stołu. Czemu to musiałaś być akurat ty?, myślę i przypominam sobie, jak zobaczyłem ją po raz pierwszy w gdańskim parku. Jechała na rowerze ubrana w coś bardzo kolorowego. Włosy zaplotła w gruby warkocz, który spływał jej po plecach, na ramionach zawiązała sweter. Akurat trzymałem na kolanach aparat fotograficzny, więc kiedy tylko ją zobaczyłem, uniosłem go do oczu i zdążyłem zrobić zdjęcie. Obróciła się niemal momentalnie. Wiatr poruszał liśćmi na drzewach, słońce było bardzo ostre i cały park wyglądał, jakby pomalowano go drobnymi pociągnięciami pędzla w kolorze żółtym, pomarańczowym i zielonym. Już się oddaliła, jej wydłużony cień poruszał się po drodze zasypanej rdzawymi liśćmi, które spadły z drzew. Odwróciła się i popatrzyła na mnie. A ja czułem się tak, jakby właśnie minęła najważniejsza chwila w moim życiu. Wiedziałem, że to głupie, ale tak właśnie się czułem. I pomyślałem, że zatrzymam tę dziewczynę następnym razem i nie dam jej odjechać tak szybko, jak dzisiaj...

Szukałem Marty dość długo, zanim, zupełnie przypadkiem, zobaczyłem ją w holu akademii sztuk pięknych. Tym razem trzymała w rękach rzutnik i szła po schodach do sali wykładowej. Nie zastanawiając się zbytnio nad tym, że mam tu umówione spotkanie, na którym powinienem być za piętnaście minut, poszedłem za nią. Do auli wchodzili studenci, więc wmieszałem się w tłum i zająłem jedno z miejsc najbliżej drzwi. Ona w tym czasie podłączyła rzutnik, przejrzała swój notes, a potem stanęła do nas tyłem, wpatrzona w slajd, który nie był zbyt wyraźny, jako że wciąż paliły się lampy. „Czy może ktoś zgasić światło?" – zapytała, więc je zgasiłem. Wyglądała dokładnie tak samo, jak na rowerze, nawet włosy zebrała w identyczny warkocz. Teraz jednak po raz pierwszy słyszałem jej głos: był łagodny, ciepły i kiedy rozbrzmiewał w auli, wydawał się trochę zbyt cichy. Patrzyłem, jak wsuwa na nos okulary i unosi spojrzenie na zgromadzonych w ławkach studentów. Uśmiechnęła się. „Porozmawiamy dzisiaj o rewolucji francuskiej" – oznajmiła i niemal momentalnie opowiedziała coś tak niesamowitego, że aż wydawało się nieprawdziwe. Powiedziała, że zburzenie słynnej Bastylii było powolnym i zamierzonym działaniem, na tyle mocno rozciągniętym w czasie, że podczas jego trwania organizowano pikniki, pokazy teatralne, a zrzucenie chociaż jednej cegły z rozbieranych murów poczytywano sobie za modę: kobiety przyjeżdżały nawet z dalekich stron, żeby symbolicznie strącić chociaż jedną cegłę.

– Rzeczywistość nie zawsze jest taka, jak sądzicie – ciągnęła nadal tym samym spokojnym głosem, w którym pobrzmiewało rozbawienie. – Mit pojawia się, kiedy z różnych względów „brakuje" prawdy. Kiedy więc czytacie o masach ludzi wyzwolonych z Bastylii, bądźcie ostrożni. W jej lochach bowiem wcale nie było tak wielu więźniów: siedziało tam kilka osób, w dodatku większość z nich skazana za pijaństwo. – Znowu ten uśmiech, który sprawiał, że wokół robiło się jaśniej. – Nie wierzcie też, gdy będziecie czytać o spontanicznym paleniu świątyń gotyckich. W dobie rewolucji, poza kilkoma pierwszymi jej dniami, nic nie było zbyt spontaniczne. Czy wiecie, że wydawano broszurę, która nosiła tytuł: „Jak zniszczyć świątynię gotycką za pomocą ognia"?

Po wykładzie podszedłem do niej i pierwszy raz poczułem się tak strasznie onieśmielony, że kompletnie nie wiedziałem, co powiedzieć. Ona popatrzyła na mnie przez chwilę obojętnie, a potem zaczęła się śmiać: „Wiem, kim jesteś!" – zawołała wesoło, celując we mnie notatkami. – „Zrobiłeś mi zdjęcie w parku. Nie sądziłam jednak, że jesteś moim studentem". Wtedy i ja już się zaśmiałem: „Nie jestem twoim studentem. To ciężko wytłumaczyć, ale przyszedłem tu, bo chciałem cię bliżej poznać. Dasz się zaprosić na kawę?".

Tak to się zaczęło, a teraz siedzimy w tym białym wnętrzu i ona nawet na mnie nie patrzy. Jej słowa przerywają ciszę.

– Opowiesz mi o tej kobiecie?

– O jakiej kobiecie?

– Nazywała się Juliette.

Tak, nazywała się Juliette Couper – tak podawały gazety. Ale ja nie wiem nic więcej. Trudno w to uwierzyć, ale mnie też to nurtowało, że znalazła się z nimi w tamtym samochodzie. Zapytałem o to Dawida dużo później, jakoś w zeszłym roku. Zapytałem go: „Co ona z wami robiła w tym samochodzie?", ale mi nie odpowiedział. Tak samo nie wyjaśnił mi tego Michał, kiedy przyjechałem, żeby z nim porozmawiać.

– Nie wiem – odpowiadam zgodnie z prawdą, a Marta robi dziwny grymas, jakby mi nie wierzyła i miała już wszystkiego dość.

– Nie wiesz? – pyta kąśliwie.

– Nie.

– Aha.

To oczywiste, że mi nie uwierzy. Ja też bym nie uwierzył, jakbym był na jej miejscu.

– Ale mogę opowiedzieć ci to, co wiem – decyduję i zanim ona podniesie głowę i popatrzy na mnie z nadzieją, że cokolwiek jej wyjaśnię, ja opowiadam jej o tym, jak widziałem Michała ostatni raz.

To działo się u niego w domu, w pięknym apartamencie na przedmieściach Gdańska, w strzeżonym osiedlu, bardzo nowoczesnym. Heleny wciąż nie było, policji nie udało się jej odnaleźć. Michał wydawał się strasznie roztargniony, kiedy do niego przyszedłem. „Chodź, chodź, właśnie się pakuję". Zaprosił mnie do środka, ale nigdzie nie widziałem jego walizek. Otworzył piwo, a potem powiedział z rezygnacją: „Coś jest cholernie nie tak z moim życiem". Sięgnąłem po papierosa, ale w końcu go nie zapaliłem, bo Michał dodał: „Wiesz, ona kiedyś wyglądała inaczej".

I to był ten moment, kiedy poczułem się tak, jakbym wszedł na bardzo kruchy lód.

„Kto?"

„Helena". – Michał poruszył ustami i dopiero po chwili wyjaśnił: – „Miała inne włosy, była wyższa".

Lód pode mną pękał, a nie miałem czego się chwycić. Wpatrywałem się w Michała, wciąż trzymając w palcach niezapalonego papierosa, a Michał wyglądał na tak zmartwionego, jakby wszystko, co mówił, było prawdą. Przeszło mi przez myśl, że żartuje, ale przecież nie żartował. Nie umiałby zrobić tego tak poważnie.

„To trudno wyjaśnić – dodał. – Myślisz, że zwariowałem?"

Nie odpowiedziałem, bo pomyślałem, że on faktycznie zwariował. Zająknąłem się i spytałem o jedyną rzecz, jaka przyszła mi na myśl: „Masz na to jakiś dowód?".

Poszliśmy do jego pokoju. Michał wydawał się coraz bardziej pobudzony, zaczął szukać czegoś w szafie, a ja stałem za jego plecami i zastanawiałem się, co to będzie, to coś, co Michał zaraz mi pokaże. Nie bardzo wiedziałem, jak rozmawia się z szaleńcami: trzeba im przytakiwać czy raczej zaprzeczać? Mam udowodnić mu, że mówi dziwne rzeczy? Mam wyjść?

W tym czasie Michał coś znalazł i mruknął: „Mam!". Przyszła mi wtedy do głowy niedorzeczna myśl, że zaraz wyjmie z szafy coś ważnego, co będzie dowodem potwierdzającym jego tezę. Myśl była tak straszna, że nie mogłem się poruszyć i dopiero jak Michał rzucił mi to coś, ocknąłem się nagle. W rękach trzymałem wiosenny płaszcz. Skierowałem wzrok na Michała, a potem z powrotem na płaszcz, gdy Michał wyjaśnił: „Zobacz, co na nim jest". Nie rozumiałem, o co mu chodzi, więc zbliżył się i zdjął z rękawa dwa długie włosy w kolorze jasnobrązowym. Mruknął: „Ze wszystkich innych rzeczy pościągała je pedantycznie, żebym niczego nie zauważył. Oczyściła grzebienie, szczotki, poduszkę. Ale o tym jednym płaszczu zapomniała. Zobacz, tu są jej włosy... Ciemne, nie takie, jak ma teraz...Te włosy, które ja pamiętam, nie te, które ma, jako Helena...".

Wpatrywałem się w niego z upiornym uczuciem, że lód, po którym stąpam, już nie daje mi żadnego oparcia. Chciałem o coś spytać, ale każde pytanie było równie absurdalne jak słowa Michała. Słowa, które powtórzył z naciskiem: „Była inna, ale ktoś tam zmienił plany i zrobił z niej rudą i niższą. Tak można robić, wiesz? Ja też tak robię, kiedy rysuję: rysuję i gumkuję, potem znowu rysuję i znowu zmazuję... ale nigdy nie sądziłem, że to JA mogę być kreską lub plamą, nigdy".

Helena

Przeglądam książki mojego ojca. Mam tu wszystko czarno na białym: moje dzieciństwo, jego miłość do mnie, moją matkę, naszą wyspę. Wszystko jest. Wszystko opisał.

Teraz pamiętam już jego, ją i mnie niemal precyzyjnie. Byliśmy przykładną rodziną. Ojciec pisał poważne książki. Matka pisała romanse podszyte epokami historycznymi, pozbawione erotycznych scen i płaskie jak kartka papieru. Ja chorowałam na serce, co miało sprawić, że moja osoba przestawała szeleścić papierem i nabierała jakiegoś dramatyzmu.

Zgubiły nas wieczory przy papierosach, winie i dawnej literaturze polskiej, wieczory, na które przychodzili do nas dziennikarze i znawcy literatury. Wszyscy ci, których trzeba było unikać, pomijać, na których widok mieliśmy ślepnąć i głuchnąć.

Dzisiaj takie spotkania nie mają już racji bytu, myślę, przerzucając kartki w książce. Należą do przeszłości, do świata Tyrmanda i Grudzińskiego. Dzisiaj nic już nie jest wielkie i heroiczne.

Ostatniego heroicznego Polaka pożegnaliśmy w Watykanie. Nie mogę sobie przypomnieć, by żył teraz ktoś równie wielki.

Wiem, że mój ojciec, gdyby żył, płakałby po nim szczerymi łzami jak za odchodzącą przeszłością, w którą wierzył. Gdyby żył, to chociaż byłby zgrzybiałym starcem, wdrapałby się na nasze okno i rozwiesił na nim papieską flagę. Wiem, że tak by zrobił. Taki był. Taki był do śmierci.

Przez wiele lat swojego życia robiłam różne rzeczy, żeby udowodnić jemu i sobie, jak mało obchodzi mnie to, co wbijał mi do głowy. Przechodziłam z rąk do rąk, coraz niżej i niżej, odpuszczałam sobie tradycję, historię, reputację. Gdybym zaszła wtedy w ciążę, musiałabym przejrzeć długą listę nazwisk, by znaleźć na niej ojca mojego dziecka. To doprawdy cud, że nie stanęłam przed takim problemem. Cud, że udało mi się wyjść z tego bez szwanku, że nic skończyłam, jak Lidka w jakimś hotelowym pokoju, nie trafiłam na kogoś, kto by mnie skrzywdził, nie musiałam płaszczyć się przed nikim i tak niewiele złych rzeczy mnie spotkało. Cud, że znalazłam Michała, który wyciągnął mnie z tego wszystkiego.

W swoim dzienniku piszę: *Robiłam wszystko z głupoty, sądząc, że jemu będzie przykro i zacznie żałować, że był tak nieostrożny i pozwolił się zabić za wolność. Że zostawił mnie z nią.*

I dalej: *Bawiłam się więc wolnością, o którą walczył, specjalnie sięgając po jej najniższe odmiany. Robiłam wszystko z żalu, że zostawił mnie z nią, że pozwolił jej na tamto wszystko, co ze mną robiła, że nie było go, kiedy zaczynała polować.*

Czy nie było?, myślę teraz, wpatrzona w jego twarz spoglądającą na mnie z okładki książki.

Czy na pewno go nie było?

Szukam jej zdjęć. Są trzy: ja i ona na placu zabaw, z karuzelą w tle. Ona ma kapelusz i gładką garsonkę, w której wygląda schludnie. Mruży oczy przed słońcem, unosi rękę. Na drugim zdjęciu trzyma mnie w ramionach – oto jej trofeum po udanym porodzie.

Wiek matki jest dla mnie zaskoczeniem. Czy naprawdę była aż taka młoda? W moich dokumentach, gdzie mam wpięte razem fotografie jej i ojca, wygląda doroślej. Ale na tych zdjęciach ma nie więcej lat niż ja teraz.

Mierzę ją spojrzeniem, z perfidią przykładam lupę do fotografii i powiększam jej twarz.

Nie jest podobna do mnie. Ja nie jestem podobna do niej.

Kiedyś określałam ją oschłymi słowami. Mówiłam do Michała „ta zimna suka", mówiłam do znajomych, popisując się, z satysfakcją „zdzira". O ojcu nigdy nie mówiłam źle. Tylko o niej. A przecież on wiedział, patrzył, słuchał!

Na stole leżą książki mojego ojca wydane dość niedawno, po odzyskaniu wolności. Na okładce czytam: „Alegoryczna opowieść o życiu...". Alegoryczna. Ojciec i pisarze jego doby uwielbiali posługiwać się alegoriami, żeby przekazać to, co nigdy w innej formie nie przeszłoby przez cenzurę.

Jest tu też książka mojej matki: „Łzy i uśmiechy". Co za banalny tytuł! Co za bzdura!

Na tylnej okładce jej zdjęcie. Wydaje się na nim taka ładna i miła. Była ładna, potrafiła też być miła. Przecież to dlatego ojciec się w niej zakochał. Razem studiowali na wydziale dziennikarstwa. Na trzecim roku studiów zaszła w ciążę, a pół roku później, kiedy już urósł jej brzuch i nie wyglądałaby dobrze, wzięli ślub.

Teraz nie mam tamtych zdjęć i nawet nie wiem, gdzie są: u Michała czy w Warszawie, czy może gdzie indziej, gdzie mieszkałam przez ostatni rok, zanim trafiłam do Patrycji. W każdym razie pamiętam, że były jeszcze takie zdjęcia, na których mogłam zobaczyć ich ślub. Miała na sobie garsonkę, dokładnie taką samą, jak zawsze, tyle że złotą. Włosy ten jeden raz zostawiła rozpuszczone i wpięła w nie kwiat. Na każdym zdjęciu uśmiechała się tak, jakby była bardzo szczęśliwa. Na jednym oplatała rękami swój wypukły brzuch i przymykała oczy, jak prawdziwa kobieta, w której odzywa się głos macierzyństwa.

Michał twierdził, że na pewno bardzo mnie kochała.

„Musiała chorować, dlatego robiła tamte wszystkie rzeczy" – tak ją tłumaczył. – „Nie wiń jej za to. Nie zrobiła ci w końcu nic złego".

Naprawdę nie zrobiła?

Patrzę na jej fotografię, odsuwam ją od siebie na stole daleko, najdalej, jak się da.

Pstryk – i w mojej głowie rozbłyskują neony świateł.

233

Pstryk – i widzę jej wykrzywioną twarz. Widzę jej dziki wzrok. Wygięte, rozczapierzone palce. Widzę, jak rozciąga usta w strasznym uśmiechu, jak mówi wolno, zbyt wolno – tak, jakby ktoś spowolnił taśmę z nagraniem jej głosu: „N-i-e u-c-i-e-k-n-i-e-s-z-m-i...". Kulę się na kanapie i zamykam oczy.

Pstryk – i widzę ją znowu. Stoi w holu naszego mieszkania, ma na sobie fartuch, jedną rękę trzyma na telefonie, drugą jakoś bezradnie opuściła wzdłuż ciała.

„Jak to, nie przyszedł do pracy?" – pyta słuchawki telefonicznej.

– „Jak to możliwe? Przecież wyszedł z domu tak, jak zawsze!" Szuka mnie spojrzeniem. Szuka i znajduje. Zawsze znajduje. Kręci głową.

To niemożliwe. Niemożliwe. NIEMOŻLIWE! NIEMOŻLIWE!...

– Co się dzieje? – pyta Michał. Michał na mnie patrzy.

Przyciskam ręce do skroni, szukam jakiejś ucieczki.

Ona znowu stoi, ale tym razem przy oknie. Czeka na niego, denerwuje się. Nie był w pracy, a z domu wyszedł z samego rana. Nie dzwonił. Nie wrócił o piątej, tak jak zawsze. Jest prawie północ, a jego wciąż nie ma. Pod wieczór był jakiś człowiek, rozmawiał z nią – jeden z tych, którzy przychodzili na wieczorki literackie. Nie chciał wejść, a ona wcale nie chciała go wpuścić. Stał w drzwiach i szeptał. Ona też szeptała. Szeptał, że „ktoś to widział". „To" urasta do największego rozmiaru.

Teraz już to wiem, teraz nie muszę się zastanawiać.

Ktoś widział, jak wciągali go do samochodu, albo jak podchodzili do niego. Ktoś zobaczył go w tym ostatnim momencie, w drodze z naszego domu do pracy. Ktoś, kto kilkanaście lat później mógł chlubić się tym, że był ostatnią osobą, która go widziała. Ostatnią, poza mordercami.

Michał odgarnia mi włosy z twarzy. Patrzę na niego. Patrzę na Michała.

– Co się stało?

Mrugam oczami.

Stało się wszystko i nic. Wszystko i to, co się nie stało.

Teraz układam tamte dni w równą układankę: jeden klocek do drugiego. Każdy kolejny pasuje.

Matka wciąż stoi i czeka. Nadchodzi północ, zaraz się przemieni.

A ja drżę. Biegam po pokoju. Szukam czegoś, co jest na tyle ważne, by zabrać to ze sobą. Szukam mojej lalki. Szukam mojego sweterka w króliki, który ma mnie ochronić przed zimnem, gdy znajdę się już na obcej kolorowej ulicy, poza zasięgiem domu.

Ona wciąż czeka.

Ja otwieram okno, wskakuję na parapet i wysuwam się na zewnątrz. Pode mną kilkanaście metrów, ogródek i rynna, której planowałam się przytrzymać. Na dole ujada pies, wokół mnie dzielnica domków takich samych jak nasz, identycznie wysokich, prostych, dwupiętrowych.

Przytrzymuję się muru.

Muszę uciec. Muszę. Muszę, bo jeśli nie ucieknę, to czeka mnie piekło. On nie wróci, a ja tu zostanę. Nikt mnie nie uratuje.

Przyciskam plecy do zimnego muru i szukam azylu, który doda mi odwagi i popchnie mnie w dół.

Wyspa.

Wyspa na środku oceanu, do której zawsze mogę wrócić. Wyspa z garstką ludzi, których ocaliłam po tamtym wielkim sztormie. Co z tego, że nie mogą mówić? Przynajmniej nikogo już nie skrzywdzą swoimi zaklęciami. Wypluwają kamienie od tylu lat, że wyspa jest nimi usiana.

Ludzie poruszają się po niej w milczeniu, samotnie. Mają zmęczone twarze, sczerniałe od słońca, i kompletnie zniszczone ciężką pracą dłonie. Pracują cały czas. Odbudowują wioskę, którą zniszczyli ich dziadkowie. Minęły lata od chwili, gdy wszystko zostało zatopione.

Wiatr jest tu gorący, niebo bezchmurne. Kiedy stawiam pierwsze kroki na piasku, za moimi stopami pozostają głębokie ślady. Wiatr zasypuje je, więc kiedy się odwracam za siebie, nie widzę już, skąd przyszłam.

Wyspa mnie wciąga. Wciągają mnie ci ludzie. Mogę nimi sterować, mogę ich zmieniać. Są moją własnością, są tym, czym chcę, żeby byli. W każdej chwili mogę zastąpić ich nowymi albo zmienić ich przeszłość.

To już zupełnie nowe pokolenie ludzi. Znają historię potopu, ale niepełną, bo nigdy nie słyszeli jej opowiadanej za pomocą słów. Zawsze tylko przekazywano ją im znakami i rysunkami, więc każdy z nich interpretuje ją trochę inaczej. Ci z północnej części wyspy mówią o gniewie Boga. Ci z południowej o głupocie ludzi i czarach.

Z tamtych dzieci, które spowodowały potop, pozostała tylko jedna dziewczynka. Teraz jest starą kobietą, mieszka w chacie położonej w głębi wyspy i wszyscy się jej boją. Boją się jej, bo potrafi używać magii. Kiedy ktoś nowy przybywa na wyspę, a dzieje się to bardzo rzadko, prowadzą go do niej. Mnie też prowadzą. Wybierają jednego chłopaka, który zna drogę, i idziemy we dwoje. Przedzieramy się przez krzaki. On tłumaczy, że to już tu, zaraz. Na migi pokazuje mi, gdzie, ale sam dalej już nie pójdzie. Żegnam się więc z nim, on zapewnia, że poczeka tu na mnie, i uprzedza, że to trochę potrwa.

Podchodzę pod jej chatę, pukam. Jest w środku. Czas pomarszczył ją tak bardzo, że skurczyła się i wzrostem przypomina karlicę.

– Usiądź – mówi.

Ona jedna jeszcze tu mówi, może dlatego wszyscy tak się jej boją. Siadam w miejscu, które mi wskazała, patrzę, jak parzy coś w wielkim kotle. W środku wszystko bulgocze i pachnie jakimiś nieznanymi mi liśćmi. Wrzuca coś dziwnego do bulgoczącego wywaru i zerka na mnie, mrużąc oczy.

– Nie sądziłam, że kiedyś cię zobaczę.

– Dlaczego? – pytam.

– Nie sądziłam, że jesteś taka zwyczajna.

– Zwyczajna?

Śmieje się ze mnie i nalewa mi do kubka tamtego dziwnego wywaru.

– Napij się, będzie smakował dokładnie tak, jak będziesz chciała.

No tak, wywar jest mój. Ona też do mnie należy. Wypijam go z przyjemnością i smakuje dokładnie tak, jak marzyłam, żeby smakował.

Ona przygląda mi się z uwagą i siada naprzeciwko mnie.

– Zdradź mi przyszłość – mówi niemal prosząco. – Powiedz, co będzie dalej.

Dalej? Nie rozumiem jej. Jakie dalej? Przecież nie wiem, jak to wszystko potoczy się dalej.

– Skąd mam wiedzieć, skoro wymyślam to na poczekaniu? – odpowiadam, prosząc o jeszcze trochę wywaru.

Ona chichocze i kręci głową.

– Coś takiego! – mówi, coraz bardziej wesoło. – Więc nie wiesz, co będzie dalej? Naprawdę nie wiesz? Stworzyłaś nas i nie masz żadnego planu?

Rzeczywiście, to nie brzmi za dobrze. Gdybyś był tu, tato, pewnie byś mi coś od razu doradził, żebym nie wyszła na idiotkę przed tą kobietą. Hm. Trzeba to zmienić. Trzeba wyjść z tego z honorem.
– Możesz mnie prosić. Może cię wysłucham – mówię.
Ale ona już wie tamto wszystko, co powiedziałam wcześniej. Jej nie oszukam.
– Zniszczysz nas?
Wzruszam ramionami.
– Nie wiem.
– Może nas przyłączysz do jakiegoś lądu?
– Może.
Znowu kręci głową.
– Ty naprawdę nie wiesz! Jak to możliwe? Ile ty masz lat?
– Trzynaście.
Teraz jest tak zdziwiona, że nie wie, co powiedzieć.
– Nie wyglądasz tak młodo.
Drażni mnie ta rozmowa. Nie wiem, czy jej nie wykasować. Może powinnam wykasować tę kobietę. W końcu przecież mogło być tak, że nikt nie ocalałby z tamtych dzieciaków, co bawiły się w magię. Może tak będzie lepiej.
Patrzę na nią z namysłem, potem pstrykam palcami.
– Pstryk – i nie ma cię!
I już jej nie ma.

Skoczyłam. Dwa piętra i ciemność. Ból, który rozchodził się powoli, resztki wyspy pod powiekami. Nie było tak, jak na bajkach i w filmach. Nie dałam rady rozłożyć rąk, żeby uniosły mnie jak skrzydła w górę. Nie zdążyłam. Poleciałam prosto na nogi, złamałam jedną boleśnie w trzech miejscach, krzyczałam i zanosiłam się płaczem, aż matka wybiegła frontowymi drzwiami i znalazła mnie.

Pamiętam karetkę pogotowia, jej wyjący sygnał, zimne ręce matki na czole, lekarza, który zawyrokował trzy miesiące leżenia.

Tyle dni z nią, tyle nocy, tyle godzin, myślę teraz z niedowierzaniem.

Matka zmarła pół roku później na serce. Zamieszkałam u siostry ojca. Mieszkałam tam aż do osiemnastego roku życia, kiedy z pieniędzy, które odziedziczyłam po rodzicach, mogłam wynająć sobie mieszkanie i żyć na własną rękę, dokładnie tak, jak chciałam.

Jest przy mnie Sebastian i teraz już wiem, że to on na mnie patrzył, a nie Michał. Przecież Michała już nie ma. To Sebastian odgarnia mi włosy z twarzy i zmusza mnie, abym na niego popatrzyła. Tylko że ja nie potrafię. Leżę z twarzą przyciśniętą do poduszki, nieruchoma, cicha. Moja dłoń zaczyna pełznąć w stronę zdjęcia, podnosi je.

Na zdjęciu jest Michał.

– Kto to? – pyta Sebastian, wyjmując mi fotografię z ręki.

– Nie pamiętam go – odpowiadam cicho. – Wciąż go nie pamiętam.

Pamiętam tylko migawki z nim związane. Nasz dom, rozmowy, tamtą wydmę. Jest tak, jakbym ograniczyła go głównie do długich rozmów, które odbywały się później albo wcześniej. Tłumaczę to sobie, że może w tych momentach było nam najlepiej. Później może wszystko się chrzaniło i chrzaniło, aż znalazło taki koniec, jaki znalazło.

Kiedy go nie było, opierałam twarz o zimne kafelki w łazience i zamykałam oczy. Czułam, że tonę i nie miałam nic, czego mogłabym się uchwycić.

Kiedy go nie było, szłam do jego galerii. Kamuflowałam się, wkładałam okulary przeciwsłoneczne, bezkształtny, szary płaszcz i buty na płaskim obcasie, chowałam włosy pod chustę albo spinałam je w ciasny kok. W galerii siadałam na krześle i patrzyłam. Tam były jego prace – wszystko, co w tamtym momencie mogłam mieć. Prace o „nieistnieniu", o snach, o życiu.

Najbardziej lubiłam ławkę, którą zrobił sam i wstawił do galerii, by służyła nie tylko do oglądania, ale też do siedzenia. Była ładna, prosta, w starym stylu. Jej prostota zmuszała do myślenia, do wpisywania w nią własnych wspomnień. Na oparciu było coś, co ja sama napisałam. Zrobiłam to dla żartu. Napisałam jakieś zdanie, ważne dla mnie w tamtym momencie: „Ta ławka przeznaczona jest, by stać na wydmie".

Na naszej wydmie, myślę teraz i unoszę głowę z kanapy. Muszę iść, muszę stąd wyjść, muszę pójść na naszą wydmę.

Patrycja

Pojechałam do nich rano z Arkiem, ale nigdzie ich nie było.
– Chryste, gdzie oni są? – denerwował się Arek, ganiając po korytarzach szpitala trochę jak rozpędzona pchła. – Poznikali? To nie jest pieprzony trójkąt bermudzki! Mariusz zszedł do nas dopiero po trzecim sygnale, który mu puściłam. Wyszedł z windy akurat na nas i wyglądał fatalnie! Cały jakiś pomięty, niewyspany, zmarnowany i w zabrudzonej czymś kurtce. Zaprowadził nas do bufetu, gdzie siedziała Marta, w stanie nie lepszym niż on, na plastikowym krześle, z makabrycznym wyrazem twarzy. Usiadłam obok niej, objęłam ją i spytałam, jak się czuje.
– A jak mam się czuć? – odpowiedziała dziwnie obojętnie.
– Co z nim? – spytałam więc.
Mariusz szukał czegoś po kieszeniach spodni, pewnie papierosów, ale Arek zaraz przypomniał mu, że to szpital i nie ma tu żadnego palenia. Opuścił więc bezradnie ręce i powiedział, że najchętniej poszedłby spać.
– Już? Cały dzień przed nami! – Arek zaczął się śmiać głupkowato, ale wszyscy byliśmy tak zmęczeni, że każdy podchwycił jego wesołość.
– To co z nim? – powtórzyłam, jak się uspokoiliśmy.
– Nic poważnego. – Marta pocierała sennie oczy, jakby zapomniała, że zrobiła sobie wczoraj mocny makijaż, który teraz zostawał jej na palcach i wokół powiek. – To tylko jakaś reakcja uczuleniowa na leki.
– Przedawkowanie leków – poprawił ją Mariusz bezbarwnie.
– Zatrucie lekami. – Popatrzyła na niego. – Czy coś takiego. Zatrucie. Za długo bierze silne leki, powinien był odstawić je już dawno. Poza tym nie należy ich łączyć z alkoholem.
Strasznie chciałam, żeby zdecydowali się, co dalej. Zostajemy tu czy wracamy do domu? Może wydelegować kogoś, kto zostanie z Dawidem, a my jedziemy do Gdyni?
– Widzieliście się z nim? – zaczęłam niepewnie.
Pokiwali głowami, ale jakoś niemrawo, i popatrzyli na siebie z niechęcią. Marta nie wytrzymała i nagle podniosła głos:
– Mam tego dość, mam tego już dość! Jedźmy do Gdyni!

Wypadło na mnie. Czekałam w wozie Mariusza na parkingu, ale Dawid jakoś nie wynurzał się ze szpitala. Zerknęłam na zegarek, dochodziła piąta, tamci wszyscy siedzieli już pewnie przed domkiem na walizach i klęli na czym świat stoi. Też zaczęłam kląć. Niech go szlag!, myślałam ze złością. – Mam po niego iść czy jaka cholera? Co on sobie myśli?

Poszłam pół godziny później. Złapałam pielęgniarkę i zapytałam, gdzie leży Dawid.

– Już się wypisał. – Usłyszałam w odpowiedzi. – Wyszedł ze szpitala przed południem.

– Tu są jego rzeczy – poinformował mnie w domku Mariusz, który po długim prysznicu i dwugodzinnym śnie znowu wyglądał przyzwoicie. – Właśnie puścił mi esemesa, żebym zabrał wszystko do Gdyni i że odbierze to ode mnie potem.

Podchwyciłam spojrzenie Marty i zrobiło mi się jakoś głupio. Wszyscy się na mnie gapili, siedząc na walizkach przy werandzie i paląc papierosy. Laura burknęła, że Dawid nigdy nie był zbyt przyjemny i że wyjazdy bez pożegnania to jego specjalność, Sławek wzruszył ramionami, a ja spytałam niezręcznie:

– Rany, myślicie, że to dlatego, że w nocy nas tak zatkało?

I zapadła jakaś cholerna cisza, bo przecież temat tego, co się stało w nocy, nie powinien dla nas istnieć. Taka była niepisana umowa, z której się wyłamałam.

– Chryste, to przez to – wybąkałam, bo wydało mi się oczywiste, że Dawid nie ma ochoty już z nami gadać ani nawet na nas patrzeć.

Marta jakoś nie mogła znieść tego, że Dawid odjechał bez niej. Nie mogła do niego zadzwonić, bo wyłączył komórkę. Kompletnie nie wiedziała, co robić. Miotała się trochę jak dziki zwierzak w klatce. Jechałyśmy wozem Mariusza, z Mariuszem i Sławkiem. Nikt nic nie mówił, atmosfera robiła się coraz podlejsza, w dodatku Marta zaczęła nagle drążyć jakiś wstrętny temat, wiercąc Mariuszowi dziurę w brzuchu.

– On miał rację. Dawid miał rację. Zło jest w ludziach. Potrafi wyjść w trudnej sytuacji, potrafi...

Mariusz starał się ją uspokoić:

– Marta, przestań. Co ty w ogóle mówisz? Przecież wszystko w porządku. Przejdzie mu.

Ale nie mogła przestać.
– Nie jest w porządku!

W mieszkaniu prawie nie odzywałyśmy się do siebie. Mariusz pojechał i nawet nie zaproponowałam mu wspólnego obiadu czy jakiejś kawy, bo byłam zbyt wykończona całą tą drogą i jeszcze tymi wszystkimi awanturami. Że nie wspomnę o tym, iż zdrowo przeziębiłam się przez ten wyjazd. Rozpakowałam walizki i bezradnie usiadłam na łóżku. Wyjazd w góry zorganizowałam sobie dzięki znajomej lekarce i lewemu zwolnieniu, ale teraz, skoro znowu miałam być chora, jakoś niezręcznie było mi iść do niej po raz kolejny i prosić o wolne.

Wydmuchałam nos i położyłam się. Musiałam chwilę odpocząć, a ta chwila się przeciągnęła i w końcu zasnęłam na prawie dwie godziny. Obudził mnie dźwięk telefonu: rodzice dzwonili, by spytać, czy wszystko w porządku i jak się czuję.

– Wszystko dobrze – skłamałam. Agnieszka wyrwała tatkowi słuchawkę i zawołała, że ma dla mnie prezent.

– Jaki prezent? – spytałam zdziwiona. – Po co kupowałaś, Aga?

– Przecież masz urodziny – odpowiedziała po dłuższej pauzie i roześmiała się. – Nie powiem ci, co to jest! Jak przyjedziesz, to po prostu ci go dam!

– Dobrze.

Zupełnie zapomniałam i teraz poczułam się idiotycznie. Moje urodziny przypadały w przyszłym tygodniu, więc właściwie powinnam pojechać do Słupska i spędzić trochę czasu z rodzicami. Ostatnio wszystkich olewałam i tak mało miałam czasu dla innych ludzi. A przecież były osoby, które bardzo chciały się ze mną spotkać i które pewnie teraz chodziły po sklepach, szukając prezentu dla mnie albo chociaż myśląc o tym, co mi kupić.

– Jasne, że przyjadę! – powiedziałam szybko. – Będę w sobotę!

I naprawdę zapragnęłam pojechać do domu.

Kiedy miałam osiemnaste urodziny, Agnieszka podarowała mi w prezencie dużą laurkę, na której narysowała mnie i siebie i wypisała wierszyk Tuwima, który bardzo lubiła: „Siedzi ptaszek na drzewie i ludziom się dziwuje, że najmądrzejszy z nich nie wie, gdzie się szczęście znajduje".

Teraz, po odłożeniu słuchawki, poczułam ciepło w całym ciele, jakby nagle popłynęła we mnie krew, która zamarzła w żyłach i arteriach podczas pobytu w Bieszczadach. Popatrzyłam na torbę podróżną, która leżała wepchnięta kopniakiem pod szafę i ogarnął mnie nagły spokój.

Wszystko będzie dobrze, pomyślałam. Wszystko będzie jeszcze dobrze, muszę po prostu pojechać do domu, pozbyć się z mieszkania milczącej Heleny i poczytać sobie trochę starej polskiej poezji. Poszukałam więc na półkach z mądrymi książkami opasłego tomu i w spisie treści znalazłam Tuwima. Był i nawet udało mi się znaleźć ten wierszyk od Agnieszki. Otworzyłam szybko i przeczytałam go jeszcze raz. Na stronie znajdował się rysunek ptaszka siedzącego na gałęzi drzewa i spoglądającego na wszystko z góry. Ptaszek robił mądrą minę i kiedy Aga była mała, uwielbiała go. „Pokaż tego ptaszka z drzewem" – żądała, a ja wybuchałam śmiechem, bo już wtedy byłam nauczona stu innych skojarzeń ze słowem „ptaszek". Był świetny: komiczny i przesympatyczny. Agnieszka próbowała rysować go na różnych kartkach i zawsze narzekała, że nie wychodzi taki fajny, jak powinien. „To narysuj swojego własnego – zaproponował jej kiedyś Sebastian i zaraz dodał już w moim kierunku: – Kopie są zawsze gorsze od oryginałów, niezależnie od tego, czy kopista ma lepszy warsztat. Dobrze mówię?".

Jasne, że dobrze.

Trzeba było doprowadzić dom do porządku. Helena najwyraźniej zniknęła i nic nie wskazywało na to, że w ogóle raczy postawić jeszcze stopę w moim mieszkaniu. Jej rzeczy wciąż leżały tak samo, jak przed wyjazdem, na telewizorze był kurz, więc pewnie go nie włączała, poza tym w całym domu panowała cholernie niefajna wilgoć spowodowana tym, że bezmyślnie pozakręcałam wszystkie kaloryfery.

Teraz latałam wszędzie i odkręcałam je. Potem otworzyłam okno i ucieszyłam się, że na dworze jest jakoś cieplej i milej.

– No kurde! – zawołałam radośnie, kiedy wiatr uderzył o mnie z niewielką siłą i wcale nie przewiał mnie na wylot, nie sprawił, że okryłam się gęsią skórką i zatrzasnęłam okno. Nie, był cholernie ciepły! Tak, jakby zapowiadał nadejście wiosny.

A więc zacznę od nowa, pomyślałam i poszłam włączyć pranie. Potem zrobiłam porządek we wszystkich kątach, które uznałam za ohydnie brudne, wyszorowałam podłogi, wlazłam za szafki kuchenne, które do tej pory napawały mnie zgrozą i dopiero w czystym mieszkaniu poczułam się lepiej. Pomyślałam nawet, że chyba chcę tu zostać na dłużej i jeśli pozbędę się Heleny, to będę miała tu znowu raj.

Ksiądz dyrektor, robiący teraz kolejny doktorat (drugi, albo trzeci – nie wiem, bo straciłam rachubę), wydarł się na mnie przy sekretarce, że nie wypełniłam jakiejś zasranej ankiety.

Nic nie wiedziałam o żadnej ankiecie. W ogóle gówno obchodziło mnie wypełnianie dla niego ankiet, którymi miał posłużyć się przy swoim doktoracie!

– Nic nie wiedziałam o ankiecie! – wykrzyknęłam obronnym tonem. Ale, cholera, momentalnie przypomniałam sobie, że jak zbierałam się do wyjazdu, Matylda dzwoniła do mnie i narzekała, że siedzi nad jakąś cholerną ankietą. I spytała mnie nawet, czy ja już to cholerstwo wypełniłam.

– Nie wiedziała pani, bo... – na usta dyrektora zawitał złośliwy uśmieszek – bo była pani na zwolnieniu lekarskim, czyż nie?

No i doszliśmy do sedna awantury. Ktoś widział mnie w Bieszczadach. Jasna cholera! Niech to szlag! Taki wstyd, jeszcze w szkole katolickiej! Otwierałam i zamykałam usta, wściekła, że mnie tak odsłonił i ma teraz cholerną przewagę.

– Moja koleżanka potrzebowała wyjazdu... – zaczęłam się kajać, coraz bardziej poniżona i wściekła. – Nie mogłam jej tak zostawić... miała załamanie...

– I dwudniowy zarost na twarzy, ciemne włosy i podkoszulkę z wulgarnym napisem – dokończył za mnie z satysfakcją, widocznie dobrze poinformowany o wyglądzie Dawida.

Wobec tego poryczałam się ze złości w toalecie, jednocześnie klnąc na czym świat stoi, a potem skrupulatnie poprawiłam makijaż i poszłam na lekcje z klasą Damiana, która to klasa już egzystowała od ferii bez Damiana i miała się świetnie.

– Czy Michał Anioł był gejem? – zapytała ta sama gówniara, co zawsze pytała o preferencje seksualne wszystkich rzeźbiarzy i malarzy, jakby nic innego nie miało znaczenia. Akurat omawiałam z nimi renesans i trzech najwybitniejszych twórców. Szlag mnie trafił, kiedy o to spytała, bo to oznaczało całą serię dalszych pytań. A ja wiedziałam, co się będzie działo, gdy po Michale Aniele przejdziemy do Leonarda i gówniara zapyta o to samo.

– Tak, był – odpowiedziałam, a ktoś z ostatniej ławki rozdarł się, że Michał Anioł to był gej nad geje!

Już chciałam uciszyć wszystkich i zrobić im pogadankę o poprawności politycznej, kiedy niespodziewanie uczeń z pierwszej ławki, w wielkich rogowych okularach, owiniętych na końcach plastrem, wstał i patrząc na mnie bez mrugnięcia okiem, spytał:

– Czy nie wie pani, czy o trzynastej będzie dzisiaj kółko geograficzne?

Helena pojawiła się wieczorem i minęła mnie bez słowa, po czym wyszła na balkon. Wobec tego ruszyłam za nią. Usiadłyśmy na dwóch leżakach wyściełanych grubymi kocami. Helena z winem w ręce, ja z papierosem. Gapiłyśmy się na wieżowiec przed nami, trochę na ludzi w dole, sunących po chodniku. Powiewy wiatru wciąż były ciepłe i sprawiały mi wielką przyjemność. Mimo to zdjęłam koc z leżaka i cała się nim owinęłam – ostatecznie drugie zwolnienie już mi nie przysługiwało, skoro moje kłamstwo wyszło na jaw.

Przed nami zapalały się latarnie uliczne, jedna po drugiej, całymi rzędami. Pięknie to wyglądało na tle szarego nieba. Naprawdę niezły widok!

Patrzyłam, jak Helena odchyla głowę. Na jej ustach pojawił się uśmiech.

– Wróciłabyś do niego?

Zmarszczyłam brwi i mocniej nasunęłam na siebie koc.

– Co to za pytanie?

Chciałam zagadnąć ją raczej o to, czy ma się gdzie podziać od pierwszego, ale teraz wydało mi się to zupełnie niestosowne.

– Wróciłabyś? – powtórzyła cicho i spojrzała na mnie. Z tymi krótkimi włosami wyglądała dziwnie, nie podobała mi się. Był w niej jednak jakiś ludzki spokój, którego nie wyczuwałam wcześniej. Przedtem zachowywała się jak manekin, a teraz nareszcie stała się człowiekiem. Jeszcze trochę i mogłabym ją polubić.

– Nie wiem – odpowiedziałam zadziwiająco szczerze. Bo przecież nie wiedziałam, czy bym wróciła czy nie. Łatwo było stwierdzić, że nie, jak siedziałam na tym balkonie i na powrót nie było żadnych szans. Gdyby jednak Sebastian zadzwonił albo przyszedł...?

– A gdybyś mogła cofnąć czas? – Wciąż na mnie patrzyła, a ja zaczęłam czuć się dziwnie, tak dziwnie, że aż mi się zrobiło zimno. Gdybym mogła cofnąć czas, to dobrze bym się zastanowiła, do jakiego punktu to zrobić. Samo cofnięcie czasu nic by nie dało, po prostu przeżyłabym to wszystko po raz drugi.

– To zależy, czy miałabym też możliwość coś zmienić – powiedziałam w końcu, bo moje milczenie sprawiło, że Helena nie odrywała ode mnie oczu.

– Ach tak – odpowiedziała i odwróciła się w stronę naszej dzielnicy. Kolejne pytanie sprawiło, że znieruchomiałam. – A kochasz go? Miałam wrażenie, że wciąga mnie w coś, czego nie rozumiem. Czułam się coraz bardziej podle. Przeszła mi przez głowę idiotyczna myśl, że jeśli przytaknę, Helena poda mi Sebastiana jak na tacy. To było głupie wrażenie, głupie, bo niczym niepoparte. Nie mogła mi go podać. Nie znała go. Nie wiedziała, co się stało. Nic nie mogła zrobić.

– Zadajesz głupie pytania – odpowiedziałam świadoma, że dzieje się coś, nad czym już teraz nie panujemy. Idiotyczne wrażenie nie mijało, Helena patrzyła na panoramę mojej dzielnicy.

W nocy miałam straszliwie pokręcony sen. Leciałam samolotem razem z Heleną. Samolot sunął między pięknymi kłębiastymi chmurami. Były białe, gęste, duże. Pokonywaliśmy je jedną po drugiej. W jakimś momencie zobaczyłam, że między chmurami coś połyskuje. To był odblask innego samolotu. Leciał na tyle blisko, że widziałam go dokładnie. Zmierzał w naszym kierunku, nieświadomy nas. Kolejna chmura, gęsta, niemal twarda. Oparłam czoło o szybę, z przeczuciem, że dzieje się coś niedobrego. Chmura się przerzedziła. I wtedy znowu zobaczyłam tamten samolot, tyle że był bardzo blisko – widziałam twarze ludzi za małymi okienkami. To były krótkie sekundy. Zerwałam się z siedzenia i rozdarłam na całe gardło, zrobiło mi się niedobrze ze strachu, odwróciłam się histerycznie do Heleny, ale na miejscu, gdzie wcześniej siedziała, leżała tylko kupka pogniecionych kartek.

– Pomocy! – zaczęłam krzyczeć.

Pomocy!

Otworzyłam oczy w swoim pokoju. Pulsujące cyferki pokazywały piątą rano, wokoło wciąż było ciemno. Leżałam spocona, zdenerwowana, ze świadomością, że stało się coś niedobrego, nawet jeśli to tylko sen. Gdzieś daleko rozbrzmiewał sygnał karetki pogotowia, terkotała ciężarówka przejeżdżająca ulicą koło naszego bloku. A potem rozległ się trzask zamykanych drzwi mojego mieszkania.

Zerwałam się na równe nogi i pognałam na korytarz. Drzwi wejściowe były zamknięte, sprawdziłam zasuwy. Otarłam pot z czoła, w lustrze uchwyciłam odbicie swojej twarzy o wylęknionych oczach i to wróciło mi rozsądek.

Już w porządku, pomyślałam, idąc do swojego pokoju. Jakiś impuls kazał mi jednak odwrócić się i popatrzeć na jej drzwi. Ten sam impuls pchnął mnie, by nacisnąć klamkę i wejść do środka.

Wyprowadziła się. Pozabierała wszystko, co stanowiło tu o jej obecności. Zabrała książki, serwetki, walizki. Wszystko zniknęło. Wyszła jak pieprzony złodziej, nie zapominając niemal o niczym.

Niemal, bo zapomniała o zeszycie.

Chwyciłam go i pobiegłam do drzwi. Myślałam, że złapię ją na klatce schodowej, ale już jej tam nie było. Otworzyłam więc okno i wychyliłam się. Jakaś taksówka odjeżdżała spod bloku, załadowana po brzegi. Byłam pewna, że w środku siedzi Helena, ale nawet nie miałam jej telefonu komórkowego, żeby zadzwonić i powiedzieć, że trzymam w rękach jej cholerny dziennik.

Cholera, myślałam potem, siadając na gładko zaścielonym łóżku, które teraz znowu było moje i mogłam na nim spać, mogłam je wynająć komuś nowemu, mogłam nawet je zastąpić innym, modniejszym.

Noc trwała senna i spokojna, Marta spała za ścianą, nieświadoma niczego, w wieżowcu naprzeciwko nas nie paliło się ani jedno światło.

Resztki tamtego snu krążyły mi po głowie, nagle dziwnie wyraziste, jakby wcale nie istniała granica oddzielająca świat snów od realnego. Patrzyłam na zegar wiszący na ścianie i zastanawiałam się, czy jeszcze iść spać. Nie miało to jednak sensu, za dwie godziny zadzwoni budzik, aby pogonić mnie do pracy.

Zapaliłam papierosa na balkonie. Stanęłam dokładnie tam, gdzie Helena wczoraj. Przyszło mi na myśl, że chciała powiedzieć mi coś ważnego. Co to takiego? Co mogła chcieć mi powiedzieć? Mówiła o Sebastianie, pytała o niego. Ale po co?

Po co?...

Sięgałam pamięcią do jakiegoś punktu w czasie, ale czas był strasznie rozległy, rozmywał się i nie potrafiłam znaleźć w nim punktu zaczepienia. To było wczoraj? Czy aby na pewno? Może przedwczoraj? Może dzisiaj?

Zmarszczyłam brwi, dziwnie tym zaniepokojona. Może mi się zdawało? Może wcale nie rozmawiałyśmy o Sebastianie?

Coś niedobrego zaczęło się dziać z moją pamięcią. Im mocniej próbowałam sobie przypomnieć Helenę na balkonie, tym ona głębiej się kryła. Teraz już nawet nie pamiętałam, o czym była ta rozmowa i co właściwie sobie powiedziałyśmy.

Czułam się trochę tak, jakby jej tu nigdy nie było. Wcale. Gdyby nie ten zeszyt w moich rękach, mogłabym sobie wmówić, że nigdy z nami nie mieszkała. Przecież nawet nie miałam jej namiarów, nie mogłam skontaktować się z nikim, kto by ją znał, nie spotkałam jej znajomych, nic o niej nie wiedziałam. Mętne wspomnienie w mojej głowie, trochę jak wyblakła fotografia albo dawno obejrzany film: ona stoi w drzwiach mojego mieszkania, cicha, obca, z pytaniem na ustach, czy trafiła pod właściwy adres, czy to jest mieszkanie z ogłoszenia.

Dziwne, wszystko dziwne i jakieś sprane, jakby zamazywała po sobie wspomnienia.

Co ja pieprzę?, pomyślałam skołowana. Jak ktoś może zamazywać po sobie wspomnienia?

A jednak ona znikała. Nawet tamto wspomnienie znikało. Jeszcze chwila i czas zacznie wirować w zawrotnym tempie, okaże się, że w moim pokoju śpi Sebastian, a na kartce mam wypisane ogłoszenie, którego jeszcze nie wysłałam do gazety. Ktoś zacznie to wszystko czytać i wrócę do początku, przejdę całą drogę jeszcze raz, i jeszcze raz i jeszcze, z pieprzonym uczuciem déjà vu.

Boże, co się dzieje?, pomyślałam, nagle skołowana tym wszystkim. Co się tu, kurwa, dzieje?

Uświadomiłam sobie, że wszystko, co o niej wiem, jest papierowe. Papierowy zeszyt – jedyny namacalny dowód jej istnienia. Papierowe artykuły z gazet i zdjęcia, na których nie przypominała siebie, tylko jakąś dawną gwiazdę kina amerykańskiego. Wszystko robiło się jakieś niespójne. Ogarnęła mnie pewność, że doszłam do pewnego kresu. Na tym chyba powinno się skończyć: ja tu, na balkonie. Cokolwiek powiem albo zrobię, to już będzie tylko krążenie w kółko. Może wyczerpałam temat? Ani słowa więcej, koniec i kropka.

Ale przecież miałam w rękach ten zeszyt. Jej zapiski. Zaczęłam je przeglądać chaotycznie, a potem wczytywać się. Chciałam obudzić Martę, ale w końcu tego nie zrobiłam. Stałam na cholernym balkonie, jakaś dziwnie wyprana z emocji, nieswoja.

Może Marta powie coś o mnie?, pomyślałam głupio i nabrałam pewności, że Marta wszystko dopowie.

Marta

Wiosna tamtego roku nadchodziła wyjątkowo wcześnie. W powietrzu czuć było jej powiew, na drzewach pomału wyrastały liście. Teraz znowu mogłam z perspektywy roweru oglądać świat i robiłam to tak często, jak pozwalał mi na to czas.

Rozpędzałam rower i rozsuwałam ręce na boki, łapiąc nimi wiatr. Odchylałam głowę do słońca i czułam, jak jego promienie różowią mi policzki. Zjeżdżałam nad morze, przywiązywałam rower i szłam bez celu brzegiem. Słońce odmieniło plażę, rozkruszyło zbrylony w zimie piach, zazieleniło drzewa, rozszczepiało się tysiącami jasnych punktów na wodzie.

Spędzałam tam całe godziny, hodując na plecach skorupę, w którą mogłam się schować, jak ślimak. Szum morza wyciszał mnie, odsuwał chęć przerwania milczenia, pomagał mi wrastać w skorupę głęboko, do samego środka.

Zamyślona, z włosami zebranymi w długi warkocz, w puszystym swetrze, ukryta pod okularami przeciwsłonecznymi, chłonęłam ciszę. Nie było sposobu, by ją przerwać. Zalepiałam spróchniałe miejsca, twardniałam, upodabniając się do mojej matki.

Dzień przesuwał się za dniem powoli, coraz dłuższy, jeden podobny do drugiego. Czasami, kiedy próbowałam przypomnieć sobie, co robiłam we wtorek, a co w środę, nie potrafiłam. Każdego dnia robiłam to samo. Nie było o co pytać. Nie było o czym rozmawiać. Najdziwniejsze jest to, że po wyjeździe Heleny tak naprawdę niewiele się zmieniło. Wcale nie poczułyśmy się lepiej, wcale nie zaczęło nagle być dobrze, chociaż Pati miała całkiem sporych rozmiarów teorię na temat złej energii, którą Helena wniosła w nasze życie.

Nie brakowało nam jej, ale obie czułyśmy jakiś niesmak, który nie pozwolił Pati przez kolejne miesiące dać do gazety ogłoszenia o wolnym pokoju.

Wszystko z pozoru było normalne: wychodziłyśmy z rana i wracałyśmy po południu, razem jadłyśmy kolację, razem oglądałyśmy telewizję, a potem rozchodziłyśmy się do swoich pokoi. Tyle że nie rozmawiałyśmy już tak wiele, jak kiedyś.

Jakaś łącząca nas nić rwała się i pękała, co sprawiało, że wcale nie czułyśmy się już tak dobrze w swoim towarzystwie. Nagle okazało się, że nie mamy za wiele wspólnych tematów, Pati ma swoje towarzystwo, z którym chodzi do klubu, a ja wolę samotność niż ją.

Mijałyśmy się w mieszkaniu, wymieniając banalne uwagi. Każda z nas nie mogła się nadziwić, że nasza przyjaźń wygasa tak spokojnie i nawet o nią nie walczymy.

W marcu Patrycja zmobilizowała się, żeby sklecić ogłoszenie o nowej współlokatorce.

– Napiszmy, że ma być po studiach – mruczała, pochylona nad klawiaturą, uderzając w nią niechętnie długimi paznokciami, które ostatnio malowała na pomarańczowo. – Po co nam jakaś studentka? Po studiach będzie miała pieniądze, jakąś stabilność zawodową.

– Może napiszmy, że ma to być osoba samotna? – podsunęłam z uśmiechem, odrywając się od książki. – Będziemy mogły razem myśleć nad znalezieniem faceta?

Patrycja ostatnio znalazła w Internecie jakiś felieton dotyczący przesuwania się granicy wieku, po której kobieta określana jest jako „stara panna". Ponoć ów wiek wydłuża się, ponieważ kobiety wcale już tak chętnie nie wychodzą za mąż i mają problem ze znalezieniem sobie partnera.

Pati uważała, że felietonista jest w wielkim błędzie. Owszem, twierdziła, wydłuża się czas, ale wcale nie dlatego, że kobiety nie chcą wychodzić za mąż. Dzieje się tak z powodu braku kandydatów na męża albo dlatego, że dzisiejszy stan „mieszkania razem" bardzo odpowiada facetom i ich zdziecinniałemu ego.

– W Gdyni nie ma już żadnych fajnych facetów – powiedziała i popatrzyła na mnie przez chwilę z uwagą. – Nie uważasz, Marta, że ich po prostu nie ma?

Ogłoszenie trafiło do gazety i nasze telefony rozdzwoniły się już następnego dnia. Kandydatek na wolny pokój było sporo, przychodziły kolejno, oglądały pokój, oglądały uważnie nas, a my się wahałyśmy. Typ Heleny odpadał. Typ imprezowiczki też. Typ pilnej studentki nas nużył. Typ ponurej okularnicy był eliminowany od razu. Jak na złość nie zjawiała się żadna fajna, miła dziewczyna, z którą mogłybyśmy mieszkać przez kolejny rok.

Zajęłam pokój Heleny, a mój odnajęłyśmy w końcu dziewczynie o imieniu Amanda, która nie wiem, dlaczego zrobiła dobre wrażenie na Patrycji. Na mnie zrobiła wrażenie upiorne. Gdy tylko zobaczyłam, jak żuje gumę, senna, owinięta w koc w środku dnia i z nieodłącznym papierosem w palcach, od razu wiedziałam, że nie był to dobry wybór.

– To był wcześniej twój pokój, kochaneczko? – spytała mnie, miętosząc papierocha w palcach i zerkając na obskubany i popękany czarny lakier na paznokciach. – Cukierkowo tam jak w cukierni. – Roześmiała się, a potem nasunęła mocniej koc na ramiona. – Strasznie macie tu zimno. Nie da się podkręcić kaloryferów czy jak? Co z wami?

Patrycja upierała się, że Amanda na początku wyglądała inaczej.

– One wszystkie się maskują, do kurwy nędzy! – wściekała się ściszonym szeptem, żeby nie usłyszała nas Amanda, rozparta na naszej kanapie w dużym pokoju, owinięta w koc i w brudnych od spodu skarpetach, rechocząca rubasznie i wgapiona w telewizor. – Wyglądała przyzwoicie! Miała płaszcz, trochę mocny makijaż, ale nie przesadzajmy... a teraz? Teraz wygląda jak pieprzony potwór z Loch Ness!

Amanda rzeczywiście trochę przypominała potwora. Bez makijażu jej twarz wydawała się nabrzmiała, zbyt blada. Ciągle miętosiła coś w palcach i nie dbała o włosy, które na ogół spływały jej na twarz w tłustych strąkach. Kwękała i jęczała, krążąc za nami po całym mieszkaniu, wchodziła do naszych pokoi bez pukania, perfumowała piżamę naszymi perfumami i paliła papierosy wszędzie, gdzie tylko miała ochotę.

W łazience od momentu, jak się wprowadziła, rzeczy zaczęły zmieniać swoje miejsce i dematerializować się. Znikał mój balsam do ciała, zużywało się mydło, ktoś rozbił moje cienie do powiek, ktoś wytarł ręcznikiem Patrycji podłogę i odwiesił go na miejsce, na moim grzebieniu znalazłam cudze włosy, na sznurach zwisały malowniczo majtki i rajstopy – źle wyciśnięte, skapujące do wanny dziwnymi barwami, które Amanda wytłumaczyła prostym stwierdzeniem, że farbuje sobie bieliznę, bo w „pieprzonych sklepach to żadnych kolorów nie mają! No, nie mają!".

W pokoju Heleny czułam się lepiej. Z okna nie widziałam już wieżowca, gdzie mieszkał Dawid. Widziałam za to plac zabaw i dwie ławki, na których ciągle siedzieli blokersi.

Wyciszona, ze spokojem i powolnością, którą zaczęłam sobie wyrabiać w miarę mijania samotnych dni, rozwieszałam na ścianach zdjęcia. Były to głównie ujęcia plaży, zrobione w czasach, gdy spacerowaliśmy z Dawidem pod klifami. Na jednej fotografii był też Dawid, co świadomie przeoczyłam i wytłumaczyłam sama przed sobą faktem, że zdjęcie było naprawdę dobre.

Na pierwszym planie znajdowała się wyrzucona przez morze kłoda, na drugim krążące po piachu mewy. Dawid zajął plan trzeci, nieświadomy, że jest fotografowany. Celował aparatem w moim kierunku, niemal zlewając się szarością płaszcza z tłem przekroju warstw szarej i czarnej ziemi osuwającej się mozolnie z klifu. Wyglądał trochę jak płaskorzeźba naniesiona na klif.

– Dziwne, że tak go sobie odpuściłaś – odezwała się Patrycja, gdy szukając czegoś w moim pokoju, zobaczyła tamto zdjęcie. – Czy w ogóle cokolwiek mu wytłumaczyłaś?

– Nie, nie był ciekaw moich tłumaczeń – odpowiedziałam zgodnie z prawdą, a potem dodałam ze znużeniem: – Nie mówmy o tym.

Takie stwierdzenie robiło się dla mnie ostatnio czymś naturalnym. Chroniłam się, jak Dawid, prostym zabiegiem, udając, że rozmowa o czymś takim jest zbyt trudna. To skutkowało. Kiedyś działało na mnie, gdy on to robił. Teraz skutkowało na Patrycję.

Z Dawidem widywałam się głównie na spotkaniach „Klucza". Czasami siadał koło mnie, czasami gdzieś dalej. Bywało, że rozmawialiśmy ze sobą swobodnie, bez wymuszonego tonu i unikania swojego wzroku. Zdarzały się także chwile, gdy coś między nami jakby na chwilę błyskało, coś takiego jak dawniej, co mnie unieruchamiało i tamowało mi oddech. Tyle że po wszystkim, co sobie wyjaśniliśmy, musiałam to ignorować. Błyski należały tylko do mnie i już w pełni zdawałam sobie z tego sprawę.

Dawid pojawiał się u Mariusza rzadko. Spotkania „Klucza" go nie interesowały, przyjeżdżał głównie po to, by pooddychać trochę emocjami innych, posłuchać o nowych wystawach, o planach artystycznych, o sztuce, którą na razie się nie zajmował.

– Nie wydaje mi się, żebym jeszcze coś wyrzeźbił – przyznał się w kuchni, gdzie robiłam dla wszystkich herbatę.

– Przecież chciałeś wziąć udział w jesiennej wystawie – przypomniałam mu ze spokojem, który zżerał mnie od środka. – Powinieneś to zrobić.

Ja też nic nie rzeźbiłam, nie miałam do tego głowy. Skorupa nie przepuszczała myśli o tworzeniu, zbyt szczelna na to i zbyt świadoma, że praca twórcza mogłaby wyrwać mnie z marazmu, w którym trwałam, popchnąć w nowe miejsca, ocucić i zmusić do zastanowienia się nad poukładaniem swojego życia na nowo.

W tamtym czasie nie miałam życia intymnego. Nie istniało. Zawisło w próżni, gdy Dawid po powrocie z Bieszczad, widząc, jak zalewam się łzami i pełna wyrzutów sumienia proszę go, żeby mnie zrozumiał, i przepraszam za to, co się stało, odpowiedział spokojnie i zupełnie szczerze:

– Marta, rozumiem cię i naprawdę nie przejmuj się tak tym wszystkim. Nie mam do ciebie żadnego żalu, daj spokój. Tylko widzisz... Nie zależy mi na tobie. Nie na tyle, by ciągnąć to dalej.

Patrycja nie przeczytała notatek Heleny. Uważała, że nie powinna, skoro to osobiste zapiski.

– Była, jaka była, ale nie można jej tego zrobić – twierdziła, z uporem trwając w tym postanowieniu. Z czasem nawet dała mi te notatki, żebym je gdzieś schowała i żeby nie drażniły jej ciekawości.

– Czy mamy ją na jakimś zdjęciu? – spytała mnie kiedyś. Dziwne, ale jakoś nie było okazji, żeby ją sfotografować i chociaż przetrząsałam pamięć bardzo szczegółowo, przeglądałam klisze fotograficzne i wywołane już zdjęcia, nie znalazłam na nich Heleny.

– Dziwne, prawda? – pytała Pati, zasępiając się. – Teraz to już nawet nie pamiętam, jak wyglądała.

Jej dziennik mnie kusił, drażnił mój wzrok i w końcu zmusił, bym po niego sięgnęła. Wydawało mi się, że Helena zostawiła go nam specjalnie. Osoby takie jak ona nie popełniają tak niewybaczalnych błędów. Nie, jeśli w swoim dzienniku piszą takie rzeczy.

Teraz już rozumiałam wszystko, co zniszczyła, od momentu, gdy się tu pojawiła. Przejmowało mnie to pewnym rodzajem zdumienia. Skorupa milczenia i samotności była już wtedy na tyle silna, że nie widziałam sensu, by ją kruszyć i otwierać oczy Patrycji na to, co Helena jej zrobiła. Pati nie zasłużyła sobie na taką prawdę. Zbyt mocno byłam znieczulona, skoro nie rozpłakałam się, nie krzyknęłam i nie zrobiłam nic, żeby zadzwonić do Sebastiana lub pokusić się o znalezienie Heleny.

Wszystko, na co się zdobyłam, to obojętność, która też była zemstą. Bo jeśli Helena, zostawiając nam dziennik, chciała oczyszczenia, nie znalazła go. Jeśli sądziła, że pomoże Patrycji, to się myliła. Nie chciałam niczego jej ułatwiać. Nie chciałam też przerywać spokoju, który Pati odnalazła po tych kilku miesiącach udręki i tęsknoty.

Patrycja czasami o niej myślała i dopytywała się zmartwiona:

– Myślisz, że wszystko z nią w porządku? Mogłaby dać jakiś znak życia, do cholery! Myślisz, że się wyprowadziła, bo wywaliłam jej kwiaty? Może czuła, że jej nie lubimy?

Patrzyłam na nią z żalem, który poza obojętnością był jedynym uczuciem, na jakie sobie pozwalałam. Żal mi było, że denerwuje się życiem kogoś, kto dla zabawy skrzywdził ją nieodwracalnie.

Z zemsty zmieniłam jej pokój nie do poznania, by w ten sposób zniszczyć wspomnienia po niej.

– Nie zawracaj sobie nią głowy – odpowiadałam cierpliwie. – Na pewno ma się świetnie.

Mariusz chwytał się różnych pretekstów, by mnie widywać. Najczęściej dzielił się ze mną zleceniami fotograficznymi, prosił o pomoc przy przygotowywaniu katalogu jego nowej firmy fotograficznej, udało mu się namówić mnie nawet, żebym przemalowała z nim ściany na poddaszu.

Poddawałam się temu biernie. Miałam wrażenie, że coś we mnie się zatrzymało i dlatego nic nie odczuwam. Słowa Dawida krążyły w moich myślach jak trucizna, tłumiąc wszelkie normalne odruchy życia.

Przyglądałam się więc Mariuszowi z obojętnością, która go przerażała. Kiedy przypadkiem dotknął mojej ręki, zawieszałam na nim spojrzenie ciężkie jak ołów. Gdy zaproponował mi przyłączenie się do „Klucza" i udział w wystawie, zaplanowanej na czerwiec, odpowiedziałam momentalnie, że mnie to nie interesuje.

– Dlaczego nie? – zapytał z rozdrażnieniem, które kompletnie do niego nie pasowało.

Jego napaść mnie zaskoczyła, ale nie zmieniła ani o jeden dźwięk pustego tonu, którym ostatnio zwracałam się do wszystkich.

– Nie interesuje mnie uczestniczenie w wystawach z „Kluczem". Robicie sztukę zaangażowaną, która mnie nie obchodzi.

– Dobrze wiesz, że wcale nie robimy sztuki zaangażowanej. Każdy zajmuje się, czym chce. Nikogo nie zmuszamy do niczego.

Nie podobała mi się jego argumentacja, bo zaczynało brakować mi mojej własnej. Wyprostowałam się, skupiona bardziej na myśli o moim pokoju, w którym mogłabym owinąć się w koc i przestać istnieć. Równie kusząca wydała się myśl o samotnej jeździe rowerem, pustej plaży, o milczącym spacerze.

Może czas przerwać tę znajomość, pomyślałam nawet, obrzucając Mariusza spokojnym spojrzeniem. Już wówczas byłam dźwiękoszczelna, nie przepuszczałam obiektywnych sądów i nie zastanawiałam się nad nimi.

– Pójdę już – odpowiedziałam, wstając.

Myśl, że stracę Mariusza, wydała mi się jakaś dziwnie nęcąca. Tak samo myślałam o Patrycji. Przez głowę przeleciała mi płocha sugestia, że może powinnam pozbyć się ich obojga z mojego życia, żeby zaistnieć tak, jak chciałam.

Mariusz też wstał. Już na mnie nie patrzył, jego słowa przecięły powietrze ostro, ale nawet mnie nie zarysowały.

– Niszczysz siebie, Marta. Niszczysz swój talent. Mam wrażenie, że okręciłaś się cała jakąś niewidzialną zasłoną, przez którą nic do ciebie nie dociera. Jeśli to on cię tak zmienił, to zacznę go nienawidzić.

– On? – Podniosłam wzrok i natrafiłam na jego pobladłą twarz. Miałam ochotę użyć słów Dawida i wyjaśnić Mariuszowi, że wszystko rozumiem, ale że nie zależy mi na niczym na tyle, by próbować cokolwiek zrobić. Tyle że to nie byłaby prawda. Przecież zależało mi na nim.

– Cokolwiek się stało, obudź się już, bo nie mogę na ciebie taką patrzeć!

Zabrzmiało to trochę jak zaklęcie i sprawiło, że uśmiechnęłam się niewyraźnie.

– Wiesz, że cię lubię – powiedziałam, zupełnie jak Dawid, i pierwszy raz przyszło mi do głowy, że on naprawdę zatruł mnie swoim złem.

Na początku kwietnia zaczęłam przeglądać to, co udało mi się zgromadzić do rzeźby, zanim spotkałam Dawida. Znalazłam tamte wszystkie papierki po torebkach herbacianych i rozłożyłam je przed sobą na łóżku jak kołdrę. Było ich mniej, niż potrzebowałam, ponieważ Helena wyrzuciła tę część, która leżała w kuchni. Te, co mi pozostały, były bardzo różne. Część jasnych, inne ciemne, rysunek na nich stawał się czasami niewidoczny, a czasami aż nazbyt wyrazisty.

Minęło ponad pół roku, a ja wciąż nie miałam pojęcia, co z nimi zrobić. Przyglądałam się im, świadoma, że w mojej głowie powoli zaczyna się krystalizować jakiś pomysł.

Jeszcze mogę się wycofać, pomyślałam. Mogłam odłożyć papierki i zająć się uszczelnianiem swojej skorupy. Wiedziałam, że jeśli dopuszczę do powstania pomysłu, rozpocznie się cały długi etap, w którym ta praca będzie rosła i rosła, aż stanie się na tyle ważna, że mnie odmieni.

Moje spojrzenie zrobiło się jakieś bardziej precyzyjne. Teraz wyłapywałam papierki o podobnym rysunku i te o zbliżonej barwie.

Dłonie zaczęły dotykać kartek i natrafiły na różne wypukłości, na chropowate powierzchnie zestawione z gładkimi. Rysunki nie były już zwykłymi rysunkami. Teraz tworzyły zapis. Te jasne to chwile przyjemne; te ciemne to momenty smutku. Trzeba by włożyć w to jeszcze wiele pracy. Trzeba by pomarszczyć papier, pokryć nierównymi ściegami, wziąć do ręki grubą igłę i zszyć jeden kawałek z drugim, żeby nadać temu kształt mojej codzienności.

Znalazłam igłę i wzięłam do ręki dwa pierwsze kawałki. Zszyję dwa, pomyślałam obłudnie. Zszyję dwa, a potem się zastanowię, co dalej.

Na parapecie mojego pokoju przysiadł jakiś ptak. Spacerował tam i z powrotem, obserwując mnie czujnym, szeroko otwartym okiem.

Uświadomiłam sobie, że jeśli zacznę szyć, moja rzeźba pojawi się w przestrzeni i nic już jej nie powstrzyma – z niebytu stanie się bytem. A jeśli już się pojawi, będę musiała zadzwonić do Mariusza i poprosić go, żeby pomógł mi umieścić ją w galerii.

Wyprostowałam się, patrząc, jak ptak podrywa się do lotu. Kiedy zniknął mi z oczu, opuściłam wzrok na dwa papierki w moich palcach.

Dłoń z igłą zawisła w powietrzu.

Jeszcze chwila, pomyślałam. Jeszcze chwila, zanim przeciągnę pierwszy raz igłę przez papier, zanim się obudzę, zanim mój organizm pokona truciznę, a głos nabierze melodyjnych dźwięków i przerwie ciszę pomiędzy mną a Patrycją, pomiędzy mną a Mariuszem, pomiędzy mną a światem.

Jeszcze chwila.

Igła powoli przebiła papier, czarna nitka pozostawiła wąski ślad.

Jakie to piękne!, pomyślałam, wpatrzona w te dwa papierki, rysunek w kolorze ochry i czarną nić. Jakie to będzie piękne!

Helena

Czekam na niego na plaży. Wiem, że przyjdzie. Stoję na linii morza i wody, zdjęłam buty, fale obmywają mi stopy. Stoję w bezruchu, nasłuchując jego kroków.

Teraz już rozumiem, wiem, że uciekałam przed nim niepotrzebnie. Nigdy nie chciał mnie skrzywdzić. Chodził za mną, bo chciał wiedzieć, że wszystko w porządku. Jego kroki, które rozpoznawałam, przerażały mnie, bo kojarzyły mi się z jakąś straszną przeszłością. Teraz na nie czekam. Przyjdź.

Przyjdź, myślę, wpatrzona w wodę i statek, który wpływa do portu. Znajdź mnie tutaj.

Potem wreszcie słyszę jego kroki, te same, co zawsze. Ale tym razem nie ma we mnie paniki, nie bije mi nerwowo serce, nie zamierzam rzucić się do ucieczki. Teraz odwracam się za siebie i patrzę, jak ku mnie idzie.

Jeszcze go nie pamiętam, jego twarz wydaje mi się obca, tak samo jak nie rozpoznaję jego sylwetki.

Ale przecież potrafię nadać mu imię.

Spacerujemy chwilę wzdłuż wody, w milczeniu, zamyśleni. On patrzy na mnie raz po raz, trochę zmieszany, trochę niepewny, co powiem. W końcu uśmiecha się w jakiś szczególny sposób, który dobrze znam i który mi się podoba.

Jego twarz wydaje mi się coraz bardziej znajoma, ale wciąż nie na tyle, by powiązać ją z konkretnymi wspomnieniami. Podobają mi się jego oczy. Są zielone, duże, inteligentne. Patrzy też w taki sposób, który lubię: trochę niepewnie, a jednak czujnie. Podobają mi się jego usta, kilkudniowy zarost, sylwetka, ta jasna podkoszulka z nadrukiem nazwy „The Who".

Kim jesteś?, zastanawiam się, bez powodzenia wpisując go w różne scenariusze, które mogły się wydarzyć. Próbuję wpisać go w to, co wiem. Był chłopakiem Gabi, w tamtym wypadku odniósł jakieś poważne rany. Jednak nie tak poważne, skoro idziemy teraz plażą.

Ogarnia mnie jakaś niewytłumaczalna potrzeba dotknięcia go, poczucia pod palcami jego skóry, utwierdzenia się w tym, że jest realny.

– Dlaczego mnie szukałeś?

Odchodzi kilka kroków w głąb plaży.

– Wolałem wiedzieć, gdzie jesteś.

– Dlaczego?

Śmieje się, bo nie wie, co odpowiedzieć. Przecież nie powie mi, że przez te wszystkie lata, które spędziłam z Michałem, był we mnie zakochany.

– Dlaczego nie nawiązałeś ze mną żadnego kontaktu wcześniej?

On już się nie uśmiecha. Jest poważny, spogląda w stronę wody, a potem na mnie.

– Prosiłaś mnie, żebym nie kontaktował się z tobą.

Wiatr rozwiewa mi włosy, chłodzi twarz.

– Prosiłam cię? Dlaczego?

Nie wydaje mi się, że byłam tak strasznie uczciwa, by prosić go o coś takiego z powodu jego uczucia do mnie. Mogłam go poprosić po wypadku. Mogłam, ale...

Tamte słowa wracają. Słyszę ich niewyraźny dźwięk, brzmią, jakby przepełniał je strach i tak wielkie postanowienie, że nie ma sensu z nimi walczyć. Mówiłam je cicho, wolno, wpatrzona w nierówne płytki pokrywające niemal całą podłogę szpitalnej sali. „Nie kontaktuj się ze mną więcej, nie dzwoń do mnie, nie szukaj mnie. Daj mi spokój. Nie potrafię po tym wszystkim nawet na ciebie patrzeć, nie mogę znieść myśli, że jesteś...".

Teraz już wiem, że wygłosiłam je i wyszłam z tamtej szpitalnej sali. Cała się trzęsłam, bolała mnie głowa, byłam poobijana po wypadku tak bardzo, że czułam każdy mięsień i każde włókno. Wystarczyło mi sił, żeby po prostu wyjść ze szpitala i złapać taksówkę na lotnisko.

W jego mieszkaniu jest zimno, bo zostawił otwarte okno. Teraz przymyka je i opuszcza rolety. Wrzuca do odtwarzacza jakąś płytę, pyta, czego się napiję, zdejmuje sztruksową katanę.

Teraz nareszcie zaczynam go rozpoznawać. Zawsze nosił takie dziwne rzeczy: bluzy z różnymi napisami, najczęściej dość kolorowe, włosy zbierał w kitę pełną dredów, wkładał spodnie moro albo jakieś inne, lecz podobne.

– Może masz wódkę? – pytam, siadając na kanapie. Moje spojrzenie czujnie biega po pokoju, po meblach, książkach, kompaktach, zdjęciach i kompozycjach malarskich rozwieszonych na ścianach.

Podaje mi kieliszek, sobie też nalewa, siada w bezpiecznej odległości ode mnie. Patrzymy na siebie w milczeniu i nagle zaczynam zdawać sobie sprawę, że coś jest nie tak. Z kimś go mylę, wpisuję go w zły schemat. Pamiętam go jakoś inaczej. Nie powinnam ograniczać go do roli chłopaka Gabi i kolegi Michała. Stało się coś więcej, coś, czego nie mogłam znieść, i co właśnie on zrobił.

Opuszczam wzrok na swoje ręce, na kieliszek, już pusty. To przez niego stało się tamto wszystko. Zrobił coś niewybaczalnego, co przeraża mnie nawet teraz.

Znowu mi nalewa, wpatrzony we mnie, jakby dobrze wiedział, że już wszystkiego się domyślam. Jestem coraz bardziej niespokojna. Nie wiem, co zrobić z dłońmi, by nie widział, że drżą. Nie wiem, jak utrzymać kamienną twarz.

– Dawid... – pytam niepewnie – Dawid, co się wtedy stało?

Wypija swój kieliszek.

– W wypadku zginęła Gabi, wiesz o tym, prawda?

Tak, wiem. Pamięć podsuwa mi niewyraźny obraz. Gabi siedzi w ogrodzie, z kwiatowymi doniczkami w tle, w kapeluszu i jakiejś śmiesznej sukience. Patrzy na mnie, jej wzrok wgryza się we mnie. Nienawidzi mnie.

Kolejny dziwny obraz: Gabi w kawiarni. Ma rude włosy, ogniste, podobne do moich. Mnie brakuje tchu w tym wspomnieniu. Wpatruję się w jej włosy z niedowierzaniem, powstrzymuję krzyk, który narasta mi w gardle, i bezwiednie opadam na krzesło.

– Gabi... – powtarzam szeptem, zapatrzona w kieliszek. Gabi o szarych oczach i niewinnych ustach.

Przez moją pamięć przebiega krótkie, lecz przerażające wspomnienie jej włosów pełnych odłamków szkła, poplamionych krwią.

– Wypadła przez przednią szybę – mówi on. – Nie była przypięta pasami. Nie zmarła na miejscu, lekarze walczyli o jej życie kilka dni.

Czuję się winna i nie rozumiem tego. Wina zaczyna się w brzuchu i podchodzi do gardła gorzką żółcią.

Gabi krzyczała do mnie wtedy w samochodzie. Jej głos pojawia się w mojej głowie na chwilę i zaraz cichnie. Krzyczała coś strasznego, oskarżała mnie. Michał też mnie oskarżał.

– Helena? – pyta Dawid i nabiera tchu, jakby chciał coś dodać.

To coś mnie przeraża. Mam dreszcze, nie mogę wytrzymać jego spojrzenia, czuję się nagle słaba i chora.

Jakie to oczywiste, że wszystkiego dowiem się tutaj, myślę spanikowana. Jakie to oczywiste, że wszystko rozegra się jeszcze raz w mojej pamięci, zmusi mnie, bym to zapamiętała i rozdrapała.

Ależ tak. Oczywiście. Nadszedł czas, żebym się ze wszystkim zmierzyła i chyba już nie ma od tego ucieczki.

Patrzę na drzwi. On też na nie patrzy, ale spokojnie, ze świadomością, że nigdzie nie wyjdę.

Nie wyjdę. Zostanę. Dowiem się.

W mojej głowie przelatują błyskawiczne migawki, mieszają się ze sobą, nakładają na siebie: włosy Michała, jasne, gęste, pocięte na podłodze w jego pokoju – i szarpane przez wiatr w samochodzie. Usta Gabi wypowiadające tamte słowa, tło z kwiatowych doniczek – i tło z szarej ulicy. Dawid. Dawid próbujący uspokoić Michała – i podnoszący z ulicy tamto ciało. Rozpędzony samochód. Skrzyżowanie, na którym wszystko miało się skończyć.

Chcę usłyszeć ich słowa, ale nie potrafię. Wykrzywione, napastliwe usta, grad oskarżeń uderzający we mnie z siłą, na którą nie byłam przygotowana.

Nic nie czuję poza chłodem pokoju. Niczego nie wiem i niczego nie pamiętam. Migawki wspomnień wirują w mojej głowie i odpycham je, trochę wbrew sobie.

– A jeśli sobie nie poradzę? – pytam szeptem.

Jeśli moje serce nie wytrzyma? Jeśli jeszcze raz zapomnę wszystko?

Firanka porusza się z cichym szelestem. On znowu sobie nalewa, butelka dzwoni niepewnie o brzeg szklanki. Ja wciąż siedzę w bezruchu, z kieliszkiem w ręce, wpatrzona w niego. Chcę to wszystko poznać od końca, od tej strony, która jest dla mnie łatwiejsza.

– Jak było potem? – pytam cicho.

Czas jest teraz rozgraniczony na przed wypadkiem i potem. Dawid sięga do tego pamięcią łatwo, dla niego „potem" jest też łatwiejsze.

– Michał leczył się w klinice zdrowia psychicznego. To była prywatna klinika we Francji, sam ją sobie opłacił. Kiedy wrócił do Polski, zatrzymał się u mnie na jakiś czas, a potem...

Kolejne „potem", tym razem nowe i ostateczne.

Potem znaleziono go w pracowni. Wszystko wokół było podziurawione jak sito, każdy mebel, każdy obraz, ramy, krzesła, kanapa, stół, dywan, drelichy robocze. On też był podziurawiony. W ręce trzymał nóż, a jednak policja nie miała pewności, czy to było samobójstwo.

Głos Dawida przerywa ciszę.

– Wszystko przez to, że nie mogliśmy ustalić jednej wersji wydarzeń.

Nieruchomieję. Mój wzrok dosięga go i zatrzymuje się na jego twarzy. W tych słowach czai się coś strasznego, coś, czego jeszcze nie rozumiem, ale już mnie przeraża.

– Jednej wersji? – powtarzam szeptem. Moje usta poruszają się, słowa spływają na pokój ciche, nabrzmiałe strachem.

Jakiej jednej wersji? Dlaczego nie mogliśmy ustalić wersji?!

Dawid wie, że zaczynam rozumieć, i kręci głową.

– Na razie to zostawmy. Będzie łatwiej, jeśli opowiem ci o tym w trochę innej kolejności.

„Inna kolejność", „łatwiej" – jakie dziwne słowa. Mają mnie ochronić przed czymś strasznym, co nie dokonało się bez mojego udziału.

Kończę wódkę i proszę, żeby mi dolał. Chcę być pijana, kiedy Dawid skończy opowieść.

– Damian znalazł jego ciało w pracowni. Nie żył już od kilku dni. Policja zaczęła za nami chodzić, dopytywać się, dogrzebywać do tamtego.

– Do czego?

Cień uśmiechu majaczy na jego ustach.

– Zostaw to na razie. Opowiem ci, ale nie teraz.

To „do czego" przykuwa moje myśli. Jest wszystkim, co muszę wiedzieć, by zrozumieć. Przymykam oczy, moczę usta w wódce i czekam.

– Wyszedł ode mnie z domu, a potem nie wracał przez kilka dni. Policja nie mogła zrozumieć, dlaczego nie zgłosiłem zaginięcia, dlaczego go nie szukałem. Przesłuchiwali ludzi z „Klucza", jakby sądzili, że znajdą tam odpowiedź. Nic nie znaleźli.

Zaczynam rozumieć. Jakaś cząstka mnie, ta, która pamięta, podsuwa mi odpowiedź.

On był bardzo chory.

To oczywiste, że Michał wychodził już wcześniej z mieszkania Dawida i nie wracał przez kilka dni. Czasami Dawid go szukał, czasami nie. Zawsze w końcu się znajdywał. Tak samo musiało być wtedy, gdy wyszedł ostatni raz, zabierając ze sobą nóż. Wiem, że zrobił to sam. Wiem, bo pamiętam zbyt dobrze, jak dziurawił obrazy Dawida, jak ciął na równe paski jego ubrania, jak rozrywał koraliki Gabi. W swojej pracowni zrobił to samo i pewnie z takim samym spokojem. Nie mogę wyobrazić sobie innej wersji.

Płyta włącza się jeszcze raz, od początku. Słucham jej oparta o ścianę, z kolejnym kieliszkiem wódki w ręce, walcząc z zawrotami głowy i skupiając się na każdym szczególe.

Moje spojrzenie odnajduje tamte szyby, popękane, wyglądające jak po wypadku. Szyby przykuwają mój wzrok, patrzę na nie z lękiem, bo w głowie następuje projekcja tego, co się wtedy wydarzyło. Słyszę brzęk rozbijających się szyb, trzeszczenie zgniatanych blach, rwących się materiałów, krzyki na tylnym siedzeniu. Potrafię przypomnieć sobie nawet moment, w którym Gabi wypadła przez szybę na ulicę, ból, który rozchodził się po moim ciele, gdy pasy bezpieczeństwa ratowały mi życie, wbijając się w żebra. Gdy zakrywałam rękami twarz.

Teraz już czas, myślę.

– Teraz mi powiedz.

Przeszłość i teraźniejszość splatają się ze sobą. Już mogę słuchać.

– Tamta kobieta... – zaczyna i nagle widzę, jak go to boli, z jakim trudem sięga do tego pamięcią. Odstawia szklankę na stół, patrzy w okno, coraz bardziej przygnębiony.

– Nazywała się Juliette – przypominam mu. – Juliette Couper. Tak pisały gazety. Zmarła na miejscu...

On kręci głową.

– Nie, Heleno. Ona nie zmarła na miejscu.

Nie rozumiem.

– Zginęła w tamtym wypadku – upieram się. – Policja nie umiała powiązać jej z nami, ale przecież była w naszym samochodzie. Nie odratowano jej.

Wciąż jest zmartwiony. Teraz po prostu na mnie patrzy.

– Nie, Heleno. Ona już nie żyła, kiedy mieliśmy tamten wypadek.

Poruszam ustami, ale nie wychodzi z nich żaden dźwięk. Zmieszana patrzę na ściany, na tamte szyby, na moje dłonie.

– Co ty mówisz? – pytam tak cicho, że ledwie sama siebie słyszę.

Co on mówi?

To jest jądro tamtych zdarzeń – jej śmierć.

Nie muszę już pytać, wspomnienia pojawiają się z wolna w mojej głowie, szybkie, pobieżne, ostre. Dawid za kierownicą, uniesiony głos Michała, Gabi, która krzyczała, że mnie nienawidzi. Michał wołał to samo, wszystko skupiło się na mnie. Za oknami wozu były stare kamienice, jechaliśmy tak szybko, tak szybko, żeby już być na miejscu i zostawić ich za sobą. Oni krzyczeli, ja też zaczęłam krzyczeć. Krzyczałam do Michała coś o tym, jak mnie skrzywdził, wołałam do Dawida, żeby zwolnił, bo pozabija nas wszystkich.

Pozabija nas wszystkich, powtarzam teraz w myślach.

Głos Dawida znowu przerywa ciszę, spowalniając bieg zdarzeń.

– Tamta ulica była zupełnie pusta. Żadnych ludzi na chodnikach, żadnych ludzi w oknach. To były przedmieścia Paryża. Pojechaliśmy tam po jakieś rzeczy, Gabi pojechała z nami, bo nigdy nie widziała Paryża. Michał pojechał, bo nie chciał, żebyśmy byli sami... Już wracaliśmy. Wszystko zostało ustalone, miałem odwieźć ich na plener, a potem jechać do Marsylii...

Na tamtej ulicy nie było nikogo. Pamiętam kamienice, gdzie nie widziałam ludzi. Jakiś sklep na rogu, jedna klientka, która odeszła niespiesznie w drugą stronę. Brama wjazdowa i wąska uliczka. Jechaliśmy zbyt szybko.....

– Jechaliśmy zbyt szybko. Nie zauważyłem jej.

Nie zdążył wyhamować. Rozległ się okropny dźwięk i pisk kół.

– Wcześniej strasznie kłóciliśmy się w samochodzie. Kiedy ona upadła, wszyscy zamilkliśmy. Zrobiło się tak cicho, tak strasznie cicho. Nie poruszaliśmy się, nic nie mówiliśmy, kolejne sekundy upływały w tej okropnej ciszy.

Cisza była straszna. Pamiętam nasze skamieniałe twarze, uchylane i zamykane usta, krew na szybie i krew na masce samochodu. Dawid wysiadł pierwszy i zbliżył się do leżącego na ulicy kształtu. Nie pochylił się jednak nad nim, nie zrobił nic. Po prostu stał, a my patrzyliśmy na niego z wozu.

– Ona jeszcze wtedy żyła...

Michał wychylił się z samochodu: „Co z nią, Dawid?".

– Michał zapytał, co z nią. Nie potrafiłem mu odpowiedzieć.

Nie myślałem trzeźwo. Przeszło mi przez myśl, że nikt nas nie widział, że możemy odjechać i ją zostawić... Ona zmarła jakoś szybko, w ciągu kilku sekund... Siedzieliśmy w samochodzie. Potem Dawid podszedł do nas i powiedział Michałowi, żeby mu pomógł.

– Nie wiedziałem, co robić. Przeraziła mnie myśl o konsekwencjach tego, co się stało. Michał zaczął wymiotować, jak ją zobaczył. Wszystko przeciągało się w czasie. Gabi zaczęła płakać, ty wciąż siedziałaś bez ruchu a Michał powiedział: „Jezu, człowieku! Weźmy ją do samochodu, potem pomyślimy, co z nią zrobić!", bo widzisz, chyba od początku było oczywiste, że trzeba to jakoś zatuszować, że ja nie chcę pójść siedzieć za jej śmierć, że musimy sobie z tym poradzić.

Była ciężka, wypadała im z rąk, ale w końcu posadzili ją na tylnym siedzeniu. Gabi zaczęła pospieszać wszystkich, żebyśmy już jechali, bo ktoś może nas zauważyć.

– Pojechaliśmy. To było najgłupsze, co mogliśmy zrobić. Jechaliśmy z trupem na tylnym siedzeniu i nie mieliśmy żadnego pomysłu na to, co dalej. Michał proponował, żeby porzucić jej zwłoki w lesie, w drodze na plener, Gabi mówiła coś o rzece, ty zaproponowałaś, żeby podrzucić ją pod szpital.

Teraz pamiętam nasze rozmowy. Głosy nam drżały, patrzyliśmy na siebie w panice, Dawid siedział na przednim siedzeniu, Michał prowadził. Ja i Gabi z tyłu, z Juliette. Pamiętam nasz stres, to okropne wrażenie, że stało się coś nieodwracalnego, coś, co jeszcze do nas nie dociera, ale kiedy to zrozumiemy, nastąpi jakiś koniec.

– W trakcie jazdy zaczęliśmy uświadamiać sobie ciężar tego, co zaszło. Gabi w końcu rozpłakała się i zaczęła oskarżać mnie o to wszystko. Michał zaczął się na nią wydzierać, żeby się zamknęła. Ty krzyczałaś, że chcesz wysiąść. Panował straszny harmider, wszyscy krzyczeliśmy. Najgłupsze było to, że nie wyłączyliśmy radia i przez cały ten czas w tle szły jakieś pieprzone wesołe kawałki z lat sześćdziesiątych. Jakieś pieprzone „Lolli Pop" i „San Francisco". Okropne. Nie mogłem tego znieść...

Dźwięki tamtych piosenek przebijają się przez moją pamięć. Wesołe chórki, radosne zapowiedzi speakera i konkurs, w którym ktoś ciągle wygrywa. Samochód pędzi przed siebie, ona wciąż krwawi na tylnym siedzeniu, blisko mnie. Gabi opiera twarz o moje ramię i płacze histerycznie. Krew wsiąka w moją sukienkę, odsuwam się coraz dalej i dalej, w radiu jakiś kobiecy głos cieszy się z wygranej...

– Coś musiało się stać. I stało się. Wjechaliśmy na skrzyżowanie i Michał nie ustąpił pierwszeństwa.

Czas spowalnia swój bieg, zawiesza nas w tamtej chwili. Siedzimy w pokoju Dawida, a w naszych głowach wciąż od nowa zaczyna się projekcja tamtych obrazów. Samochód wiruje, toczy się po dachu, w środku wszystko się gniecie i rwie. My wciąż żyjemy, wciąż łapiemy się histerycznie foteli, sufitu, popękanych szyb.

Ona wypada. Widzę ją do góry nogami, bo leżę zakleszczona między fotelem a ścianą. Jeszcze nic mnie nie boli, jeszcze wciąż w myślach wiruję w rozpędzonym aucie zderzającym się z innym wozem. Widzę niewielki kadr z nią. To kawałek szarej ulicy. Teraz robi się mokra od jakiś płynów kapiących z samochodu. Leżą na niej też kawałki potłuczonego szkła. Takie okruchy pokrywają rude włosy i poharataną dłoń.

– Udało się nam. – Mój szept zatrzymuje wóz w bezruchu, w chwili uderzenia. Powoli odwracam się od wspomnień i patrzę na Dawida. – Udało się. Nie poszedłeś siedzieć, nie oskarżyli nas o jej śmierć.

On przeciera oczy i pochyla głowę.

– W grę poszły też duże pieniądze. Płacił Michał, płacił Mariusz. Policja zachodziła w głowę, jak powiązać tamtą kobietę z nami. Nic nie trzymało się kupy. Jej mąż kilka razy przychodził identyfikować ciało, bo nie mógł uwierzyć, że to ona. Nie pojmował, dlaczego zginęła w naszym wozie, co w ogóle robiła z nami...

Wypijam wódkę i sama nalewam sobie kolejną.

– Co było potem?

– Potem? – Dawid mruży oczy, zmęczony. – Potem długi czas w szpitalu. Te miesiące, gdy czytałem gazety. Z gazet dowiedziałem się wszystkiego o niej. Poznałem jej imię, dowiedziałem się, gdzie mieszkała, kto był jej mężem, jakie miała dzieci. Po wyjściu ze szpitala pojechałem pod jej dom. Okazało się, że mieszkała bardzo blisko ulicy, przy której ją zabiłem... – urywa. – Ja też czegoś nie rozumiem, Heleno.

– Czego?

– Dlaczego wy na to poszliście?

Ciężar tego, czego stałam się wspólnikiem, czuję na sobie. Tamten wóz znowu zaczyna wirować, czas się cofa i cofa, by otworzyć Michałowi i Gabi usta i włożyć w nie nienawistne słowa. Widzę dłonie Dawida na kierownicy, w radiu zaczyna się audycja z muzyką z lat sześćdziesiątych, a my dopiero wjeżdżamy do Paryża.

– To, co czułem wtedy, co myślałem... to taka podłość. Najgorsza podłość. Nie powinno było ujść nam to na sucho. Mariusz nie powinien był dać się namówić na ani jedną złotówkę. Nie zasłużyliśmy na to, by zapłacił nam za wolność... zresztą... zresztą zobacz, jak to wykorzystaliśmy. Nie warto było wkładać w nas tych pieniędzy. Wiesz, ja ciągle o tym myślę. Że ją zabiłem, ukryliśmy to. Że to nie było tego warte...

Zatrzymuję się przy odtwarzaczu kompaktowym i w milczeniu patrzę, jak płyta obraca się w środku.

– A ja? – pytam głucho. – Jaką odegrałam w tym rolę?

Czekam, że teraz powie mi to, co już podświadomie wiem. Ale to niemożliwe, myślę. Oczywiście, że to niemożliwe.

On przystaje za mną, tak blisko, że czuję ciepło emanujące z jego ciała, czuję zapach jego skóry. Jest znajomy, tak bardzo znajomy!

Kręcę głową.

– Dawid – zaczynam mówić obronnym tonem – przecież ja kochałam Michała.

Chcę mu to jakoś wyjaśnić, udowodnić. Szukam argumentów, które obronią moją wersję zdarzeń.

– Wiem, że chorował. Ale zachorował już potem. Wcześniej byliśmy szczęśliwi... – wyrzucam z siebie pospiesznie, a w mojej pamięci błyska wspomnienie ręki Michała chwytającej moje kolano i mojej nogi odsuwającej się od niego.

Marszczę brwi.

– To niemożliwe – mówię stanowczo. – Ja go kochałam. Chodziłam do galerii, w której stały jego rzeźby...

Rzeźby.

Dawid dotyka moich włosów, zagarnia je w znajomy sposób do tyłu.

– Przecież Michał nie był rzeźbiarzem.

Otwieram usta i zaraz je zamykam. Michał nie był rzeźbiarzem, tamta ławka nie mogła być jego dziełem, nie narysował mnie tak, jak Dawid. Rysował mnie inaczej. W jego pracach był lęk, jakiś chory seksualizm, moje stopy na wysokich szpilkach, podwiązki, pończochy, czerwone usta, czarne skrzydła upadłego anioła, dziwny uśmiech, polujące oczy...

On obejmuje mnie, zakrywa dłońmi moje ręce. Nie chcę tego, ale zaczynam rozpoznawać jego dłonie. Na jednej z nich był kiedyś czerwony rzemyk.

We wspomnieniach teraz już nie ma Michała, jest Dawid. Razem leżymy na tamtej wydmie, wpatrzeni w niebo, on opowiada mi o jaskini, do której zabrali go kiedyś rodzice, ja mówię o wyspie na środku oceanu, którą stworzyłam z ojcem.

Teraz już opadają maski ze wspomnień. To nie Teresę widzę w lusterku, jak stoi na leśnej drodze, patrząc za naszym samochodem. To Gabi. Ja i Dawid kłamiemy, że przywieziemy jedzenie z miasteczka, wsiadamy do samochodu Dawida i odjeżdżajmy. Gabi wychodzi na drogę, zaniepokojona, z wypiekami na twarzy. My skręcamy w boczy dukt i jedziemy na tyle daleko, by zniknąć jej z oczu.

Teraz już rozumiem tamte gorączkowe pocałunki, zachłanne, stęsknione. Już pamiętam jasno, jak opierałam pod prysznicem twarz o zimne kafelki i nabierałam głęboko tchu, myśląc, że zwariuję z tęsknoty za nim. Pamiętam grę naszych spojrzeń przy stole, grę dla Gabi i Michała. Ich wzrok tropiący nas. Nasze krótkie wymiany zdań przy ludziach, czasami niemiłe, wręcz opryskliwe. I te kradzione chwile, gdy przelotnie łapaliśmy się za ręce, gdy oglądaliśmy się wokół nerwowo.

Pozwalam, by gładził moje dłonie, by oparł mnie o siebie. Jego ciepło jest takie znajome.

– Kiedy to się zaczęło?

– Wyjechaliśmy na plener do Łeby.

Pod powiekami czeka na mnie strzęp tamtego dnia. Wzburzone morze, wzdłuż którego spaceruje Gabi z Mariuszem. Ja siedzę w tym wspomnieniu na piasku, zagłębiam w nim ręce i przesypuję go między palcami. Dawid w jakimś momencie siada koło mnie. Uśmiecha się, mówiąc banalne słowa: „Strasznie dzisiaj ciepło, prawda?". A ja odwracam się i z bliska widzę zieleń jego oczu, zauważam też, jak bardzo ma opaloną skórę. Na moich ustach pojawia się uśmiech. On wskazuje ręką na oddaloną od nas, ledwie widoczną na horyzoncie latarnię morską i pyta, czy przejdę się z nim tam, bo strasznie chciałby zobaczyć ją z bliska, a jego żona nie lubi długich spacerów.

Na dworze jest już ciemno. Pozapalały się światła ulicznych latarni, w naszym pokoju panuje półmrok. Jego usta blisko moich ust. Dotykam ich, potem opieram twarz o jego ramię, przesuwam palcem po napisie na koszulce.

– Co może być dalej? – pytam. W przeszłości mieliśmy bardzo prosty plan: pojechać na plener do Francji, zostawić ich tam i po prostu odejść.

Teraz nie mam żadnego planu. Wszystko jest niejasne i chybotliwe. To miasto za oknami mieszkania, te szyby, stojące w kącie pokoju, ze światłem układającym się na ich porozbijanych fragmentach, nasze wydłużone cienie na ścianie.

Wszystko musi rozegrać się tutaj i teraz – myślę. Jest tyle możliwości.

Nie wiem, ile czasu mija nam w ciszy. Siedzę obok Dawida i słucham płyty. To strasznie długa i smutna płyta. Głosy wokalistek zmieniają się, czasami pojawia się głos jakiegoś mężczyzny, dźwięki kołują po pokoju, ponure rify gitarowe, senne chórki i delikatny dźwięk klawiszy.

– Trzeba coś postanowić – mówię szeptem i zamykam oczy.
– Masz jakiś pomysł?

Każda historia musi mieć koniec, w dodatku tylko jeden. Tylko jeden, a jest przecież tak wiele możliwości!

Kiedy już ściągnęłam tutaj ich oboje, ciężko mi wybiec myślą w przyszłość. Oni siedzą wciąż wtuleni w siebie pod jedną ze ścian jego mieszkania, na jego koszulce układa się kwadratowe światło latarni ulicznej, na zewnątrz zapadł już mrok.

Widzę ich tak wyraźnie: ona tuli się do niego, a on opiera twarz o jej włosy i delikatnie gładzi je dłonią.

W głowie pojawiają się niezwiązane ze sobą obrazy tego, co mogłoby być dalej: Widzę więc ich w samochodzie, jadących przed siebie, ona ściska w dłoniach mapę i wyciąga stopy na przednią szybę, za oknami wozu migają rozmaite miasta, powietrze jest coraz cieplejsze, im głębiej ich wóz dociera na południe.

Wiem, o czym myślałaby wtedy. Pomyślałaby tak: „Jak byłam mała i skazana na życie w domu mojej matki, rozkładałam na środku pokoju namiot w kształcie domku i wsuwałam się do środka. Kładłam się na materiałowej podłodze i patrzyłam w wyrysowane czerwoną farbką dachówki. Marzyłam wtedy o mojej wyspie, marzyłam o podróżach, których nie mogłam odbyć. Wyobrażałam sobie, że jadę przed siebie, wiatr rozwiewa mi włosy, nade mną jest tylko niebo pełne gwiazd, a dom z jego złymi mocami i stojącą w korytarzu matką zostaje tak daleko w tyle, że nie ma już powrotu. Marzyłam, że zgubię drogę i nigdy jej nie odnajdę. Że nie wrócę.

Teraz mam już przed sobą drogę, równie długą jak ta, o której marzyłam. Nie wiem, gdzie się zatrzymamy i które miasto wybierzemy, by spróbować poukładać sobie w nim życie. Nie wiem nawet, jak długo uda nam się być razem i spychać w dal całą przeszłość, jakby w ogóle jej nie było. Nie wiem tego, ale przecież jest on i razem będzie nam łatwiej. Skoro jest on, to znajdziemy sobie takie miejsce...".

A może takiego miejsca nie będzie?
Przez myśl przelatuje mi obraz, w którym ona odchodzi. Idzie szybko, znowu ubrana w swój jasny płaszcz, niemal taki sam, jak ten, który nosiła jej matka, a ona – kiedy matka tego nie widziała – zapinała w nim wszystkie guziki i wsuwała się do środka.

Gdzie to będzie?, myślę, szukając jakiegoś wytłumaczenia. Może to się stanie zaraz po rozmowie o wypadku, tu, w Gdyni? Może wcale nie zaplanują wyjazdu, może pełna wiedza o tym, co zrobili w przeszłości, sprawi, że jedynym wyjściem, by dalej sobie poradzić, będzie rozstać się i nigdy do siebie nie wracać?
Widzę ją idącą przez miasto, patrzącą na witryny sklepów, na ludzi, na krzywe płyty chodnika. Idzie szybko i wydaje jej się, że to jest najlepsze, co mogłaby zrobić. W jakimś momencie zaczyna biec.
On wciąż jest w domu i wciąż wierzy, że jej odejście to najbardziej słuszna rzecz, jaką dotychczas zrobili. Pamięta jej spojrzenie omijające jego oczy tam, w szpitalu. Pamięta, z jaką powagą powiedziała, że się nie sprawdzili i że to, co się stało, jest karą. Ciągle słyszy stukot

jej walizki, kiedy pociągnęła ją za sobą w stronę wyjścia z sali. Teraz zrobiła dokładnie tak samo. Była tu i już jej nie ma. Pozostał po niej tylko delikatny zapach perfum i to niezwykłe uczucie, że miał ją przez kilka ulotnych chwil. Jasne, że chciałby za nią biec i ją odnaleźć. I chciałby ją zatrzymać. Chciałby, a jednak wie, że to bezcelowe. Zegary cofają się, a potem zaczynają powoli odmierzać jeszcze raz ten sam czas. Po podłodze przesuwa się światło przejeżdżającego ulicą samochodu. Światło przenosi się na jej nogi, dociera do rąk. Siedzą nieruchomo, zasłuchani w muzykę z płyty, która odtwarza się jeszcze raz i jeszcze raz, bez końca.

– Co będzie dalej? – pyta ona i unosi głowę, żeby na niego spojrzeć. – Masz jakiś plan?

Gdynia 03.04.2006